Die Stimme des Zwielichts

Ulli Olvedi

Die Stimme des Zwielichts

Roman

O.W. Barth

Ein Nonnenkloster auf einem Berg am Rand des Katmandu-Tals existiert in der beschriebenen äußeren Form, die Akteure sind jedoch fiktiv. Jegliche Ähnlichkeit mit lebenden Personen ist zufällig.

Zweite Auflage 2000
Copyright © 2000 by Scherz Verlag, Bern, München, Wien,
für den Otto Wilhelm Barth Verlag
Alle Rechte der Verbreitung, auch durch Funk, Fernsehen,
fotomechanische Wiedergabe, Tonträger jeder Art und
auszugsweisen Nachdruck sowie der Übersetzung,
sind ausdrücklich vorbehalten.

Teil I

1

Kein Tag wie jeder andere

Es war, als habe die Erde die Faust geballt und gegen das Bett gestoßen. Das rohe Holzgestell wurde hochgeworfen und klirrend stießen die Kupferschalen auf dem Schrein gegeneinander. «Ich bin ja wach, Ani-la», murmelte Maili, während ihr Geist sich aus der Tiefe des Schlafs emporkämpfte. Ani Rinpoche benützte merkwürdige Mittel, um sie daran zu erinnern, dass ihr Geist wach zu sein hatte. Wach sein im Schlaf. Wach sein im Traum. Wach sein im täglichen Traum der Gedanken und Gefühle.

«Erdbeben!», dachte Maili, doch dieser Gedanke wurde ihr erst mit einiger Verzögerung bewusst. Ihr Geist formte keine Bewertung. Ein Erdbeben bedeutete nichts. Nur die Aufforderung ihrer Lehrerin, wach zu sein, war von Bedeutung. Wach auf, Maili, wach auf, sonst verträumst du dein kostbares Leben!

Ein tiefes Donnern drang aus dem Berg. Wieder erhielt das Bett einen Stoß. Das Gebälk des kleinen Hauses stöhnte. Mailis Körper lauschte reglos den Zuckungen der Erde. Unwillkürlich stimmte sie leise das Mantra des Mitgefühls an, OM MANI PADME HUM, für all jene, die das Beben schlimm getroffen haben mochte. Unversehens hüllte der Schlaf sie wieder ein.

Der durchdringende Klang der Muschelhörner erfüllte den leeren Raum in Mailis Geist. Er drang in ihr erwachendes Bewusstsein, das noch ohne Inhalt war. Erst als sich der erste Gedanke – das Mantra, mit dem sie den Tag zu beginnen pflegte – darunter mischte, formte sich in ihrem Geist das Bild der zwei großen, weißen Muscheln, denen man nur mit großer Geschicklichkeit diese außerirdischen Töne entlocken konnte.

Maili kroch unter den Decken hervor zum Lichtschalter und zündete dann die Butterlampen auf dem Schrein und ein Räucherstäbchen an. Es war nicht nötig, die Rezitationen zur Morgenmeditation aufzuschlagen. Sie stiegen von selbst auf, halb aus dem Schlaf noch, im Rhythmus des Atems. Gegen die winterliche Kälte bis zum Hals in die Decken gehüllt, wiegte Mali sich im Takt des Sprechgesangs, glücklich auf eine stille, kaum merkliche Weise.

Mit dem Gedanken an mögliche Erdbebenopfer sang sie den abschließenden Text: «Mögen sie ihr Leiden in Weisheit verwandeln, mögen sie einen befreienden Tod erleben, möge ich durch die Verdienste meines spirituellen Wegs alle Wesen aus dem Meer des Samsara befreien.»

Erneut rollte der Klang der Muschelhörner über die Bergkuppe, auf der sich die Häuser des Klosters ausbreiteten. Die Sonne war aufgegangen, ohne dass Maili das Hereinsickern des grauen Morgenlichts durch das Fenster bemerkt hatte. Nach einer eiligen Wäsche zog sie den gelben Unterrock und den dunkelroten Rock der klösterlichen Robe über eine blaue Trainingshose mit weißen Streifen an der Seite. Zwei T-Shirts übereinander, das gelbe zuoberst, ein brauner Pullover aus der Kiste mit den Kleiderspenden, das große, dunkelrote Umschlagtuch und eine gelbe Wollmütze vervollständigten ihre Bekleidung.

Die lange Treppe, die den Berghang mit den verstreuten Häusern der Klosteranlage teilte, verlor sich im Morgennebel dem Tempelgebäude auf der Spitze der Bergkuppe zu. Verschwimmende rote Kleckse schwebten bergauf, frierende Nonnen, die es eilig hatten, sich im Lhakang zusammenzudrängen. Maili zog die Ärmel ihres Pullovers über die Finger. Bald war Losar, das Neujahrsfest, und mit ihm kam die Wärme der Sonne. Doch die Nächte würden noch lange beißend kalt sein.

«Hattest du Angst heute Nacht, Ani-la?», hörte sie eine der Gestalten die andere fragen.

«Ich mach mir nicht mehr in die Röcke, wenn die Erde bebt», antwortete in trockenem Ton die Stimme einer älteren Nonne. «Ist ja nicht das erste Mal. Man gewöhnt sich daran.»

«Aber bei uns unten im alten Lhakang geht ein großer Riss durch die Zimmerwand», klagte die junge Stimme.

«Im alten Lhakang sollte niemand mehr wohnen», sagte die Ältere und keuchte beim Treppensteigen. «Lauter Holzwürmer. Er könnte schon beim nächsten Sturm zusammenbrechen.» Maili überholte die beiden. «Wenn irgendjemand den alten Lhakang noch aufrechterhält, ist es Arya Tara», rief sie ihnen im Vorbeigehen zu und ließ ihre Plastikschlappen auf der Treppe klatschen. Ihre Füße waren kalt. Sie hatte vergessen, ein zweites Paar Socken anzuziehen. Das Kleiderkomitee hatte kein Geld mehr, die Spenden ausländischer Besucher waren ausgeblieben. Also würde sie in die Stadt gehen müssen, ein Stück ihres Schmucks verkaufen und neue Schuhe besorgen. Natürlich könnte sie auch mit anderen Nonnen schlecht bezahlte Pujas bei Gönnern des Klosters zelebrieren. Doch ihre Zeit war kostbar, viel zu kostbar für solche Bettelgänge. Sie wollte studieren. Sie wollte meditieren. Sie wollte ihr Tibetisch feilen und noch viel besser Englisch lernen. Es gab so viel zu tun neben den gemeinsamen Ritualen der Nonnen im Lhakang.

Mailis Gedanken eilten voraus zum neuen Tempel, den der alte Rinpoche, das Oberhaupt des Klosters, vor seinem Tod hatte ausbauen lassen. Der alte Lhakang ist wie ein dunkler Bauch, dachte sie. Der neue ist eher wie eine Stirn, so licht mit den vielen Fenstern und den himmelblauen Wänden mit den zarten Wandmalereien.

Zu beiden Seiten des Mittelgangs lagen eng aneinander gereiht die roten Sitzmatten hinter den langen, niedrigen Kästen, auf die man die Texte und Instrumente legte. Vorn ragte der Schrein auf mit seinen großen, vergoldeten Statuen des Buddha, des Karmapa und des «zweiten Buddha», Padmasambhava. In den Fächern der Kästen vor den Sitzmatten lagen in Stoff eingewickelte Texte, Teetassen, Handschuhe, Mützen, Reiskörner – was immer sich an Nötigem und Vergessenem zusammenfand.

Mit dem wohligen Gefühl, ihren Platz wie inmitten ihrer Familie einzunehmen, setzte sich Maili zur Orchestergruppe. Sie legte die Kurztrompete bereit, zu der sie in dieser Woche eingeteilt war. Alle sagten, sie spiele sie besonders gut. Wie schön war es, wenn der helle Ton der Trompete in ihrem Körper mitschwang, klingende Sprache der feinen Energie einer tieferen Wirklichkeit.

Ihre Gedanken wanderten, während sie die vertrauten Gesänge sang und die heiligen Texte rezitierte. Keine ihrer Freundinnen war mehr da, keine, mit der sie offen plaudern und diskutieren konnte, und ihr neugieriger, abenteuerlustiger Geist litt darunter. Wäre wenigstens Ani Pema, in deren gemütlichem Häuschen sie wohnen durfte, öfter im Kloster. Der Vater hatte es für die Tochter gebaut, als sie sich entschloss, ins Kloster zu gehen. In Ani Pemas Khampa-Familie aus Tibets Osten war man stolz, die älteste Tochter im Kloster zu wissen. Eine gute Schülerin war sie gewesen, man hätte sie sogar studieren lassen, doch sie wollte Nonne werden. «Wie in meinem früheren Leben», hatte Ani Pema erklärt. «Das wusste ich schon als Kind.»

Seit dem Tod des Vaters musste Ani Pema seine Geschäfte weiterführen. Du hast Schulbildung, hatte die Mutter sie bedrängt, nur dir kann ich vertrauen.

Während Maili auf den Einsatz ihrer Trompete wartete, sah sie Ani Pemas kantiges, kluges Gesicht vor sich. «Dissidenten sind das Salz in der Suppe eines jeden Systems. Wir sind das Salz in der Tukpa-Suppe des Klosters», hörte sie Ani Pema sagen. Ani Pema konnte man vertrauen. Sie war schon im fernen Land Amerika gewesen, mit einem jener fliegenden Fahrzeuge, die man vom Kloster aus auf dem Flugplatz tief unten im Tal kommen und gehen sehen konnte. Wenn sie mit Ani Pema diskutierte, hüpfte ihr Geist.

Doch jetzt bin ich wie ein Ball, den niemand wirft, dachte sie und seufzte unwillkürlich, so laut, dass Ani Sherab neben ihr kicherte. Lach du nur, dachte Maili ärgerlich. Du bist kein Ball, du bist ein matschiges Klümpchen Tsampa. Sie warf einen misslaunigen Blick auf die kleine, stämmige Nonne. Ani Sherab schlug die Hand vor den Mund. Maili Ani konnte mit Worten beißen, jede wusste das. Es war nicht gut, sie zu reizen.

Die Kinder kamen mit den großen Teekannen und alle Nonnen holten ihre Schalen hervor. Maili stellte fest, dass sie schon geraume Zeit vergessen hatte, dem Ritual zu folgen. Glühend stieg Scham in ihre Ohren. Ani Rinpoche mag noch so viele Erdbeben schicken, dachte sie unglücklich, die dumme Maili träumt weiterhin unfreundliche Träume und wacht nicht auf.

Nach der Pause bemühte sie sich, ihre Aufmerksamkeit ganz auf die Puja zu richten. Als die großen Trommeln mit schnellem, heftigem Pochen einsetzten, sah sie plötzlich vor sich aufbrechende Erde, einstürzende Häuser, Flüsse, die ihren Lauf änderten und über ungeschützte Dörfer hereinbrachen. Menschen, die unter Trümmern begraben wurden. Berstende Straßen. Zerbrechende Brücken. Stromleitungen, die Funken sprühend zusammenbrachen. Feuer, Schreie. Nicht enden wollende Hilfeschreie.

Maili riss die Augen auf, doch die schrecklichen Bilder wollten nicht weichen. Panisch wiederholte sie im Stillen das Mantra des Mitgefühls. Immer wieder geschah es, dass ihr Geist von fremdartigen, qualvollen Bildern überschwemmt wurde. «Das ist innerer Widerstand», hatte Ani Rinpoche, ihre Lehrerin, gesagt. «Wenn dein Herz ganz offen ist, gibt es keinen Widerstand mehr.»

«Aber warum habe ich solche Bilder, Rinpoche-la?», hatte Maili gefragt. «Die anderen haben sie nicht.»

«Manche haben sie.» Ani Rinpoches scharfer Blick stieß auf Maili herab. «Du brauchst dich nicht zu schützen, Maili. Wach auf!»

Die Becken klirrten. Die langen Tuben dröhnten. Für ein paar Augenblicke jenseits der Zeit war Maili nicht Maili, sondern Arya Tara, die mütterliche Gottheit, und es gab keinen Grund mehr, sich auf Mitgefühl zu besinnen. Sie war Mitgefühl. Sie war das Tor, durch das der reine Geist des Mitgefühls in die Welt strömte. Es war nicht mehr Mailis Angelegenheit. Es war Arya Taras Angelegenheit, und deshalb verwandelte sich die Welt.

Nach der Puja trat die große, knochige Gestalt der Klosterleiterin vor den Schrein.

«Hört alle her!», rief Ani Tsültrim laut, um die aufgeregten Gespräche der Nonnen über das nächtliche Beben zu übertönen. «Wir müssen feststellen, welche Gebäude heute Nacht beschädigt wurden. Hat jemand von euch schon einen Schaden festgestellt?»

Eine junge Nonne rief: «Unser Zimmer im alten Lhakang hat einen riesigen Riss. Und in der Decke kracht es.»

Die Klosterleiterin nickte. «Gut, ihr werdet zu zwei der älteren Nonnen umziehen.» Ihr Blick wanderte über die geschorenen Köpfe. «In eure Zimmer passt noch ein zweites Bett», rief sie zwei Nonnen zu.

«Nicht zu mir», knurrte eine der beiden und verzog das Gesicht. Ani Tsültrim warf ihr einen scharfen Blick zu und sagte mit gezügeltem Grimm: «Wir haben nicht genügend Zimmer, und wir haben kein Geld, um zu bauen. Wir sind eine Familie. Verhalten wir uns also auch so.»

Sie gebot den beiden älteren Nonnen, das größere Zimmer miteinander zu teilen, und hob die Hand, um deutlich zu machen, dass jeder weitere Einwand zwecklos war.

Ani Tsültrim ist ein Besen, dachte Maili, aber ein Besen, der gut kehrt. Wer sonst könnte diese Meute derart in Zaum halten?

Die Klosterleiterin teilte die Nonnen in fünf Gruppen ein, angeführt von je einer älteren Nonne. Jedes der planlos auf dem Berghang verstreuten Häuser sollte genau untersucht und so sollten Schäden festgestellt werden. Einige der Häuser waren sehr hastig und ohne große Sorgfalt gebaut worden, abhängig davon, wie weit die mageren Mittel gereicht hatten.

Inzwischen war es Mittag geworden und die Sonne hatte den Nebel aufgelöst. Mächtig ragte der von dichtem Hochdschungel überwucherte Berg hinter dem Kloster in den milchig blauen, wolkenlosen Himmel. Im Katmandu-Tal lag immer noch dichter Dunst auf der großen Stadt. Über dem Lhakang kreisten zwei große Greifvögel, so tief, dass man ihre hellen Bäuche sehen konnte.

Die Schäden, die das Erdbeben angerichtet hatte, waren nicht allzu groß. Der alte Lhakang duckte sich mehr denn je, doch stand sein Abriss ohnehin bevor. Eines der Klohäuschen war mitsamt seinem Sockel ein Stück bergab gerutscht. Am Rand des Osthangs hatte sich ein Felsbrocken gelöst und war durch das Dach eines Holzschuppens gefallen. Nach dem Mittagessen dachte kaum mehr jemand im Kloster an das Erdbeben. Nur die beiden älteren Nonnen murrten, die nun keine Einzelzimmer mehr hatten.

Sarah

Mailis innere Unruhe drehte sich nicht um das Erdbeben. Immer wieder lief sie in der sanft wärmenden Mittagssonne zum Trampelpfad unterhalb der langen Treppe, der zur Schotterstraße hinunterführte. Von dort aus konnte sie einen Teil der Straße mit ihren scharfen Haarnadelkurven überblicken, bleiche Narben im trockenen Mattgrün des Bergdschungels. Bei jedem Monsunregen wurde die Straße ausgespült, bis sie einem Bachbett glich, doch jetzt, nach dem Winter, war sie noch in gutem Zustand und Ani Pemas Jeep würde keine Schwierigkeiten haben heraufzukommen.

Wie oft schon hatte sie, seitdem sie im Kloster lebte, hier gestanden und die Straße beobachtet. Wartend auf Sönam. Sönam mit den langgezogenen Augen und dem fein gezeichneten Mund. «Sönam», sagte Maili leise und kostete den zarten Geschmack seines Namens in ihrem Herzen. Ersehnte Gestalt im roten Gewand. Mailis Hoffnung. Mailis Furcht.

Maili Ani, befiel deinem Geist zu schweigen!, mahnte eine sanfte innere Stimme. Nicht an Sönam denken!

Gehorsam löste sich Maili von dem Bild des jungen Mönchs. Sie löste sich von der vollkommenen Linie seines Schlüsselbeins. Sie löste sich vom herzschmerzenden Anblick der feinen Haare auf seiner Oberlippe. Alle Bilder löste sie auf, an denen ihr Geist haften wollte, um dennoch Sönams Atem an ihrer Stirn und den festen Griff seiner feinknochigen Hand zu spüren.

Der plötzliche Schmerz der Erinnerung trieb ihr Tränen in die Augen. Sie ballte die Fäuste. Nicht kämpfen!, sagte die sanfte Stimme. Kämpfen macht es schlimmer. Er ist nicht da. Noch nicht. Noch sind die drei Jahre seines Retreats nicht um. Und selbst wenn er kommt, musst du ihn gehen lassen.

Die beiden Kulis des Klosters tauchten schwer beladen zwischen den Büschen des Trampelpfads auf. Sie setzten ihre Last am Beginn der langen Treppe ab und wischten sich den Schweiß von der Stirn.

«Wer kommt?», fragte Maili.

«Ani Pema und eine Langnasenfrau», antwortete einer der Kulis.

Endlich war sie da, Sarah, die sehnlich erwartete Fremde, Botin aus der anderen Welt, in der Frauen nicht heiraten mussten und wie Männer leben durften, frei und uneingeschränkt, wie die Yogis und Yoginis früherer Zeiten.

Seit Wochen hatte Maili sich Sarah vorgestellt, ein Bild geschaffen aus den wenigen Hinweisen, die Ani Pema ihr hatte geben können. «Nun ja, sie ist eben eine richtige Inchi», hatte Ani Pema lachend auf ihre Frage geantwortet, «mit heller Haut und kleinen braunen Flecken um die Nase. Ich habe gehört, sie sei eine gute Leiterin des Zentrums.» Sie erzählte von einem Dharma-Zentrum in einem kalten Land namens England, wo Frauen und Männer die Lehren des Buddha studieren konnten und dies mit einem weltlichen Leben verbanden. «Die Leute im Westen machen Pausen in ihrem arbeitsamen Leben», hatte Ani Pema erklärt. «Dann fahren sie in die Berge oder ans Meer und die Dharma-Leute kommen stattdessen ins Zentrum.»

Die Kulis waren schon weitergegangen, als Ani Pema in der letzten Kehre des Ziegenpfads erschien, hinter ihr die Inchi, die Engländerin. Ein gerötetes, langes Gesicht, tief liegende Augen von der Farbe des Regens, die hellen Haare zum langen Zopf geflochten. Ani Pema winkte, eine klein erscheinende Ani Pema neben der großen, fremden Frau.

Maili hörte englische Wörter, doch sie war gefangen vom Schauen und vom Spüren der seltsam vertrauten Botschaften, die von der fremden Frau ausgingen. Schließlich streckte sie die Hand zum Händeschütteln aus, wie sie es bei westlichen Besuchern gesehen hatte. Im selben Augenblick faltete Sarah die Hände zum asiatischen Gruß und Ani Pema lachte schallend. Maili zog ihre Hand zurück. Sie erkannte die Geste der Umarmung, noch bevor Sarah die Arme hob, und neigte sich Sarah entgegen. Eine Strähne, die sich aus Sarahs Zopf gelöst hatte, kitzelte Maili an der Nase. Unwillkürlich rieb sie ihr Gesicht an Sarahs Hals. Sie wurde des feinen, ekstatischen Geruchs frei fließender Kommunikation gewahr. O ja, sie würden einander verstehen.

Die beiden Nonnen geleiteten die Fremde zu Ani Pemas Häuschen. Sarah wollte lange bleiben, vielleicht Monate. Es war ein Geschenk, erklärte sie, das sie sich schon seit langem hatte machen wollen, mit den Nonnen leben, in einer anderen Zeit, so ruhig und frei.

Frei?, fragte sich Maili. Wer ist frei? Die Frauen im Inchi-Land oder wir Nonnen auf dem Berg?

Sarah packte ihre große Reisetasche in Ani Pemas Zimmer, in dem sie wohnen würde, aus. Sie bot Schokolade aus dem Westen an, Nahrung der Götter, und dazu tranken sie köstliches Cola aus Dosen, das Ani Pema aus der Stadt mitgebracht hatte.

Plötzlich bemerkte Maili, dass sie sich sowohl innerhalb der Runde als auch außerhalb befand. Sie sah Ani Pema mit dem Rücken zum Fenster sitzen, das rote Umhängetuch beiseite gelegt, über der gelben Bluse eine hübsche, rote Weste. Neben ihr Sarah, die Fremde und doch Vertraute, älter als Ani Pema. Wie würde sie mit ihrem bleichen Gesicht und der langen Nase im roten Nonnengewand aussehen anstatt im schwarzen Hemd und der feldgrünen Armeehose? Auch sich selbst sah sie dabeisitzen, die zierliche Maili mit dem herzförmigen Gesicht und den weit auseinander stehenden Augen. Maili Ani, Sönams Freude.

Nicht an Sönam denken!, warnte die sanfte Stimme. Folgsam stürzte sich Maili wieder in den Fluss der fremden Sprache mit seinen Windungen, Wirbeln und Stromschnellen.

«Maili ist unser Wunderkind», sagte Ani Pema. «Als sie zu uns ins Kloster kam, verstand sie kein Wort Nepali und Tibetisch. Jetzt spricht sie beides und Englisch noch dazu.»

«Nicht sehr gut», wehrte Maili ab. Sarahs regenfarbener Blick ruhte forschend auf ihr. «So viele Wörter – wie Säcke. Leere Säcke ohne Bedeutung, meine ich. Ani Yeshe aus Amerika war ein Jahr lang hier. Ihre Mutter ist Tibeterin. Sie konnte mir viel erklären.» Maili lachte. «Aber noch immer sind viele leere Säcke in meinem Kopf.»

«Vier Sprachen», sagte Sarah nachdenklich. «Ich kann nur meine Muttersprache. Und ein bisschen Latein, aber das ist eine tote Sprache, wie Sanskrit.»

Der erste Traum

Es ist früher Morgen und kühl. Sie trägt einen schweren, hölzernen Wasserkübel an einem Fenster vorbei, aus dem seltsame Laute dringen. Ein Schnalzen, ein Winseln, ein unterdrücktes Heulen. Sie setzt den Eimer ab und rückt einen Stein näher heran, um darauf steigen zu können. Im Spalt zwischen den Fensterläden sieht sie im

Kerzenlicht eine kniende, halb entblößte Gestalt, die sich mit einer Peitsche auf den eigenen Rücken schlägt, erbarmungslos, immer wieder. «Vergib mir!», heult die Gestalt. «O Herr, befreie mich von ihr! Vergib mir!» Von den Striemen auf dem weißen Rücken tropft Blut. «Mir kann nicht vergeben werden. Ich bin verdammt. Ein Sünder bin ich, ein Sünder, ein Sünder!» Bei jedem «Sünder» zischt die Peitsche.

Sie presst ihr Gesicht fest an die Holzlatten, um besser sehen zu können. Plötzlich hebt die Gestalt den Kopf. Das verzerrte Gesicht macht ihr Angst. Sie folgt dem Blick des Mannes nach oben. Dort sieht sie an der Wand zwei gekreuzte Balken, daran hängt die Skulptur eines toten, fast nackten Mannes.

«Ich bin verdammt! Ich bin verloren!», faucht und winselt der Mann mit dem schrecklichen Gesicht und schlägt erneut zu. «Ein Sünder, ein Wurm, Abschaum.»

Zitternd vor ungewisser Furcht wendet sie sich vom Fenster ab und nimmt den Kübel wieder auf. Sie sieht ihre Hände – sie sind klein, rissig und schmutzig. Es sind die Hände eines Jungen, vielleicht zehn, elf Jahre alt.

ༀ

Maili erwachte schweißnass, eng zusammengerollt, als läge sie in einem Versteck oder einem engen Verließ. Die wilden Schläge ihres Herzens erfüllten das ganze Zimmer. Ein über alle Maßen bedrohliches Gefühl hing der Traumszene nach, mit nichts zu vergleichen. Sie hatte Schmerz erlebt, tiefen, atemlosen, lähmenden Schmerz, damals, als Räuber ihre Eltern in den Bergen ermordet hatten. Und als ihr kleiner Bruder, der Zeuge der Morde gewesen war, an seinem Kummer starb, war es gewesen, als könnte sie selbst nicht mehr weiterleben. Doch dieser scharfe, klare Schmerz war ganz anders gewesen als das Entsetzen dieser Nacht, als das erstickende Grauen, das allen Dingen die Farbe zu rauben schien.

Früh am Morgen, noch vor dem Beginn der Vormittags-Puja, stieg sie hinauf zu den Räumen über dem Lhakang. Vorsichtig drückte sie sich an der Küche und am Zimmer der Klosterleiterin vorbei. Ani Tsültrim, die Leiterin, würde schimpfen, wenn sie Maili ertappte. Es gehörte sich nicht, unangemeldet beim Oberhaupt des Klosters einzudringen. Mag sie schimpfen, dachte Maili mit gekrauster Nase. Schimpfen tut nicht weh.

Die Tür hinter dem dicken Vorhang war offen. Die Nonne, die Ani Rinpoche bediente, war nicht zu sehen. Damit niemand sie im Zimmer der Yogini vermuten sollte, verbarg Maili ihre Plastikschlappen unter der Besucherbank. Dann schlug sie den Vorhang ein wenig zur Seite und schlüpfte in das Empfangszimmer.

«Rinpoche-la, darf ich hereinkommen?»

Die alte Yogini saß auf einem brokatbezogenen Polster neben dem erhöhten Sitz mit einem großen Bild des verstorbenen alten Rinpoche. Ihre zierliche Gestalt, eingehüllt in einen seidenen, mit Fell gefütterten Umhang, verschmolz mit den kunstvollen Wandmalereien hinter ihr.

«Komm nur, komm», sagte Ani Rinpoche und winkte Maili herein.

Maili ließ sich dreimal hintereinander auf die Knie nieder und berührte den Boden mit der Stirn. Dabei rezitierte sie im Stillen die Formel der Zuflucht: «Namo Gurubya, Namo Buddhaya, Namo Dharmaya, Namo Sangaya», doch ihre Aufmerksamkeit galt mehr dem sanft schmerzenden Glücksgefühl, das die Gegenwart der alten Yogini stets in ihr auslöste. Mit einer kleinen Geste wies Ani Rinpoche auf die Matte, die vor ihr lag.

«Rinpoche-la», sagte Maili in unziemlicher Hast, noch bevor sie saß, «ich hab etwas Grauenhaftes geträumt.»

Sie hatte gelernt, Ani Rinpoches langen, ruhigen Blick ohne Furcht entgegenzunehmen. Es war ein Blick ohne Festlegung, ohne Urteil, wie helles, scharfes Sonnenlicht. Doch selbst jetzt löste dieser Blick noch ein untergründiges Gefühl der Beunruhigung aus, als sei irgendetwas an ihr nicht in Ordnung.

«Ist es eine Erinnerung?», fragte Maili, als sie ihren Traum berichtet hatte. «Ich wusste, dass der Mann ein Mönch war. Er sah aber nicht wie einer unserer Mönche aus. Woher weiß ich so etwas? Kann es sein, dass ich das einmal erlebt habe?»

Ani Rinpoche wiegte kaum merklich den Kopf. «Ich glaube

nicht. Frag die Engländerin, ob es in dem Gebäude, in dem sie ihr Zentrum eingerichtet haben, in früheren Zeiten einmal Mönche gab. Es soll ein sehr altes Gebäude sein.»

«Der Traum macht mir Angst», sagte Maili.

«Du hast die Chöd-Praxis gelernt», erwiderte die Yogini. «Schneide die Angst durch. Und außerdem», fügte sie hinzu, «praktiziere die Meditation des Mitgefühls für den verwirrten Mann mit der Geißel.»

Sarah wusste nichts von Mönchen. Ein Teil des Gebäudes sei recht alt, so viel ließe sich sagen, doch seine Geschichte kenne sie nicht. Sie leite das Zentrum, seitdem es vor ein paar Jahren in dieses Anwesen außerhalb der Stadt verlegt worden war, erklärte sie. Sie habe sich nie um die Vergangenheit des Ortes gekümmert. «Bis jetzt ist noch niemand von uns einem Geist begegnet», sagte sie mit halbem Lachen.

Doch damit war das Rätsel des Traums nicht gelöst. Hatte Sarah, ohne es zu wissen, einen lokalen Geist mitgebracht, der sich nun in Mailis Kopf herumtrieb? Andererseits blieben Geister wohl eher zu Hause. Von weltreisenden Geistern hatte sie noch nie gehört.

Maili war mit Geistern aufgewachsen. Die Berge, Täler, Flüsse und Höhlen waren die Wohnstätten lokaler Gottheiten, und es war selbstverständlich, ihnen Respekt zu erweisen. Manchmal blieb der Geist eines Verstorbenen an der Welt hängen und irrte herum, bis jemand ihn erlöste. Das war Aufgabe der Lamas und vor allem der Chödpas. In Mailis Dorf hatte es eine weise Frau gegeben, die den Geist eines Menschen zurückholen konnte, wenn Dämonen ihn gestohlen hatten. Maili wusste, wie das vor sich ging. Und von Ani Rinpoche hatte sie gelernt, wie man Dämonen auflöste. Nur die Unwissenden fürchteten sich vor Geistern und Dämonen. Sie würde nicht mehr darüber nachdenken. Es war nur ein Traum.

In den folgenden Tagen befasste sich Maili nur noch selten mit Gedanken an den seltsamen Mönch. Einmal bat sie Sarah, ihr die Bedeutung des Kreuzes mit dem toten Mann daran zu erklären. Nachdem sie eine Weile zugehört hatte, sagte sie: «Eine traurige Geschichte. Aber ich verstehe nicht – warum haben sie das mit ihm gemacht? Was hat er getan?»

«Nichts», antwortete Sarah.
Maili seufzte. «A ja. Wie in Tibet.»

Sarah war nah. Sarah war Freude. Die Lust, mit Sarah zu sprechen, verdoppelte Mailis Lerneifer. Ihr Gedächtnis behielt jede Redewendung, jedes neue Wort. Von Ani Yeshe, der jungen Nonne aus Amerika, hatte sie gelernt, die fremde Sprache zu gebrauchen. Von Sarah lernte sie, in ihr zu träumen.

Die verspielten Tage des Losar-Fests gingen vorüber. Mit der zunehmenden Wärme der Sonne wuchs die Vertrautheit zwischen Maili und Sarah und sie begannen einander anzuvertrauen, was man nur mit nahen Menschen teilt. An einem sternenhellen Abend, an dem sie in Decken gehüllt vor dem Häuschen saßen und süßen Tee tranken, begann Sarah zum ersten Mal von ihrer Tochter Mona zu sprechen.

«Als mein Mann sich von mir trennte, wollte Mona bei ihm leben. Sie war noch fast ein Kind. Ich kämpfte nicht um sie. Ich ließ sie einfach gehen. Es schien richtig zu sein. Doch jetzt quält mich immer öfter der Gedanke, dass ich keine gute Mutter war und dass sie deshalb nicht bei mir bleiben wollte.»

Eine Träne rollte langsam über Sarahs Wange. «Aber ich weiß heute noch nicht, was ich hätte tun sollen, damit sie mich liebt.»

«Sie wollte den Vater, als sie dich zur Mutter wählte», sagte Maili und legte ihre Hand auf Sarahs Arm. «Das steht in den alten Schriften. Nach dem Tod, im Zwischenzustand, wird man ein Bardo-Wesen. Will dieses Wesen unbedingt wieder geboren werden, fühlt es sich von seinen zukünftigen Eltern angezogen, wenn sie miteinander schlafen. Es wird ein Mädchen, wenn es den zukünftigen Vater begehrt und eifersüchtig auf die Mutter ist. Wenn es die zukünftige Mutter begehrt, wird es ein Junge.»

Sarah nickte nachdenklich. «Sie hing von Anfang an sehr an ihm. Aber vielleicht lag es auch an mir.»

Mailis Gedanken wanderten. War meine Mutter eine gute Mutter? Sie verstand mich nicht. Sie wollte, dass ich so war wie sie, oder so, wie sie meinte, dass junge Mädchen sein müßten. Sie glaubte, genau zu wissen, wie ich zu sein hatte. Sie wollte mein Bestes. Sie dachte, ihre Vorstellungen seien mein Bestes. War das Liebe?

Unwissende Liebe. Bedingte Liebe. Sie pflegte mich hingebungsvoll, wenn ich krank war. Sie tröstete mich, als meine Lieblingsziege starb. Doch mein Anderssein verstand sie nicht.

«Wie meinst du, ist eine gute Mutter?», fragte sie nach einer Weile.

«Ich weiß es nicht», antwortete Sarah. «Ich hatte wohl immer das Gefühl, ich müsse meinem Kind ein Paradies bieten. Ich müsse alles vollkommen richtig machen.»

Maili pustete einen Laut heiterer Abwehr durch die Lippen. «Wie soll das gehen?»

Über Sarahs Gesicht huschte ein schiefes Lächeln. «Ja, wie soll das gehen? Gefühle sind nicht vernünftig. Ich glaube, ich wurde schon mit Schuldgefühlen geboren. Es ist wie eine lange, tiefe Wurzel. Du denkst, du hast sie beseitigt, aber sie treibt immer wieder von neuem.»

Sie schwiegen und schauten in den dunstigen Himmel über dem weiten Tal.

«Ich schicke ihr jeden Tag meine guten Wünsche», sagte Sarah. «Wenigstens das kann ich tun.»

«Ja. Das ist gut.» Maili lächelte und fügte sinnend hinzu: «So mache ich es auch.»

«Oh – hast du denn ein Kind?»

«Nein, nein, kein Kind. Jemand – jemand anderen.» Maili begann ihre Hände zu kneten. Der Wunsch, sich Sarah anzuvertrauen, war ebenso mächtig wie ihre Scheu. «Ein Mönch», sagte sie schließlich, «ich habe mich einmal in einen jungen Mönch verliebt. Sönam. Sein Lächeln ist so schön. Ein Zahn steht ein bisschen schief, das macht es noch schöner.»

Sarah schwieg auf eine sanfte, beruhigende Weise.

«Ich liebe ihn noch immer», fügte Maili leise hinzu. Ihr Herz begann wild zu pochen. Dies auszusprechen hieß, die geheimen Träume in die Wirklichkeit zu holen. Bald würde er kommen und er würde die bittersüße Nähe mitbringen, Mailis Hoffnung, Mailis Furcht. «Niemand weiß es außer Ani Pema.»

Sarah legte ihre Hand auf Mailis ineinander verkrampfte Finger. Ihr freundliches Schweigen öffnete eine Weite, in die Maili ihre Worte entlassen konnte, wie Schmetterlinge, frei und flüchtig.

«Wir waren einander so nah», flüsterte sie, «hier.» Dabei legte sie ihre Fingerspitzen auf die Mitte der Brust. «Wir haben unsere Gelübde nicht gebrochen. Das nicht.»

Was dann?, fragte Sarahs Blick. Mailis Körper und Geist wiederholten die Erfahrung der Auflösung aller Grenzen, der Verwandlung dessen, was fest war und Widerstand bot, in eine reine Sphäre von Zärtlichkeit, geborgen in einem unbegrenzten Augenblick.

«Wir wollten beide im Kloster bleiben. Wir lieben unser Leben, so wie es ist. Ich kann mir nicht vorstellen, anders zu leben. Hier habe ich Ani Rinpoche und die Pujas und das Studium und die Zeit für Meditation.»

In Mailis Stimme lag ein Anflug von Endgültigkeit, der sowohl ihren Worten Gewicht verlieh, als auch zu verstehen gab, dass über ihr Geheimnis genug gesagt sei.

«Erzähle mir von Ani Rinpoche», bat Sarah nach einer Pause. «Ich weiß gar nichts von ihr.»

Mit großer Bereitwilligkeit gab Maili Auskunft über ihre Lehrerin, die einen großen Teil ihres Lebens als Yogini in der ausgebauten Höhle über dem Kloster verbracht hatte. Einst eine Gefährtin des alten Rinpoche, hatte dieser sie vor seinem Tod zu seiner Nachfolgerin ernannt und ihr den Titel Rinpoche, die Kostbare, verliehen.

«Früher nannten wir sie Ani Nyima, obwohl sie in ihrem ganzen Leben nie eine Nonne war», sagte Maili lächelnd. «Und jetzt heißt sie einfach Ani Rinpoche. Ich weiß nicht, wer damit angefangen hat.»

«Ich hörte eine Nonne sagen, sie sei zum Fürchten, aber ich fand sie sehr freundlich.»

Maili lachte. «O ja, sie ist schon zum Fürchten. Man weiß nie, wie sie sich verhalten wird.»

«Erzähle – was macht sie?»

«Sie macht nichts. Das ist es. Sie lässt dich machen. Weil sie nichts macht, siehst du, was du machst. Zum Beispiel, wenn du unsicher bist oder nicht völlig aufrichtig, wenn du eine Rolle spielst, ohne es zu wissen oder nur halb wissend. Du spielst, du drehst dich um dich selbst, und sie lässt dich, und du drehst dich noch mehr, und niemand hält dich auf, bis du abgelaufen bist wie eine Uhr. Dann weißt du, was los ist. Und dadurch bringt sich das selbst in Ordnung.»

Sarah lachte ebenfalls. «Ich glaube, das verstehe ich.»

«Sie lässt dich gegen deine eigene Wand laufen», erklärte Maili fröhlich und schlug ihre Faust gegen die offene Fläche der anderen Hand, «und dann wachst du auf. Das ist gut.»

Sarah spitzte den Mund. «Meinst du – Schluss mit guter Mutter – schlechter Mutter?»

Maili sprang auf und warf die Arme hoch: «Wer ist Sarah? Wer ist Sarah?», sang sie und drehte sich, so dass ihr Rock eine Glocke bildete «Wer ist Sarah? Sagt mir, ihr Sterne, wer ist Sarah?»

Immer schneller drehte sie sich im Lichtkegel, der durch die offene Tür des Häuschens fiel. Schließlich ließ sie sich neben Sarah auf den ausgetrockneten Boden fallen und rief außer Atem: «Sarah braucht keine Flügel, um am Himmel zu tanzen. Ah lala ho, Dakini! Ah lala ho!»

Ein Tod

Seit Tagen stand das große Kalb an derselben Stelle auf der verdorrten Wiese neben dem Lhakang. Manchmal legte es sich nieder, doch es fiel ihm schwer, wieder aufzustehen. Die Haut hing lose über den Knochen. Aus seinem Maul tropfte unablässig Speichel.

«Es ist krank, man muss etwas tun», sagte Sarah.

«Man kann nichts tun», erwiderte Maili. «Es ist schon lange krank.»

«Es hungert», sagte Sarah und blieb unschlüssig stehen. «Es gibt hier ja nirgends Gras.»

«Der Winter war sehr trocken. Da wächst kein Gras.»

Sarah schüttelte den Kopf. Sie hob die große Holzschale auf, die auf der Wiese lag, füllte sie am Brunnen neben dem Lhakang mit frischem Wasser und trug sie zu dem regungslosen Tier. Das Kalb tauchte kurz die Schnauze hinein, ohne zu trinken. Dann stand es wieder in statuenhafter Starre.

«Könnte man nicht Heu besorgen?», fragte Sarah und streichelte das harte, stumpfe Fell.

«Es bekommt Gemüseabfälle. Die Kuh und ihr Sohn klettern auf den Hängen herum und fressen Blätter von Büschen und alles Mögliche. Aber diese Kleine war schon immer sehr schwach, von Anfang an.»

Sarah zog ungeduldig die Brauen zusammen. «Man müsste einen Arzt holen.»

«Wir haben nicht einmal genug Geld für unsere kranken Nonnen», erklärte Maili ruhig. «Wir können uns keinen Arzt für die Tiere leisten, die zu uns kommen und hier leben wollen. Sie kommen einfach. Niemand lädt sie ein und niemand schickt sie fort.»

Sarah wandte sich ab und ging weiter. «Es wird sterben», sagte sie und presste dann die Lippen aufeinander.

Mit einer beschwichtigenden Geste hob Maili die Hände. «Dann stirbt es an einem guten Ort.»

Mit großen Schritten strebte Sarah dem weit ausladenden Baum neben dem Lhakang zu, eingehüllt in eine Wolke zorniger Trauer. Maili beeilte sich nicht, ihr zu folgen. Lass dich nicht zornig machen von der Vergänglichkeit, wollte sie ihr sagen, es ist doch alles stets ein Werden und Vergehen. Aber es war nicht der rechte Zeitpunkt. Es war Sarahs Augenblick, und es galt, Sarahs Augenblick zu achten und zu schützen.

«Entschuldige», sagte Sarah, als Maili sich neben sie unter den Baum setzte. «Ich bin es nicht gewöhnt, dass der Tod so öffentlich ist.»

Maili verstand nicht, was dies bedeuten sollte, und sie versuchte nicht, es zu verstehen. Es war nicht wichtig. Sarahs Schmerz war wichtig, ihre Trauer, ihre Hilflosigkeit. Maili atmete den Schmerz und die Trauer und die Hilflosigkeit ein und sie atmete Gelassenheit und Gleichmut und liebevolle Ruhe aus.

Sarah hatte ihr Haar gelöst und begonnen, ihren Zopf mit schnellen, nervösen Bewegungen neu zu flechten.

«Ich weiß, dass ich sterben werde und dass du sterben wirst und alle sterben, aber wenn ich dieses arme Tier sterben sehe ... Ich möchte alles tun, um seinen Tod zu verhindern.»

«Das ist in Ordnung», sagte Maili leise.

«Im Westen sieht man den Tod nicht. Du siehst zertrümmerte Autos im Fernsehen und bedeckte Bündel daneben, und du weißt, das ist ein toter Mensch. Oder Reihen von Leichen, Opfer der Kriege und Aufstände. Aber das ist so weit weg. Es sind nur Bilder, nicht anders als in irgendeinem Spielfilm.»

«Warst du beim Tempel von Pashupatinath, wo die Hindus ihre Toten am Baghmati-Fluss verbrennen?», fragte Maili und wies auf den Ostteil der hell erleuchteten Stadt im Tal. «Dorthin gehen die Armen zum Sterben. Sie legen sich neben den Tempel und warten auf den Tod. Es ist ein sehr heiliger Ort. Sie denken, es ist gut, dort zu sterben.»

Sarah nickte nachdenklich. «Als Kuh würde ich wohl auch lieber hier als im Schlachthof sterben.»

Maili fragte nicht, was das Wort «Schlachthof» bedeutete. Es war nicht nötig, es zu wissen. Sie wollte eine wahre Vertraute sein, sie wollte der Raum sein, den die Freundin brauchte, um ihre Einsicht entfalten zu können.

«Vielleicht», fuhr Sarah fort, «ist es ja gut, dass das Kalb nicht länger in diesem kranken Körper eingesperrt ist. Heißt es nicht, dass die Klosterhunde wiedergeborene Mönche sind, die ihre Gelübde gebrochen haben? Vielleicht steckt in dem Kalb eine Nonne.»

Schließlich gingen sie in das Küchenhaus, um nach Futter für das Kalb zu suchen. Doch die Küche war leer und sauber gefegt. Die Abfälle waren längst verteilt. Maili suchte ein wenig Unkraut im Garten neben der Küche zusammen. Das Kalb warf keinen Blick darauf. Aus seinen Augen floss trübes Sekret.

Am Nachmittag lag das Kalb auf der Seite und die Klosterleiterin saß auf der Erde neben ihm und hielt seinen Kopf auf dem Schoß, ohne auf den Speichel zu achten, der ihren Rock beschmutzte. Maili kauerte neben ihr nieder.

«Es dauert wohl nicht mehr lange», sagte Ani Tsültrim und fuhr fort, über die Stirn des kranken Tieres zu streichen.

«Morgen früh», sagte Maili ohne nachzudenken. Sie wusste es mit Sicherheit, so, wie man in der Dämmerung weiß, dass es bald dunkel sein wird.

Ani Tsültrim sah sie lange fragend an.

Maili wiegte den Kopf. «Wenn die Sonne aufgegangen ist.»

«Gut.» Die Klosterleiterin hob vorsichtig den Kopf des Kalbs von ihrem Schoß. Das Kalb versuchte aufzustehen. Es wälzte seinen mageren, aufgetriebenen Körper auf die Knie, doch weiter reichten seine Kräfte nicht. Ergeben ließ es sich wieder zur Seite sinken.

«Ich bleibe noch», sagte Maili.

Ani Tsültrim erhob sich mit steifen Bewegungen und legte ihr kurz die Hand auf die Schulter. Ihre knochige Gestalt war manchmal gebeugt, als habe sie Schmerzen. «Was ist, Ani-la», fragte Maili manchmal, «sind Sie krank?» Doch Ani Tsültrim pflegte darauf nur mit einer kleinen, wegwerfenden Geste zu antworten.

Die Zeit der Rebellion war lange vorbei. Ani Tsültrims Entscheidungen waren stets weitsichtiger gewesen als Mailis hitzige Einwände. Mailis Intelligenz ließ nicht zu, dass sie die Augen davor verschloss. Und Ani Tsültrim hatte Humor, einen trockenen, leisen Humor, den man nur wahrnehmen konnte, wenn man aufmerksam war.

Mit einem angefeuchteten Taschentuch reinigte Sarah die Augen und das verklebte Maul des kranken Tiers. Maili setzte sich und flüsterte dem Kalb das Mantra der Arya Tara ins Ohr. Augenblicklich erschien die Gottheit über dem Kalb und hüllte es ein in ihr Licht, smaragdgrün, klar und heilend, wie das Blätterdach eines Waldes nach dem Regen. Die Meditation der Arya Tara war Mailis erste meditative Praxis gewesen, und in allen Notlagen wandte sie sich, ohne nachzudenken, unwillkürlich an die mütterliche Gottheit des Mitgefühls, so selbstverständlich, wie ein Kind nach der Mutter ruft, wenn es Hilfe braucht.

Ich helfe, sagten die Strahlen der Gottheit, ich bin da und alles ist in Ordnung. Die Buddha-Natur ist da, unzerstörbar, darauf kann man vertrauen, jenseits von Hoffnung und Furcht. Du bist in guten Händen, kleines Kalb, dachte Maili, während sie aufstand. Sie würde vor dem Schlafengehen wiederkommen und noch einmal vor dem Morgengrauen, wenn das Muschelhorn zur Morgenmeditation rief.

Das Kalb starb am Morgen, während der Gesang der Nonnen aus dem Lhakang wehte. Ani Tsültrim, Maili und Sarah saßen bei ihm und begleiteten es mit ihrer Meditation der Befreiung. Die Mutter des Kalbs und der kleine Stier standen in einiger Entfernung und schauten zu der kleinen Gruppe herüber. Sie hielten ganz still, auch ihre Kiefer bewegten sich nicht. Die natürliche, schlichte Würde des Todes legte sich über der Wiese. Selbst die geschwätzigen Raben saßen schweigend in ihrem Lieblingsbaum.

«Ich glaube, ich möchte auch hier sterben», sagte Sarah auf dem Weg zum Lhakang.

«Wiederhole den Wunsch, immer wieder, dann wird es so geschehen», entgegnete Maili.

Über ihnen schrie ein kreisender Falke. Es klang wie «Svaha! Svaha!»

«Ich verstehe immer weniger, je länger ich hier bin», sagte Sarah am Abend. «Ich meditiere den ganzen Tag, und gegen alles bessere Wissen denke ich, das müsse mich immer weiser machen. Aber ich verstehe gar nichts mehr.»

«Das ist gut», sagte Maili und schaute von ihrem Rocksaum auf, den sie vorher schon unzählige Male aufgetrennt und neu genäht hatte, um ausgefranste Stellen zu verdecken.

«Was soll daran gut sein?»

«Wo Verstehen ist, ist auch Verwirrung. Wo Verwirrung ist, ist auch Verstehen.»

«Und wo ist der Ausweg?»

Maili schnippte mit den Fingern. «Wozu? Die Natur deines Geistes ist Raum. Wo willst du raus – oder rein?»

«Oh», sagte Sarah. «Hm, ja.» Plötzlich begann sie zu kichern. Es begann mit einem kleinen Glucksen und steigerte sich schließlich zu einem so unbändigen, stöhnenden Gelächter, dass es Maili mitriss, bis beide sich schließlich auf dem Boden krümmten und die Hände auf das Zwerchfell pressten.

«Endlich weiß ich, was eine mystische Erfahrung ist», keuchte Sarah und wischte Lachtränen von ihren Wangen.

2

Panchas Tanz

Trockene Zweige knackten laut unter Mailis Füßen. Seit langem hatte sie ihr Versteck nicht mehr aufgesucht. Der geheime Platz, den sie sich an einer abgelegenen Stelle zwischen Bäumen und Büschen des Bergdschungels eingerichtet hatte, war jahrelang ihr einziger Zufluchtsort gewesen, an dem sie allein sein konnte, um zu weinen oder zu träumen. Und um Sönam zu treffen. Ein flacher Fels bildete eine natürliche Bank inmitten der kleinen Lichtung, überschattet von einem niedrigen Bäumchen. Ein wenig Buschwerk hatte sie beseitigen müssen, um freien Blick über das Tal und die gegenüber liegenden Berge zu haben.

Der kaum sichtbare Pfad war fast zugewachsen. Behutsam bog Maili die Zweige zurück, die ihr den Weg versperrten. Bald war Sönam wieder da. Niemand sollte ihr Versteck entdecken. Sie würde es brauchen.

Plötzlich erstarrte sie. Zwischen den Büschen bewegte sich etwas und sie hörte Bruchstücke einer leise gesungenen Melodie. Eine Flamme des Ärgers schoss in ihr hoch. Jemand hatte sich ihres kostbaren Verstecks bemächtigt. Dies war ihr Platz, der Schrein ihrer Erinnerungen. Niemand außer ihr hatte das Recht, sich hier aufzuhalten.

Ihr wütendes Herzklopfen weckte sie aus ihren bösen Gedanken. O nein, dachte sie beschämt, Maili ist unter die Hunde gegangen. Gleich wird sie knurren, die Zähne fletschen und ein Bein heben. Im Geist verneigte sie sich vor der Yogini und flüsterte: «Verzeihung, Rinpoche-la, ich bin wieder wach, ich bin wieder wach!»

Vorsichtig schlich sie näher, bis sie den Eindringling sehen konnte. Es war das Newar-Mädchen Pancha, eine neue Anwärterin auf die Novizenschaft. Der lange, blauschwarze Zopf reichte ihr bis auf die Hüften. Man hatte noch nicht entschieden, ob sie bleiben durfte.

Pancha tanzte, entzückend anzusehen in ihrem türkisfarbenen newarischen Gewand, einem langen, schmalen Hemd und an den Knöcheln geschlossener Hose. In der rechten Hand hielt sie einen kleinen Plastikteller, der die Schädelschale ersetzte, in der linken ein Stück Holz anstatt des Ritualmessers, und mit anmutigen Gesten tanzte sie Variationen des Tanzschritts der roten Dakini, deren Bild im Lhakang hing.

Atemlos sah Maili zu. Innerhalb weniger Augenblicke war ihr Ärger vergessen. Solch einen Tanz hatte sie noch nie gesehen. Es waren wundervoll fließende und zugleich außerordentlich disziplinierte Bewegungen, anmutig und weich, aber zugleich auch voller Kraft und Stolz. Jede Phase des Tanzes ergab ein vollkommenes Bild. Mit leidenschaftlicher Genauigkeit achtete die Tänzerin auf jede Augenbewegung, jede Fingerhaltung, bis sie schließlich in der Position des tantrischen Tanzschritts innehielt, wie eingefroren in vollendetem Gleichgewicht.

Maili presste die Hände gegen die Brust. So wollte sie auch tanzen. Sie ahnte den Fluss der köstlichen Bewegungen in ihrem Körper, der um die Ekstase dieses Tanzes zu wissen schien. Als habe sie einst selbst so getanzt, in einer anderen Zeit.

Maili trat zwischen den Büschen hervor. «Ah lala!», rief sie und klatschte in die Hände. Das Mädchen erschrak und griff hastig nach dem Tuch, das auf der Felsplatte lag.

«Huhu, ich bin ein Leopard!», rief Maili. «Siehst du das nicht? So sehen Leoparden aus.»

Das Mädchen lächelte unsicher. «Bitte, verrate mich nicht», sagte sie scheu, «sonst schicken sie mich wieder weg.»

«Du tanzt sehr schön», sagte Maili.

«Ich habe zu wenig Übung», erwiderte Pancha. «Ich weiß, man darf nicht tanzen. Aber es ist ein heiliger Newar-Tanz. Ich habe nichts Schlechtes getan.»

Sie wollte hastig weglaufen, doch Maili trat ihr in den Weg. «Keine Angst, Pancha, ich verrate dich nicht. Komm, setz dich zu mir.»

Maili legte beruhigend den Arm um das Mädchen und zog sie sanft mit sich zur Felsplatte. Zögernd setzte sich Pancha neben sie.

«Wo hast du tanzen gelernt?», fragte Maili.

Pancha zog ihr Tuch fest um sich und hielt den Kopf gesenkt, sodass Maili nur das glatte, dichte Haar sehen konnte.

«Beim Putzen», antwortete Pancha.

«Aha, beim Putzen», wiederholte Maili und kicherte.

Panchas schüchternes Lächeln erhellte sich ein wenig. «Ich habe in der Tanzschule geputzt.»

«Und du hast durch Zuschauen tanzen gelernt?»

Das Mädchen nickte.

«Warum bis du hier im Kloster?»

Pancha senkte den Kopf noch ein wenig tiefer. «Ein Tänzer. Er sagte, er würde mich heiraten. Er war einer der Lehrer. Einmal sah er mich heimlich mittanzen. Er sagte, ich sei begabt. Ich durfte bei jedem Unterricht dabei sein. Er sagte, wenn ich fleißig sei, dann könnten wir bald zusammen in Hotels auftreten und viel Geld verdienen. Und ich hab für ihn geputzt und gekocht. Ich kann gut kochen. Wir sind modern, hat er gesagt, da muss man nicht sofort heiraten. Dann lernte er eine Inchi-Frau kennen, und sie erlaubte nicht, dass er mich behielt.»

Unvermittelt hob sie den Kopf und stieß hervor: «Wo sollte ich denn hingehen? Mein Eltern nehmen mich nicht mehr auf. Ich stand auf der Straße. Aber ich bin nicht dumm. Ich bin in die Schule gegangen. In dieselbe Schule wie Ani Palmo.»

Sie sank wieder in sich zusammen und begann zu weinen, leise, verstohlen, ein kleines Mädchen, das gern unsichtbar gewesen wäre.

Maili drückte sie an sich und sang mit sanftem Wiegen das Mantra der Arya Tara. OM TARA TUTTARE TURE SVAHA. Schöne Mutter Tara, Mutter aller Buddhas, unbegrenzter Raum des Mitgefühls, löse den Schmerz auf, löse die Verwirrung auf, verwandle Unwissenheit in Weisheit.

Als Pancha nicht mehr weinte, stand Maili auf. Sie legte ihr Tuch ab und sagte nachdrücklich: «So, und jetzt zeig mir, wie das geht. Ich möchte deinen Tanz lernen.»

Pancha sah sie mit offenen Mund an.

«Zeig es mir», sagte Maili ungeduldig.

«Es ist doch verboten.» Panchas Stimme war dünn vor Unbehagen.

Maili warf den Kopf zurück. «Es ist ein heiliger Tanz. Daran ist nichts Schlechtes. Ich will ihn lernen.»

Pancha stand auf und nahm umständlich ihr Tuch ab. «Ich weiß nicht . . .»

«Fang an», sagte Maili, «ganz langsam.»

Sie übten lange und vergaßen die Zeit. Erst der entfernte Klang der Glocke, die zum Mittagessen rief, holte sie in die Welt des Klosters zurück. Der vormittägliche Studienkurs war zu Ende. Maili bedauerte nicht, dass sie ihn versäumt hatte.

«Essenszeit», seufzte sie. «Denk dir irgendeine Entschuldigung aus.»

Sie verabredeten sich für die Mittagspause am folgenden Tag.

«Du wirst diesen Platz hier vergessen», sagte Maili mit Nachdruck, «er gehört mir. Nur mir. Ich kenne eine Lichtung, die ist größer und besser geeignet. Dort werden wir üben.»

Das Tanzen half Maili ein wenig über ihre wachsende Unruhe hinweg. Sönams Dreijahres-Retreat war zu Ende, doch er kam nicht auf den Berg. Der Bruder einer der Nonnen, der ebenfalls in diesem Retreat gewesen war, besuchte seine Schwester im Kloster. Maili wagte nicht, nach Sönam zu fragen.

Der innere Druck wurde so übermächtig, dass sie sich eines Abends Sarah anvertraute.

«Vor drei Jahren trennten wir uns mit so viel Leichtigkeit», sagte sie. «Wir waren ganz ruhig. Fast weise. Wir wussten, dass es keine Trennung gibt – nur außen. Alles war richtig. Alles stimmte.»

«Warum, meinst du, kommt er nicht?», fragte Sarah.

Maili knetete ihre Hände. «Wahrscheinlich, weil er Angst hat. Er hatte so oft Angst.»

«Wovor?»

Maili verzog das Gesicht zu einem resignierten Lächeln. «Vor sich selbst. Vor Schmerz. Was weiß ich. Er erlebt es anders als ich.»

Sarah nickte sinnend.

Jetzt ist der richtige Augenblick, dachte Maili, jetzt muss ich sie fragen. Sie ist meine Freundin. Sie wird es mir erlauben. Ohne weiter zu überlegen, stürzte sie sich in die Frage und ihre Stimme klang flach und ein wenig atemlos.

«Sarah, du hattest einen Mann. Wie war es mit ihm?»

Sarah lachte. «Nicht ideal. Sonst wären wir jetzt nicht geschieden.»

«Ich meine, wie war es ... mit eurer ... Liebe ...»

«Wir waren ziemlich jung, Studenten, und wir waren sehr verliebt. Mindestens ein Jahr lang.»

Maili drehte den Zipfel ihres Tuchs um einen Finger. Es lag nicht an der fremden Sprache, dass sie nicht die richtigen Worte fand. Keine der Sprachen, die sie kannte, schien die richtigen Worte zu bieten.

«Was möchtest du wissen?», fragte Sarah sanft.

Maili befreite ihren Finger aus dem Tuch und legte mit einer unbewussten Geste die Hände aneinander.

«Wart ihr Freunde – gute Freunde, so wie du und ich?»

Sarah dachte nach. «Weißt du», sagte sie schließlich, «es gibt bei uns ein Sprichwort: Das Einzige, was es in einer Liebesbeziehung nicht gibt, ist Liebe. Meine Erfahrungen haben das bestätigt. Irgendwann dachte ich: Bestenfalls ein Rinpoche wird mir das bieten können, was ich von einem Mann erwarte. Eine gesunde männliche Energie. Ich hatte genug von gewöhnlichen Männern.»

Maili kicherte. «Einmal wollte mich ein Rinpoche nach Indien mitnehmen. Ich kannte ihn nicht und er kannte mich nicht. Rinpoches sind manchmal ... wie heißt das Wort? ... seltsam.»

Sarah griff nach der Thermoskanne und goss gesalzenen tibetischen Tee in ihre Tassen.

«Aber du bist noch da.»

Maili ließ sich heiter in die Erinnerung gleiten. Sarahs Stimme zog sie wieder heraus und sie schämte sich für ihre Geistesabwesenheit.

«Ich erzähle dir eine Rinpoche-Geschichte, wenn du magst», sagte Sarah und ordnete ein Kissen hinter ihrem Rücken.

Maili klatschte in die Hände. «Erzähle, erzähle.»

Eines der seltenen Frühlingsgewitter hatte ein wenig Regen gebracht und der köstliche Geruch kühler, nasser Erde zog durch das Häuschen.

«Im vergangenen Jahr besuchte ich Nordindien. Ein befreundetes Paar nahm mich zu einem tibetischen Kloster mit, dessen Rinpoche einmal in unserem Zentrum zu Gast war. Ich ließ die beiden in Ruhe und ging meiner eigenen Wege. Einmal fuhr ich zu einem zwei Autostunden entfernten, als besonders schön gerühmten Bergdorf und auf der Rückfahrt brach das Taxi zusammen. Es war ein glühend heißer Nachmittag. Wir standen auf einer einsamen Straße, der Fahrer wühlte unter der Motorhaube herum, und ich hoffte, dass endlich mal irgendjemand vorbeikommen würde. Aber diese Straße lag am Ende der Welt, da kam niemand vorbei.»

Eine Liebe von Sarah

Sarah saß auf der Schattenseite des Taxis in der offenen Tür. Die Luft stand still wie eine lauernde Katze. Ihr Hemd und ihre Hose klebten an der Haut und über ihrem Gesicht und Hals lag eine mit Staub vermischte Schweißschicht.

Ihr Blick glitt an den sie umgebenden steilen Berghängen ab, die alle gleich aussahen. Seit mehr als einer halben Stunde standen sie bereits hier, und es sah nicht so aus, als würde der Taxifahrer mit seinen Bemühungen unter der Motorhaube den geringsten Erfolg haben. Sie mochten vielleicht noch zwanzig Minuten Fahrt von der Stadt entfernt sein – zu weit, um zu Fuß zurückzulaufen. Sarah seufzte und bedauerte sich. Schließlich zog sie ihre Mala hervor und ließ sich vom Rhythmus des Mantras beruhigen. OM MANI PADMA HUM OM MANI PADME HUM. Wie viele Flüchtlinge mochten unterwegs sein auf den Straßen dieser Welt, unter schlimmeren Bedingungen, als im Schatten eines Taxis sitzend, auf Straßen, die in bedrohliche Ungewissheit führten, anstatt in die Geborgenheit eines tibetischen Gästehauses.

Die Sonne rückte weiter. Der Fahrer richtete sich schließlich auf und zündete eine Zigarette an. Sarah mochte ihn nicht. Die Wasserflasche, die sie fürsorglich mitgenommen hatte, war fast leer. Zögernd bot sie den letzten Rest dem Fahrer an. Mit einem dankbaren kleinen Lächeln nahm er die Flasche entgegen. Sarahs Abneigung verminderte sich ein wenig.

Fernes Motorengeräusch ließ sie aufspringen. In der Haarnadelkurve vor ihnen erschien ein großer, funkelnder, komfortabler Geländewagen. Mit Erleichterung stellte Sarah fest, dass seine beiden Insassen rote Klostergewänder trugen.

Der Wagen hielt an und der Beifahrer, ein schlanker, großer Mönch, sprang heraus, mit einem Schwung, der verriet, wie sehr sich sein in klösterliche Gemessenheit gezwängter Körper nach freier Bewegung sehnte.

«Brauchen Sie Hilfe?», fragte er.

«O ja, bitte», rief Sarah, «ich will hier weg. Wir stehen hier schon ewig.»

Er könne sie zu seinem Kloster mitnehmen, schlug der Mönch in passablem Englisch vor, und dann könne er ihr sein Auto zur Fahrt in die Stadt zur Verfügung stellen. Sein Lächeln gab sehr weiße Zähne zwischen vollen, wohlgeformten Lippen frei. Trotz der Hitze wirkte er kühl.

Bevor der Fahrer Sarah beim Einsteigen behilflich sein konnte, hatte der Mönch bereits ihren Ellenbogen ergriffen und nahm ihre Hand in die seine. Erleichtert kletterte sie auf den Rücksitz des Fahrzeugs und lehnte sich leise seufzend zurück. Es erschien ihr, als würde der Mönch ihre Hand ein wenig länger festhalten als nötig. Ihr Herz schlug fröhliche, kleine Trommelwirbel.

Nach kurzer Zeit erreichten sie ein abgelegenes kleines Kloster, neu und überaus sauber.

«Hier bin ich zu Hause», sagte ihr Begleiter und führte sie ins obere Stockwerk. «Ich bin der Rinpoche dieses Klosters.»

Sarah überlegte verwirrt, wie sich verhalten sollte. Sie hatte wenig Erfahrung im Umgang mit Rinpoches. Sie waren hohe Würdenträger, man ließ ihnen den Vortritt, hielt ihnen die Tür und den Wagenschlag auf und näherte sich stets gebückt mit gefalteten Händen. So hatte sie es gesehen und folgsam nachgeahmt. Doch war es nun zu spät für solche Formen und dieser Rinpoche schien keinen Wert darauf zu legen. Sarah rettete sich in die umständlichen Maßnahmen, die das Ausziehen ihrer gut verschnürten Wanderschuhe erfordete. Aus den Augenwinkeln sah sie die Füße des Rinpoche, der in bequeme Ledersandalen geschlüpft war, schmale Füße, klein für seine Größe.

Als sie sich aufrichtete, legte der Rinpoche, der sie um weniges überragte, leicht seine Hand auf ihren Rücken und schob sie an einem dicken Vorhang vorbei in ein Zimmer mit Sitzcouch und tiefen Sesseln. Er wies ihr einen Sessel zu und setzte sich auf die Couch. Keine Brokatdecke bezeichnete seinen Sitzplatz, wie es üblich war, und er schlug die Beine übereinander, anstatt sie nach östlicher Weise zu kreuzen.

Ein alter Mönch war ihnen gefolgt und stellte ein kostbares Trinkgefäß vor seinen Herrn. Auf ein paar Worte des Rinpoche verschwand er und kam mit einem Glas und einer eisgekühlten Dose Cola zurück. Der Alte ging seinen Pflichten mit würdevoller Aufmerksamkeit nach. War er die männliche Amme, die den kleinen Rinpoche in der Männergesellschaft eines Klosters aufgezogen hatte? Er mochte es sein. Die unaufdringliche Verlässlichkeit tiefer Hingabe ging von ihm aus.

Der leichte Plauderton des Rinpoche ließ Sarah bald ihre Unbefangenheit wiederfinden. Sie sprachen über London, wo der Rinpoche einmal gewesen war, über das Zentrum, das Sarah leitete, über die Veränderungen der tibetischen Tradition unter dem Einfluss westlicher Zivilisation.

«Ich gehöre zu einer neuen Generation», sagte der Rinpoche. «Ich wurde im Exil geboren und bin in einer neuen Welt aufgewachsen. Manchmal habe ich die traditionelle Rolle satt. Lieber putze ich mit meinen Mönchen die Toiletten als repräsentieren zu müssen. Hin und wieder fahre ich in die Stadt und gehe in ein westliches Restaurant, wo mich niemand kennt und ich ein einfacher Mensch sein darf und mit Touristen plaudern kann.»

Das Gespräch ging in ein Abendessen über und es begann dunkel zu werden. Unvermittelt stand der Rinpoche auf.

«Besuchen Sie mich wieder», sagte er, «ich würde mich sehr darüber freuen.» Er reichte ihr seine Karte. «Rufen Sie mich an.»

Als sie sich zur Türe wenden wollte, zog er sie an sich und umarmte sie mit der Selbstverständlichkeit, mit der Freunde einander umarmen.

Bevor sie in den Geländewagen stieg, warf sie einen Blick nach oben. Der Rinpoche stand auf seinem Balkon und winkte.

«Tashi delek!», rief sie hinauf.

«Take care!», rief er zurück.

Sarah bewegte sich in einer verzauberten Welt. Es war, als sei alles Existierende allein dazu da, sie zu erfreuen. Weißes Mondlicht warf scharfe Schatten in die wuchtige nächtliche Landschaft. Die Nacht dehnte sich, wurde größer und größer und sie konnte darin dahintreiben wie in einem Anfang ohne Ende.

Am nächsten Morgen wachte zugleich mit ihr der Gedanke auf, ihn anzurufen. Wie wunderbar einfach. Sie konnte zum Hörer greifen und die Schlinge ihrer Worte auswerfen, ihn einfangen darin und ihn zu sich ziehen. Sie verbot sich weiterzudenken.

Ein Sinn für Form gebot ihr, zumindest zwei Tage zu warten. Trotz des Untertons der Erregung waren es köstliche Tage, voller Schönheit und Reichtum für alle Sinne. Mit Eifer stürzte sie sich in das Meditationsseminar, um dessentwillen sie gekommen war. «Die Meditation macht unsere Sarah schöner denn je», sagten ihre Freunde. Sarah lächelte. Wie Recht sie hatten. Jeder Atemzug war Meditation. Jeder Funke ungezielter Freude war Meditation. Manchmal vergaß sie den schönen Rinpoche und ließ sich nur tragen von der Leidenschaft des Geistes, von Entfaltung zu weiterer Entfaltung.

Am dritten Tag wartete sie am frühen Morgen vor dem Büro des Gästehauses. Doch die indische Bürozeit beginnt erst, wenn die angenehme Kühle des Morgens ausgiebig gewürdigt worden ist. Es dauerte lange, bis jemand kam und den Zugang zum Telefon öffnete. Sarahs Hand zitterte, als sie zum Hörer griff.

Der Rinpoche lud sie ein, am nächsten Tag zu kommen. «Kommen Sie vormittags», sagte er. «Mittags muss ich in die Stadt. Dann kann ich Sie mitnehmen.»

Sie zog Schuhe zum Schlüpfen an, denn sie wollte den funkelnden Fluss der Blicke und Worte nicht unterbrechen, um sich niederzukauern und an den Schuhen herumzuarbeiten. Es mochte sogar geschehen, dass ihre Hände zitterten und unnötig Zeit vergeudet wurde.

Sie sah ihn auf den Balkon treten, als das Taxi in den Klosterhof fuhr. Hatte er auf sie gewartet, hatte er auf das Geräusch des Motors gelauscht, das ihre Nähe vor sich hertrug? Ein paar junge Mönche spielten mit einem verbeulten Ball und streiften sie mit neugierigen Blicken.

In seinem Empfangszimmer umarmte er sie mit scheinbarer Selbstverständlichkeit, doch zog er den Augenblick in die Länge, flocht ein Zögern hinein, das selbst dann noch im Raum schwebte, als er sich von ihr gelöst hatte.

Sie flochten ihr Gespräch wie Menschen, die sich lange und gut kennen. Hin und wieder machte er Pausen, saß still und sprach nicht. Sarah überwand ihre Befremdung und passte sich seinem Rhythmus an. Ihr Bedürfnis, die Lücken zu füllen, verlor sich schnell. Die Pausen wurden zu stillen Inseln, auf denen der Geist sich ausruhen konnte.

Manchmal suchte er nach einem bestimmten Wort und fand ein anderes, das nicht passte. Dann lachten sie ausgelassen und der alte Mönch lüftete den Vorhang und warf einen neugierigen Blick in das Zimmer.

Die Armbanduhr des Rinpoche piepte leise. «Zeit zu gehen», sagte er und fügte hinzu: «Schade.»

Sarah erhob sich und wartete auf seine Umarmung. Im Schutz des Geplauders war die anziehende Kraft gewachsen und hatte die Worte immer unwichtiger werden lassen. Er zog sie an sich und Sarah legte die Hände auf seinen Rücken. Sie konnte dem zarten Duft seines Halses nicht widerstehen. Ohne die Störung durch einen Gedanken drückte sie ihre Lippen auf die weiche Haut. Sie war süß und kühl inmitten des warmen Rings ihres Atems.

Wortlos löste er schließlich die Umarmung und hielt den Vorhang an der Tür für Sarah auf. Während der Fahrt war er heiter und gelassen.

«Kommen Sie bald wieder», sagte er, als sein Fahrer vor dem Tor ihres Gästehauses anhielt. Diesmal stieg er nicht aus. Mit einem kurzen Lächeln winkte er ihr zu.

Nicht darüber nachdenken, ermahnte sich Sarah immer wieder. Lass es sein, wie es ist. Bewahre den Zauber dieses Geschenks.

Der nächste Tag war von einem großen Einweihungszeremonial ausgefüllt und danach verbrachte sie ein paar Tage mit intensiver

Meditation. Sie befand sich in einem hochempfindlichen Schwebezustand, und sie erlaubte sich keine Unachtsamkeit, die dies hätte stören können.

Am Tag, bevor sie sich mit den Freunden auf eine zweiwöchige Rundfahrt begab, rief sie ihn wieder an. Er meldete sich nicht. Immer wieder versuchte sie es vergeblich und ihre Aufregung steigerte sich von Stunde zu Stunde. Sie schürfte sich wund an dem Gedanken wegzufahren, ohne ihn vorher gesehen zu haben.

Als sich am Nachmittag endlich die vertraute Stimme meldete, vermochte sie kaum zu antworten.

«Hier ist Sarah», sagte sie und spürte, dass ihre Stimme fremd klang. «Wir fahren morgen für zwei Wochen weg. Ich konnte Sie nicht erreichen. Nun sehen wir uns wohl nicht mehr.»

«Haben Sie Zeit? Dann kommen Sie», sagte er.

«Jetzt gleich?»

«Ja», erwiderte er, «ich warte.» Ohne ein weiteres Wort legte er auf.

Im Taxi löste sie ihren Zopf und zupfte die Haarsträne auseinander. Mit übermütiger Geste warf sie dem Taxifahrer die Rupien-Scheine in den Schoß und sprang die Stufen zum Obergeschoss des Klosters hinauf. Der Rinpoche erwartete sie auf der obersten Treppe und ohne Zögern fielen sie einander in die Arme. Er küsste sie, sehr sanft, tastend, mit geschlossenen Lippen. Seine Hände gruben sich in ihr Haar. Langsam, aufmerksam wanderte sein Mund über ihr Gesicht. Sie sah ein paar graue Härchen an seinen Schläfen und ein Gefühl der Rührung stieg in ihr auf. Schöner Rinpoche, du wirst alt werden und deine Schönheit verlieren, doch dein Geist wird nicht alt werden, sondern schöner, immer schöner, ich bete darum.

Während er sie in das Empfangszimmer führte, sagte er mit dem lächelnden Ernst des Verschwörers: «Ich habe meinen Bodyguard in die Stadt geschickt.»

Er zog sie neben sich auf die Sitzcouch. Sie berührten einander mit einer verzauberten, behutsamen Zärtlichkeit, wie sehr junge, sehr unerfahrene Liebende das Wagnis der Nähe erproben. Sarah erlaubte sich nicht, ihre Lippen zu öffnen. Zu grob erschien ihr dies für dieses hauchzarte Wunderland, in dem schon die Begegnung der Fingerspitzen ein Feuerwerk der Ekstase auslöste. Sie verlangsamte ihren Atem, um den Augenblicken Zeit zur Entfaltung zu geben und in der zarten Berauschung dahinzutreiben, ohne an sich selbst anzustoßen.

Plötzlich schob er sie von sich und sagte: «Das ist genug.»

Verwirrt sah Sarah ihn an. Er nahm ihre Hand und sagte in übertrieben sachlichem Ton: «Du musst wissen, dass ich nicht mit dir schlafen kann.»

So weit hat sich meine Vorstellung noch gar nicht vorgewagt, mein schöner Rinpoche, dachte Sarah. Wer geht nun hier auf brüchigem Eis?

«Warum?» Sie bemühte sich, ebenso sachlich zu klingen wie er.

«Nicht erlaubt», antwortete er.

«Wie das? Die Rinpoches, die ich kenne, sind frei.»

«Nicht in meiner Linie. Bei uns hat ein Rinpoche als Klosterleiter die Mönchsgelübde abzulegen.»

«Ach so», erwiderte Sarah nachdenklich. «Na ja, kein Problem. Aber es gibt die tantrische Transformation, nicht wahr? Ich habe gelesen, dass dies die Gelübde nicht berührt.»

«So fortgeschritten bin ich nicht.»

Sarah schwieg. Er strich eine Haarsträhne aus ihrem Gesicht. Sie ergriff seine Hand und küsste sie, bevor er sie ihr entziehen konnte.

Sarahs Blick verlor sich in den Konturen des Zimmers. Die halb geschlossenen gelben Vorhänge dämpften das harte Licht des Tages, ein Versprechen der Sanftheit, das der Augenblick nicht einlösen wollte.

Mit einer Geste der Endgültigkeit schlug der Rinpoche die Beine übereinander und legte seine Hände in den Schoß.

«Es tut mir Leid», sagte er förmlich.

Sarah lehnte ihren Kopf an seine Schulter. Plötzlich hatte das Schweigen alle Leichtigkeit verloren.

«Wie fühlst du dich?», fragte Sarah.

«Ich weiß es nicht», antwortete er mit flacher Stimme.

Sarah richtete sich auf. «Du bist Buddhist. Solltest du nicht wissen, was in deinem eigenen Geist vor sich geht?»

«Ich weiß es nicht», wiederholte er.

«Dann schau hin», sagte sie eindringlich.

Er senkte den Blick und zog sich in sich zurück. Sie fürchtete, ihn nicht mehr zu erreichen. «Was siehst du? Was für ein Gefühl ist es?»

Er ließ sich Zeit mit der Antwort. «Bitter», sagte er schließlich, ohne den Blick zu heben.

«Bitter? Könnte es nicht vielleicht bittersüß heißen?»

Er antwortete nicht. Leicht spürte sie den Druck seiner Lippen auf ihrem Haar. Sie schob ihre Hand zwischen seine Hände. Ihre Finger schlangen sich ineinander und lösten sich wieder.

«Ich muss darüber nachdenken», sagte er nach einer Weile und vermied es, sie anzusehen.

«Beunruhigen dich deine Gefühle? Machen sie dir Angst?»

Er entzog seine Hand. «Ich weiß es nicht.»

«Ungewohnt?»

«Sehr ungewohnt.»

Sarah strich mit einem Finger sanft über sein Handgelenk. «Mein Lama sagt, es sei gut, sich zu verlieben. Er sagt, es öffne das Herz.»

Ihre Worte fanden ihn nicht. Unruhig trieben ihre Gedanken durch die angespannte Stille. Du sehnst dich nach der Frau, aber du meinst, du darfst dir das nicht erlauben. Du darfst dich nicht sehnen, wonach du dich sehnst. Du darfst nicht fühlen, was du fühlst. Sie ließ ihre Meditationsgottheit im Raum Gestalt annehmen, bis das Licht, das sie ausstrahlte, ihrer beider Gestalten einhüllte.

«Sprichst du nie über deine Gefühle?», fragte sie sanft.

«Nein.»

«Aber du hast Gefühle. Jeder Mensch hat Gefühle. Sagen die Lehren nicht, dass Gefühle kein Problem sind, solange man nicht daran kleben bleibt?»

«Ich habe noch nie . . .», sagte er und beendete den Satz mit einer vagen Geste.

«Du hast noch nie was? Dich verliebt?»

Er bejahte mit der Andeutung eines Wiegens seines Kopfes.

Sarah seufzte. «Du solltest dankbar sein.»

Der schnelle Blick, den er ihr zuwarf, verriet Qual. «Ich werde darüber nachdenken», sagte er.

Geräusche im Treppenhaus schreckten sie auf.

«Mein Bodyguard ist wieder da», erklärte der Rinpoche mit schiefem Lächeln und deutete auf den Sessel.

Sarah sprang auf und setzte sich auf den zugewiesenen Platz. Der alte Mönch schlug den Vorhang zur Seite.

«Wie lange wird Ihre Reise dauern?», fragte der Rinpoche förmlich. Er rief seinem Diener ein paar Worte zu. Sarah ließ sich auf das Spiel oberflächlichen Geplauders ein, bis der Mönch wieder verschwunden war. Dann erhoben sich beide in schweigender Übereinstimmung. Bevor sie die Tür erreicht hatten, zog der Rinpoche sie schnell und heftig in die Arme. Die kurze Berührung der Lippen war wie eine helle Flamme. Sarahs Herz raste. Unversehens war sie bereit, sich aufzulösen, sich in die Hingabe zu stürzen wie der Wasserfall ins Tal, dem Meer zu, in dem es keine Grenzen gibt.

Während ihre Füße nach den Schuhen tasteten, wollte plötzlich ein Lachen in ihr aufsteigen; nur mit Mühe konnte sie es zurückhalten. Hilfe, das Kloster brennt, dachte sie mit unerwarteter Fröhlichkeit.

Im Gehen wandte sie sich kurz um. «Ich nehme dich mit, Darling Rinpoche», flüsterte sie, «hier.» Und sie legte die Hand auf ihr Herz.

Während der Reise mit ihren Freunden gönnte Sarah sich gelegentlich die Erinnerung an den zärtlichen Nachmittag mit dem Rinpoche, doch sie verbot sich Tagträume, die über das hinausgingen, was geschehen war. Dies empfand sie als einen Akt des Respekts, den sie ihm und seiner religiösen Tradition schuldig war. Warum nicht verharren in dieser feinen Balance, Liebende ohne Vollzug, erfüllt von der Innigkeit zärtlichen Mitgefühls?

Noch in der Stunde ihrer Rückkehr rief sie ihn an.

«Hallo, Darling Rinpoche, ich bin wieder da. Wann hast du Zeit?»

«Wann du willst», sagte er in flachem Ton, der sie vermuten ließ, dass er nicht allein war.

«Heute noch?»

«Wie du willst.»

«Jetzt gleich?»

«Wie du willst.»

«Gut. In einer Stunde bin ich da.»

Im Treppenhaus des Klosters herrschte Stille. Sarah wunderte sich, dass der Rinpoche diesmal nicht oben an der Treppe stand, um sie zu empfangen. Sie ging zum Empfangszimmer, doch es war leer. Hinter dem Vorhang eines anderen Raums hörte sie Stimmen und sie warf einen Blick hinein. Das Zimmer war in tibetischem Stil eingerichtet, mit Sitzmatten an den Wänden entlang und geschnitzten Tischchen davor. Der Rinpoche saß auf einem erhöhten, mit Brokat ausgestatteten Platz. Obwohl es warm war, hatte er sich in sein Tuch gehüllt. Neben ihm auf einer niedrigen Matte saß der alte Mönch mit einem Taschenrechner in der Hand, vor ihm mehrere Stapel Papiere, die Rechnungen sein mochten.

«Guten Abend. Störe ich?», sagte Sarah trocken.

Der Rinpoche sah sie flüchtig an. «Nein, nein. Setzen Sie sich.» Mit einer beiläufigen Handbewegung wies er auf eine Sitzmatte. Er machte keine Anstalten, seine Abrechnung zu unterbrechen.

Soviel zur Höflichkeit, dachte Sarah und setzte sich. Sie zog ihre Mala hervor und versenkte sich in die Meditation der roten Dakini.

Mehrere Male hatte sie die Mantra-Kette durch ihre Hände gleiten lassen, als sich der Rinpoche endlich ihr zuwandte und der alte Mönch das Zimmer verließ.

«Wie war die Reise?», fragte der Rinpoche kühl.

Sarah schüttelte den Kopf. «Vergessen wir die Reise. Sag mir, was hier vor sich geht. Warum benimmst du dich so . . . seltsam?»

«Ich möchte nicht darüber sprechen», erwiderte der Rinpoche in demselben kühlen Ton.

Sarah sah ihn sprachlos an. «Wie bitte? Das kannst du nicht ernst meinen.» Ihr Herz begann in wilder Spannung zu klopfen.

Der Rinpoche schwieg. Nur seine ungewöhnlich schmalen Lippen und eine Schärfe in den Mundwinkeln verrieten Anspannung.

«Darling Rinpoche, so geht das nicht», sagte Sarah mit mühsam erzwungener Ruhe. «Dies hier ist nicht deine Geschichte, es ist nicht meine Geschichte, es ist unsere Geschichte. Also sprich mit mir.»

Der Rinpoche schaute vor sich auf die Blockdruckblätter eines tibetischen Buchs. «Ich sagte dir, ich müsse nachdenken. Ich bin ein Mönch. Es ist nicht möglich.»

«Was ist nicht möglich?»

Er zögerte mit der Antwort. «Mich zu verlieben.» Seine Stimme war rau und leise.

«Warum nicht?»

Die Pause wurde so lang, dass Sarah annahm, er würde die Anwort verweigern. «Warum nicht, Rinpoche?» wiederholte sie.

«Du hast Erwartungen.»

Sarah wickelte die Mala um ihre Finger. «Aha. Und welche?»

«Außerdem habe ich Verpflichtungen dem Kloster gegenüber.»

«Und?»

«Man könnte über uns reden.»

Der alte Mönch brachte Tee und ließ sich Zeit, ihn einzuschenken. Sarah wartete schweigend.

«Erzählen Sie mir von Ihrer Reise», sagte der Rinpoche.

Sarah schüttelte den Kopf. «Ich möchte bei unserem Thema bleiben», erklärte sie nachdrücklich. «Wir sind noch nicht fertig.»

Der alte Mönch, der, wie sie vom Rinpoche erfahren hatte, gut Englisch verstand, wich zur Tür zurück, ging jedoch nicht hinaus. Sarah schwieg beharrlich. Endlich verschwand der Mönch.

«Rinpoche, das ergibt alles keinen Sinn», sagte sie mit gedämpfter Stimme. «Ich habe keine Erwartungen geäußert, wie du sehr gut weißt. Ich fliege in ein paar Tagen nach Hause und werde lange nicht wiederkommen. Niemand wird über uns reden. Warum bist du nicht aufrichtig und sagst mir, was in dir vor sich geht?»

«Ich möchte nicht darüber sprechen.»

Sarah beugte sich vor. «Rinpoche, so lasse ich nicht mit mir umgehen. Zuerst ziehst du mich heran, dann stößt du mich weg. Ich bin kein Objekt. Ich bin ein menschliches Wesen. Hast du das vergessen?»

Er antwortete nicht.

«Sprich mit mir», sagte sie beschwörend. «Bitte!»

Der Rinpoche zog sein Tuch enger um sich. «Ich möchte nicht darüber sprechen. Worte führen zu Gedanken und Gedanken führen zu weiteren Gedanken. Es ist nicht gut.»

«Ich habe wohl einen anderen Buddhismus gelernt als du, Darling Rinpoche. Ich habe gelernt, dass es wichtig ist, das eigene Verhalten zu überdenken. Und ich habe gelernt, dass man Gefühle nicht fürchten muss. Man kann sie befreien und in Weisheit verwandeln. Soll ich dir sagen, wie das geht?»

«Das weiß ich selbst», fuhr er auf.

Sarah beschwichtigte ihren Sarkasmus. Er hat die schlechteren Karten, dachte sie.

«Du hast sicher viel mehr studiert als ich», sagte sie ruhig. «Aber hier» – sie legte die Hand auf ihre Brust – «weiß ich mehr als du.»

Der Rinpoche hielt den Blick gesenkt und rührte sich nicht.

«Bist du sicher, dass du jetzt das Richtige tust?»

«Ja», antwortete er. Die hilflose Härte, in die er sich geflüchtet hatte, ließ ihm keinen Ausweg.

Sarah stand auf. Der Rinpoche hob schweigend den Blick.

«Kein Abschied, Rinpoche-la?»

Mit einem gequälten Lächeln streckte er die Hand aus. Sarah ging zu seinem erhöhten Sitz, beugte sich zu ihm nieder, legte ihre Hand um seinen Hals, so dass er nicht zurückweichen konnte, und küsste ihn.

«Darling Rinpoche, du kannst mich nicht daran hindern, dich zu lieben», sagte sie, stand auf und verließ das Zimmer, ohne sich noch einmal umzudrehen.

Die Abenddämmerung hatte bereits begonnen. Das Taxi stand im Klosterhof. Der Rinpoche musste die Anweisung gegeben haben, den Taxifahrer warten zu lassen.

Im Taxi bemerkte Sarah, dass ihre Hände zitterten und ihr Herz in den Ohren dröhnte. Dennoch fühlte sie sich unerwartet ruhig. Sie fand in sich Enttäuschung, Trauer, Verwunderung und auch Zorn, doch vorherrschend war der Gedanke: Welch ein Glück für ihn, dass er an Sarah, die Inchi, geraten ist. Seine Chance. Möge er den Dünger der Erfahrung auf das Feld der Erleuchtung tragen.

«Ich denke noch immer häufig an ihn», sagte Sarah, «und ich schließe ihn in meine Meditation ein und wünsche ihm das große Aufwachen. Es erscheint mir so, als habe er eine wundervolle Pflanze zertreten, weil er sie für giftig hielt. Er konnte ihre Heilkraft nicht erkennen. Da hat er nun den höchsten akademischen Grad, und sein ganzes langes Studium konnte ihm diese wichtige Einsicht nicht vermitteln.»

«Er ist ein Mönch von Kindheit an und seine Linie ist so streng», wandte Maili halbherzig ein.

Sarah nickte. «Er sollte irgendwo in einem einsamen Kloster in den tibetischen Bergen leben. Vielleicht wäre das die Lösung. Oder zumindest für ihn erträglicher. In einem der Yogini-Tantras heißt es: ‹Wer von Begehren erfüllt das Begehren unterdrückt, ist eine lebende Lüge. Wer lügt, tut das Falsche und das bringt ihn in die Höllen.› Die steinerne Hölle des schönen Rinpoche war qualvoll.»

Maili schwieg nachdenklich.

«Ich weiß, der Klosterweg ist nicht Tantrayana», fuhr Sarah fort. «Aber man muss doch wenigstens wissen, was man will.»

Maili seufzte. «Du lebst nicht in unserer Welt, Sarah. So einfach ist das nicht.»

«Einfach ist es nie», erwiderte Sarah eindringlich. «Stell dir vor, es gibt eine Straße zu deinem Ziel, die ist sicher, aber endlos gewunden und es ist ein sehr langer Weg. Du könntest abkürzen und geradeaus durch die Wildnis gehen. Da sind viele Gefahren, aber es geht viel schneller.»

Maili lachte. «Und dann rutschst du beim Klettern ab oder wirst vom Fluss mitgerissen, weil es keine Brücke gibt, oder ein Tiger fällt dich an oder du wirst von einer Giftschlange gebissen. Dann kommst du vielleicht gar nie an.»

«Aber du bist gut ausgerüstet für deine Expedition und du hast einen Führer oder eine Führerin und eine Landkarte. Dein Geist ist beweglich und stark und er hat keine Angst vor der Angst.»

«Dein Rinpoche war nicht gut ausgerüstet», wandte Maili ein. «Im Kloster lernt man nicht, durch die Wildnis zu gehen.»

«Dann sollte er brav auf der Straße bleiben.»

Maili warf den Kopf zurück. «Ich auch. Worte führen zu Gedanken und Gedanken führen zu weiteren Gedanken. Wir sollen unsere Gedanken zähmen. So lernen wir es.»

Sarah legte beschämt die Hand auf ihre Brust. «Verzeih mir, Maili, ich bin sehr unachtsam. Ich sollte erst denken und dann sprechen.»

«Nein, nein», wehrte Maili ab. «Du sollst sagen, was du denkst. Es ist gut für mich. Ich fürchte mich nicht vor Gedanken.»

«Meine Gedanken sind auf einem fremden Boden gewachsen, Maili. Du hast recht – ich lebe nicht in der Welt Asiens. Ich komme aus einer langen Tradition geistiger Unterdrückung. Das macht mich sehr empfindlich für alles, was im Geringsten nach Unterdrückung aussieht.»

«Das verstehe ich», sagte Maili lachend. «In den ersten Jahren im Kloster musste ich mich oft ganz schrecklich aufregen. Es gab so vieles, worüber man sich aufregen konnte. Wir nannten uns ‹Dissidentinnen›, Ani Pema und ich und eine Freundin, die nicht mehr hier lebt.»

Sarah spitzte den Mund. «Und jetzt regst du dich nicht mehr auf?»

«Manchmal. Aber vieles verstehe ich besser.»

«Meinst du, Kritik ist nicht nötig?»

«Nein, nein!» Maili schlug sich fröhlich auf die Knie. «Sie ist nötig. Aber nicht mit soviel Aufregung.»

Sarah kicherte. «Weise Maili.»

«O-oh! Du kennst mich nicht», sagte Maili mit gekrauster Nase. «Du kennst nicht Maili, den Feuerdrachen.»

Sarah streckte die Beine aus und massierte ihre Knie. «Zeit zum Schlafengehen.»

«Hast du ihn wiedergesehen, den schönen Rinpoche?»

«Ich rief ihn einmal an. Er war kühl und unverbindlich.»

«Tut es noch weh?», fragte Maili vorsichtig.

Sarah lächelte. «Schmerz und Freude. Es ist eine bittersüße Erinnerung.»

Eine Frage des Gehorsams

Fast täglich verschwanden Maili und Pancha im Wald und tanzten. Mit ihren frischen, jungen Stimmen sangen sie dazu und vergaßen jegliche Vorsicht. Nach kurzer Zeit hatte Mailis Körper unter Panchas geschickter und geduldiger Anleitung die komplizierten Figuren in sich aufgenommen, sodass sie eher den Inhalt tanzte als allein nur die Form. Manchmal gelang es ihr für Augenblicke, sich in einem köstlichen Fluss harmonischen Gleichklangs der Bewegungen von ihrer Identität zu lösen. Die rote Dakini tanzte. Sie leerte die Schädelschale mit dem Nektar der seligen Klarheit und schwang das gebogene Messer, das alle Verwirrung durchschneidet, und unsichtbar in ihren Armen tanzte der Geliebte mit.

«Ich möchte immer nur tanzen», sagte Pancha, das kleine, sanft gerundete Gesicht dunkel vor Freude, «jeden Tag und jede Stunde mit dir. So glücklich war ich noch nie.»

Ani Dölma, die neue Disziplinarin, ging nach der Puja auf Maili zu und legte ihr die Hand auf den Arm. «Warte», sagte sie, «ich muss mit dir sprechen.»

Maili trat zur Seite und ließ den Strom der Nonnen an sich vorbeiziehen.

«Ihr wurdet beobachtet, du und Pancha», sagte Ani Dölma. In ihrem gefurchten Gesicht entstanden zusätzliche Falten.

Ani Dölma sieht immer aus, als habe sie sich erschreckt, dachte Maili. Doch hinter dem zerbrechlichen Anschein lauerte Fels.

«Na und?», erwiderte Maili schnippisch.

«Du weißt, dass du gegen die Regeln verstoßen hast.»

«Manchmal sind die Regeln dumm», sagte Maili. «Es ist ein heiliger Newar-Tanz.»

Ani Dölma hob die Hände. «Ich habe die Regeln nicht gemacht. Ihr müsst damit aufhören.»

Maili schwieg. Es gibt keinen guten Grund aufzuhören. Es ist der Tanz der Dakini. Die Dakini will, dass ich tanze.

«Ich verlange dein Versprechen», drängte die Disziplinarin.

Maili schüttelte den Kopf.

Ani Dölma seufzte. «Dann muss ich es Ani Rinpoche melden.»

Maili wandte sich abrupt ab.

«Tu das!», sagte sie mit mehr Schärfe, als sie beabsichtigt hatte. Nach ein paar Schritten hielt sie inne, ging zurück, legte die Hände zusammen und verbeugte sich leicht. «Ich wollte nicht unhöflich sein, Ani-la.»

Die Disziplinarin legte ebenfalls die Hände zusammen und lächelte. Sie mag mich nicht, dachte Maili, aber manchmal vergisst sie es.

Maili beschloss, Ani Dölma zuvorzukommen. Ohne zu zögern stieg sie hinauf zu dem Räumen über dem Lhakang. Die Küchennonne kochte das Essen für Ani Rinpoche und sah Maili nicht, die leise an der offenen Küchentür vorbeihuschte.

Aus Ani Rinpoches Zimmer drangen Stimmen. Vorsichtig schob Maili den Vorhang ein wenig zur Seite. Die Klosterleiterin saß der Yogini gegenüber, und in der Art, wie Ani Rinpoche sich vorneigte, erkannte Maili einen Ausdruck tiefer Zuneigung. Ani Tsültrim, gewöhnlich von einem Panzer der Strenge umgeben, lächelte wie ein beschenktes Kind. Die Yogini hob den Blick und winkte Maili heran.

«Ani Dölma hat etwas an mir auszusetzen», murmelte Maili verlegen. «Darf ich mit Ihnen darüber sprechen, Rinpoche-la?»

«Setz dich», sagte die Yogini. Ani Tsültrim wollte aufstehen, doch die Yogini gebot ihr mit einer Handbewegung zu bleiben. Maili vollzog die drei Niederwerfungen und ließ sich auf einer der Sitzmatten nieder. Die jungen Augen der alten Meisterin schauten in sie hinein und durch sie hindurch.

«Ich habe die Regeln gebrochen», sagte Maili. «Ich habe mit Pancha getanzt.»

Ani Rinpoche schwieg.

Maili verhakte unsicher ihre Finger ineinander. Was denkt Ani Rinpoche? Sind die Regeln so wichtig? Ist Gehorsam so wichtig? Wie viel Gehorsam? Habe ich Unrecht? Was wird sie tun? Was kann mir geschehen? Was kann mir überhaupt je geschehen? Ani Rinpoche tut mir nichts. Sie korrigiert mich, wenn es nötig ist. Sie weckt mich auf, wenn ich nicht wach genug bin. Sie lässt mich erkennen, wenn ich verwirrt bin. Es kann mir nichts geschehen.

Sie richtete sich auf und hob den Blick.

«Tanze!», sagte die Yogini.

Maili starrte sie an. Ani Rinpoche nickte ihr ermunternd zu. Unsicher stand Maili auf. Sie legte das Tuch ab und nahm die Grundstellung ein. Ihre Knie zitterten. Ich tanze für Ani Rinpoche, beruhigte sie sich. Ich werde meine Achtung tanzen und meine Liebe, meine Verehrung und mein Vertrauen. Ich werde meine Dankbarkeit tanzen, ihre Schülerin sein zu dürfen. Sie schloss die Augen und wartete, bis sie den Gesang in sich hören konnte und ihr Körper sich nach den Bewegungen des Tanzes zu sehnen begann.

Ihre Stimme klang klar. Die Bewegungen waren mühelos. Als sie zuletzt in der Haltung des tantrischen Tanzschritts verharrte, fühlte sie die Gegenwart der roten Dakini. Sie wusste, dass sie gut getanzt hatte.

In Ani Tsültrims Blick lag verhaltene Bewunderung. Maili legte ihr Tuch wieder um und setzte sich.

«Gut», sagte Ani Rinpoche. «Wage noch mehr.»

«Was fehlt?», fragte Maili eifrig.

«Die Dakini wird es dich lehren.»

«Muss ich nicht aufhören zu tanzen?»

Ani Rinpoche lachte. «Ich überlege, ob nicht alle unsere Nonnen diesen Tanz lernen sollten. Oder zumindest diejenigen, die es wollen.»

Sie schaute nachdenklich zum Fenster hinaus. Dann ergriff sie ihren japanischen Fächer und öffnete ihn mit einer schnellen Bewegung des Handgelenks. Der kleine Knall ließ Maili zusammenzucken.

«Pancha gehört nicht ins Kloster», sagte die Yogini. «Sie soll tanzen. Das ist ihr Weg. Sprich mit Ani Pema, sie kennt die Stadt. Wir müssen einen guten Platz für das Mädchen finden.»

Maili beugte sich vor, ergriff Ani Rinpoches Hand und küsste sie. Ein überwältigendes Gefühl der Zärtlichkeit trieb ihr Tränen in die Augen. «Rinpoche-la, Sie sind so gut zu mir», flüsterte sie.

Die Yogini kramte in ihrem Gewand, während sie Mailis Hand festhielt. Plötzlich förderte sie einen silbernen Ring zutage und steckte ihn Maili an den Finger. Das Mantra des Mitgefühls war darauf eingraviert, OM MANI PADME HUM.

«Geh jetzt», sagte sie. «Und wenn Ani Pema kommt, schick sie zu mir.»

Bevor sie ging, wandte sich Maili der Klosterleiterin zu. Sie hätte Ani Tsültrim gern umarmt, doch das war gegen die Form.

«Ani-la», sagte sie liebevoll und verbeugte sich. Die Augen der Klosterleiterin schimmerten. Es mochte Tränen der Berührung sein. Maili war sich nicht sicher.

Ani Pema kam früher zum Dakini-Tag als sonst. Schon am Morgen des Vortags erschien sie im Häuschen und packte Schätze aus, die man im Kloster selten sah: Nescafé, Schokolade, Jak-Käse und Nüsse.

«Shonbo Rinpoche wird bald kommen», verkündete sie. «Im Kloster unten in der Stadt sind alle schon ganz außer sich.»

«Wer ist Shonbo Rinpoche?», fragte Maili, während sie Tassen austeilte.

«Der junge Rinpoche, wie der Name schon sagt», antwortete Ani Pema. «Der Rinpoche vom Kloster unten in der Stadt.»

«Mein Lama», ergänzte Sarah. «Er hat unser Zentrum gegründet.»

Maili zog die Augenbrauen hoch. «Warum weiß ich nichts von ihm?»

«Er hat in England studiert», erklärte Ani Pema, während sie Nescafé in die Tassen löffelte. «Jetzt muss er seine Pflichten als Rinpoche des Klosters übernehmen.»

Sie wandte sich an Sarah. «Der Bruder unseres verstorbenen Rinpoche hat das Kloster bisher geleitet. Jetzt möchte er sich zurückziehen, er ist alt und schwach. Er sagte, die junge Inkarnation müsse nach Hause kommen.»

Sarah lachte. «Und die junge Inkarnation hat es gar nicht eilig.»

«Stimmt es, dass er in einem Haus mit Verrückten gearbeitet hat?», fragte Ani Pema.

«So ist es. Er hat zwei Jahre als Helfer in der Psychiatrie gearbeitet. Er sagt, im Psychologiestudium habe er viel weniger über die westlichen Menschen gelernt als bei der Arbeit mit den Geisteskranken.»

«Und stimmt es auch, dass er eine Sangyum hat, die mit Diamanten handelt?»

Mit verschwörerischer Miene beugte sich Sarah vor: «Nicht nur das. Sie ist auch älter als er.»

Maili warf Ani Pema einen schnellen Blick zu. «Ich dachte ... ich dachte, die Gefährtin eines Meisters sollte sehr jung sein.»

«Vielleicht sollte sie», erwiderte Sarah heiter. «Aber unser Rinpoche kümmert sich wenig um solche Diktate. Das hat auch auf mich abgefärbt.»

«Sarah ist sehr mutig», erklärte Maili. «Sie hat sogar einen Rinpoche belehrt.»

«Wunderbar!», rief Ani Pema lachend. «Eine neue Zeit ist angebrochen.»

«Nescafé-Zeit», sagte Maili und schlürfte genussvoll den Kaffee.

«Frauenzeit», sagte Sarah.

Maili dachte an Sönam. Wann würde seine Zeit kommen? Sie wollte keine Zeit der Frauen, die sie von ihm trennte. Es sollte ihrer beider Zeit sein, eine Zeit geringeren Getrenntseins.

«Yab-Yum-Zeit», sagte sie, «Vater-Mutter-Zeit.»

«Dein Wort in Buddhas Ohr», murmelte Sarah.

3

Mailis Wand

Die Tage waren heiß und trocken. Zweimal war Maili in die Stadt gefahren und hatte sich unter die Menge gemischt, die während der Abenddämmerung die Stupa von Boudhanath umrundete, in der Hoffnung, Sönam zu sehen. Vergebens. In sein Kloster hatte sie sich nicht gewagt. Nur eine große Puja, zu der auch die Nonnen eingeladen waren, hätte ihren Besuch dort unauffällig erscheinen lassen.

Ihre Unruhe wuchs. Ohne diese Unruhe wäre der Müllkrieg nicht ausgebrochen. Doch das erkannte Maili erst, als er vorbei war.

Es begann damit, dass Sarah mit gerümpfter Nase auf den Müllhaufen wies, der sich in der Nähe des Häuschens auftürmte.

«Das ganze Kloster ist voller Müll», erklärte sie. «Man sollte etwas dagegen tun. Es sieht eklig aus und zieht die Ratten an.»

Der Müll war Maili nie aufgefallen. Doch nachdem Sarah ihren Blick dafür geschärft hatte, stellte sie fest, dass alle möglichen Abfälle allzuoft hinter die Häuser geworfen wurde und niemand sich die Mühe machte, eine der beiden Müllgruben aufzusuchen, die man zu beiden Seiten des Klosters ausgehoben hatte. Mit ungeduldigem Schwung machte sie sich daran, ein neues Müllbewusstsein im Kloster anzufachen. Sie bat Ani Tsültrim, das Thema im Lhakang anzusprechen, und die Klosterleiterin gab eine Erklärung ab, dass von nun an der Müll in die Müllgruben zu tragen sei. Doch es änderte sich nichts.

Mit Sarahs Geld heuerte Maili ein paar Männer aus dem Dorf am Fuß des Berges an, die den Müllhaufen neben Ani Pemas Häuschen beseitigten. Sie zog mit den jüngsten Novizinnen durch die gesamte Klosteranlage, um den Müll in Plastiksäcke zu sammeln. Die Kinder begeisterten sich für diese Aktion, doch der gesäuberte Platz neben Ani Pemas Häuschen war bald wieder mit Müll übersät. Maili verdächtigte ein paar ältere Nonnen, die sich gegen jede Neuerung sträubten. Wütend brachte sie den Müll immer wieder zur großen Grube außerhalb des Klosters, grub schließlich ein Loch in den Boden, holte ein junges Bäumchen aus dem Wald und pflanzte es in die Mitte des gründlich gesäuberten Fleckchens Erde. Zuletzt spannte sie Seile mit Mantra-Fähnchen von dem kleinen Baum nach allen Seiten, um die Stelle zu schützen.

«Jetzt haben wir Ruhe», sagte sie befriedigt.

Am nächsten Morgen, als Maili die Tür öffnete, lag auf ihrer Schwelle ein Haufen Müll und darauf eine große, tote Ratte.

Wutschnaubend packte Maili die Ratte am Schwanz und rannte die lange Treppe zum Lhakang hinauf.

«Wer war das?», schrie sie. «Welche Stinkdämonin hat ihrer Schwester eine Ratte vors Haus gelegt?»

Einer Rachegöttin gleich stand sie zornbebend vor dem Lhakang und schwenkte den schwarzen Kadaver.

«Feige Stinkdämonen!», schrie sie. «Wer war es?»

Mehrere Nonnen scharten sich unschlüssig um sie und flüsterten miteinander. Ein paar ältere Nonnen schoben sich an ihr vorbei in den Lhakang.

«Ihr wollt Dreck? Ihr wollt Müll? Ihr wollt Ratten und Krankheit?» Maili ließ die Ratte ein paarmal über ihrem Kopf kreisen und warf sie dann mit der geballten Kraft ihrer Wut weit über die Köpfe der Nonnen hinweg. Der Kadaver fiel in den Küchengarten.

Augenblicklich fiel Mailis Aufregung in sich zusammen. Sie drehte sich um und ging mit hoch erhobenem Kopf in den Lhakang.

«Ich fühle mich selbst wie eine tote Ratte», sagte sie nach der Puja zu Sarah. «Es macht mich krank, dass Sönam nicht kommt. Ich weiß nicht, was ich zuerst tun soll, weinen oder wüten oder mich tot stellen.»

«Stillhalten», sagte Sarah leise. «Was kann man sonst schon tun?»

Maili wandte alle Methoden an, die sie kannte: den Zustand ausatmen, sich mit Raum verbinden, die Energie zum Stillstand bringen. Sie bat Arya Tara und die zornvollen Beschützer um Hilfe. Sie lenkte sich mit Lernen ab und meldete sich freiwillig zum Küchendienst und allen möglichen Arbeiten.

Den Augenblick des Zubettgehens, in dem der Schmerz zuschlagen konnte, zögerte sie so lange wie möglich hinaus, um schnell in den erschöpften Schlaf tiefen Unwissens zu fallen. Deshalb schlief sie zu wenig und ihre Reizbarkeit nahm zu.

Nach einer Nacht, in der sie geträumt hatte, dass Sönam an ihr vorbeiging, ohne sie anzusehen, sah sie keinen anderen Ausweg mehr, als ihre Scheu zu überwinden und sich Ani Rinpoche anzuvertrauen. Um nicht in ihrem Entschluss wankend zu werden, stürmte sie sofort nach der Morgen-Puja hinauf zu den Räumen der Yogini. Das Empfangszimmer war offen, aber leer.

«Rinpoche-la!», rief Maili bestürzt. «Sind Sie da?»

Ani Rinpoche musste da sein. Jetzt, da sie sich endlich dazu durchgerungen hatte, ihr Geheimnis preiszugeben, würde sie nicht eine einzige Minute mehr warten können.

«Rinpoche-la!», rief sie noch einmal.

Aus dem hinteren Zimmer trat die Klosterleiterin und legte den Finger auf den Mund.

«Rinpoche-la ist krank», sagte sie. «Du darfst sie jetzt nicht stören.»

«Aber ich muss!», presste Maili hervor und brach in Tränen aus. «Es ist wichtig.»

Ani Tsültrim hob beschwichtigend die Hände. «Nicht jetzt, Maili. Vielleicht heute Abend.»

«Fragen Sie Rinpoche-la, sie soll entscheiden. Bitte!»

«Lass sie herein, Ani-la!», rief die Yogini aus dem hinteren Zimmer.

Mit einem Blick offener Missbilligung schlug Ani Tsültrim den Vorhang zurück. «Bleib nicht lange», flüsterte sie Maili im Vorbeigehen zu.

Ani Rinpoche lag in ihrem Bett am Fenster, auf Kissen gestützt, sodass sie über die westlichen Berge schauen konnte. Ihr Gesicht war blass und klein.

«Komm her», sagte sie. «Was ist so wichtig, Maili Ani?»

Auf Zehenspitzen näherte sich Maili dem hohen, kastenförmigen Bett und kniete davor nieder. «Rinpoche-la, ich bin eine schlechte Schülerin.»

Innerhalb eines Augenblicks sah sie all die Jahre ihres Unterrichts bei der Yogini, die kostbaren Übertragungen, die sorgfältigen Unterweisungen, die vielen Stunden der Meditation.

«Sie haben sich so viel Mühe mit mir gemacht. Aber es hat nichts genützt.»

«Wie sollte es denn nützen?», fragte die Yogini.

Maili schluckte. «Ich benehme mich schlecht. Ich bin gereizt und unkontrolliert. Ich verstehe es nicht. Ich hatte doch die Zeichen...»

Ani Rinpoche hob die Augenbrauen.

«Ich meine, das, was man die Zeichen der Verwirklichung nennt – die innere Hitze, die Glückseligkeit...» Verlegen wand sich Maili auf ihrem Sitzkissen. Sie sagte die Wahrheit. Das waren ihre Erfahrungen. Sie hatte es nicht erfunden, Ani Rinpoche wusste das. Doch irgendetwas stimmte nicht.

Die Augenbrauen der Yogini waren noch immer leicht erhoben.

«Ich habe das doch wirklich erlebt», fügte Maili kläglich hinzu.

«Hast du ein Video davon?», fragte Ani Rinpoche trocken. «Dann kannst du es dir vorspielen, immer wieder.»

Maili schluckte. Sie war gegen die Wand gelaufen. Es schmerzte, doch natürlich wusste sie, dass die Wand nicht Ani Rinpoche war, sondern sie selbst. Ani Rinpoche spiegelte Mailis Wand.

«Ich bin so dumm, Rinpoche-la», schluchzte Maili, «so schrecklich dumm.»

Die Yogini riss ein Stück Toilettenpapier von einer Rolle ab und reichte es Maili.

Schluchzend und sich schneuzend stieß Maili hervor: «Rinpoche-la, ich liebe einen Mönch.»

«Und?»

Mailis Mund blieb offen stehen. Die Yogini hielt ihren Blick abwartend auf sie gerichtet.

«Aber er ist ein Mönch», stammelte Maili, «und ich bin eine Nonne.»

Ani Rinpoche lächelte leicht. Maili stürzte sich in ihr Bekenntnis wie in einen Abgrund.

«Wir sahen uns manchmal. Aber wir haben nicht... es ist nichts geschehen. Dann ging er für drei Jahre ins Retreat. Jetzt ist er nicht mehr im Retreat, aber er kommt nicht. Ich warte und warte. Ich warte sogar, wenn ich schlafe. Mein ganzes Leben ist zusammengeschrumpft auf dieses Warten. Ich bin so dumm und ich schäme mich.»

«Maili, mein Kind», sagte Ani Rinpoche, «wach auf!» Sie berührte kurz Mailis Kopf.

Plötzlich sah sich Maili mit den Augen der Yogini – ein verwirrtes junges Mädchen, das darum kämpfte, seinen Geist zu zähmen, mit all der Aufrichtigkeit und Selbsttäuschung, der Hoffnung und Furcht, die untrennbar damit verbunden sind. Sie sah sich mit dem unbegrenzten Mitgefühl und der kühlen Klarheit der alten Meisterin, mit einem Mitgefühl und einer Klarheit von solcher Gewalt, dass alle ihre Gedanken weggefegt wurden und sie völlig bloßlegt zurückblieb wie ein neugeborenes Kind.

Mailis Geist dehnte sich aus, über alle Grenzen hinaus. Es war nicht zu unterscheiden, wo Maili aufhörte und Ani Rinpoche begann.

Die Klosterleiterin schlug den Vorhang zurück, um das Mittagessen für Ani Rinpoche zu bringen und Maili aus dem Zimmer zu weisen. Die ekstatische Stille in dem kleinen Raum ließ sie schnell zurücktreten.

Später stellte Maili fest, dass sie mindestens eine Stunde bei der Yogini gewesen sein musste. Irgendwann war sie aufgestanden und hatte gestammelt: «Danke, Rinpoche-la, danke, vielen Dank», und Ani Rinpoche hatte erwidert: «Wach bleiben, mein Kind.»

In der Umgebung des Lhakang war niemand zu sehen. Die Nonnen hatte ihr Mittagsmahl auf der Wiese längst beendet. Im Küchenhaus schepperten die Küchendienstnonnen mit den Töpfen. Die Kuh und ihr Stierkalb fraßen die Essensreste. Über dem Kloster reichte der wolkenlose Himmel in die Unendlichkeit. Die Vollkommenheit der Welt war schmerzhaft schön.

Sönam

Zwei Tage später sah sie ihn nach der Morgen-Puja wartend unter dem großen Baum neben dem Lhakang sitzen. Einen atemlosen Augenblick lang dachte sie daran, zurückzulaufen und sich zu verstecken. Was hoffst du? Was fürchtest du? Die dumme Maili ist dreiundzwanzig Jahre alt und immer noch ein kleines Mädchen.

Mit einem tiefen Atemzug richtete sie ihre Haltung auf und wandte sich dem Baum zu, und sie achtete darauf, dass sie weder zu schnell noch zu langsam ging. Lange genug hatte sie lernen müssen, sich wie eine Nonne zu bewegen, ruhig und gemessen. Selbst eine kleine Person wie Maili konnte in dieser Haltung groß wirken.

Sönam sprang auf und ging ihr entgegen, auch er um eine würdige Haltung bemüht.

Er trägt sein Lächeln wie einen Schutzschild, dachte Maili. Und er hat nicht weniger Angst als ich.

«Maili», sagte er und vergaß, die Hände zum Gruß zusammenzulegen, als sie vor ihm stehen blieb. Der Klang seiner Stimme, ein wenig tiefer als in ihrer Erinnerung, ließ die Erde unter ihren Füßen erbeben. Eine mächtige Hitze stieg in ihr auf. Sie spürte, wie sich Schweißtröpfchen auf ihrer Stirn und auf der Oberlippe bildeten. Ihr Blick verfing sich an der vollkommenen Linie, die von seinen Wangenknochen zum Kinn führte. Schärfer wirkten seine Züge, fester – das Gesicht eines erwachsenen Mannes.

Maili vermochte nicht zu denken. Sie fühlte seinen Anblick, wie man das Aufdämmern des Morgens fühlt. Ganz still stand sie, gebannt von diesem überwältigenden, durchdringenden Fühlen jenseits aller Gedanken.

«Maili», wiederholte Sönam, die Stimme rau vor Verlegenheit. «Komm, setzen wir uns in den Schatten.»

Sie ließen sich in unverfänglicher Entfernung voneinander unter dem Baum nieder.

Warum kommst du jetzt erst?, wollte Maili sagen. Ich habe so sehr auf dich gewartet. Drei Jahre waren so lang. Und sie wollte sagen: Ich liebe dich noch ebenso wie damals, drei Jahre bedeuten nichts.

Doch sie würde nichts Derartiges sagen. Er hatte einen Platz gewählt, an dem sie gesehen wurden. Früher hatte er stets darauf geachtet, dass man sie nicht zusammen sah. Maili ahnte, was das bedeutete. Der Wunsch, es nicht zu wissen, warf einen kurzen Schatten auf die Wahrheit. Maili, sei wach! Ja, Rinpoche-la, ich will wach sein.

«Wie geht es dir?», fragte Sönam, als das Schweigen quälend wurde.

«Ich bin erleichtert, dass du endlich gekommen bist», antwortete Maili. Sie konnte nicht verhindern, dass ihre Stimme zitterte.

«Wir sind nicht mehr Maili und Sönam von früher», sagte er leise. «Es ist viel Zeit vergangen.»

Warum stand sie nicht auf und ging weg? In ihr Kloster, zu ihren Schwestern, zu ihrem Leben, zu ihrer Wirklichkeit? Sie konnte nicht aufstehen. Sie fiel. Es war ein endloses Fallen, bodenlos. Zu lange hatte sie sich daran gewöhnt, zwischen den Geländern des Erinnerns und Träumens und des Kampfes gegen Erinnern und Träumen zu leben.

«Und Sönam möchte Maili nicht mehr sehen», sagte sie flach, als läse sie aus einem Buch vor. «Denn es war ein Märchen, aber Märchen sind immer und ewig, sie passen nicht in unsere Jahre und Tage.»

Maili fiel noch immer.

Sönam knetete seine Hände. «Bitte, verzeih mir ... Ich kann nicht ... Es war so schmerzhaft, so verwirrend.»

«Nur das?», flüsterte Maili.

«Nein. Nein, natürlich nicht.»

Der Platz vor dem Lhakang war plötzlich leer. Die Nonnen hatten sich zerstreut. Es war zu heiß, um sich in der Sonne aufzuhalten.

Maili dachte an die heimlichen, in Zauber getauchten Begegnungen voller zeitloser Zärtlichkeit, die sich in scheuen Berührungen erfüllte. Dazwischen das Warten, das Sehnen, die ständige Herausforderung, nicht Gefangene der Träume zu werden.

«Während der Jahre im Retreat war alles in Ordnung», sagte Sönam. «Es war schön, an dich zu denken. Aber jetzt ...»

Maili stand auf. «Schon gut. Wenn ich nicht deine Freude sein kann – dein Schmerz möchte ich nicht sein.»

Sie ging auf die Treppe zu, ohne sich nach ihm umzuschauen. Sönam folgte ihr. «Bitte, Maili, versuche mich zu verstehen.»

Versteh ihn, Maili, sei wach, versetze dich an seine Stelle, sehe die Dinge wie er. Blinde Liebe weiß nicht. Sehende Liebe urteilt nicht. Wach auf aus dem Maili-Traum. Liebe ihn. Verstehe ihn.

«Es ist in Ordnung», sagte sie und blieb stehen. «Was sollte ich mir anderes wünschen, als dass es dir gut geht.»

Verstohlen ergriff Sönam ihre Hand und drückte sie kurz.

Sie schaute ihm nicht nach, als er die Treppe hinunterging. Blind für ihre Umgebung strebte sie ihrem Versteck zu. Sie wollte niemanden sehen und von niemandem gesehen werden. Ein brennendes Schluchzen lag wie ein großer, kantiger Stein in ihr, bereit, sich einen Weg freizusprengen, sobald sie nachgeben würde. Doch sie war nicht bereit nachzugeben.

«Warum?», stöhnte sie. Die Arme um sich gelegt, wiegte sie sich, auf der Felsplatte sitzend, vor und zurück. «Warum? Warum?»

War sie nicht Nonne geworden, weil der Buddha gelehrt hatte, wie man das Leiden überwindet? Hatte sie nicht gelernt, dass es das Aufwachen aus den täglichen Träumen ist, das vom Leiden befreit? Warum bestand sie darauf weiterzuträumen?

Plötzlich hielt sie inne. Innerhalb eines Augenblicks hatte sich alles verändert. Das Warum war keine Frage. Es war die Antwort.

Sie begann zu lachen, ein unbändiges, wildes, befreites Lachen, das sie aufspringen ließ, zu Bewegung drängte, bis sie unwillkürlich die Schritte und Gesten des Tanzes der roten Dakini zu formen begann, in schnellerem Rhythmus als sonst, mit neuen Tanzschritten, die sich von selbst ergaben.

«Mutter der Klarheit, Große Sangyum», sang sie. «Samsara und Nirvana, die eines sind, hast du geschaffen. Für dich tanze ich.»

Es war alles sehr einfach.

«Ich bin wach, Rinpoche-la!», jubelte sie. «Ich bin wach, ich bin wach!»

«Plötzlich war ich frei», sagte sie an diesem Abend zu Sarah. «Im einen Augenblick noch verzweifelt, im nächsten Augenblick frei. Ich kann es nicht erklären. Selbst wenn ich deine Sprache besser sprechen könnte – es gibt keine Worte dafür.»

Sarah lächelte. «Es sei denn, die Worte der Dakinis, die Sprache des Zwielichts.»

Maili klatschte in die Hände. «Emaho!»

«Keine Trauer mehr um Sönam?»

Maili hob die Arme und drehte sich. «Sönam? Oh, Sönam. Nein, heute nicht. Vielleicht morgen wieder. Heute bin ich . . . wo ist das Lexikon?»

Sie blätterte eifrig. «A ja», sagte sie schließlich befriedigt, «heute bin ich berauscht von Nüchternheit.»

Sönam kam nicht wieder.

4

Sarahs Reise

«Ich war gerade zweiundzwanzig Jahre alt geworden», erzählte Sarah, «als ich zum erstenmal den Dalai Lama sah. Nie zuvor hatte mich ein menschliches Wesen so sehr berührt. Ein solch schmerzliches Glück. Das erste echte Glücksgefühl seit langer, langer Zeit. Ich wusste damals nicht, warum ich so unglücklich war. Ich hatte das Gefühl, auf dem falschen Planeten gelandet zu sein, unter Menschen, die mich nicht verstanden und die ich nicht verstand. Meine Eltern waren mir sehr fremd. Manchmal kreuzte sich meine innere Bahn mit der meiner älteren Schwester. Selten. Und dann war da plötzlich dieser tibetische Außerirdische, der mir vertrauter erschien als irgendjemand sonst, den ich kannte. Ich las seinen Bericht über sein Leben und ein paar Bücher über den tibetischen Buddhismus, und als die Semesterferien begannen, flog ich nach Indien. Wie schlafwandelnd trieb es mich dorthin, wo ich wusste, dass ich den Dalai Lama finden würde – in Dharamsala, in den indischen Vorbergen des Himalaya. Es war die erste große Reise meines Lebens, und ich hatte das Gefühl, dass sie ewig dauerte und mich an den Rand der Welt brachte.»

Durch die offene Tür zur Küche klangen lachende Stimmen und das Klappern von Töpfen. Der junge Mann mit den langen, hellen Locken rückte auf der schmalen Bank näher an sie heran und legte den Arm hinter ihr auf die Lehne.

«Verzeihung», sagte er, «neben mir möchte noch jemand sitzen. Darf ich mich vorstellen? Ich heiße Pierre.»

Sein Akzent war unverkennbar französisch. Sarah lächelte ihm zu.

«Sarah, aus England», sagte sie. Seine Nähe war nicht unangenehm. Er trug ein frisches Leinenhemd und saubere Jeans und seine Nägel hatten keine dunklen Ränder.

«Du kommst aus Frankreich?» Fremde im fremden Land zu sein machte sie zu Kameraden.

«Aus Paris», antwortete er, als sei dies ein besonderes persönliches Verdienst.

«Dort war ich noch nie», entfuhr es Sarah, bevor sie erkannte, dass dies als das Eingeständnis tiefster Provinzialität aufgefasst werden konnte. Doch der junge Mann ging mit Anmut darüber hinweg.

«Ich bin soeben erst angekommen», fügte sie hinzu. «Es ist wie in einem Traum.»

Pierre lachte. Sarah kämpfte mit ihrer Reisetasche unter dem Tisch, um sie sicher zwischen ihren Füßen zu haben. Sie hatte sich in das erstbeste kleine Lokal gezwängt, aus dem einladende Düfte auf die Dorfstraße drangen. Die wenigen Tische waren dicht besetzt. Hätte Pierre nicht einladend auf den Platz neben sich geklopft, wäre sie entmutigt wieder gegangen. Doch er hatte ihr den Rucksack abgenommen und ihr den Platz an der Wand angeboten, an dem sie nicht von anderen Gästen eingeengt wurde. Nun hatte sich ein dürrer Mönch in schmutziger Robe dazugedrängt, und er lachte mit seinen vereinzelten Zähnen, als sei dies ein ganz besonderer Spaß.

«Dies sind Herr und Frau Yongden», erklärte Pierre und deutete auf das tibetische Paar in mittlerem Alter, das ihnen gegenüber saß und mit den Fingern eine Art Riesenravioli in eine rote Sauce tunkte. Die beiden nickten freundlich, als sie ihren Namen hörten.

«Sie besuchen ihren Sohn, der hier in einem Kloster lebt.»

Sarah sagte höflich «Hallo» und die beiden lächelten breit.

Sarah seufzte vor Glück. Sie überließ es Pierre, für sie zu bestellen. Er sei schon zwei Wochen lang hier, sagte er, und nicht zum ersten Mal. Ein billiges Zimmerchen könne er für sie besorgen, bei einer tibetischen Familie, die Gäste aufnahm.

Das Paar verließ das Lokal und der alte Mönch setzte sich auf einen der frei gewordenen Plätze. Er stürzte sich auf seinen Teller und saugte mit lauten Geräuschen weich gekochtes Fleisch von großen Hühnerknochen. Pierre hatte für sie und sich selbst gebratenen Reis mit Gemüse bestellt, gefahrlos für die Eingeweide, wie er versicherte. Sie wechselten wenige Worte während des Essens. Sarah dachte, die Höflichkeit verlange, dass sie etwas sage. Doch sie war müde und Pierre schien kein Verlangen nach einem Gespräch zu haben. Das laute Summen der Stimmen um sie herum machte das Schweigen leicht.

Die junge Tibeterin, die sie bedient hatte, räumte die Teller ab. Schmatzend warf der Mönch den letzten abgenagten Hühnerknochen auf ihr Tablett und versetzte dann ihrem Hinterteil einen fröhlichen Schlag. Sie kicherte und der Mönch zeigte wiehernd seine langen Zähne.

Pierre bemerkte Sarahs missbilligenden Blick und verzog belustigt das Gesicht.

«Er benimmt sich seltsam für einen Mönch», sagte sie.

Der Mönch wischte die Hände an seiner Robe ab, erhob sich, schaute Sarah eindringlich an und spitzte plötzlich die Lippen wie zu einem Kuss. Mit einem heiteren «Tashi delek» machte er sich davon.

«Das war sicher kein Mönch», erklärte Pierre lachend. Und er fügte hinzu, dass auch Lamas, spirituelle Lehrer, die Robe trügen, selbst wenn sie außerhalb der Klöster lebten. Sarah schwieg beschämt.

Schwere Regenwolken hatten den Tag verdunkelt. Pierre drängte zum Aufbruch. Er trug Sarahs Reisetasche und sie trottete durch enge Gassen hinter ihm her zu einem niedrigen Hauseingang. Über dunkle Treppen, von einer schwachen Glühbirne ungenügend beleuchtet, gelangten sie zu einem verschlossenen Gitter.

«Ama-la, Tashi delek», sagte Pierre zu einer kleinen, alten Tibeterin, die der schrille Klingelton aus der Wohnung hinter dem Gitter geholt hatte. «Hast du ein Zimmer für dieses Mädchen?»

«Zimmer, ja», antwortete die Frau und lächelte, wobei sich ihr Eidechsengesicht in viele kleine Falten legte. «Klein Zimmer.»

Sie öffnete ein Vorhängeschloss, schob das Gitter auseinander und deutete zur Treppe. «Dach.»

Mühsam stieg sie vor ihnen die Treppe hinauf zu einem Flachdach, das an zwei Seiten rohe Aufbauten trug. Die Tür zu einer

Toilette mit Trittsteinen stand offen. Ein Wassereimer und ein Kerosinkocher ließ vermuten, dass hier oben jemand wohnte.

Die Frau schloss eine der Türen auf. Das Zimmer enthielt lediglich ein hölzernes Bettgestell mit einer dünnen, zusammengerollten Matte darauf, einen Holzkasten und auf dem Betonboden einen abgetretenen Webteppich, dessen Farbe nicht mehr zu erkennen war. Die Frau nannte den bescheidenen Preis, Pierre nickte und Sarah zog ein. Pierre versprach, am nächsten Morgen zu kommen und ihr den Weg zur Bibliothek weiter unten am Berg zu zeigen. Dort könne sie sich für einen Buddhismus-Kurs einschreiben. Dreimal wöchentlich unterrichte ein sehr gelehrter Lama die Grundlagen des Buddhismus. Er schien es für selbstverständlich zu halten, dass sie an diesem Kurs teilnehmen wollte. Es kam ihr nicht in den Sinn, zu widersprechen.

Es begann zu regnen und Pierre verabschiedete sich eilig. Dicke Tropfen trommelten auf das Dach, bis sie sich schließlich zu einem betäubenden Dröhnen vereinigten. Nur eine Lage Bretter und ein Wellblech trennte sie von der Gewalt der Natur. Der Sommer sei keine gute Zeit an diesem Ort, hatte Pierre erklärt, auch wenn er zweitausend Meter hoch liege.

«Der Monsunregen weicht alles auf. Du hast nie trockene Schuhe, und wenn die Sonne selten einmal scheint, ist es fürchterlich heiß.»

Daran hatte sie nicht gedacht. Sie hatte sehr wenig gedacht, als der Wunsch zu dieser Reise in ihr Gestalt annahm. Es genügte ihr zu wissen, dass der Dalai Lama von seiner Reise in den Westen zurückgekehrt sein würde, wenn sie ankam. Gegen ihre Gewohnheit hatte sie sich einem inneren Fluss überlassen, der sie zu ihrem Ziel trug, ohne dass viel Planung nötig war. Dies gehörte zu der anderen Welt, in die sie eingetaucht war, wie auch Pierre dazugehörte, als sei er ihr als Helfer geschickt worden. Fügungen, dachte sie. All dies sind Fügungen. Sie hatte in der falschen Welt gelebt, in der man gegen den Strom schwamm. Jetzt würde sie sich der Magie der Fügungen überlassen.

Das Bett stand gegenüber der Tür am Fenster und nahm fast die gesamte Breite des Zimmers ein. Sie rollte die Matte auseinander und breitete ihren Schlafsack darauf aus. Mit dem ihr eigenen Sinn für Ordnung, über den sich ihre Schwester häufig lustig zu machen pflegte, stellte sie ihren Wecker auf den Kasten, legte den Taschenkalender, ein unbeschriebenes Tagebuch und eine Taschenlampe daneben und hängte ihre wenigen Kleidungsstücke auf zusammenklappbaren Kleiderbügeln an einen Nagel an der Tür. Zufrieden schaute sie aus dem Fenster. Hinter der Regenwand waren die Umrisse einer Baumkrone erkennbar. Darüber war ein graues Nichts. Sie versuchte sich den strahlend blauen Berghimmel über den Wolken vorzustellen. Bald würde sie ihn sehen, irgendwann, wenn die Wolken aufrissen, morgen oder übermorgen.

Erschöpft legte sie sich auf das Bett und hörte dem mächtigen Klang des Regens zu. Eine dicke, schwarze Spinne rannte flink über die fleckige Wand. Sarah sprang auf und wich einen Schritt vom Bett zurück. Die Spinne hielt inne, als sie die Decke erreicht hatte, und suchte ein Versteck zwischen den Brettern. Schaudernd zog Sarah das Bett vom Fenster zurück. Zwischen Bett und Wand hingen staubige Spinnweben. Mit einem kurzen Binsenbesen, der neben der Tür stand, versuchte sie die Rückseite und Unterseite des Bettgestells zu säubern und schreckte dabei einen langen, schmalen, schnellfüßigen Käfer auf.

«Jetzt reicht es», murmelte sie und schüttelte sich vor Ekel. Der Käfer verschwand in einer Mauerspalte.

Die Müdigkeit war von ihr gewichen. Sie nahm sich zuerst das Bettgestell vor, schüttelte dann die Matte und den Teppich lange vor der Tür aus und fegte schließlich den Boden so gründlich, wie es mit dem behelfsmäßigen Besen, der bei dieser Beanspruchung fast auseinanderfiel, möglich war. Danach schlief sie ein und wachte erst wieder auf, als das graue Licht des frühen Morgens die Welt zu sanften Umrissen erweckte. Ein tiefer, röhrender Ton rollte über den Berg und zog sie zurück in den Traum. Sie stand vor einem verschlossenen Tor, aus Tönen geschaffen, und sie wusste, dass es sich nur öffnen würde, wenn sie bereit war zu sterben. Es war undenkbar zurückzugehen, hinunter in eine Welt ohne Farbe, dumpf und schwer. Sie würde sich zum Tod entschließen müssen. Nur ein Entschluss, es war nicht schwierig, doch sie zögerte. Warum zögerte sie? Das Tor bewegte sich in Wellen, es war nicht so fest, wie es schien. Sie könnte darauf zugehen, sich in die Wellen werfen ...

Dann war sie unter Wasser und sank, sank immer tiefer, hinab in die Dunkelheit des Nichtwissens.

Es regnete nicht mehr, als Pierre sie auf einem Trampelpfad, der die Serpentinen der Straße umging, durch den Dschungel hinunter zur Bibliothek führte. Der Berg war von einer Wolke eingehüllt und gab dem Blick nur wenige Meter wässriger Sicht. Der Schirm, den Pierre für sie mitgebracht hatte, war die schwer geprüfte Hinterlassenschaft eines früheren Besuchers.

Die Bäume und das Buschwerk des Bergdschungels gaben großzügig ihre Nässe ab. Sarahs leichte Turnschuhe waren nach wenigen Minuten vollgesogen und schmutzig vom aufgeweichten Erdboden und ihre Hose wurde schwer und dunkel bis fast zum Knie. Die feuchtwarme Luft trieb ihr den Schweiß aus den Poren, der von innen her zur allgemeinen Nässe beitrug. Ihr Haar klebte am Kopf. Das T-Shirt dampfte. Wolkenschwaden vernebelten den Weg hin und wieder so sehr, dass Pierre ihre Hand ergreifen musste, um sie zu führen.

Wohin war sie geraten? Indien, das sollte Hitze sein und Sonne und seidene Saris und nackte Sadhus und heilige Kühe. Dieser triefende Ort auf dem hohen Bergsattel, von dem unmenschliche Töne aufstiegen, schien eher auf ein fernes Gestirn zu gehören.

Der Kursraum war bereits voller Menschen, die auf Decken und Kissen auf dem Boden saßen.

«Wir sehen uns», sagte Pierre zum Abschied und war verschwunden, bevor sie fragen konnte, wann und wo dies geschehen sollte. Scheu ließ sie sich an der Wand nieder. Sie bedauerte, dass sie nichts hatte, worauf sie sitzen konnte. Schon nach wenigen Minuten schmerzten ihre Knie vom ungewohnten Schneidersitz. Glücklicherweise kamen kurz darauf der Lama und sein Übersetzer, ein junger Mönch, in den Raum, und alle standen auf. Nun begann eine beunruhigende Aktivität. Alle ließen sich auf die Knie nieder und beugten dann den Kopf bis zum Boden, standen wieder auf und begannen von neuem damit. Sarah bemühte sich, diese Art der Verbeugung nachzuahmen, doch es war schwierig, dem Gesäß des Vordermanns auszuweichen und zugleich auf die Frau hinter ihr Rücksicht zu nehmen, mit deren Kopf sie rücklings zusammenstieß. Als alle sich wieder setzten, hatte sie nur zwei dieser Verbeugungen zustande gebracht. Es musste wohl ein überaus hoher Lama sein, der hier unterrichtete, da man ihn wie einen König begrüßte.

Doch es war lediglich ein freundlich blickender, rundlicher, älterer Mann mit einer dunkel umrandeten Brille, der sich auf dem erhöhten Polster vor den Zuhörern niederließ. Er lächelte vor sich hin, während er mit Bedacht eine Rolle Toilettenpapier aufrollte, das abgerissene Stück faltete und laut trompetend schneuzte. Dann betrachtete er das Ergebnis genau, faltete das Papier sorgfältig und schob es schließlich unter seine brokatbezogene Sitzmatte.

Mit einem freundlichen Räuspern begrüßte er seine Schülerschaft. Dann sprach er mehrere Minuten in tibetischer Sprache, beantwortete ausführlich eine Frage des Übersetzers und nahm dann eine entspannte Haltung mit halb geschlossenen Augen ein.

«Geshe-la sagt», erklärte der Übersetzer, «dass wir heute mit dem Lojong der Kadampa-Linie, also mit den Lehren des Geistestrainings fortfahren.»

Sarah wunderte sich, was der Lama sonst noch gesagt haben mochte. Doch schien er mit der knappen Zusammenfassung seines Übersetzers einverstanden zu sein. Er begann wieder zu sprechen, in einem monotonen Singsang, auf dessen weicher Oberfläche Sarahs Gedanken geruhsam dahingleiten konnten und in unvorhersehbare Gelände gerieten. Sie ertappte sich dabei, dass sie an Pierre dachte. Die Selbstverständlichkeit, mit der er sich ihrer angenommen hatte – als sei er ein Schulkamerad oder ein Freund der Familie –, irritierte sie. Unbeabsichtigt formte sie mit den Lippen seinen Namen. Er war wie das Plätschern eines Wildbachs, wie ein munterer, kühler Windstoß. Wie mochte er ihren Namen empfinden? Wie ein dicht gewebtes Tuch mit zarten Applikationen?

«Der zweite Merksatz», sagte der Übersetzer, «lautet: Betrachte alle Erscheinungen als Träume. Das bedeutet, dass alles, was man erlebt – Schmerz, Freude, Beglückung, Trauer, grobes Vergnügen, höchste Verfeinerung, Hitze, Kälte oder was sonst auch immer – nichts anderes ist als Erinnerung. Nichts geschieht. Doch weil nichts geschieht, geschieht alles. Obwohl alles nur aus Gedanken besteht, ist unterschwellige Infiltration im Gange. Nichts geschieht

– das ist die Erfahrung der Offenheit. Die Infiltration, das Durchdringende – das ist die Erfahrung von Mitgefühl.»

«Oh!», entfuhr es Sarah. Der bärtige Mann, der vor ihr saß, wandte den Kopf zu ihr um. Sein Gesicht floss in die Breite. Sarah lächelte ihm verlegen zu. Sie versuchte, ihre eingeschlafenen Beine neben ihm auszustrecken, und er rückte ein wenig zur Seite.

Eine Frau mit grau durchzogenem Haar neben ihr zischte mit hartem Akzent: «Es gehört sich nicht, in Anwesenheit eines Lamas die Beine auszustrecken.»

Erschreckt zog Sarah ihre Beine zurück. Der Mann vor ihr wandte sich wieder um. «Sonst spuckt er vielleicht», flüsterte er grinsend. «Lamas spucken bekanntlich, wenn sie sich ärgern.»

Sarahs Anspannung machte sich in einem erstickten Kichern Luft. Die Frau neben ihr klappte ihr Gesicht zu, als wolle sie es nie wieder öffnen.

Die meisten Teilnehmer des Kurses schrieben eifrig mit. Sarah hatte nichts zum Schreiben dabei. Sie fühlte sich fremd, klein und ausgestoßen. Glücklicherweise war ihr Vordermann freundlich. Er trug einen Vollbart und hatte kleine, zwinkernde Augen. Sie mochte weder Vollbärte noch kleine, zwinkernde Augen. Doch seine Freundlichkeit ließ sie darüber hinwegsehen.

Im Laufe des Vormittags öffneten sich die Wolken. Die Sonne übernahm mit goldener Wucht die Herrschaft. Es wurde heiß, und Sarah schlief während der Meditation, die sich an den Vortrag anschloss. Ihre schmerzenden Knie weckten sie wieder. Die steinerne Frau neben ihr schnarchte. Sarah unterdrückte ein hoch in der Kehle sitzendes Lachen.

Mittags hoffte sie, Pierre in dem kleinen Lokal zu treffen. Er kam nicht. Am Nachmittag zogen sich erneut Wolken zusammen, und bald prasselte der Regen wieder vom Himmel, als gelte es, den Ort vom Berg zu schwemmen. Sarah zog sich mit einem Bündel kleiner, aromatischer Bananen und einer Flasche Wasser in ihr Zimmer zurück. Sie versuchte, den Anweisungen des Lamas gemäß zu meditieren. Die tibetische Sekretärin hatte ihr im Büro einige kopierte Blätter in die Hand gedrückt, die alle Rezitationen und die wichtigsten Anweisungen zur geistigen Praxis enthielten. In der Bibliothek hatte sie ein Buch über Tantrayana entliehen. Am nächsten

Nachmittag würde der Dalai Lama Besucher segnen, hatte sie von ihrem bärtigen Sitznachbarn erfahren. Sie solle sich ihm anschließen, hatte er vorgeschlagen.

Der Tag fiel mit tropischer Eile in die Nacht, begleitet vom surrenden Lärm der Zikaden. Das kleine Lokal war voll, doch Pierre war nicht zu sehen. Sarah verbot sich, enttäuscht zu sein, und setzte sich mutig auf einen freien Stuhl zu einem Grüppchen, das unverkennbar mit australischem Zungenschlag sprach. Niemand beachtete sie. Es beruhigte sie, so unsichtbar zu sein. Sie hatte wohl überlegt unauffällige Kleidung mit auf die Reise genommen, Hosen und Hemden in mattem Olivgrün und Schwarz.

«Hallo», sagte das tibetische Mädchen, das die Gäste bediente.

Sarah lächelte sie an und deutete auf sich. «Ich heiße Sarah.»

«Hallo, Sarah», erwiderte das Mädchen fröhlich. «Ich heiße Dölma. Wo ist Pierre?»

«Das wollte ich dich fragen», antwortete Sarah.

«Mich fragen?» Dölma zog die Augenbrauen hoch. Dann hob sie bedauernd die Hände. «Pierre gestern nicht da, heute nicht da.»

Dölma brachte Momos, mit Fleisch gefüllte Teigtaschen, und salzigen Tee. Sarah versuchte, den Gedanken an Pierre zu den Unwichtigkeiten zu verbannen. Sie war wegen des Dalai Lama hier und kein Pierre dieser Welt sollte sie davon ablenken. Dennoch konnte sie nicht verhindern, dass ihr Blick jedes Mal zur Türöffnung schnellte, wenn ein neuer Gast eintrat.

Über Nacht entwickelten sich an ihrem Körper juckende Beulen, die ihr Angst einflößten. Sie fragte ihre Hauswirtin nach einem Arzt und wurde von einem kleinen Jungen, einem Sohn der Wirtin, zu einem nahe gelegenen Haus geführt. Nichts verriet, dass sich in der Wohnung, die sie betraten, eine ärztliche Praxis befand. In einem kleinen Zimmer, das lediglich ein Bett und einen offenen Schrank mit Buddha-Statuen, tibetischen Büchern und Butterlampen enthielt, saß ein alter Mann in abgenutzter Robe. Ein junger Mann, den der Junge herbeirief, übersetzte Sarahs Anliegen. Der Alte betrachtete die Beulen und brach dann in schallendes Lachen aus. Der junge Mann übersetzte seine Diagnose: «Amchi-la sagt, das sind Wanzenbisse. Ein bisschen groß. Dein Körper ist sehr aufgeregt.»

Der alte Arzt fühlte schmunzelnd ihren Puls abwechselnd mit

verschiedenen Fingern, als spiele er auf einer Flöte. Dann beugte er sich zu einem Jutesack neben dem Bett hinunter und kramte zwei große Tüten hervor. Aus jeder Tüte zählte er eine Anzahl brauner Kügelchen in Briefkuverts und ließ seinen Übersetzer «Morgen» und «Abend» darauf schreiben. Der Preis war so gering, dass sie verschämt ein Vielfaches der Summe auf den Tisch legte. Der Alte schob das Geld zurück und schüttelte den Kopf. Sie schob es ihm wieder zu und erklärte, er solle damit machen, was er wolle, doch zurücknehmen werde sie es nicht.

Der junge Mann übersetzte die Antwort des Arztes. «Amchi-la sagt, die Meditation des Mitgefühls für die Wanzen ist noch besser als Medizin. Sie sollen den Wanzen freundliche Gedanken schicken und ihnen Gutes wünschen.»

Die Pillen waren so bitter, dass die Wanzen offenbar die Lust an Sarahs Blut verloren. Es erschienen keine weiteren Beulen. Das musste an den Pillen liegen, denn die Meditation des Mitgefühls für die Wanzen fiel ihr allzu schwer.

Der Anblick des Dalai Lama wog alle Schwierigkeiten ihres Lebens in der Fremde auf. Zaghaft hatte sie sich an den Rand der Menschenmenge vor den Bungalows, die den bescheidenen Regierungssitz bildeten, gestellt. Bobby, der Bärtige, trieb zwischen den Leibern von ihr weg. Indische Saris, tibetische Chubas, weiße Yogi-Gewänder und rote Roben mischten sich zu einem wogenden Farbenfeld, in dem Sarah hin und her geschoben wurde, bis sie unversehens in die erste Reihe geriet. Tränen stiegen in ihre Augen, als die schmale Gestalt des Dalai Lama vor die Tür trat und heiter lächelnd einige Worte in Tibetisch, Hindi und Englisch sprach. Mit einem durchdringenden Glücksgefühl atmete sie die Klarheit und Sanftheit ein, die das alterslose Gesicht mit den hohen Wangenknochen ausstrahlte. Sie wollte nichts anderes, als in diesen Augenblick eintauchen, ihn tief in sich verankern, um nie mehr davon getrennt zu sein. Der Blick des Dalai Lama traf den ihren, hielt ihn einen Augenblick lang fest, und sein Lächeln floss in ihren Geist wie ein Strom aus Licht. Dieses Licht trug sie durch den Tag und durch den nächsten und übernächsten. Sie dachte kaum mehr an Pierre. Wahrscheinlich war er abgereist.

In ihrem Tagebuch sammelten sich die Mitschriften des Kurses. Manches verstand sie, manches nicht. Irgendwann würde sie das alles durcharbeiten, alle diese wunderbaren Anweisungen, von denen der Lama sagte, dass man nicht an ihnen hängen bleiben solle. Eigentlich gab es nichts, woran man hängen bleiben konnte, denn die Hilfsmittel liefen stets darauf hinaus, den Glauben an die Wahrheit der Erfahrungen als fragwürdig aufzudecken. So hatte sie es zumindest verstanden. Nach ein paar Tagen hatte sie begonnen, mit Bobby über die Lehrinhalte zu sprechen. Sie unternahm das Wagnis, ihm ein wenig zu trauen, ermutigt vom sanften Windhauch freundlicher Belustigung, der sie gelegentlich streifte und eine unaufdringliche, einladende Wärme verbreitete. Zuerst ließ sie sich von ihm bei der Auswahl der Lehrbücher in der Bibliothek beraten, dann gingen sie mittags gemeinsam den Trampelpfad zum Dorf hinauf, und schließlich trafen sie sich auch zu den Mahlzeiten in dem kleinen Lokal, das für Sarah ein Zufluchtsort geworden war wie eine großmütterliche Stube.

«Geshe-la sagte, wir sollen das Hilfsmittel der Leerheit anwenden», dachte sie laut zwischen zwei Momos. «Heißt das, es spielt alles keine so große Rolle?»

«So etwa», antwortete Bobby lachend.

«Weder die schmerzhafte Erfahrung noch das Hilfsmittel dagegen?»

«Könnte man sagen.»

Sarah schob nachdenklich eine weitere der köstlichen Teigtaschen in den Mund.

«Aber dieses Hilfsmittel setzt doch gar nichts dagegen. Wie soll es helfen?»

In Bobbys Bart kam Bewegung. Sarah bedauerte, dass die Vielfalt der Ausdrucksmöglichkeiten, die Lippen innewohnt, verborgen blieb. Doch seine Augen drückten Vergnügen aus.

«Gesetzt der Fall, ich fühle mich wie in der Wüste vergessen», erklärte er, «und ich möchte das ändern.»

Rosa und verletzlich blühten plötzlich vorgestülpte Lippen in der haarigen Umgebung auf. «Nun habe ich mehrere Möglichkeiten. Erste Möglichkeit: Ich glaube mir mein Gefühl. Ich glaube, dass es so ist. Damit ist es so. Nichts zu machen. Zweite Möglichkeit: Ich leugne mein Gefühl. Das ist auch Glaube, aber umgekehrt. Ich sage: Alles ist wunderbar. Das muss alles so geschehen, damit ich daraus lernen kann. Man muss dankbar sein. Ich bin ja so dankbar. Das Leben ist ein wunderbares Geschenk. Alles ist ein Geschenk. Wenn ich mich dafür bedanke, bekomme ich noch größere Geschenke. Und dahinter ist immer das verleugnete, gereizte Gefühl, dass alles fürchterlich ist.»

Sarah kicherte.

«Das ist spiritueller Materialismus», fuhr Bobby fort, «nicht geeignet im Sinne der Offenheit und des Mitgefühls. Dritte Möglichkeit: Ich erkenne, dass meine Erfahrungen relativ sind. Meine Gedanken steigen auf wie Wolken. Sie haben keine Basis. Das hilft. Doch es könnte mich dazu verführen, zynisch zu werden. Alles wäre unter ‹na und?› einzuordnen. Das nennt man ‹das Gift der Leerheit›.»

«Das gefällt mir», sagte Sarah. «Aber wenn es nicht darum geht zu sagen, alles ist so fantastisch, aber auch nicht darum, nichts ernst zu nehmen – was dann?»

«Ja, das ist es», erwiderte Bobby heiter. «Dann bist du nicht so naiv.»

«Gar kein Bezugspunkt?»

«So ist es. Nicht so einfach. Hier kommt die vierte Möglichkeit ins Spiel: Man macht die Bezugspunktlosigkeit zum Bezugspunkt. Wieder daneben.»

«Oh. Überhaupt kein Bezugspunkt?»

«Mhm. Dann nennt man es Aufwachen.»

«Und wenn ich aufwache?»

Bobby lachte. «Heureka! Leg den Finger darauf, und es platzt.»

Das Hochgefühl der ersten Tage wich dem Eindruck, vor einer verschlossenen Tür zu stehen. Je mehr sie lernte, desto schmerzhafter wurde das Gefühl, nicht zu verstehen, was alle anderen zu verstehen schienen – nicht wirklich zu verstehen, nicht über die Oberfläche hartkantiger Gedanken hinaus. Sie erkannte, dass es unsinnig gewesen wäre, sich nach dem Einfachgestrickten, nach schönen, sauberen Hochglanzwahrheiten zu sehnen, ahnte sie doch, dass echte Offenheit bodenlos war, wie wenn man in den Himmel schaut und kein Ende sieht; weiß, dass er endlos ist, und dennoch fragen will: Was ist dahinter?

Sie wollte diesen Schmerz nicht wahrhaben, doch es gab keine Gelegenheit, ihm zu entgehen. Einsam, gefangen, ausgeliefert, abgeschnitten. Eingefroren in diesen Zustand, in innere Bewegungslosigkeit gebannt. Die Versuche zu meditieren waren hilflose Gesten, ein flaches Als-ob, dem jegliche Überzeugungskraft fehlte.

«Ich stehe vor einer verschlossenen Tür», sagte sie zu Joana, einem Mädchen aus der australische Gruppe, die das kleine Lokal ebenfalls zum Wohnzimmer erkoren hatte. Seitdem Joana mit ihrem Freund im Streit lag, besuchte sie Sarah häufig nachmittags in dem kleinen Zimmer auf dem Dach. Ihre Gespräche kreisten bald vom Äußeren zum Inneren, und Sarah begann, in einem zitternden Drahtseilakt des Vertrauens ihre Not preiszugeben.

«Ich frage mich, was ich erwartet habe. Ich weiß es nicht. Auf jeden Fall nicht diese Verwirrung.»

«Und du denkst, hier stehe ich mitten im gelobten Land und bin blind und taub», erwiderte Joana und fuhr mit gespreizten Fingern durch ihr dunkles, glattes Haar, eine Geste, die sie alle paar Minuten wiederholte. Sarah nickte.

«Konditionierungen», erklärte Joana und schnippte mit den Fingern. «Sie sind wie Mauern. Ich sage immer, wenn die Tür klemmt, muss man das ganze Haus sprengen.»

Sie griff in ihren Beutel, kramte ein wenig darin und zog ein Briefkuvert heraus. Eingefaltet in einen Briefbogen lagen kleine Stücke Löschpapier mit einem kleinen, eingetrockneten Tropfen darauf.

«Weißt du, was das ist?», fragte Joana.

Sarah nickte. Es waren die Himmel-und-Höllen-Tickets, die ihre Schwester einige Male mit ihr geteilt hatte.

«Nimm zwei», sagte Joana und legte die Blättchen sorgfältig in Sarahs Hand. «Guter Sprengstoff. Mein Beitrag für deine Erleuchtung. Ein buddhistischer Schriftsteller schrieb einmal: Die Psychodrogen sind wie ein gewaltiges Fernrohr. Man hat dir gesagt, die goldene Stadt liegt jenseits der Wüste, aber du kannst sie nicht sehen. Nun nimmst du das Fernrohr, und siehe da, du kannst sie sehen. Allerdings hilft es nicht weiter, wenn du immer wieder durch das Fernrohr schaust. Einmal genügt. Dann machst du dich auf den Weg, und du bist bereit, durch die Wüste zu gehen, denn du hast die goldene Stadt gesehen. Natürlich musst du wissen, in welche Richtung du schauen sollst. Nun ja, das weißt du.»

Sarah schloss langsam die Finger um das leichtgewichtige Geschenk.

«Du meinst wirklich, das hilft?», fragte sie unschlüssig.

Joana fuhr durch ihr Haar und lachte. «Das liegt bei dir.»

Den Anstoß zu Sarahs Entschluß, Joanas Rat zu folgen, gab der Umstand, dass Bobby am nächsten Tag nicht im Kurs erschien und sie ihn auch in dem kleinen Lokal nicht fand. War auch er abgereist? Immer wieder verschwanden Kursteilnehmer und neue nahmen ihren Platz ein. Hätte er sich nicht von ihr verabschieden sollen? Doch sie selbst war es gewesen, die den Begegnungen die Blässe der Beiläufigkeit verliehen hatte. Ohne darüber nachzudenken, hatte sie auf Abstand gedrängt und er hatte ihre Signale höflich beachtet. Dennoch, gebot nicht Höflichkeit auch ein Abschiednehmen? Aber vielleicht war er krank? Sie wusste nicht, wo er wohnte. Jetzt bedauerte sie, ihn nicht danach gefragt zu haben. Doch wüsste sie es, ginge sie wohl nicht hin. Warum nicht? Gute, alte, kühle britische Konditionierung, hätte Joana möglicherweise gesagt. Es gibt nichts zu verlieren, sagte sich Sarah, nur zu gewinnen.

Ab Mittag aß sie nichts mehr. Sie hielt es, wie sie es von ihrer Kalifornienerprobten Schwester gelernt hatte: äußerlich reinigen, innerlich reinigen, ein paar Yogaübungen zur Vorbereitung, Türe verschließen, Kerzen anzünden, warten.

Die Wände begannen sich zu dehnen. Das Wissen begann sich als kleine Wolke zu zeigen, breitete sich aus und nahm schließlich ungeheuere Ausmaße an. Der oberste Punkt ihres Schädels öffnete sich wie ein Trichter, um das Wissen aufzunehmen. Doch das Wissen war unendlich groß und sie selbst war winzig klein. Das Wissen passte nicht in sie hinein. Mit unerbittlicher Helligkeit stieg die Erkenntnis auf: Ich muss sterben, um das Wissen aufnehmen zu können. Es gibt keinen anderen Weg.

Sie dachte an ihr bisheriges Leben. Eine heimliche Leidenschaft für einen ihrer Professoren, der sie nicht wahrnahm. Eine halbherzige, unbefriedigende Liebe zu einem jungen Mann, der selbst nicht wusste, was er wollte. Ein paar Flirts. Sehnsucht. Romantische Träume. Angst. Einsamkeit. Vor allem Einsamkeit. Du musst dir das alles nicht glauben, sagt Geshe-la. Das ist die Freiheit.

Warum macht die Freiheit Angst? Weil sie keinen Schlupfwinkel lässt? Kein Spiel des Habenwollens, des Nichthabenwollens, des Nichtwissenwollens. Was bleibt übrig? Bedrohlich ist die Freiheit, ich gehe darin verloren. Halte ich mich lieber an den qualvollen Rausch der Emotionen, an die Gefangenschaft der Urteile, der Meinungen, der Festlegung? In der Selbstumklammerung des Ich-Bin treibe ich durch die offene Weite des Geistes, taub, blind, gefangen in mir.

«Ich will raus!», schluchzte Sarah.

Die Kerzenflammen flackerten, wurden kleiner und drohten auszugehen. Nicht mehr lange und sie würde der gefräßigen Finsternis überlassen sein. Im inneren Raum ihrer Angst schrie sie um Hilfe, glühende, Funken regnende Schreie, die ihre Qual wie mit unsteten Blitzen sichtbar machten.

Eine Bewegung am Fenster ließ sie innehalten. Sie erkannte den jungen Übersetzer des Geshe vor dem Fenster, der die Hand nach ihr ausstreckte, sie packte und festhielt, sodass sie nicht im ersterbenden Flackern der Kerzen zerrieben wurde. Sie klammerte sich fest und weinte vor Erleichterung. Die Kerzenflammen richteten sich auf und gaben ihr Licht großzügig wieder frei. Die Hand, die sie hielt, war stark und sicher.

Stoß durch die Wand. Durchbrich die Schallmauer. Lass alles zurück. Sterbe.

Als sie bereit war zu sterben, löste sich die Gestalt des Übersetzers vor dem Fenster auf. Der Tod begann seine Werbung mit entsetzlichen Schmerzen. Sie keuchte, atmete schwer, mit trockenem Hals, die Luft zitterte von äußerster Hitze, ihr Körper war schwer, lastete auf dem Haus, das Herz wand sich qualvoll, zusammengepresst von erbarmungslosem Druck, bis es schließlich dröhnend barst. Ihre gesamte Existenz brach auf, ergab sich dem Abgrund und Urgrund eines alles durchdringenden roten, tönenden Lichts, mehr als Licht und mehr als Rot und Ton, Urlicht, Urrot, Urton, und viel mehr noch als das – eine mächtige, vertraute, alle Wunder in sich bergende Anwesenheit, die sich lichtartig und rotartig und tonartig ausdrückte. So schrieb sie es später nieder, unzufrieden mit den begrenzten Möglichkeiten der Worte – ein Ozean der Erfahrung im Fingerhut der Begrifflichkeit.

«A» schrieb sie mit einem großen, schwungvollen Buchstaben in ihr Tagebuch, und darunter «AMA» und «Amitabha». Am Anfang war A, und die Schwingung ist Materie geworden. Und die Materie ist Schwingung. A, Ama, Mater, Amitabha, unendliches Licht, Raum, Wissen, die große Leerheit des ALLES, die Mutter aller Buddhas.

Eine Wanze bewegte sich emsig über die Matte, mehrfach vergrößert von der Wunderwirkung des Tropfens auf dem Löschpapier. Sarah lächelte. Die Form des kleinen Wesens war von äußerster Vollkommenheit. Eine schlichte Anmut lag im Zusammenspiel der feinen Beinchen und die Zartheit der Fühler war herzergreifend.

«Hallo, meine Schöne», flüsterte Sarah. «Hungrig?»

Sie legte der Wanze ihre Hand in den Weg. Das kleine Tier entschied sich für die Besteigung eines Fingers, erklomm den Handrücken, verharrte ein wenig und stieg schließlich zielstrebig auf der anderen Seite wieder herab.

Das weiße, neblige Morgenlicht fand Sarah vertieft in die Meditation des Mitgefühls für die Wanze und darüber hinaus für alle Wesen der sichtbaren und unsichtbaren Welt. So selbstverständlich wie das Atmen war diese Meditation, ohne Gedanken, ohne Absicht. Es war der natürliche Ausdruck ihrer selbst, mehr noch, es war Sarah über sich selbst hinaus.

Irgendwann wurde sie zurückgesogen in die Enge der Existenz, widerstrebend, um erneut im Meer der Hoffnung und Furcht dahinzutreiben, eine kleine Flaschenpost mit verschlüsselter Botschaft.

Mit zitternden Knien stieg sie die Treppe hinunter und trat hinaus in den vagen Tag. Es war nicht mehr der bekannte Ort, durch den sie ging, wenngleich sie sich darin zurechtfand. Duftender Holzrauch lag in den Gassen und bildete einen Teppich, der sie führte. In wunderlicher Aufregung folgte sie der unsichtbaren Spur bis zum äußersten Rand des Berghangs. Ein unscheinbarer Tempel duckte sich zwischen den Häusern, zerzauste Hühner scharrten davor. Sie hatte ihn noch nie zuvor gesehen.

Warme Luft stand süß und schwer in dem dunklen Raum. Nach ein paar Niederwerfungen versagten Sarahs Kräfte. Sie blieb am Boden liegen, geschüttelt vom Aufruhr ihres Nervensystems. Eine Nonne, vielleicht dieselbe, die sie an der Tür gesehen hatte, beugte sich zu ihr hinab und legte die Hand beruhigend auf ihren Rücken. Sie murmelte etwas, ging zum Schrein und zündete viele Butterlämpchen und Räucherwerk an. Der duftende Rauch von Sandelholz und Kräutern breitete sich aus.

Lange lag Sarah auf dem Boden. Irgendwann kam die Nonne zurück, kauerte neben ihr nieder und begann zu singen. Ihre raue und dennoch melodische Stimme breitete sich in Sarahs Körper aus, floss durch alle Adern, drang in alle Zellen, brachte Ruhe.

Alles wurde einfach und klar. Das Wissen war nie außerhalb ihrer selbst gewesen. Sie musste es nur aus sich befreien. Das war die Essenz der Zuflucht. Sie würde Zuflucht zu sich selbst nehmen, zu ihrem großen, von nichts getrennten Selbst – zu ihrer Fähigkeit aufzuwachen, zu ihrer Fähigkeit zur Hingabe, zu ihrer Fähigkeit zur Achtsamkeit und Einsicht. Sie war auf dem Weg, und nichts würde sie mehr davon abbringen, denn nicht sie würde den Weg gehen müssen – der Weg würde sie gehen.

«Seitdem wusste ich, was ich zu tun hatte», sagte Sarah. «Ich brauchte nie mehr die Wände zu sprengen. Bald fand ich meinen Lehrer, und als er gestorben war, begegnete ich Shonbo Rinpoche. Manchmal denke ich an Pierre und Bobby und Joana und wünsche ihnen ein schönes Leben und einen guten Weg. Und jedesmal, wenn ich die Möglichkeit habe, den Dalai Lama zu sehen, mache ich mir das Geschenk, hinzugehen und mich an seinem Anblick zu freuen.»

5

Die Trompete

Der kurze Frühling war schnell vorbei, und der Sommer brachte Einsamkeit. Maili trauerte Sarah nach, die bei Beginn des Monsuns nach England zurückgekehrt war. Für Pancha hatte Ani Pema längst einen guten Platz als Schülerin und Hausmädchen bei einer Tanzlehrerin gefunden. Es gab keine Studienkurse mehr. Der alte Khenpo war schon lange krank und sein Zustand besserte sich nicht. Maili verkaufte ein besonders schönes Stück ihres Schmucks, um in der Stadt teure tibetische und englische Bücher kaufen zu können. Ani Rinpoche gab ihr eine neue Meditationspraxis, für die sie viel Zeit brauchte. Zwei junge Nonnen kamen dreimal in der Woche zu einer Englischstunde. Das war ihre einzige Unterhaltung. An manchen Regentagen, die sie mit Meditation und Studium in ihrem Zimmer verbrachte, war sie glücklich. An anderen Tagen glaubte sie an der Ruhe zu ersticken. Sie vergaß, dass sie jemals den Tanz der Dakini gelernt hatte.

«Es ist so einsam ohne dich», schrieb sie an Sarah, «dass ich mir hier manchmal ganz fremd vorkomme.»

Endlich wurde das Sommer-Studienretreat angekündigt und alle Nonnen warteten voller Neugier auf den neuen Khenpo. Doch es war kein Mann, der kam. Der neue Khenpo war eine Nonne. Eine Khenpo-Nonne, das hatte es noch nie gegeben. Sie habe an der buddhistischen Universität in Varanasi studiert, hieß es, als eine der ersten klösterlichen Studentinnen, die man zugelassen hatte.

«Sieben Jahre hat sie studiert», erzählten die Nonnen einander mit großen Augen. «Und sie soll die Beste gewesen sein, ha, besser als die Mönche.»

Niemand wusste, wer die neue Khenpo-Ani als erste «Kangling Ani» – Schwester Trompete – genannt hatte. Wie ein Lauffeuer zog der Name bei ihrem ersten Auftritt durch den Lhakang. Eine sagte es der anderen: «Kangling Ani, Kangling Ani», und eine Welle des Kicherns rollte durch die Reihen.

«Hört zu, ihr Nonnen!», tönte die Trompete, nachdem die Klosterleiterin sie vorgestellt hatte. «Ich habe wunderbare Neuigkeiten für euch. Ihr sollt lernen, bis ihr kocht. Man kann die Lehren nicht verstehen und anwenden, wenn man nicht ordentlich gelernt hat. Sonst benützt man tote Ratten oder Ähnliches als Argumente. Ihr habt alle genügend Intelligenz im Leib, um zu verstehen, was der Buddha und seine Nachfolger zu sagen hatten.»

Ihr breites, dunkles Mongolengesicht glänzte vor Eifer, als sie den neuen Studienplan erläuterte, den sie in eine Unterstufe und eine Oberstufe aufgeteilt hatte.

«Und jetzt will ich wissen, wie ihr euch selbst einschätzt», trompetete sie schließlich über die geduckten Köpfe der Nonnen hinweg. «Wer will in die Klasse der Fortgeschrittenen? Aufstehen!»

Maili erhob sich, dann folgten zögernd noch ein paar junge Nonnen.

«Namen!», röhrte Kangling Ani.

Ein paar Mädchen fingen an zu kichern. «Kangling, tröööt», sagte eine von ihnen mit verhaltener Stimme, doch laut genug, um ihre Umgebung zu hellem Gelächter anzuregen. Es breitete sich unwiderstehlich aus, bis sogar die alten Nonnen, die nicht wussten, worum es ging, leise mitgackerten.

«Was ist so lustig?», fragte Kangling Ani, als sie sich endlich Gehör verschaffen konnte. «Ich möchte auch lachen.»

«Kangling!», quietschte eines der Kinder. «Kangling Ani.» Das Lachen schwoll erneut an und Kangling Ani lachte mit.

«Schluss!», brüllte sie dann, und ihre Stimme war so gewaltig, dass das Gelächter augenblicklich verstummte.

«Sehr gut! Ihr habt's erfasst. Ich werde die Lehren in eure Köpfe trompeten, dass ihr nichts anderes mehr hören werdet. Heute Nachmittag kommt ihr alle zur Vorprüfung und dann werde ich euch in vorläufige Stufen einteilen. Wer von den Älteren mitmachen will, soll kommen.»

Viele der älteren Nonnen schüttelten die Köpfe. Eine Khenpo-Ani – das gehörte sich nicht. Nonnen hatten nichts in Universitäten zu suchen. Und dort, so hörte man, studierten sie sogar mit Mönchen zusammen. Eine verdrehte neue Welt. Beunruhigend. Und sie grüßten die Mönche auch nicht mehr ehrerbietig, wie es sich gehört, diese jungen, modernen Nonnen. Wo sollte das noch enden?

«Den Studienplan hänge ich draußen an die Tür des Lhakang», sagte Kangling Ani. «Den schreibt ihr alle ab. Wer nicht erscheint, wird auf die Fehlliste gesetzt und bekommt zwei Putzschichten statt einer. Verstanden?»

In Maili stieg freudige Lebendigkeit auf. Die Trompete war eine unerwartete Bereicherung des Klosterlebens. Es würde ein Vergnügen sein, mit ihr zu diskutieren. Der Ball würde fliegen.

Ani Tsültrim, die neben der streitbaren Khenpo-Nonne stand, lächelte ihr kantiges Lächeln. Sie genoss es, dass nicht sie diese Anordnungen treffen musste. Denn Ani Tsültrim empfand die Strenge, die ihre Stellung erforderte, nicht als Befriedigung. Ihr grundlegender Wesenszug war, wie Maili wusste, eine kühle Sanftheit des Herzens, die nur wenige erkannten und würdigten.

«Wer ist die Beste unter euch?», rief Kangling Ani. «Maili heißt sie, glaube ich. Hierher zu mir, Maili Ani!»

Während die übrigen Nonnen den Lhakang verließen, ging Maili nach vorn zu Kangling Ani, die sie mit breitem Lächeln empfing.

«Wie ich höre, warst du die beste Schülerin des Khenpo. Das freut mich. Unterrichten macht nur Spaß mit Schülerinnen, die es wirklich wissen wollen.»

«Die zwei Stufen gefallen mir», erklärte Maili. «Durch die Neuen wurden wir ständig aufgehalten. Und es gab nie genug Studienmaterial für mich. Aber ich habe mir selbst Bücher gekauft.»

Sie erklärte ausführlich, mit welchen Studien sie sich neben dem Unterricht aus eigenem Antrieb oder auf Geheiß der Yogini befasst hatte. Kangling Anis großer, humorvoller Mund gab vergnügt eine stattliche Reihe kraftvoller Zähne frei.

«Auf jemanden wie dich hatte ich gehofft», sagte sie und gab ihr einen ebenso herzlichen wir unsanften Schlag auf den Rücken. «Du wirst mir helfen, die Unterstufe zu unterrichten. Das ist gut für dich. Beim Unterrichten lernt man viel.»

Mailis Herz begann heftig zu klopfen. Unterrichten. Maili Ani mit den großen Mundwerk würde ihren Mund zum Lehren aufsperren dürfen. Der Gedanke war köstlich. Und zugleich Furcht erregend. Außerdem würde dies ihren Status im Kloster verändern. Niemals war der Schatten der dummen, kleinen Maili, die sprachlos ins Kloster kam, weil niemand ihren befremdlichen Bergdialekt verstehen konnte, ganz von ihr gewichen. Ihre enge Freundschaft mit den «Dissidentinnen» hatte die Lage nicht verbessert. Sie hatte niemals ganz dazugehört. Die außergewöhnliche Entscheidung des alten Rinpoche, die Yogini in der Höhle zu Mailis persönlichen Lehrerin zu ernennen, war für viele Anlass zu Neid gewesen. Doch nun würde sie eine offizielle Funktion haben, die ihr Respekt verschaffte.

Am Nachmittag standen die Nonnen in aufgeregten Grüppchen vor dem Lhakang und warteten auf Ani Rinpoche, denn die Regel verlangte, das Oberhaupt des Klosters als erste den Lhakang betreten zu lassen. Eine junge Nonne hielt Mailis Hand krampfhaft fest und wiederholte stotternd, wie sehr sie sich fürchte.

«Hör auf, Deki», sagte Maili, «ich habe dir so viel beigebracht. Es ist kein Zeichen deiner Wertschätzung, wenn du dir jetzt in die Röcke machst.»

«Tu ich ja gar nicht», jammerte Deki. «Aber mein dummer Kopf ist ganz leer.»

«Wäre er es nur», brummte Maili gutmütig. «Aber er ist voller Angstgeschrei. Nimm deine Mala und rezitiere Mantras, bis du an der Reihe bist. In deinem Kopf ist alle Weisheit der Welt, solange du sie nicht zuschreist.»

Sie legte den Arm um die Schulter des Mädchens und drückte sie einen Augenblick lang an sich. «Was kann dir schon geschehen? Nicht mehr, als dass du dich zum Narren machst. Daran stirbt man nicht.»

Der Verlauf der Prüfung entlockte Kangling Ani einige scharfe Trompetenstöße der Entrüstung und nur gelegentlich sanft knurrende Töne der Anerkennung.

«Ihr müsst richtig studieren lernen, ihr Nonnen», sagte sie. «Nicht nur auswendig lernen. Das genügt nicht. Wir werden Debatten einführen, wie die Mönche sie abhalten.»

Die jungen Nonnen zogen verschüchtert die Köpfe ein.

«He, keine Angst», trompetete Kangling Ani fröhlich. «Glaubt mir, es wird euch Spaß machen. Ich verspreche es euch.»

Maili wartete begierig auf ihre Prüfungsfrage. Kangling Ani hatte sie auf den letzten Platz verwiesen. Diejenigen, die sich nur die Unterstufe zutrauten, wurden als erste geprüft. Maili wusste, dass von ihr eine besondere Leistung erwartet wurde, ein würdiges Finale der Prüfung. Sie fürchtete sich ein wenig, doch das befriedigende Gefühl, ihr Wissen zeigen zu dürfen, überwog.

Endlich durfte sie den Platz des Prüflings im Mittelgang einnehmen. Eine Nonne griff in den zweiten der beiden Teller mit den Prüfungsfragen und öffnete den gefalteten Streifen.

«Welche sind die sechs vollkommenen Fähigkeiten und welche ist die wichtigste?», las die Nonne vor.

«Oh, das ist einfach», sagte Maili. «Großzügigkeit, Disziplin, Geduld, freudige Energie, Meditation und klares Erkennen. Klares Erkennen ist die wichtigste. Ohne klares Erkennen geht gar nichts.»

Die Jüngsten lachten laut.

«Es gibt zwei Arten des Erkennens», fuhr Maili fort, «das Erkennen durch Nachdenken und das Erkennen jenseits des Denkens.»

«Erläutern!», befahl Kangling Ani.

Maili warf einen Blick zu Ani Rinpoche. Die Yogini saß mit halb geschlossenen Augen auf ihrem kastenförmigen Thron gegenüber dem höheren Thron des alten Rinpoche mit seiner großen, gerahmten Fotografie darauf. Ein kleines Lächeln lag um ihren Mund.

Maili stürzte sich mit Eifer in die Erläuterung. «Erkennen durch Nachdenken stützt sich auf die Erfahrungen der Sinne. Wir erleben, dass es diese und jene Farben, diese und jene Töne, diese und jene Gerüche, diese und jene Geschmacksrichtungen, diese und jene Formen und diese und jene Vorstellungen gibt. Dann kommt das Denken und macht eine Aussage darüber. Und dann sagt man, das ist so und jenes ist nicht so. Das Denken ist auch ein Sinn und die Sinnesobjekte des Denkens sind die Gedankeninhalte. Dann sagen wir auch: Das ist so, jenes ist nicht so, und so weiter. Wir setzen die Logik ein und das ist ja auch brauchbar, aber das logische Denken ist begrenzt. Es trennt uns von dem Objekt, über das wir nachdenken. Klares Erkennen hält sich jedoch nicht am Denken fest. Alle

Erfahrungen werden als Traumbilder erkannt. Shantideva sagt: Einem Traum gleichen die Schicksalsformen, denn untersucht man die Umstände, sind sie wie der Bananenstamm. Der Bananenstamm hat nämlich keinen Kern. Unsere karmische Form entsteht und vergeht wie ein Traum.»

«Gut», erklärte Kangling Ani. Ein kleines Doppelkinn der Zufriedenheit erschien unter ihrem dunklen Gesicht. «Jetzt erkläre, was das für uns bedeutet.»

Mailis Blick blieb am Bild der roten Dakini an der Wand ihr gegenüber hängen. «Erkennen ist das scharfe Schwert, das die Unwissenheit durchschneidet – also Zweifel und Hin-und-her-Überlegen und all das. Die anderen Fähigkeiten können nicht wirklich vollkommen sein, wenn das Erkennen nicht vollkommen ist. Es heißt, dass die fünf vollkommenen Fähigkeiten wie fünf Ströme in das Meer des Erkennens münden. Klares Erkennen ist das Erkennen unserer Buddha-Natur und das äußert sich dann als Mitgefühl.»

«Beispiel!», rief Kangling Ani mit sichtlichem Vergnügen.

Maili dachte ein wenig nach. «Ich nehme das Beispiel Großzügigkeit. Unvollkommene Großzügigkeit beruht darauf, dass ich denke: Ich werde jetzt großzügig sein! Dann bin ich's mal und mal bin ich's nicht, und bei denen, die ich mag, bin ich's mehr, und bei denen, die ich nicht mag, bin ich's weniger. Wenn ich jedoch erkenne, dass Großzügigkeit zu meiner wirklichen Natur gehört, dass sie ein Ausdruck meines natürlichen, ungeschaffenen Geistes ist, lasse ich das Ich-Bin weg und die Großzügigkeit ist einfach da. Nun ja, einfach ist es eigentlich nicht.»

Die Nonnen lachten. Kangling Ani wiegte bejahend den Kopf.

«Die vollkommenen Fähigkeiten des Bodhisattva», fuhr Maili fort, «beruhen also auf der Einsicht, dass ‹Ich› immer bedeutet, etwas zu mögen oder etwas nicht zu mögen. Und demnach entscheidet man dann, ob man großzügig sein will oder nicht. So geht das aber nicht. Die vollkommene Großzügigkeit bedeutet nicht, dass ich hier einem armen Hund dort etwas abgebe. Die anderen sind keine armen Hunde, auch wenn es ihnen schlecht geht. *Die anderen* gibt es nicht so, nicht als *andere*. Die anderen sind wir selbst. Das sanfte Herz weiß es. Wir sind nicht getrennt.» Maili hatte sehr schnell gesprochen. Ein wenig atemlos wiederholte sie: «Wir sind nicht getrennt.»

«Maili Ani hat nachgedacht», sagte Kangling Ani mit einem Schmunzeln in der Stimme. «Deine Ausführungen sind ein wenig ungewöhnlich, aber richtig. Möchte jemand etwas dazu sagen?»

Deki hob die Hand. «Wenn die vollkommenen Fähigkeiten nichts damit zu tun haben, dass *ich* das mache, wie kann ich sie dann auf dem Bodhisattva-Pfad üben? Es heißt doch, dass wir sie üben sollen.»

Kangling Ani nickte Maili auffordernd zu.

«Wir können aufmerksam sein», sagte Maili. «Wenn wir völlig aufmerksam und achtsam sind, werden wir berührt. Und wenn wir berührt werden, dann ist nichts mehr zwischen uns und den anderen. Dann sind wir nicht getrennt. Also müssen wir vor allem Aufmerksamkeit und Achtsamkeit üben. Ich meine, es ist natürlich wichtig, dass du dich bemühst, großzügig und geduldig und diszipliniert und so weiter zu sein. Das gehört zum Aufmerksamkeitstraining dazu. Aber es ist noch nicht die Füllung im Momo.»

Die Nonnen lachten und klatschten.

«Gut», trompetete Kangling Ani. «Die Prüfung ist beendet.»

Kangling Ani äußerte sich nicht zu Mailis Prüfungsvortrag. Die Namen derjenigen Nonnen wurden vorgelesen, die sich für die Oberstufe gemeldet hatten, aber nicht für geeignet befunden worden waren. Die Nonnen der Unterstufe erfuhren, dass Maili einen Teil des Unterrichts übernehmen würde. Manche begannen zu murren.

Kangling Ani hob die Hand. «Ich habe gehört, dass offenbar einige von euch meinen, eine rote Robe mache schon eine Nonne. Aber wenn ihr nicht studieren und meditieren wollt, wozu seid ihr dann hier? Wenn ihr nicht lernen wollt, wie Gier, Aggression und Dummheit überwunden werden können, wozu seid ihr dann hier?»

Ani Rinpoche richtete sich auf. Es wurde sehr still im Lhakang. Sie schaltete das Mikrophon ein und beugte sich vor.

«Fürchtet euch nicht vor dem Lernen», sagte sie. Ihre Stimme war sanft und eindringlich. «Euer Geist ist wissend. Wenn ihr lernt, heißt das nicht so sehr, dass ihr etwas in euren Geist hineintut, als dass ihr etwas aus ihm befreit. Ihr werdet die Rituale besser verstehen. Ihr werdet eure Meditationspraxis besser verstehen. Ihr werdet euch selbst und die anderen besser verstehen. Es lohnt sich, ihr Nonnen. Nehmt die wunderbare Gelegenheit wahr.»

Jede einzelne der Nonnen saß da, als habe ihr Oberhaupt nur zu ihr allein gesprochen, in brennender Intimität. Die alte Yogini ließ den Blick lange auf ihren Schützlingen ruhen, bevor sie sich erhob.

Während Kangling Ani und die Klosterleiterin ihr vom Thron herunterhalfen, drängten sich die Nonnen zu beiden Seiten des Mittelgangs, legten die Hände zusammen und beugten den Kopf. Die Yogini berührte den Scheitel einer jeden und ihr Lächeln erfüllte den Lhakang.

Als Ani Rinpoche vor Maili stand, klopfte sie ihr mit dem Knöchel leicht auf den Kopf. Die Nonnen in ihrer Nähe kicherten.

«Gut studiert, Maili Ani», sagte die Yogini, für alle hörbar.

Mailis Herz klopfte bis zu den heißen Ohren vor Glück.

Nie zuvor war sie öffentlich gelobt worden. Das würde alle bösen Stimmen zum Schweigen bringen.

Ani Rinpoche ging weiter und die Nonnen strömten hinter ihr aus dem Lhakang.

Deki drängte sich an Maili heran und ergriff ihre Hand. «Maili Ani hat einen unsichtbaren Thron bekommen», flüsterte sie. «Nie mehr tote Ratten.»

Maili drückte die Hand des Mädchens und kicherte, benommen von Glück.

Ein Tanz für den Rinpoche

Der Monsunregen klatschte gegen die Hauswand und auf das Dach. Maili hatte Fenster und Türen weit geöffnet, um die kühlenden Windstöße einzulassen. Warme Feuchtigkeit lag über allem, auf der Haut, in den Kleidern, in den Bettdecken. Selbst das Papier der Bücher wellte sich protestierend. Die Moskitos gediehen gut.

«Maili Ani!», rief eine jugendliche Stimme durch das Prasseln. In der Türöffnung erschien die triefende Gestalt einer jungen Nonne unter den unzulänglichen Resten eines Regenschirms.

«Ani Tsültrim sagt, du sollst zu Ani Rinpoche kommen, jetzt gleich.»

Maili sah von ihrem tibetischen Text auf. «Hat sie auch gesagt, warum?»

«Hat sie nicht. Aber irgendein Besuch ist gekommen.»

Mit der Erklärung, sie würde sich beeilen, entließ Maili das Mädchen, ordnete die Blätter des Buchs zwischen seinen Kartondeckeln und packte es ordentlich in das dazugehörige Tuch ein.

Was sollte sie anziehen? Ihre einzige schöne Bluse hing zum Trocknen im Badezimmer. Während des Monsuns dauerte es Tage, bis die Kleider trockneten, sofern man nicht eine sonnige Stunde ausnützen konnte. Sie ging in Ani Pemas Zimmer auf die Suche nach etwas Geeignetem. Doch in Ani Pemas Regal lag lediglich ein rosa T-Shirt mit dem Aufdruck «Serving is the Ultimate Smile».

Maili entledigte sich ihrer abgetragenen Bluse und zog das rosa Hemd an. Es war eng und ihre Brüste waren allzu deutlich sichtbar. Ihr bestes Umschlagtuch lag gefaltet unter der dünnen Schlafmatte. Darin konnte sie sich einhüllen und so würde man das Hemdchen nicht sehen.

Mit klatschenden Plastikschlappen lief sie die lange Treppe hinauf, wobei der starke Wind den Regen gegen ihren Rock trieb. Das Kloster war eine Insel im Regenmeer.

Im Flur drückte ihr Ani Tsültrim eilig eine besonders schöne, große Kata in die Hand. Es musste ein hoher Gast sein, der Ani Rinpoche besuchte. Maili schlug den Vorhang zum Empfangszimmer der Yogini zur Seite und erstarrte. Unmittelbar vor ihr stand Sönam.

Er trat schnell zur Seite, um sie einzulassen, und blieb an der Tür stehen. Neben Ani Rinpoche saß auf einem ebenso hohen Polster der Gast in roter Robe, das lange Haar zu einem Knoten auf dem Oberkopf gebunden. Ein Ngakpa, dachte Maili beunruhigt und folgte dem Wink der alten Yogini. Ngakpas galten als unberechenbar.

«Komm her, Maili. Ich möchte dich unserem Gast vorstellen.»

Verwirrt näherte sich Maili und verbeugte sich vor dem Gast, der ihr die Kata mit beiläufiger Geste um den Hals legte. Nach den drei Niederwerfungen vor ihrer Lehrerin ließ sie sich höflich in einiger Entfernung auf dem Teppich nieder.

Während die alte Yogini dem Gast von Angelegenheiten des Klosters erzählte, warf Maili verstohlen hin und wieder einen Blick auf ihn. Sie entschied augenblicklich, dass er zum Fürchten war. Auf seinem großen Körper mit den breiten Schultern und einem kraftvollen Hals saß ein mächtiger Schädel, ein Löwenhaupt, mit lang gezogenen, weit auseinander liegenden Augenschlitzen, einer mäßig breiten Nase und ausgeprägten, vollkommen modellierten Lippen. Ist es ein schrecklich schöner Mann oder ein schön schrecklicher Mann?, fragte sich Maili und schaute eilig weg. Ein Blick, der sie schneller atmen ließ, hatte sie aus den Abgründen seiner Augenschlitze getroffen. Doch sie musste noch einmal hinschauen und sich vergewissern, dass sie richtig gesehen hatte – es waren helle, blaue Augen, die zwischen den schweren Lidern ruhten.

Sönam brachte eine Tasse, stellte sie vor Maili auf ein lackiertes Tischchen und schenkte Tee aus einer Thermoskanne ein. Er vermied, sie anzusehen. So lautlos und unauffällig, wie er gekommen war, ging er wieder zur Tür.

«Achte darauf, dass uns niemand stört!», rief Ani Rinpoche ihm nach, und Maili hörte, wie die Tür geschlossen wurde.

Bevor sie sich Gedanken darüber machen konnte, was das alles zu bedeuten hatte, forderte die Yogini sie auf: «Maili, tanze für unseren Gast den Tanz der Dakini.»

Mailis Herz setzte aus, doch sie stand augenblicklich gehorsam auf. Wenn Ani Rinpoche wünschte, dass sie tanzte, dann hatte es zu geschehen.

Zum Tanzen musste sie ihr Tuch abnehmen und plötzlich erinnerte sie sich des engen Hemdchens. Verlegen ließ sie das Tuch von den Schultern gleiten und faltete es schnell zusammen. Es war nichts mehr zu ändern. Das Hemd war sichtbar – und unter dem Aufdruck die festen Rundungen und die vor Aufregung hervortretenden Spitzen ihrer Brüste. Der Gast verzog den großzügig geformten Mund, und was sich auf seinem breiten Gesicht entfaltete, war ein so vergnügtes, jungenhaftes Grinsen, dass Maili augenblicklich entschied, ihn doch nicht schrecklich zu finden.

Sie nahm die Grundstellung ein und begann zu singen. Innerhalb weniger Augenblicke verlor sich ihre Befangenheit. Seltsam losgelöst nahm sie sich wahr.

Ihre Bewegungen hatten die Anmut von Gräsern, die sich im Wind wiegten. Ihre Stimme, klar und kraftvoll, kam aus der Tiefe des Himmels. Jeder Schritt, jede Geste gehorchte dem Gebot einer natürlichen Disziplin. Es war, als tanze nicht sie, die Nonne Maili, sondern als würde sie getanzt, als tanze der Raum, verdichtet zu einer Gestalt, zu einem Namen, zu Bewegung und Klang. Und Ani Rinpoche und ihr Gast waren nicht Zuschauer, sie gehörten zu dem Raum, der tanzend in Erscheinung trat.

Als sie schließlich in der Haltung des tantrischen Tanzschritts verharrte, gab es kein Schwanken, kein Muskel zitterte in ihrem Standbein. In so vollkommener Balance stand sie, als sei die Zeit zum Stillstand gekommen.

Sie schwitzte nicht. Zum Abschluss faltete sie die Hände, verneigte sich vor Ani Rinpoche und dem Gast und legte das Tuch wieder um. Abwartend blieb sie stehen. Die Yogini winkte sie zu sich heran. Maili kniete nieder und Ani Rinpoche nahm sie in den Arm und drückte ihren Kopf an sich. Maili traten Tränen in die Augen.

«Geh jetzt, mein Kind», sagte Ani Rinpoche, «und nimm den Teller mit.» Sie wies auf eine Schale mit prallen, makellosen Früchten neben Keksen und Nüssen, Geschenke einheimischer Besucher, die sich den Segen der berühmten Yogini erbaten.

Nun liefen die Tränen über und Maili vermochte nicht zu antworten. Sie legte die Hände aneinander, verbeugte sich vor der Yogini und dem Gast, ergriff die Schale und huschte zur Tür.

Sönam stand im Flur. Sie wischte mit einem Zipfel ihre Tuchs Augen und Nase ab und versuchte, ihn nicht anzuschauen.

«Schön hast du gesungen», flüsterte er.

Maili blieb unschlüssig stehen. Er stand vor ihr, und sie hätte sich, um ihm zu entkommen, in dem engen Flur an ihm vorbeizwängen müssen.

«Ich bin jetzt der Kusung des jungen Rinpoche», sagte Sönam verlegen.

«Meinen Glückwunsch», erwiderte Maili.

Es war der Anblick des zarten, dunklen Schattens auf seiner Oberlippe, der ihren Atem zittern ließ. Tu es, Sönam, dachte, sie, tu den einen Schritt, den anderen tu ich, dann wären wir einander so nah. Doch Sönam sah zu Boden und rührte sich nicht.

«*A dime for your thoughts*», sagte sie schließlich, schob ihn zur Seite und ging zur Treppe. Das hatte sie in einem von Ani Pemas Filmen gehört. Eine blonde Frau hatte es gesagt und sie hatte dazu dunkelrot lackierte Fingernägel spielen lassen. Maili hatte es sehr eindrucksvoll gefunden.

Als tanze sie noch immer vor der Yogini und dem jungen Rinpoche, schwebte sie an der Küche vorbei, die steile, dunkle Treppe hinunter, hinaus in die treibenden Regenwände, den Schirm gegen den Wind gestemmt.

«Ah lala ho», sang sie, «Maili ist froh.»

Drei Jahre Freude

Der Monsun dauerte lang. Endlich kam der Herbst mit dichten Morgennebeln und strahlender, heißer Sonne am Mittag. Mailis Sehnsucht nach reichlicher Nahrung für ihren Geist wurde erfüllt. Manchmal durfte sie mit Kangling Ani Tee trinken und diskutieren. Es waren nicht die fröhlichen, ausgelassenen oder auch hitzigen Diskussionen, die sie früher mit ihren Freundinnen geführt hatte. Kangling Ani vergaß nie, dass sie die Lehrerin war. Das ist gut so, dachte Maili, sie muss wissen, wo ihr Platz ist, sonst finde ich den meinen nicht.

Sie gab sich selbst gegenüber vor, nicht mehr auf Sönam zu warten. Und doch ertappte sie sich immer wieder beim suchenden Blick die lange Treppe hinunter, beim Lauschen auf Schritte, die sich dem Häuschen nähern mochten. Als eines der jungen Mädchen einen Brief für sie brachte, musste sie sich zurückhalten, nicht gierig danach zu greifen.

Doch es war ein Brief von Sarah, die schrieb: «Das große Sommerseminar ist vorbei und Rinpoche ist mit Nadine und Sönam abgereist. Du wunderst dich? Sofern du es noch nicht wissen solltest: Sönam ist Rinpoches Kusung und reist mit ihm um die Welt. Er macht seinen Job recht gut – zurückhaltend, fast unsichtbar, aber aufmerksam und tüchtig. Rinpoche hält viel von ihm.»

Im Lauf des Sommers hatte sich in Maili ein Gedanke zu formen begonnen und Sarahs Brief ließ ihn wachsen wie das Gras im Regen. Es gab keinen Sönam mehr in ihrem Leben. Hatte es ihn je gegeben? Er war ein Traum. Jetzt musste sie lernen, wach zu sein.

«Ich möchte in das nächste Dreijahres-Retreat gehen, Rinpoche-la», erklärte Maili mit fester Stimme.

Die Yogini schmunzelte. «Nun dachte ich doch wahrhaftig, meine Maili würde die Nase nie mehr aus den Büchern bekommen.»

«Das dachte ich auch», erwiderte Maili mit schiefem Lächeln, «aber ich bin unzufrieden.»

«Unzufrieden sein ist gut.»

Maili zog die Augenbrauen hoch.

«Unzufrieden sein hält dich wach.»

Maili seufzte. «Muss Wachheit denn immer so unangenehm sein?»

Ani Rinpoche schob ihr einen Teller mit Schokolade und Keksen zu. «Nimm. Halb wach sein ist unangenehm. Ganz wach sein nicht.»

Zögernd nahm Maili einen Keks. «Ich gebe mir Mühe, Rinpoche-la.»

«Nützt nichts», sagte die Yogini heiter. «Wohin willst du dich bemühen? Weißt du es nicht besser?»

«Manchmal weiß ich es», antwortete Maili kleinlaut. «Aber meistens bin ich dumm. Ich muss immer wieder von vorn anfangen.»

«Sehr gut», sagte die Yogini. «Immer wieder von vorn anfangen. Ohne Hoffnung.»

Maili saß ganz still. Ihr Herz horchte auf das Echo, das hallende Echo der Weisheit der Yogini. Das Echo schwoll an und füllte schließlich ihren Geist so vollkommen aus, dass alle Einwände verflogen. So einfach, so klar. Der Pfad ist das Ziel und das Ziel ist der Pfad. Ich gehe auf dem Pfad, und dann komme ich an. Und wohin gehe ich dann? Weiter. Hoffnungslos. Ich gebe das Ziel auf – und den Pfad. Ah lala! Keine Hoffnung. Keine Nichthoffnung. Die Nabelschnur durchschneiden. Wohin? Vorwärts – rückwärts – auf der Stelle bleiben. Alles zugleich. Keines von allem.

Die Welt ganz neu erschaffen, in jedem Augenblick.

«Also verschwende ich ständig meine Zeit.»

«So ist es. Nimm die Schokolade, sie ist aus Deutschland.»

Folgsam nahm Maili ein in violettes Papier eingewickeltes Stück.

«Der ganze Aufwand wäre gar nicht nötig?»

«Nein.»

«Oh.» Es war wie Balancieren auf einem Stein zuoberst auf einer Felsspitze. Sie wusste, dass sie es wusste, doch sie wollte sich vergewissern, das Wissen sichern, festhalten, verfügbar machen. Sie fühlte sich grausam ausgeliefert.

«Aber der Aufwand ist nötig, damit ich erkenne, dass es nicht nötig ist?»

Die Yogini wiegte zustimmend ihren Kopf. «Ja, so ist es. Hoffnungslos.»

«Und die Zeichen? Die Zeichen der Verwirklichung?»

«Gib sie auf.»

Mailis Herz klopfte donnernd.

«Rinpoche-la, was soll ich tun?»

«Du wolltest für drei Jahre ins Retreat. Leg den Tiger um deine Hüften. Drei Jahre Freude.»

Nach dem Neujahrsfest begann Maili mit einer Gruppe junger Nonnen ihr Retreat in einem Gebäude am Rand des Klosters. Die Familien der Nonnen kamen, um für drei Jahre Abschied zu nehmen. Ani Pema geleitete Maili in ihr Zimmer, bevor der Eingang zum Retreat-Haus verschlossen wurde. Stirn an Stirn standen sie in der offenen Tür. Auf dem Boden des kleinen Zimmers lagen Mailis Habseligkeiten und ein paar nützliche Geschenke von Ani Pema – eine Wärmflasche aus Gummi, ein warmer Schlafanzug aus flauschigem Stoff und zwei Paar dicke Socken.

«Tashi delek», sagte Ani Pema.

«Tashi delek», erwiderte Maili.

Es war, als hätten sie längst alle Worte gesagt, die sie kannten, in Nepali, Tibetisch und Englisch.

Ani Pema wandte sich ab und ging zum Treppenhaus.

Drei Jahre Freude beginnen mit Herzweh, dachte Maili. Fragt sich, welche Art von Freude Ani Rinpoche im Sinn hat.

Teil II

6

Sönams Brief

Schnelle, leichte Schritte auf dem Weg unterhalb des Fensters unterbrachen die mittägliche Stille. Maili ging zu dem kleinen Fenster in der Dachschräge. Es war ein enger, niedriger Raum, zu heiß im Sommer unter dem dünnen Dach und zu kalt im Winter, doch er war Mailis eigenes Reich, das sie mit niemandem teilen musste.

Ani Pemas Häuschen war längst von vier jungen Nonnen besetzt, nachdem seine Besitzerin einen Studienplatz an der buddhistischen Universität in Varanasi erhalten hatte. Es war nur eine der vielen Veränderungen im Kloster, die Maili das Gefühl gaben, nicht drei, sondern dreißig Jahre im Retreat gewesen zu sein.

Eine junge Nonne stand unten und winkte mit einem Brief.

Maili zog den Kopf zurück und kletterte die Leiter hinunter zur Tür. Es musste ein Brief von Sarah sein. Drei Jahre lang waren Sarahs gelegentliche Botschaften Mailis einzige Verbindung mit der Außenwelt gewesen, und die Freundin war ihr noch näher gekommen, gegenwärtig in der steilen Schrift der Inchi und in den nun schon so vertrauten Worten der fremden Sprache.

Doch es war nicht Sarahs Schrift. Außer dem Stempel des englischen Zentrums gab es keinen Hinweis auf den Absender. Maili setzte sich auf ihr Bett und versuchte den Umschlag so zu öffnen, dass sie ihn möglichst wenig beschädigte. Zu ihrer Überraschung fand sich ein mit tibetischer Schrift bedecktes Blatt darin.

«Ich wollte dich nach dem Ende deines Retreats mit diesem Brief begrüßen», schrieb Sönam, «aber es hat leider länger gedauert. Es gab große Veränderungen und ich habe so wenig Zeit. Seit kurzem bin ich leitender Lama in diesem Zentrum hier. Es war Rinpoches Idee. Ich habe mich vor dieser Aufgabe gefürchtet, aber natürlich konnte ich nicht Nein sagen.

Inzwischen sollte ich mich an die Inchis gewöhnt haben, aber ich bin immer von neuem irritiert. Sie reden sehr viel. Ständig diskutieren sie, aber ohne Logik. Es ist sehr schwierig für mich, ihre Art zu verstehen. Wahrscheinlich bin ich sehr ungeschickt. Zudem ist das Zentrum voller Frauen. Ich habe seit meiner frühen Kindheit im Kloster gelebt. An Frauen bin ich nicht gewöhnt. Sie sind mir sehr fremd.

Die vier Jahre, in denen ich als Rinpoches Kusung durch die Welt reisen musste, waren wie eine Mühle. Ich wurde zerkleinert und zerkleinert und dann neu geformt, dann wieder gemahlen und wieder zusammengesetzt, immer wieder. Er ist ein Mahasiddha, ein Buddha der verrückten Weisheit. Seine Nähe ist wie zu viel Licht – man kann sich nie verstecken.

Die klösterlichen Gelübde habe ich zurückgegeben. Rinpoche sagte, es sei unsinnig, Mönch zu bleiben, wenn man aller Voraussicht nach nie mehr ins Kloster zurückkehren wird. Die Robe habe ich behalten. Ich fühle mich darin geschützt. Rinpoche hat nichts dagegen. Er selbst trägt die Robe nur zum Lehren. Nadine, seine Sangyum, hat großes Vergnügen daran, ihm teure westliche Anzüge zu kaufen. Sie besitzt viel Geld.

Manchmal sehne ich mich nach dem Kloster zurück. Ich frage mich, ob ich mich unter den Inchis mein Leben lang so fremd fühlen werde. Nur Sarah ist vertraut wie eine Schwester. Sie fing eines Tages an, über dich zu sprechen. Zuerst hat es mich verwirrt, doch dann war ich froh. Sie half mir, vieles besser zu verstehen. Ich habe mich sehr dumm verhalten. Es tut mir Leid. Ich wünsche so sehr, dass du glücklich bist.»

Langsam faltete Maili den Brief zusammen und steckte ihn zurück in das Kuvert. Abwesend schob sie ihn in das englische Buch, das sie zur Seite gelegt hatte, und begann wieder zu lesen.

Schwere Gewitterwolken verdunkelten den Mittag. Maili bemerkte, dass sie schon geraume Zeit mit den Augen den Buchstaben gefolgt war, ohne etwas von ihrem Sinn aufzunehmen. Bilder von Sönam vermischten sich mit Erinnerungen an den immer wiederkehrenden Schmerz nach der Trennung. Doch es waren wolkige Bilder, wie in den verblassten Farben eines sehr alten Thankas.

Blitze zuckten über die dumpf wartende Landschaft. Die Donnerschläge folgten in kürzer werdenden Abständen. Maili mochte Gewitter, doch sie fühlte sich seltsam unberührt. Als der Regen sich löste und mit riesigen Tropfen den Angriff auf das dünne Dach eröffnete, schloss sie endgültig das Buch und setzte sich ans Fenster. Der Sims lag so niedrig, dass sie freien Blick über das Tal hatte. Wach auf, Maili, tanze, besteige das Windpferd, lass dich hinaustragen in die Weite des Raums.

Doch Maili war schwer wie der Berg.

Die Aufforderung wenige Tage später, zu Ani Rinpoche zu kommen, war überraschend. Selten ließ die Yogini sie rufen. Die kleine Maili, die sich nicht an die Regeln hielt und die man zur Ordnung rufen musste, gab es nicht mehr. Ihr Leben verlief in den ruhigen Bahnen der alltäglichen Pflichten, des Studiums und der Meditation. Immer wieder gab sie sich die Versicherung, dass dies das Leben war, das sie sich wünschte.

Seit zehn Jahren hat sie sich nicht verändert, dachte Maili, als sie ihrer Lehrerin gegenüber saß. Liebevoll betrachtete sie die zarte, zerknitterte Haut der schmalen Hände, die mit weicher Geste die Mala zusammenrollten.

«Kannst du noch tanzen, Maili?», fragte die Yogini unvermittelt.

«Ich habe es schon lang nicht mehr versucht», antwortete Maili überrascht. «Im Retreat hatte ich keine Zeit dazu, und jetzt . . .»

Der Blick der Yogini war durchdringend. «Und jetzt?»

Maili knetete ihre Hände. Wie gern hätte sie einfach «Ich weiß nicht» gesagt, doch das war keine Antwort für Ani Rinpoche. So aufmerksam, wie ihre Fragen waren, so aufrichtig und genau hatten auch die Antworten zu sein. Es gab einen Grund und diesen Grund galt es zu finden. Doch er versteckte sich und Maili wusste nichts anderes zu antworten als: «Ich denke nie daran.»

Ani Rinpoche hob den Blick, und Maili sah, dass er leer wurde wie der Geist am Morgen, wenn der Schlaf ihn nicht mehr gefangen hält, aber der erste Gedanke noch nicht aufgestiegen ist.

«Was hieltest du davon, das Kloster zu verlassen?», fragte die Yogini plötzlich.

Maili starrte ihre Lehrerin mit offenem Mund an.

«Warum?», stammelte sie schließlich. «Ich will hier nicht weg.»

Die Yogini schaute wie aus weiter Ferne auf sie herunter.

«Achte auf deine Träume», sagte sie mit wunderlich rauer Stimme. «Du wirst träumen.»

Ihr Blick entfernte sich noch mehr und driftete schließlich aus dem Fenster in die Weite des Himmels.

Maili wartete. Ani Rinpoche würde ihr sagen, was sie tun musste. Sie würde ihr helfen, die Schwere aufzubrechen, die, wie sie nun erkannte, seit dem Retreat über ihr lag. Ani Rinpoche würde sie nicht wegschicken. Das war ausgeschlossen. Es war nur eine der Aufweckmethoden ihrer Lehrerin. Maili war eine Nonne. Sie gehörte ins Kloster. Es war ihr Zuhause. Es konnte keinen anderen Platz für sie geben in dieser Welt.

Ani Rinpoches Blick kehrte zurück in das Zimmer.

«Träume!», sagte sie. «Und sei wach.»

Der zweite Traum

Marian legt die Birnen vorsichtig in den Korb. Die reifen Birnen muss man behandeln wie Babys, sagt sie immer. Ganz sanft, sonst halten sie nicht.

Er würde gern eine der Birnen nehmen, aber Marian passt zu gut auf. Seine Lordschaft hat es verboten. Jemand könnte es sehen. Vielleicht wird die Köchin sich erweichen lassen. Jawohl, er wird Jungfer Gwen fragen, leise, mit gekräuselter Nase und einem lachenden Mundwinkel. Das wirkt bei ihr fast immer.

Am Ende des Obstgartens sieht er einen Schatten. Wie gut, dass er keine der Birnen an sich genommen hat. Der Mönch treibt sich im Garten herum. Immer taucht dieser Mönch auf, wo man ihn nicht vermutet.

John zieht sich ein wenig tiefer ins Gebüsch zurück, damit die hagere Gestalt ihn nicht sieht. Oft nimmt der Mönch ihn am Ohr, wenn er ihm begegnet, und sagt etwas Scherzhaftes oder Ermahnendes, aber immer drückt und zieht er ein wenig zu fest, sodass es schmerzt. Es ist besser, dem Mönch auszuweichen.

Marian erschrickt und lässt eine kostbare Birne fallen. Der Mönch steht hinter ihr, greift nach ihr. Was will er, er greift mit Klauenfingern nach ihr, Marian, meine Schwester, er ist böse, lauf weg, lauf weg!

«Marian!», brüllt er aus vollem Hals und rennt los, «Marian, Marian!»

Die dunkle Gestalt wendet sich ab und geht schnell zwischen den Obstbäumen zum Haus. Einen Blick wirft er zurück, so böse, so entsetzlich böse.

«Etwas hat mich gestochen, Marian!», schreit er. Man muss den Mönch irreführen. Wer weiß, was er einem tun kann mit seiner Macht.

Marian nimmt ihn in den Arm, seine Marian mit der warmen Haut. Bald, in zwei, drei Jahren wird er so groß sein wie sie.

«Wo denn?», fragt sie und er hält seine unbeschädigte Hand vor ihr Gesicht.

«Ich hab Angst vor ihm», flüstert er und bewegt den Kopf ganz leicht in die Richtung des verschwindenden Mönchs. «Er ist böse.»

«Alles in Ordnung, kleiner John», sagt Marian und streicht über seine Hand. «Denke nicht so dumme Sachen.»

«Er hat sich angeschlichen. Ich hab's gesehen.»

Doch Marian will es nicht wissen, sie lacht, aber es ist ein unsicheres Lachen, das kann er hören.

«Dummerchen», sagt sie und er möchte laut heulen vor Ärger und Angst.

෴

Maili lag zusammengerollt am Kopfende ihres Betts. Es war dasselbe Grauen wie beim ersten Traum, das sie in diese Stellung bannte. So sehr sie sich auch vorgenommen hatte, wach zu sein im Traum – wieder einmal war es ihr nicht gelungen. Diese Träume waren anders als ihre gewöhnlichen Träume, in denen sie oft das Gefühl hatte, irgendwie wach zu sein. Sie waren mächtig wie die Stürme der trockenen, eiskalten Wintergewitter.

Die Yogini schaute zum Fenster hinaus, als Maili ihr den Traum erzählte.

«Was bedeutet dieser Traum?», fragte Maili.
«Das», antwortete die Yogini.
«Was?»
«Ein Blick aus dem Fenster.»

Ein paar Wochen später wurde Maili erneut zu Ani Rinpoche gerufen.

«Wir haben eine Einladung erhalten», erklärte die Yogini. «Das englische Zentrum verlangt nach einem weiblichen Lama.»

Es ist soweit. Ich wollte es nicht wissen, aber es war die ganze Zeit schon da. Ani Rinpoche kann das nicht wollen. Sie kann mir das nicht antun. Ani Rinpoche kann nichts tun, was mir schadet. Was schadet mir?

«Rinpoche hat dich vorgeschlagen. Ich stimme ihm zu. Du bist sehr geeignet.»

Maili schüttelte den Kopf, als könne sie auf diese Weise ihre Verwirrung abschütteln. «Mich?»

«Du bist geeignet», wiederholte die Yogini.

Panik stieg in Maili auf. Sie hatten alles schon über ihren Kopf hinweg beschlossen. Wie könnte sie Nein sagen? Man ließ ihr keine Wahl. Sie wurde nicht gefragt. Wusste Ani Rinpoche wirklich, was das Beste für sie war?

«Sie haben doch Sönam», sagte Maili atemlos. «Wollen sie ihn wegschicken?»

«O nein. Aber sie bitten um einen weiblichen Lama. Zusätzlich.»

Das Gesicht der Yogini war vollkommen unbewegt. Mailis Panik steigerte sich. Etwas stimmte nicht. Etwas stimmte ganz und gar nicht. Sie konnte nur nicht erkennen, was es war. Ani Rinpoches Fehler konnte es nicht sein. Oder doch? Wo lag der Fehler? Was stimmte nicht?

«Ich stimme nicht», platzte sie plötzlich heraus.

Mit einem leichten Lächeln wies die Yogini auf einen kleinen Schrank. «Da drin steht eine Flasche. Hol sie. Und ein Glas dazu.»

Maili holte die Flasche und das Glas.

«Gieß ein», sagte die Yogini.

Die Flüssigkeit in der Flasche war goldgelb wie die Sonne und hatte einen starken Geruch.

«Whisky», entfuhr es Maili.

Die Yogini hob fragend die Augenbrauen.

«Ich hatte einmal einen Schock», erklärte Maili schnell, «und da gab man mir so etwas ... Whisky.»

Die Yogini lächelte. «Trink», sagte sie.

Maili trank und hustete. Es überraschte sie nicht. Sie wusste, dass man bei diesem beißenden Getränk husten musste.

«Gut», sagte Ani Rinpoche.

Der Gedanke kam mit greller Plötzlichkeit. Whisky ist Alkohol. Ich habe Alkohol getrunken. Mein Gelübde gebietet, keine berauschenden Sachen zu mir zu nehmen. Ani Rinpoche hat mir das Glas gegeben. Ich habe mein Gelübde gebrochen. Habe ich? Milarepa gab dem Mönch Gampopa Chang zu trinken. Trink, sagte Milarepa, und Gampopa, der asketische Mönch, trank. Er zweifelte nicht an seinem Lehrer. Geh nach England, sagt Ani Rinpoche, und Maili – geht?

Maili senkte ihren Blick und verankerte ihn in ihren unruhig knetenden Händen. «Rinpoche-la, wenn ich in dieses Zentrum gehe ... Sönam ist dort. Sie wissen doch ...»

Ani Rinpoche ergriff ihre Teetasse, trank langsam, setzte sie sanft wieder ab und sagte: «Du könntest die Gelübde zurückgeben und ihn heiraten. Eine gute Lösung.»

Heiraten. In Maili stieg ein angespanntes Lachen hoch, das sich in einem wilden, prustenden Kichern Luft machte. Sie presste die Hände vor den Mund, doch es war nicht aufzuhalten. Einige Male setzte sie zum Sprechen an, doch immer wieder drängte sich das Lachen dazwischen, ein schmerzhaftes, erstickendes Lachen, das nicht befreite.

«Rinpoche-la», keuchte sie schließlich, «ich bin vor zehn Jahren ins Kloster gegangen, weil ich nicht heiraten wollte. Und jetzt soll ich die Frau eines Mönchs werden ...»

Ihre Augen waren nass. Sie wusste nicht mehr, ob sie lachte oder weinte.

Die Yogini sah sie gleichmütig an. «Es liegt bei dir.»

«Ich will hier bei Ihnen bleiben, Rinpoche-la», schluchzte und lachte Maili. «Ich weiß ... Vergänglichkeit ... irgendwann werde ich sterben ... aber ...»

«Irgendwann?»

«Und ich kann doch gar nicht lehren. Wem sollte ich helfen können?»

«Du wirst es lernen durch Tun.»

«Ich fürchte mich, Rinpoche-la», sagte Maili kleinlaut.

«Denk darüber nach.» Die Yogini beugte sich vor und zog Mailis Kopf an sich.

«Sagen Sie mir, dass ich gehen soll, dann gehe ich», flüsterte Maili in das Tuch der Yogini.

Ani Rinpoches Körper bebte ein wenig vor Belustigung. Schweigend hielt sie Maili im Arm. Mailis Anspannung wich plötzlich einem heiteren, furchtlosen Vertrauen. Sie würde nicht allein sein. Sie würde nicht ausgeliefert sein. Ani Rinpoche würde sie niemals verlassen, nicht in diesem Leben oder im nächsten oder im übernächsten.

«Ich gehe», sagte sie mit fester Stimme.

Ihre Sicherheit schwand mit den Abendstunden. Mit der Nacht kam die Bedrückung. Doch ihren Entschluss, das wusste sie, würde sie nicht rückgängig machen.

※

Sönam schrieb:

«Dies ist mein vierter Versuch, dir zu schreiben. Die Worte laufen mir davon.

Rinpoche rief mich aus Amerika an und sagte: ‹Du hast großes Glück, dass sie dich nimmt. Sie ist gut für dich.› Das warst du schon immer. Ich war nur zu jung und zu verwirrt, um es zu erkennen. Es tut mir Leid. Jetzt ist alles ganz anders.»

Maili antwortete:

«Gestern habe ich meine Gelübde zurückgegeben. Ich vertraue unseren Lehrern und ich vertraue dir und mir. Wir haben eine wichtige Aufgabe, und wir können uns gegenseitig dabei unterstützen, sie zu erfüllen. Das ist das Einzige, woran ich jetzt denken kann. Dass wir heiraten werden, erscheint mir unwirklich. Doch da es der Wunsch unserer Lehrer ist, dient es gewiss unserer Aufgabe am besten.»

Veränderung

Die Sonne fiel in den Schatten des Horizonts, langsamer als im Sommer, mit leidenschaftlich aufflammenden Feuerbahnen in einer unendlichen Weite von Türkis und Lapislazuli. In Mailis Geist formte sich die Andeutung eines Gedankens, den sie, falls sie ihm weiter nachgegangen wäre, als «die Rotheit des Rots» ausgedrückt hätte. Doch sie ging ihm nicht nach, zu schön war es, sich dem Schauen zu überlassen. Mit dem Abend senkte sich sanfte Kühle über das Versteck. Entferntes Affengezänk legte sich wie ein Ornament um die Stille. Maili seufzte im schmerzhaften Glück des Augenblicks.

Ani Rinpoches Worte lagen wartend in ihrem Herzen. Sie sollte nachdenken, sich die Worte vergegenwärtigen, sie zu einem Teil ihres Wesens machen. Sie waren wie der leuchtende Himmel, nicht festzuhalten, doch durchdringend wie der Raum.

Maili seufzte noch tiefer. Wie gern wäre ich eine wirklich gute Schülerin, so, wie die Erde sich der Sonne und dem Regen anbietet. Könnte ich nur mein Herz öffnen und ihre Weisheit aufnehmen, ohne etwas zu vergessen, ohne etwas zu übersehen. Ich könnte so glücklich sein. Warum bin ich es nicht?

Doch sie würde sich Mühe geben. Sie würde Ani Rinpoches Anweisungen gewissenhaft ausführen. Sie würde sich vom Wissen ihrer Lehrerin leiten lassen, so gut sie es vermochte. Ani Rinpoche würde glücklich sein über ihre Schülerin. Der Gedanke, Ani Rinpoche glücklich zu machen, tanzte in ihrer Brust. Er war so glühend schön wie der wildrote Himmel.

«Deine Ehe wird keine gewöhnliche Ehe sein», hatte die Yogini gesagt. «Ihr seid beide gut ausgebildet und könnt die Verantwortung für eure Befindlichkeit und für euer Handeln übernehmen. Sönam wird es schwerer haben als du, weil er ein Mann ist. Deshalb wird das Maß deiner Freiheit und deiner Verantwortung größer sein.»

Über Maithuna, die Heilige Vereinigung, und über die entgrenzende Ekstase der Lust hatte die alte Yogini gesprochen, über die Transformation der sexuellen Energie, über «Glückseligkeit-und-Leerheit», frei von Begierde, und über Guhyapuja, das spirituelle

die leidenschaftliche Begegnung eingebettet ist. Über
nen Tage und die äußeren, inneren und geheimen Re-
ie gesprochen, über die unterschiedliche Sexualität der
Mannes und was die Aufgaben der einen und des anderen sind.

«Es ist eine sehr kostbare Energie, es ist die Energie des Lebens, versäume nie, sie zu achten und zu würdigen», hatte sie gesagt.

Mailis Einwand, sie habe doch all die Jahre im Kloster gelernt, Entsagung als die grundlegende Tugend zu betrachten, begegnete die Yogini mit einem Zitat aus einem der Yogini-Tantras:

«Der Buddha in tantrischer Manifestation sprach:
Wenn ich das Meiden der sexuellen Vereinigung lehre,
richtet sich dies an schwache, weltliche Wesen.
Ich lehre, was immer die Wesen zur Reife bringt.
Durch vielfältige Methoden
wird ein jedes die Buddhaschaft erlangen.»

Und lächelnd hatte sie hinzugefügt:

«Dem Unwissenden wird die Liebe zur Fessel.
Dem Wissenden bringt die Liebe Befreiung.»

Atemlos hatte Maili die Erklärungen in sich aufgenommen, wie sich die Verbindung von Yogi und Yogini zu gestalten habe. Abschließend sagte Ani Rinpoche: «Da wirst als Yogini erkennen lernen, dass deine äußere Kraft Weisheit ist und deine innere Kraft Mitgefühl, so wie der Yogi lernt, dass seine äußere Kraft Mitgefühl ist und seine innere Kraft Weisheit. Du entdeckst durch ihn in dir deine männliche Kraft und er entdeckt durch dich in sich seine weibliche Sensibilität. Ihr dürft diese Sicht der Dinge nicht verlieren, ihr dürft eure Offenheit nicht verlieren. Achte darauf, dass du dich nicht an ihn gewöhnst. Eure Beziehung ist ein erleuchteter Tanz. Du bekommst das, was du willst, weil du es schon hast. Wenn du vergisst, dass du es hast, ist es nicht mehr erreichbar.»

«Ach, Rinpoche-la», hatte sie kleinlaut eingewandt, «wie soll ich das alles erfüllen können? Ich bin doch noch so unreif.»

Die Yogini hatte sich nach vorn geneigt, sodass Mailis Blick in ihren dunklen, wachen Augen versank. «Du hast auf dem Kleinen Weg Disziplin entfalten gelernt. Zu diesem Zweck hast du als Nonne gelebt und deinen Geist gezähmt. Du hast auf dem Großen Weg die Herzenswärme und das Mitgefühl entfalten gelernt. Dazu hast du studiert und deinen Geist geschult. Ich habe dich die Natur des Geistes verstehen gelehrt. Jetzt wirst du als Yogini auf dem tantrischen Weg deine Energie beherrschen lernen. Du bist reif dafür.»

Das wunde, zarte Gefühl des Brennens in Mailis Brust vertiefte sich. Wie hätte ich all dies lernen können ohne dich, meine Ani Rinpoche, ohne deine unbestechliche Liebe, die keine Einschränkungen macht? Ohne die Schärfe deines Mitgefühls, ohne die Ruhe deiner Klarheit? Maili musste weinen vor Dankbarkeit.

Unter den Büschen begannen sich tintenschwarze Schatten zu bilden. Maili dachte an die Leoparden, die um diese Zeit mit ihrer Jagd begannen, doch sie beeilte sich nicht, in die Sicherheit des Klosters zurückzukehren, so tief geborgen fühlte sie sich in der Vollkommenheit der Welt.

Der Klang der Langhörner, die den Tag verabschiedeten, rollte um den Berg. Eine Melodie stieg in Maili auf, und die Melodie trug Worte, die aus dem Innersten ihres Herzens kamen.

«Lama chenno», sang sie, «meine Meisterin, denk an mich. Was immer ich sehe, ist dein schönes Gesicht. Was immer geschieht, ist das Spiel deiner befreiten Gedanken. Was immer ich bin, bin ich im unendlichen Raum deines Geistes.»

Leise singend wanderte sie den Trampelpfad, der zum Kloster führte, entlang. Es lag friedlich im Dunkel, wieder einmal war der Strom ausgefallen. In den Fenstern flackerte der schwache Schein von Kerzen und Butterlampen.

«Gute Nacht, Rinpoche-la, Lama-la», flüsterte sie mit einem Blick auf die Fenster der Yogini im Hauptgebäude. «Ich werde dich nicht enttäuschen.»

Es gab nichts aufzuräumen in Mailis kleinem Dachzimmer, dessen einzige Annehmlichkeit Ani Pemas dicker, weicher Teppich war. Die drei Roben zum Wechseln, die sie besaß – Rock, Bluse, Unterrock und Umschlagtuch –, dazu ihr einziger Pullover, ein paar

Baumwollhemden, ein wenig Unterwäsche, Socken, Mütze und Strickhandschuhe waren ordentlich im Regal gestapelt. Oben lagen ihre englischen und tibetischen Lehrbücher, englische Romane in Taschenbuchformat, der Walkman und die großen Lexika, die Ani Pema für sie zurückgelassen hatte, und eine Reihe Tonkassetten mit Englischlektionen. Der Anorak, den Sarah ihr geschenkt hatte, ihr Schirm und ihre Umhängetasche aus demselben roten Tuch wie die Roben hingen an einem Nagel am Dachbalken. Ein paar billige Thangka-Drucke schmückten die Wände. Im Schreinkasten lagen ihre wenigen tibetischen Bücher, ein Stapel von Fotokopien tibetischer Texte, in Seide eingewickelt. Die handhohe Statue des Vajrasattva auf dem Schrein, dazu sieben kleine Silberschalen und eine silberne Butterlampe hatte ihr eine sterbende Nonne geschenkt, Ani Wangmo, ihre harte Mentorin in der Zeit ihrer Novizenschaft.

Maili lächelte. Die Dinge meines Lebens. Sarah brachte mehr in ihrer großen Reisetasche mit, als ich in diesem Zimmer habe.

Als junges Mädchen hatte sie von hübschen Sachen geträumt – teuren Chubas, Blusen aus Seide und Jaquard, langen Ohrringen aus feinem Silber und makellosen Türkisen. Später waren sich alle im Kloster darüber einig gewesen, dass Maili die Schönste sei, und sie sagten, dass sie viel Gutes für andere getan haben müsse in ihrem vorigen Leben, denn dies sei der Grund für Schönheit.

Wie lange hatte sie schon nicht mehr in den Spiegel geschaut? Es war müßig. Sie würde nicht sehen, was andere sahen. Andere würden nicht sehen, was sie sah.

Es waren Sönams Schritte unten auf dem Weg, dessen war sie sich sicher. Sie hatte erwartet, dass er zu ihr kommen würde nach der wortlosen Begrüßung zu Füßen der Yogini. Er hätte sie vorher suchen können, es wäre nicht allzu schwierig gewesen, sie zu finden. Hatte er es nicht gewagt? Was bedeuten Briefe angesichts der Schärfe einer Nähe?

Sie lehnte sich zum Fenster hinaus in den grauen, kühlen Wintertag.

«Hier wohne ich», rief sie hinunter. «Komm herauf! Sei vorsichtig auf der Leiter, man kann sich den Kopf anstoßen.»

Ein Sönam, den sie nicht kannte, stand vor ihr. Ihr Daka, ihr

Gefährte, der Mann, mit dem sie leben sollte. Sie empfand nichts. Ihr Geist schwieg.

Sie setzte sich auf ihr Bett. Sönam legte seine Schultertasche ab und ließ sich ihr gegenüber auf dem Teppich nieder.

«Wie geht es dir?» Seine Stimme klang flach und nervös.

Maili suchte nach einer Antwort. «Ich bin verwirrt», sagte sie schließlich mit halbem Lächeln.

Sönam beugte sich vor. Mit einer vorsichtigen, beruhigenden Geste legte er seine Hand einen Augenblick lang auf die ihre.

«Und ich fürchte mich», fuhr sie fort. «Ich habe nie, seitdem ich hier bin, damit gerechnet, jemals irgendwo anders zu leben. In den vergangenen Wochen hab ich immer wieder zu mir selbst gesagt: Als du Zuflucht nahmst, hast du die Vergänglichkeit zu deiner Heimat gemacht. Ich habe es wohl nie wirklich ernst genommen.»

Sönam sah sie mit ruhiger Aufmerksamkeit an. Sie senkte den Blick auf ihre Hände.

«Du wirst nicht allein sein, Maili», sagte er sanft.

«Wir sind immer allein», erwiderte sie trocken.

Wie aus weiter Ferne sah sie, dass sie ihn zurückstieß und ihn verletzte. Sie wollte ihn nicht verletzen. Alles geschah sehr weit weg.

«Ich weiß nicht.» Maili stand auf und lehnte den Kopf gegen die Dachschräge vor dem Fenster. Der graue Himmel war weder tief noch flach. «Ich weiß gar nichts. Ich verstehe mich nicht. Ich weiß nicht, was ich fühle. Verzeih mir.»

«Das klingt wie Panik.»

Maili richtete sich auf. Panik! Es war die Starre der Panik, die sie gefangen hielt. Sie konnte sich nicht mehr davon abwenden. Das war es. Auch wenn sie es nicht denken wollte, musste sie es doch fühlen. Der Druck, der sie atemlos machte. Die Enge, gegen die sich ihr Herz mit schnellen, flatternden Schlägen zur Wehr setzte. Eingeschlossene Energie. Die Panik vor dem unendlichen Raum, vor der unendlichen Weite, vor der vollkommenen Leichtigkeit. Sie wollte es nicht wissen und das machte es noch schlimmer.

OM TARA TUTTARE TURE SVAHA, schrie Mailis Geist auf und brannte die Gestalt der Gottheit in die schwarze Wand ihrer Furcht.

Die Flut der freigesetzten Panikenergie ergoss sich augenblicklich mit solcher Macht in den inneren Schrei, dass Maili den Grund ihres Hilferufs vergaß und mit aufgerissenen Augen ins Leere blickte. Tara ist da, Tara ist Maili, es gibt kein Alleinsein, die Mutter aller Buddhas ist das Wissen um die Verbundenheit von allem.

Sönam trat hinter sie und legte die Hände auf ihre Schultern.

«Dieser ungeschickte Sönam wird sich alle Mühe geben, dir zu helfen», flüsterte er.

Maili lehnte sich leicht gegen ihn. Wer wird wem helfen? Wir werden sehen. Tara lächelte und löste sich auf.

Er würde am nächsten Tag wiederkommen und sie abholen. Sie würden zum *Office* gehen und ihre Papiere in Empfang nehmen. Maili hatte in den vergangenen Monaten viele Erfahrungen mit dem *Office* gesammelt. Endlos hatte das Warten auf ihre legalen Papiere gedauert.

Ohne Wangchuk, den Sekretär des Mönchsklosters in der Stadt, wäre sie völlig hilflos gewesen.

«Den bürokratischen Wahnsinn haben die Engländer hier hinterlassen», hatte Wangchuk erklärt. «Aber wir würden nicht besser dastehen, hätten sie es nicht getan. Nicht, wenn dieser Wahnsinn nun mal überall auf der Welt herrscht.» Und er hatte schallend gelacht und fröhlich auf das Steuerrad des Jeeps getrommelt.

«Ani Pema wird westliche Kleider für dich besorgen», sagte Sönam. «Es ist besser, wenn wir die Papiere in westlicher Verkleidung abholen.»

Als er die Leiter hinabstieg, winkte er ihr zu. «Keine Panik!»

O doch, dachte Maili. Ganz viel Panik. Jetzt verstehe ich, wozu sie gut ist.

☙

«Ich trinke auf eure glückliche Zukunft», sagte Ani Pema und hob ihr Glas mit Limonade.

Die Besitzer des kleinen Restaurants, ein freundlicher Inchi, der seit vielen Jahren in Katmandu lebte, und Chandali, seine junge, schöne Newari-Frau, hoben ebenfalls ihre Gläser. Sie tranken Whisky mit Wasser und Eis. Dasselbe hatten sie auch Maili und Sönam angeboten, und Maili hatte dies als gutes Omen empfunden, war es doch dasselbe Amrita, das sie auf Ani Rinpoches Geheiß getrunken hatte. Mit viel Wasser war es angenehm. Er kratzte nicht im Hals und man lachte leicht.

«Wie fühlst du dich als verheiratete Frau?», fragte Chandali. Ihre kajalschwarzen Augen glänzten.

«Wie eine Nonne», antwortete Maili ohne nachzudenken. Alle lachten. Wie wohltuend war es gewesen, aus dem westlichen schwarzen Kostüm und den engen Schuhen, die Chandali ihr geliehen hatte, wieder in die vertraute rote Robe zu wechseln. Sie würde sich nie auf die unbequeme westliche Kleidung einlassen. Mochten noch so viele Lamas es für angemessen halten. Sie hob ihr Kinn bei diesem Gedanken. Wenn die Inchis mich haben wollen, dann mit Robe, dachte sie. Es genügt, dass ich ihretwegen heirate.

Auch Sönam gefiel ihr besser in der Robe als im dunklen Anzug. Damit sieht er aus wie irgendein Mann, dachte sie. Ich will keinen Mann. Ich bin mir nicht einmal sicher, ob ich Sönam will. Ihr Blick hatte sich im Lauf des Tages immer wieder am Schritt seiner Hose verfangen. Mit leisem Unbehagen dachte sie an die tibetische Medizin, die sie einen Monat lang hatte einnehmen müssen, um ein Jahr lang unfruchtbar zu sein.

Der Mann Sönam beunruhigte sie. Er warf sein Lächeln um sich, als habe es nie den scheuen, jungen Mönch ihrer Jugend gegeben. Sein britisches Englisch, fast ohne Akzent, ließ sie verstummen. Er erzählte erheiternde Episoden aus dem Land Amerika, und er nannte Namen von fremden Ländern, die Maili nie gehört hatte. Der Besitzer des Restaurants berichtete von seinem westlichen Heimatland, das einen so schwierigen Namen hatte, dass Maili ihn nicht behalten konnte.

Beim dritten Glas mit der kühlen, schwach goldenen Flüssigkeit stürzte sich Sönam in eine Geschichte, die der junge Rinpoche erzählt hatte. Von einem sehr berühmten Meister, der in Amerika gelehrt und dort die Welt verlassen hatte, habe dieser sie gehört.

«Es ist ein Witz, und er hat etwas mit der Inchi-Religion zu tun», erklärte Sönam. «Es geht um den Gründer dieser Religion. Er hieß Jesus Christus, und wenn ich das richtig verstanden habe, hatten sie damals in seinem Land Besatzer, so wie wir in Tibet. Sie nahmen diesen Mann gefangen – ich denke, weil er eine hohe Wiedergeburt war –, und sie verurteilten ihn zum Tode. Einer seiner Kusungs, er hieß Judas, hatte sein Versteck verraten. Wahrscheinlich haben sie ihn gefoltert. Ach nein, ich erinnere mich: Sie gaben ihm Geld dafür. Also haben sie ihn wohl nicht gefoltert. Jedenfalls würden die Chinesen in Tibet bestimmt keinem Verräter Geld geben, nachdem sie ihm den Verrat durch Folter herausgepresst haben.

Ein anderer Kusung, er hieß Petrus, tat so, als würde er den Verurteilten nicht kennen, damit sie ihn nicht auch gefangen nahmen. Er hatte natürlich große Angst. Aber Jesus Rinpoche war schließlich sein Lama, und er hatte das Gefühl, dass es nicht richtig sei, so zu tun, als kenne er ihn nicht, weil er Angst hatte, mit ihm zu sterben.»

«Was würdest du tun?», unterbrach Hans, der Inchi.

Sönam zögerte. «Ich hätte wahrscheinlich auch Angst. Aber ich würde meinen Rinpoche nicht verlassen. Es wäre natürlich ein Glück, mit ihm zu sterben.»

«Erzähle weiter», bat Maili.

«Damals herrschten barbarische Gebräuche», fuhr Sönam fort. «Ich konnte nicht in Erfahrung bringen, ob es Brauch der Einheimischen war oder der Besatzer, die Verurteilten an ein großes Holzkreuz zu nageln und dann zu durchbohren. Jedenfalls nagelten sie diesen Mann Jesus Christus an Händen und Füßen fest, stellten dann den Stamm auf und ließen ihn noch ein bisschen daran hängen.

Sein Kusung Petrus fühlte sich ganz scheußlich und drückte sich mit den Schaulustigen um den Kreis der Soldaten herum, die das Kreuz mit dem angenagelten Mann umringten. Da hörte er plötzlich die Stimme seines Lamas rufen: ‹Petrus, Petrus!› Der Kusung Petrus hatte entsetzliche Angst vor den Soldaten, aber er konnte dem Ruf seines Lama nicht widerstehen. ‹Ich komme, Herr!›, rief er – sie nannten ihren Lama ‹Herr› – und zwängte sich zwischen den dichten Reihen der Soldaten durch. Die schubsten ihn weg, stießen mit Gewehrkolben nach ihm, oder nein, es ist ja schon lange her, damals waren es Lanzen, und er fiel hin und wurde getreten, und immer, wenn er aufgeben wollte, hörte er Jesus Christus Rinpoche rufen: ‹Petrus, Petrus!› Und er rief: ‹Ich komme, ich komme!› und kämpfte sich weiter voran, bis er endlich das Kreuz erreichte.

‹Hier bin ich, Herr›, keuchte er und machte drei Niederwerfungen. Da schaute der Meister Jesus Christus auf ihn herunter und sagte: ‹Petrus, ich kann dein Haus von hier oben sehen!›»

Der Besitzer des Restaurants begann prustend zu lachen. Maili klatschte in die Hände und rief: «O, ein richtiger Mahasiddha! Ein Lama der Wunderkräfte. Wunderbar. Ich wusste nicht, dass es in Amerika Mahasiddhas gab.»

«In Amerika gab es nie Mahasiddhas», sagte Sönam. «Diese Geschichte fand vor zweitausend Jahren in einer Gegend zwischen Indien und Ägypten statt.»

Maili wusste, wie die Weltkugel aussah, denn eine solche stand in Ani Pemas Büro in der Stadt.

«Das ist ja nicht sehr weit entfernt», erklärte sie erfreut. «In Indien gab es viele Mahasiddhas.»

«Maili», sagte Sönam geduldig, «er war kein Mahasiddha. Es soll eine witzige Geschichte sein.»

Maili konnte an der Geschichte nichts Witziges entdecken.

«Wenn er kein Mahasiddha war, was war er dann?»

«Ein Religionsgründer», sagte der Besitzer der Restaurants. «Und das Kreuzigen war später noch lange Zeit Mode in dieser Religion. Verbrennen war übrigens auch sehr beliebt.»

«Sag nicht so hässliche Sachen», sagte seine schöne Frau. Der Mann goss sich ein weiteres Glas der goldenen Flüssigkeit ein, ohne Wasser hinzuzugeben.

«Es ist aber wahr», erwiderte er und leerte das Glas mit einem Zug. Sein Gesicht war traurig.

Ani Pema hob begütigend die Hand. «Vielleicht war er doch ein Mahasiddha», sagte sie sanft. «Nach zweitausend Jahren weiß man das wohl nicht mehr so genau.»

Tiefe Stille lag auf dem Weg um die beleuchtete Stupa. Selbst die Straßenhunde schliefen. Das Motorengeräusch von Ani Pemas Jeep entfernte sich und war bald nicht mehr zu hören.

Sönams Arm um ihre Schulter war Schutz und Bedrohung zugleich. Das Whisky-Amrita hatte ihnen geholfen, durch die Fremdheit zu brechen. Doch nun war sie wieder da. Maili fröstelte.

Ich bin seine Frau, sagten ihre Gedanken. Es gab eine Zeit, da sehnte ich mich danach. Das Ziel meiner Träume. Ist es gut, keine Träume mehr zu haben? Kein Anhaften. Nicht Anhaften ist gut, heißt es. Doch so stimmt es nicht. Maili lebt nicht. Maili lebt neben sich. Alles, was geschieht, ist so flach und farblos wie schwarze Buchstaben auf weißem Papier. Sönam ist ein Bündel von Buchstaben. Mein Karma hat ihn geschrieben. Seine langen Wimpern haben mich zum Zittern gebracht, früher einmal, vor langer Zeit. Wer ist Maili jetzt?

Im Schatten eines Hauses senkte Sönam sein Gesicht in die Beuge ihres Halses. Es blieb dort, als sie ihn verließ, sie nahm es mit in das Gästezimmer im Seitenflügel des Klosters, in das fremde Bett voller Erinnerungen an frühere Schläfer. Der Gedanke an ihr Kloster auf dem Berg legte sich als kurzer, blasser Schmerz auf ihre Brust. Sie würde am nächsten Morgen noch einmal hinauffahren, für ein paar letzte Tage. Doch es begann bereits Vergangenheit zu werden, mit jedem Atemzug ein wenig mehr.

Im Klosterzimmer stand der Koffer schon bereit, ein kleiner Koffer mit ihren wenigen Habseligkeiten und den neuen Roben, die Sönam von seinem Gehalt für sie besorgt hatte. Roben in verschiedenen Rottönen – rotbraun die dicke, wollene Robe für den Winter, eine andere in sattem Weinrot, dazu eine dunklere, wie die Haut der Eierfrüchte, und eine Sommerrobe aus einem wundervoll schimmernden Gemisch aus Seide und Baumwolle. Dazu Seidenhemdchen mit paspelierten Nähten und hübsche Oberteile aus rotgoldenem Brokat, mit Seide gefüttert und schwarz eingefaßt. Lama Osal stand auf dem Schild am Koffer. Wer war es, die da in den Westen reiste?

৬৹

Turbulenzen erschütterten das Flugzeug. Uniformierte Frauen schwankten durch den Mittelgang zwischen den Sitzen und sahen nach, ob Maili und Sönam und der Mann neben ihnen angeschnallt waren.

«Fällt das Ding jetzt runter?», fragte Maili.

Sönam lächelte und ergriff ihre Hand. «Es wackelt nur ein bisschen. Flugzeuge fallen selten runter.»

«Aber manchmal schon?»

Sönams Daumen strich über ihren Handrücken. «Hast du Angst?»

Maili spürte dem schnellen Schlag ihres Herzens nach. «Vielleicht», antwortete sie unschlüssig. Bald würde sie ihm sagen müssen, dass etwas ganz anderes sie bedrückte. Sie presste die Lippen zusammen und entschloss sich wider alle Vernunft, den Druck zu ignorieren.

Der Blick aus dem Fenster vermochte sie nicht abzulenken. Unter ihr erstreckten sich Wolken wie riesige Kissen, weiß und weich. Vor sich sah sie nichts anderes als die Rückenlehne eines Sitzes. Neben ihr las Sönam in einer Zeitschrift.

«Sönam», sagte sie schließlich gequält.

Er wandte sich ihr zu. Sein Blick wurde besorgt. «Geht es dir nicht gut?»

«Doch», flüsterte sie schließlich. «Nein. Wo ist ein Klo?»

Sönam lachte, löste seinen Gurt und stand auf. Mühsam arbeiteten sie sich aus der engen Sitzreihe heraus. Die Erschütterungen des Flugzeugs waren geringer geworden. Endlos lang erstreckte sich der Mittelgang bis zum hinteren Ende des Flugzeugs.

«Hier», sagte Sönam und öffnete eine schmale Tür. «Du musst von innen verriegeln. Ich warte auf dich.» Er zeigte ihr den Riegel.

Maili betrat zögernd den winzigen Raum und schloss die Tür hinter sich. Vor ihr stand eine Riesenschüssel mit einem Loch, wie der Nachttopf eines Dämons. Entsetzt drehte sie sich um und öffnete die Tür.

«Das geht nicht», flüsterte sie aufgeregt. «Das ist kein richtiges Klo.»

«Doch», sagte Sönam mit Nachdruck. «Es gibt kein anderes.»

Ergeben zog sie die Tür wieder zu.

Niemals würde jemand erfahren, wie sie auf den Rand der Schüssel kletterte, verzweifelt nach Halt suchend mit einem Fuß abrutschte und fast im Loch stand, wie sie wütend mit unterdrückter Stimme alle Schimpfwörter ihrer Kindheit hervorstieß, wie einer ihrer schönen neuen Schuhe nass wurde und sie eine halbe Rolle kostbares Toilettenpapier verbrauchte, um ihn zu trocknen. Auf der ganzen Reise würde sie keinen Tropfen mehr trinken. Lieber wollte sie verdursten.

Es dauerte lange. Sönam stand noch immer geduldig wartend vor der Tür, als sie endlich herauskam.

«Was haben die sich nur dabei gedacht», knurrte sie.

«Meine arme Maili», sagte Sönam. «Die westliche Welt ist voller Tücken.»

Irgendwann mussten sie aussteigen. Hallen, Treppen, grelles, schmerzendes Licht, Kontrollen, unzählige Menschen, unverständliche Stimmen, die von der Decke kamen, Sönams Arm, der sie hielt. Ein weiterer Flugzeugsitz, Rütteln, Schwanken. Sie war zu müde, um sich zu fürchten.

Dann plötzlich Gesichter, Blicke, die auf sie eindrangen, Hände mit Katas, Hände, die ihre Hände ergriffen. Sie wurde in ein Auto gesetzt und hörte Sönam sagen, jetzt seien sie in London.

Maili lehnte den Kopf an seine Schulter. London. Wo auch immer. Lieber im Buddha-Land Akanishta. Ob es in Akanishta ein Bett gab?

Und ein richtiges Klo mit Trittsteinen aus wunderschönem, hellgrünem Porzellan wie im Haus von Ani Pemas Mutter?

Der Schlüssel zu ihrem Klosterzimmer fiel in ein Rinnsal am Bagmati-Fluss, dessen stinkende Brühe sich zwischen Sandbänken hindurcharbeitete. Sie sah ihn fallen, sinken, seinen Umriss im Dunkel verschwinden. Hastig bückte sie sich und suchte mit der Hand im trüben Wasser, doch der Schlüssel war nicht zu finden. Plötzlich trieb eine halb verweste Fischleiche an die Oberfläche. Entsetzt zog sie die Hand zurück. Dem Fisch folgte die Leiche eines Kätzchens, das Fell halb abgezogen. Weitere Leichenteile stiegen auf. Würgender Abscheu erfasste sie. Sie konnte sich nicht überwinden, noch einmal in das giftige Gewässer hineinzufassen. Was sollte sie tun? Sie musste unbedingt ihren Schlüssel wiederhaben. Die Angst, nun nie mehr ihr Zimmer aufschließen zu können, war qualvoll. Sie weinte.

Unwillkürlich stimmte ihr Geist das Mantra der Arya Tara an: OM TARA TUTTARE TURE SVAHA.

Da tauchte der Schlüssel in der Kloake auf. Auf seinem Anhänger erblickte sie den tibetischen Buchstaben A, strahlend weiß auf blauem Grund.

Wach auf, Maili!, sagte die Gottheit. Wach auf! Wach auf!

Ich will ja aufwachen, erwiderte Maili. Was soll ich nur tun?

Öffne dein Herz, sagte die Gottheit und verblasste.

Maili wusste nun, dass sie träumte. Sie befahl dem Schlüssel, ihr entgegenzuschweben, ergriff ihn und drückte ihn an ihre Brust. Ihr Körper nahm ihn in sich auf, bis sie das strahlende A in ihrem Herzzentrum sehen und fühlen konnte. Sie wiederholte das Mantra der Arya Tara, bis der tiefe, dunkle Schlaf sie wieder einhüllte.

Sie öffnete die Augen. Etwas stimmte nicht. Die Linien des Raums im schwachen Licht, das durch die Vorhänge drang, stimmten nicht. Die Geräusche stimmten nicht. Der Geruch stimmte nicht. Die Umrisse neben ihr stimmten nicht.

Sönam! Es musste Sönam sein, der neben ihr schlief. Ihr erschrecktes Zurückzucken weckte ihn.

«Maili, bist du wach?», flüsterte er.

Sie begann sich zu erinnern, dass man sie in ein Zimmer mit einem großen Bett geführt hatte. Sie spürte den kleinen Stehkragen der Robe an ihrem Hals und die Socken an ihren Füßen. Sie musste so müde gewesen sein, dass sie vergessen hatte, sich auszuziehen.

«Ich weiß nicht», antwortete sie. «Vielleicht träume ich.»

Ihr Geist bewegte sich sehr langsam. Sie hörte das Geräusch eines Lastwagens auf der Straße. Das Licht seiner Schweinwerfer wanderte über die Decke und die Wand.

«Wo sind wir?», fragte sie.

«In unserem neuen Leben.»

Sie wurde eines Untertons in seiner Stimme gewahr, kaum merklich unter den Schleiern seiner Zurückhaltung. Ängstlich, beschwörend, unsicher. Und liebevoll. Seitdem er ihr Ehemann war, hatte er ihr ständig Raum gegeben, so viel, dass sie ihn kaum wahrnahm. Nicht nur auf seine Worte hatte er geachtet, sondern auch auf seine Stimme. Ein zarter Schmerz der Rührung durchbrach ihre Erstarrung.

Sie tastete nach seinem Gesicht und strich darüber. Er ergriff ihre

Hand, küsste die Innenfläche, kaum spürbar, ruhig, sodass die Zeit sich niederlassen konnte.

In Maili stieg ein Gefühl tiefer Wertschätzung auf. Sönam ist gut, dachte sie. Ich muss ihn beschützen. Ich muss ihn vor Mailis Launen beschützen.

Der Druck in ihrer Brust löste sich. Diesmal kam der Schlaf sanft und befreiend, wie ein Lächeln.

7

Ein neues Leben

Sarah stieß die angelehnte Tür mit dem Vorhang davor auf und blieb mit der Klinke in der Hand in der Tür stehen.
«Gefällt dir dein Zimmer?», fragte sie fröhlich.
Maili saß auf dem Bett, die Hände im Schoß. «Ich träume», antwortete sie. «Alles ist so unwirklich. Komm, setz dich zu mir.»
Sarahs Schritte waren unhörbar auf dem dicken, weichen Teppichboden. «Du bist müde, mein Herz. Wir sollten dich schlafen lassen.»
Maili brachte ein halbes Lächeln zustande. «Sönam sagt, das ist die Zeit. Ich frage mich, ob die Zeit vor mir wegläuft oder ob ich der Zeit nachlaufe.»
Liebevoll umschloss Sarah ihre Hände. Sie waren kalt. «Soll ich die Heizung aufdrehen?», fragte sie besorgt.
Maili hob überrascht den Kopf. «Wo ist der Ofen?»
«Kein Ofen», korrigierte Sarah, «ein Heizkörper.» Ihre Hand wies auf einen flachen Kasten an der Wand unter dem Fenster.
Maili seufzte. «Viele fremde Dinge. So ein schönes Badezimmer. Schade, kein richtiges Klo.»
Sarah lachte. «Du meinst, kein asiatisches Klo?»
«Dieser Riesennachttopf...» Maili schüttelte sich. Sie mochte sich nicht an ihre Not im Flugzeug erinnern.
«O Maili!» Sarah zog sie an sich und lachte in das dichte, schwarze Fell, das Mailis Kopf bedeckte. «Ich hoffe, du wirst hier keine größeren Sorgen haben als diese.»
Mit einem kleinen Seufzer ließ sich Maili an die Schulter der Freundin sinken. Verwirrung, Anspannung und Erschöpfung teilten sich wie eine Wand und sie fiel in ein sanftes Meer erleichtern-

der Tränen. Es war ein ruhiges Fließen, das sich in den graugrünen Regentag ergoss, fast ohne Schmerz.

Dann begann Maili zu erzählen. Von der falschen Stille, die sie nach dem Retreat überfallen hatte, von den verstummten Gefühlen, den flügellosen Gedanken.

«Ich habe Sönam die Tage verdunkelt», sagte sie, «und ich wusste es nicht. Ich saß in mir fest, dumm und dumpf. Damals war es mir nicht klar, aber jetzt weiß ich, dass ich ihm nicht verzeihen konnte. Er hatte mich zurückgestoßen und ich hielt das fest. Das ganze Retreat hindurch hielt ich es fest, drei Jahre lang, irgendwo ganz tief in mir, wo ich es nicht sehen konnte. Ich wollte es nicht wissen, weil es so weh tat. Ich schäme mich.»

Sarah schüttelte den Kopf. «Nicht schämen, Maili. Lernen. Ein Zen-Meister wurde einmal gefragt, wie es sei, ein Zen-Meister zu sein, und er antwortete: Fehler über Fehler. Nur wer Fehler erkennt, kann aus ihnen lernen. Ist es nicht so?»

Maili zwang sich zu einem Lächeln. «Dich sollten sie Lama-la nennen, nicht mich.»

«Ich fürchte, ich bin nicht sehr gut im Fehlererkennen – jedenfalls nicht, wenn es um meine eigenen geht. James, unser zweiter Direktor, sagt, ich sei eine misslaunige alte Eselin. Das sagt er zwar nur, wenn er zuviel Sake getrunken hat, aber ich weiß, dass er es ernst meint.»

«Vielleicht ist er selbst ein misslauniger alter Esel», sagte Maili. Es gelang ihr, zu kichern. «Ist es der dünne, lange Mann mit den Haaren wie ein Kranz und oben auf dem Kopf nackt?»

Sarah nickte.

«Ich denke, in ihm steckt ein misslauniger alter Esel-Dämon», erklärte Maili nachdenklich. «Und dann sieht er ihn überall.»

«Er hat nicht immer Unrecht damit», brummte Sarah und verzog das Gesicht. «Du kennst mich nicht von meiner unangenehmen Seite.»

Maili schwieg nachdenklich. Sie ertappte sich dabei, wie sie nach einem Zipfel ihres Tuchs griff. «Wenn ich früher ein schlechtes Gewissen hatte, wickelte ich immer das Tuchende um meinen Finger, so wie jetzt. Hab ich ein schlechtes Gewissen? Ja. Mein Geist ist blind. Er sieht meinen Dämon erst, wenn er wieder weg ist.»

Sarah lachte verhalten. «Maili, du übertreibst.»
«Ich weiß nicht . . . Der Schlüssel zu Mailis Klosterzimmer – ich hab ihn im Traum wiedergefunden, aber ich kann ihn wieder verlieren. Ich fürchte mich davor.»

Maili räumte ihren Koffer aus. Sarah hatte dafür gesorgt, dass ein traditioneller Schrein für Mailis Zimmer gefertigt wurde, mit Türen im unteren Teil und einer Glasvitrine für Statuen und Bücher darüber. Maili mochte das Zimmer; sie würde sich darin wohl fühlen können. Die hellbraunen Vorhänge der beiden Fenster ergänzten das dunklere Braun des Teppichs. Ein kleiner Schreibtisch mit einem gepolsterten Stuhl stand an einem der beiden Fenster, daneben ein Bücherregal und ein schmaler Schrank. Eine Schiebetür führte zu einem kleinen Flur zwischen ihrem und Sönams Zimmer. Das Bett war breiter, als sie es gewohnt war, und fest genug, sodass sie, wie es ihre Gewohnheit war, auch darauf meditieren und studieren konnte.

Ein wundervolles Zimmer, dachte Maili. Ein richtiges Lama-Zimmer. Nie hätte sie zu hoffen gewagt, dass sie jemals in ihrem Leben in einem so schönen Zimmer wohnen würde. Oder gar, dass man sie respektvoll mit «Lama-la» ansprechen würde, wie die Leute, die sie empfangen hatten.

Sarah hatte fürsorglich Reis und Safranwasser für die Schreinschalen und Butter sowie Dochte für die Butterlampen bereitgestellt. Mit dem Gefühl, nun wirklich angekommen zu sein, richtete Maili ihren Schrein her, entzündete die Butterlampen und ein Räucherstäbchen und vollzog drei Niederwerfungen. Dann setzte sie sich auf das Bett gegenüber und betrachtete befriedigt ihr Werk. Langsam füllte sich der Raum mit dem vertrauten Geruch von Sandelholz und leicht bitteren Kräutern. Das sanfte, gelbe Licht der Butterlampen sickerte in die Wände, in den Teppich, in die Vorhänge und schloss die graugrüne Regenwelt vor dem Fenster aus. Gedämpft klangen Stimmen aus dem Parterre herauf, wo die Büroräume und die Küche lagen.

Eine Bewegung an der Tür ließ sie aufschauen. Anmutig schritt der große, rot getigerte Kater, den Sarah ihr als Ali Khan vorgestellt hatte, ins Zimmer. Er hüpfte aufs Bett, beschnupperte ausgiebig ihre Hand und rollte sich dann mit weichen, aber bestimmten Bewegungen neben ihr zusammen.

Friede breitete sich aus. Maili schlief im Sitzen ein.

«Auf unsere neue Lama-la!» Sarah stand auf und hob das Glas.

Sönam, James, die Mitarbeiter des Zentrums und die Gäste ergriffen ihre Gläser und standen ebenfalls auf. Auch Maili wollte sich erheben, doch Sönam zupfte an ihrem Tuch. «Bleib sitzen, Maili. Wir trinken auf dich.»

«Auf unsere neue Lama-la», sagten alle und tranken ihr zu.

Danach tranken sie auf Sönams Geheiß auf den Rinpoche, das Oberhaupt des Zentrums.

Als sie ihre Gläser senkten, wandte sich Maili an Sarah. «Ich möchte auch etwas sagen», flüsterte sie.

Sarah lächelte. «Dann sprich. Du bist jetzt eine Autoritätsperson.»

«Ich möchte euch bitten, mit mir auf jemanden zu trinken, den die meisten von euch nur von dem Foto auf dem Schrein kennen», sagte Maili laut. «Ich bin nicht allein gekommen. Ani Rinpoche, meine Lehrerin, ist auch da. Hier», sie legte die rechte Hand auf ihre Brust, «und hier – überall.» Mit der anderen Hand beschrieb sie einen weiten Bogen über den Köpfen der anderen. «Sie ist meine Lehrerin. Ihr verdanke ich alles. Auf Ani Rinpoche!»

«Auf Ani Rinpoche», sagten die anderen und tranken mit ihr. Maili leerte ihr Glas mit Schwung. Es enthielt eine helle, prickelnde Flüssigkeit, die Sönam fröhlich als «Chamrita» bezeichnete.

Sehr plötzlich musste sie sich setzen. Die Welt löste sich in weiche Wellen auf, die sie sanft schaukelten. Mit dem Essen wurde es besser und sie ließ ihr Glas wieder füllen. James blasse, ausdruckslose Augen waren auf sie gerichtet. Meinst du, die ehemalige Nonne trinkt zu viel?, dachte sie vergnügt und hob ihr Glas. «Auf James, der unermüdlich ist, wie man mir sagt», erklärte sie heiter. «Ah lala!»

James ergriff sein Glas. Es war leer. Maili beugte sich an Sarah vorbei ihm entgegen und goss ihm mit einer schnellen Geste den halben Inhalt ihres Glases ein. James errötete und lächelte hölzern. Auf dass Arya Tara dich lächeln lehren möge, dachte Maili und trank ihm zu.

«Danke, Lama-la», sagte James mit hölzerner Höflichkeit.

Sie spürte Vorbehalte, doch sie ging dem Gedanken nicht weiter nach. Es war nicht wichtig. Sie würde James kennen lernen, James würde Maili kennen lernen und sie würden gemeinsam eine neue Situation gestalten.

«Du solltest jetzt eine kleine Ansprache halten», flüsterte Sarah, nachdem die letzten Teller entfernt worden waren und das muntere Summen angeregter Gespräche den Raum erfüllte.

«Natürlich», erwiderte Maili und drückte ihr eine Tonkassette in die Hand. «Spiel diese Musik.»

Sie gab dem jungen Mann, der hinter ihr stand, ein Zeichen, ihr Glas erneut zu füllen, und fing einen belustigten Blick von Sönam auf. Übermütig schob sie ihre Unterlippe vor.

Nachdem Sarah ihren Platz wieder eingenommen hatte, schlug sie einen kleinen Gong an. Das Summen verstummte und zwanzig Gesichter wandten sich Maili zu.

«Tashi delek, meine neue Familie», sagte Maili. «Ihr habt um einen weiblichen Lama gebeten und nun habt ihr mich bekommen. Ich möchte euch etwas ganz Wichtiges sagen – aber nicht mit Worten. Ich sage es euch mit meinem Körper.»

Sie ging um den hufeisenförmig angeordneten Tisch herum, bis sie vor der Tischgesellschaft stand, legte ruhig ihr Tuch ab und faltete es zusammen. Dann setzte die Musik ein.

Sie dachte nicht daran, dass sie seit vielen Jahren nicht mehr getanzt hatte. Sie dachte nicht an sich und die Zuschauer. Es waren die strahlenden, jungen Augen der alten Yogini, die sie führten, und die tanzende rote Dakini im Lhakang. Ani Rinpoche war die Dakini, und die Dakini war Tara, die Mutter aller Buddhas, das Herz der Glückseligkeit, und Maili war nicht getrennt von ihr.

Funkelnde Ströme von Licht kreisten durch ihren Körper und sammelten sich in ihrer Stirn. Die inneren Lichtströme formten die Bewegungen, geleitet von den äußeren Lichtbahnen der Musik. Sie hatte nichts anderes zu tun, als sich der leidenschaftlichen Entfaltung dieses lebendigen Musters hinzugeben. Nicht Maili tanzte – Maili wurde getanzt.

Alle klatschten begeistert. Mit einem kleinen Schock fiel sie in ihre Körperlichkeit zurück. Sie faltete die Hände und verneigte sich. Ihr Atem war ruhig, ihr Herz schlug kaum schneller als gewöhnlich. Doch ihre Haut gab ein feines Glühen von sich, vibrierend, köstlich. Sie schloss die Augen. Es war schön, sich zu spüren. So lange hatte sie sich nicht mehr gespürt. Als umarme ihr Geist ihren Körper, durchdringe ihn mit Achtsamkeit und Freude.

Die anderen klatschten immer noch. Sarah kam auf sie zu, leuchtend, als schiene eine starke Lampe hinter ihr. «Wunderschön», sagte sie und umarmte Maili. Plötzlich waren auch die anderen da, Sönam, James, viele leuchtende Gesichter. Sie drängten sich heran und Maili legte, ohne nachzudenken, einem nach dem anderen die Hand auf den Kopf. So entstand ein feines, funkelndes Netz, das sie alle miteinander verband.

«Ich gehe jetzt», sagte Maili mit dem Gefühl, an dem letzten Knoten angekommen zu sein, den die Zeit in diesen Abend geknüpft hatte. Sönam legte behutsam den Arm um sie und führte sie hinaus, die Treppe hinauf und in ihr Zimmer. Die brennende Butterlampe auf dem Schrein flackerte im Luftzug der offenen Tür.

«Geht es dir gut?», fragte Sönam leise und ließ seinen Arm sinken.

Maili wandte sich ihm zu. Im schwachen Licht sah sie den jungen Mönch, dem sie auf dem Weg zu einem neuen Leben im Kloster zum ersten Mal begegnet war. Sie erkannte den Sönam ihrer Sehnsüchte und Hoffnungen. Ihre Sinne öffneten sich weit. Das Verlangen war wie eine reife Frucht.

Ich darf meine Hände ausstrecken und ihn anfassen, dachte sie, ich darf ihn küssen, jetzt darf ich es. Dennoch stand sie reglos. Jede Bewegung würde den Zauber zerstören, den unfassbaren, undenkbaren, strahlenden Kern der Leidenschaft. Sie hielt seinen Blick fest, beschwor ihn wortlos: Halt inne, warte, gestatte der Zeit, ihr Innerstes, ihre Zeitlosigkeit freizugeben.

Nach einem langen Augenblick tasteten sich ihre Hände ineinander, ihr Atem floss zusammen, mischte sich, glühte, und noch bevor Sönams Mund den ihren berührte, hüllte sie ein Funkenregen äußerster Freude ein, die sie aller Vergangenheit und Zukunft enthob.

Schließlich hob er die Arme und zog sie an sich. Sein leises Stöhnen verband Glück und Qual. Ohne zurückzuschrecken, eher mit heiterer Neugier, spürte sie die erregte Antwort seines Körpers auf die Umarmung. Ihre Fingerspitzen fingen den wilden Puls unter seinem Ohr ein. Sein Herz schlug gegen ihre Brust.

«Morgen haben wir Zeit für unser Fest», flüsterte er atemlos.

Nur ungern ließ sie ihn gehen. Doch es war undenkbar, die Würde des Rituals nicht zu achten.

«Wache Träume, Khandro-la, Himmelstänzerin», sagte Sönam und ließ die Arme sinken.

«Wache Träume, Pawo-la, mein Krieger», erwiderte sie.

༄

Neue Gesichter, neuen Räume, Bilder einer regentrüben Landschaft durch die hohen Fenster des Haupthauses. Sönam führte sie durch das Gebäude. Manchmal trat sie wie absichtslos so nah an ihn heran, dass sie schwach den Duft seiner Haut wahrnehmen konnte. Sie sog ihn ein, fast taumelnd vor Genuss.

Sönam zeigte ihr voller Stolz die Anlage des Zentrums. Wie der Bräutigam, dachte sie heiter, der seine Braut in das Haus führt, das er für sie bereitet hat.

Im Parterre die Küche, das Reich Chandras, der indischen Köchin, und die große Esshalle, die Bibliothek, ein Büro mit zwei Schreibtischen und einem Computer, in dem Sarah und die freiwilligen Helfer zu arbeiten pflegten. James, der neben seiner Arbeit im Zentrum den Beruf des Grafikers ausübte, hatte ein eigenes Büro daneben. Im ersten Stock lagen die Zimmer des Rinpoche und seiner Gefährtin, Rinpoches Empfangszimmer, Mailis und Sönams Zimmer, ein kleines Zimmer für den Kusung des Rinpoche und die beiden Zimmer, die Sarah bewohnte. James Zimmer und zwei Räume für Gäste füllten das Dachgeschoss.

Mit dem Haupthaus durch einen überdachten Wandelgang verbunden, bildete der große Lhakang einen rechten Winkel zum Haupthaus. Eine ausgebaute Scheune mit Räumen für die Seminarteilnehmer lag gegenüber, sodass der Hof nur zum Garten hin offen war. Am Ende des Gartens lag das Retreat-Haus.

Am Abend brachte Sönam ein großes Tablett mit in Mailis Zimmer. Er legte eine Tischdecke auf das Bett und stellte die Schälchen und Teller mit kleinen Portionen duftender Speisen auf dem Tablett zurecht.

«Chandra hat das alles ganz wunderbar gemacht», erklärte er strahlend. «Und Sarah fand sogar eine Flasche Champagner für uns.»

«Chamrita?»

«Chamrita», erwiderte Sönam mit verschwörerischem Lächeln und arbeitete mit Geschick den Korken heraus. «Rinpoches Lieblingsgetränk.»

Sie setzten sich einander gegenüber auf das Bett und begannen mit den melodiösen Rezitationen, die das Fest einleiteten. Weißer Reis, gelbes Curry, rote Schoten, tiefgrüne Blätter, glasige Nudeln, schwarze Pilze, orangefarbene Linsen, zartgrüne Erbsen, pastellfarbene Soßen, das Ocker der Fladen. Salzig, bitter, würzig, süßsauer, trocken, saftig, süß, knusprig, cremig, weich, erdig, schwer, sanft, frisch – die Sinne tanzten, lachten, schwelgten, umarmten die Vielfalt, so reich, so reich, so wunderbar die Vollkommenheit der Dinge.

Die Butterlampen brannten still, nichts störte die Ruhe der Flammen.

Da war Sönam mit leuchtender Haut, Pawo, der Krieger, Daka, der hohe Gefährte, die andere Seite des Einen. Zwei sind zwei, aber nicht getrennt. Ein Kleidungsstück nach dem anderen löste er von ihr, langsam und aufmerksam, mit der Ruhe und Würde, die das Ritual gewährte. Maili lächelte. Wie schön es war, sich ihm anzuvertrauen, im Gleichklang des Wissens um die Form, die Sicherheit gab.

Es war kein Wagnis mehr, in den unendlichen Raum der Liebe zu fallen. Alles durfte sein – Lust, Schmerz, Festhalten, Loslassen, Hoffnung, Furcht, Hingabe, Freiheit. Das ekstatische Feuer konnte nichts zerstören, mochte es auch alles verzehren. Alles war Werden und Vergehen und Wiederwerden im unendlichen, glückseligen Raum.

Es war noch dunkel, als Maili aus einem dünnen, lichten Schlaf erwachte. Das sanfte Licht der Butterlampen bewahrte das Geheimnis der Nacht. Ganz still lag sie und lauschte auf Sönams Atem. Worte formten sich in ihrem Geist, stoben hervor wie Funken, reihten sich auf, bildeten Wellen, die sich im Körper fortsetzten. Vorsichtig ließ sie sich aus dem Bett gleiten. Sie suchte einen Stift, schlug ein Notizheft auf und die Worte fielen aufs Papier wie Sterne vom Himmel.

Vajra-König
In meinem Lotosreich
Strahlendes Zentrum
Des lustvollen Mandala
Aus dem Herzen strömt
Ein jubelnder Fluss
Auf den geheimen Pfad

Für einen Augenblick
Hält jede Zelle den Atem an
Entladung des Lichts
In die zehn Richtungen
Der Kosmos wird überflutet mit Wärme
Allesdurchdringend
Ist das Wissen um Nichtgetrenntsein
Das vollkommene JA

Menschenleib in meinen Armen
Als wär er mein eigen
Zehntausendmal aus mir geboren
Und alle Mütter
Die mir je das Leben gaben

Der Vajra-König
Erfüllt das Universum
Mit unendlicher Zärtlichkeit
Vergangener Schmerz
Und zukünftige Sehnsucht
Sind ferne Schemen
Seine leuchtende Gegenwart
Ist der Hüter des Jetzt

Als sie wieder unter die Decke schlüpfte, streckte Sönam halb schlafend den Arm nach ihr aus. Sie hüllten einander in Zärtlichkeit ein und langsam, achtsam begannen sie erneut mit dem Spiel der Leidenschaft.

Als trübes Morgenlicht sich gegen den schwachen Schein der Butterlampen zu behaupten versuchte, setzte Maili sich dem Schrein zugewandt auf, hüllte sich in ihr Meditationstuch ein und schloss die Augen. Ohne Übergang tauchte sie ein in den lichterfüllten Raum in ihrem Geist.

«Maili?», sagte Sönam und berührte ihre Schulter. Sie öffnete die Augen, richtete schweigend einen Blick, der aus unendlicher Ferne zu kommen schien, auf ihn und ließ die Lider wieder fallen. Er erhob sich und legte die Bettdecke um ihre Schultern. Vorsichtig ergriff er seine Kleider und ging leise in sein Zimmer.

Später brachte er Tee. Maili saß noch immer in derselben Haltung wie zuvor auf dem Bett. Sönam strich sanft über ihr Gesicht. «Trink ein bisschen Tee, Maili», sagte er.

Maili lächelte leicht, ohne die Augen zu öffnen. Eine kleine Bewegung ihrer Hand gab zu verstehen, dass sie keinen Tee wollte.

Stundenlang saß sie so, in völliger Stille. Erst am Nachmittag war ihr Geist bereit, an die Oberfläche des Seins zurückzukehren. Langsam erhob sie sich vom Bett und die Decken glitten von ihren Schultern. Verwundert blieb sie stehen, überwältigt vom köstlichen Gefühl ihrer Nacktheit. Es war, als sei dies ein neuer, ungewohnter Körper in einer neuen körperlichen Jahreszeit. Vom Fluss zum See geworden. Eine offene Blüte, der Sonne zugewandt. Die Sinne berauscht von Klarheit.

Sie trug die Erinnerung an Sönams Berührungen eingebettet in ihre Haut, Berührungen, die Teil ihrer selbst geworden waren, sie verändert, sie neu geformt hatten. Sie hob die Arme und drehte sich um sich selbst. Jede Bewegung war lustvoll. Leise singend tanzte sie ins Badezimmer. Ihr neuer Körper verfügte über wunderbare Fähigkeiten. Er vermochte sich sogar mit dem unbequemen Klo zu versöhnen. Und er gab sich, ohne zu zögern, dem ungewohnten Genuss hin, in der Badewanne von warmem Wasser getragen zu werden wie von einer Wolke am Himmel.

Während des Ankleidens bemerkte sie, dass ihr Körper sich

gegen die Anziehung der Erde zu wehren begann. Ihre Umgebung schwankte und kreiste. Zuviel Wind, Wirbelwind, dachte sie belustigt.

Auf unsicheren Beinen ging sie in die Küche hinunter. «Lama-ji, ach herrje», stieß Chandra hervor. Ihr dunkles Tamilengesicht lief vor Aufregung noch um einen Ton dunkler an. Sie lief zur Tür und rief in den Flur hinaus: «Missi Sarah, Missi Sarah, kommen Sie schnell!»

Sarah eilte aus dem Büro herbei und kam gerade rechtzeitig, um die schwankende Maili aufzufangen und auf einen Stuhl zu setzen.

«Was ist, Maili? Sönam sagte, du seist im Samadhi verschollen. Chandra ist ganz außer sich. Sie hält dich für eine Heilige. Wie geht es dir?»

«Kundalini hoppla», antwortete Maili heiter und machte mit der Hand eine kreisende Bewegung.

Chandra zog hörbar die Luft ein. «Kundalini», flüsterte sie mit weit aufgerissenen Augen.

Sarah zog die Thermoskanne heran und Maili schüttete mehrere Tassen Tee hintereinander in sich hinein.

«Möchtest du etwas essen?»

Maili winkte ab. «Nicht essen. Nur Ruhe. Morgen bin ich wieder eine ganz normale, vernünftige Maili.»

Sie stand auf, umarmte Sarah kurz und fügte leise lachend hinzu: «Vielleicht.»

Ein paar Tage lang wurden Maili und Sönam von Sarah abgeschirmt, sodass sie Zeit füreinander hatten. Eine kühle, spätherbstliche Sonne löste den Regen ab und sie umwanderten den ehemaligen Gutshof und seine Umgebung bis zum Dorfrand. Oft gingen sie lange nebeneinander her, ohne zu sprechen, geborgen in unverletzbarer Nähe. Sobald sie sich von den Gebäuden entfernt hatten, fassten sie einander bei den Händen. Im Übrigen hielten sie, wie es die Höflichkeit anderen gegenüber gebot, stets ein wenig Abstand voneinander.

Maili stellte mit Rührung fest, dass Sönams Zimmer kleiner und sein Bett schmaler war als das ihre.

«Rinpoche sagt, dass es bei der Yogini liegt, den Yogi einzuladen», hatte er erklärt. «Ich hoffe, dass ich lerne, mich an alles zu halten, was er mich gelehrt hat.» Dann hatte er sie in den Arm genommen und hinzugefügt: «Es ist nicht einfach, der Priester einer Dakini zu sein.»

Der dritte Traum

«Das ist Jungfer Gwen, die Köchin», sagt der Mann und schiebt John und Marian in die große, rußige Küche. «Ihr tut, was sie sagt.»

«Kommt her, Kinder, euch kann ich gut brauchen», sagt die Köchin und lächelt. Das runde Gesicht zieht sich in freundliche Falten. Jungfer Gwen mit dem breiten Busen ist eine gute Frau, das kann man sehen. Er fürchtet sich schon viel weniger als auf dem Weg vom Wirtshaus in der Stadt, wo der Mann sie beide gekauft hat. Er schaut zu Marian hoch, die ihr Körbchen mit den kostbaren Kräutern, ihren einzigen Besitz, an sich presst. Sie wirft ihm einen beruhigenden Blick zu. Sie hätten es schlechter treffen können.

In der Küche ist es heiß an diesem warmen Frühsommertag. Besser zu heiß als zu kalt, denkt er und zieht seine zerschlissene Jacke aus. Aus den Augenwinkeln sieht er den Mann im Hof verschwinden.

«Ich heiße Marian und das ist mein kleiner Bruder John», sagt Marian und macht einen Knicks. Sie stößt ihn in die Seite und er zieht seine Kappe vom Kopf und macht eine linkische Verbeugung.

«Kommt, setzt euch hier auf die Bank», sagt Jungfer Gwen und streicht eine graue Haarsträhne unter die Haube zurück. «Ihr seid so dünn, Gott sei's geklagt. Sicher habt ihr Hunger.»

«Wir haben immer Hunger», murmelt John.

«Pst!», zischt Marian, doch Jungfer Gwen hat es gehört.

«Bei mir müsst ihr nicht hungern», sagt sie heiter. «Unsere Mary wurde einfach weggeheiratet. So eine fleißige Küchenmagd war sie. Ihr werdet doch fleißig sein, oder?»

John nickt nachdrücklich. Während sie einen großen Brotlaib aus dem Kasten holt, erklärt sie: «Zu viel arbeiten müsst ihr nicht. Wenig Gäste kommen in dieses Haus, seit der gnädige Herr vom Pferd gefallen ist und nur noch liegen kann.»

Er greift schnell nach der dicken Brotscheibe, die sie ihm reicht. Noch ein Stück Käse schiebt sie dazu und gießt frische Milch in die großen Holzbecher.

«Wo kommt ihr her, ihr beiden?», fragt die Köchin und schaut ihnen mit offensichtlichem Wohlgefallen beim Essen zu.

«Mutter Morgan hat uns aufgezogen», antwortet Marian. «Den Vater haben Räuber erschlagen. Unsere Mutter ist im Kindbett gestorben. Von Mutter Morgan hab ich gelernt, wie man Kräutertinkturen und Salben herstellt.»

«Auch Salben für die Beine, wenn sie dick werden?», fragt Jungfer Gwen.

Marian lächelt stolz. «Ja, natürlich. Mit Beinwell und Rosskastanien. Und ich kann sogar helfen, Kinder zur Welt zu bringen.»

Jungfer Gwen neigt sich über den Tisch. «Sprich nicht so laut davon, Mädchen. Hier ist ein Mönch im Haus, der Lehrer des jungen Herrn. Nehmt euch vor ihm in Acht. Immer schön verbeugen und das Kreuz schlagen und kein Wort zurück.»

Er spürt, wie sich überall auf seinem Leib Gänsehaut bildet. Die Leute sagen, dass man einen weiten Bogen um die Mönche machen soll, vor allem um solche, die sich herumtreiben. Sie spähen alles aus, suchen nach Ketzern und Hexen, und kaum hat man sich's versehen, landet man im finsteren Kerker. Mutter Morgan pflegte zu sagen: Gott sieht alles, aber die Mönche sehen noch mehr.

«Ich kann Körbe und Schalen flechten, große und kleine», wirft er schnell ein. «Das darf man können, nicht wahr?»

Jungfer Gwen kichert, dass ihr ganzer Leib wackelt. «Das darf man. Ich glaube, wir werden gut miteinander auskommen, Kinder.»

Marian soll bei den Mägden im Gesindehaus schlafen und er bei den Knechten neben den Ställen. Er klammert sich an den Arm der Schwester. Obwohl er die Zähne zusammenbeißt, rollt eine Träne über sein Gesicht.

Jungfer Gwen runzelt die Stirn. «Hast Angst, Junge? Na ja,

sie sind schon rau, die Stallbuben. Und du bist ein gar dünnes Kerlchen.»

Freundlich brummelnd führt sie die beiden zu einer Abstellkammer im Gesindehaus, das im rechten Winkel zum Haupthaus steht. An der Wand liegen Holzscheite aufgestapelt. Ein kleines Fenster ist mit einem brüchigen Laden verschlossen. Zwischen den Brettern sickert Licht aus dem Hof herein.

«Schlaft hier. Da seid ihr in meiner Nähe.»

Sie dürfen zwei Strohsäcke und Decken aus dem Stall holen und sie in der Kammer ausbreiten.

«Ein Zimmer für uns allein», sagt er glücklich. Das hatten sie noch nie. In Mutter Morgans Häuschen gab es nur zwei Räume, einen für die Menschen und den anderen für die Kräuter. Im Wirtshaus mussten sie, ebenso wie die Mägde und der Knecht, auf den Wirtshausbänken schlafen, umgeben vom schalen Geruch der biergetränkten Streu.

«Und ich kann Kräuter zum Trocknen aufhängen», sagt Marian mit leuchtenden Augen, «und meine Tinkturen und Salben herstellen.» Sie nimmt ihn in die Arme und drückt ihn an sich.

«Hier wird es gut sein», flüstert sie ihm zu. «Wir haben Glück. Kein Widerwort zu Mutter Gwen, kleiner John. Dann wird alles gut.»

Mutter Gwen erscheint in der Kammertür und reicht ihnen ein paar Kleidungsstücke.

«Da müsste etwas dabei sein, das euch passt», erlärt sie mit ihrem warmen, breiten Lächeln. «Es bleibt immer mal was liegen. Die alte Bruch vom jungen Herrn müsste gerade richtig für dich sein, Junge.»

Ordentliche Kleider. Sie können ihre Lumpen wegwerfen. Marian freut sich über ihren schönen, sauberen Rock, die Bluse und das ordentlich geflickte Schnürleibchen. Ein bisschen muffig riechen die Sachen, aber man kann sie zum Lüften aufhängen und dann duftende Kräuter dazwischen legen.

Jungfer Gwen leidet unter Magendrücken, deshalb gehen sie gleich Löwenzahnwurzeln sammeln. Der Mond ist am Zunehmen, eine gute Zeit zum Sammeln, das weiß John und noch vieles mehr. Gleich hinter dem Zaun des Küchengartens finden sie reichlich Löwenzahn und graben die Wurzeln aus. Marian pflückt noch ein wenig Schafgarbenkraut dazu. Sie haben alles Nötige so schnell eingesammelt, dass sie sich ein wenig ins Gras setzen können. Seit sie ins Wirtshaus in der Stadt gebracht worden waren, hat er keine Wiese mehr gesehen, nur den Hof vor dem Stall, Häuser und schmutzige Straßen.

Man kann das benachbarte Dorf zwischen den Hügeln liegen sehen und ziemlich weit entfernt in der anderen Richtung einen Hof. Eine weite Wiese erstreckt sich bis zum Bach mit den Weiden und dahinter beginnt der Wald, ein heller Laubwald, nicht so Furcht erregend dunkel wie der Wald, durch den sie mit dem großen Mann im Pferdewagen gefahren sind.

Es ist ein schönes Gut, an das man sie verkauft hat, denkt er. Für ein Taschengeld, hat der Wirt geschimpft, aber insgeheim war er froh, dass er die unnützen Esser verkaufen konnte, die er sich hat aufschwatzen lassen von der Nachbarin der alten Morgan. So ein dünner und kraftloser Junge, kann nicht schwer tragen, und das Mädchen ganz unbrauchbar für den Ausschank, viel zu ängstlich und scheu. Nichts wert, die beiden. So hat er ständig geknurrt.

«Mutter Gwen denkt, dass wir etwas wert sind», sagt er.

Marian lächelt. Wie schön es ist, dass Marian wieder lächelt. Im Wirtshaus hat sie ständig geweint.

«Wir sind etwas wert», sagt sie.

«Und Gott hat unsere Gebete erhört», fährt er fort. «Er hat uns nicht vergessen. Und er hat mir verziehen, dass ich die Äpfel gestohlen habe.»

«Und mir hat er verziehen, dass ich ihn beschuldigt hab, sich nur um die Reichen zu kümmern und Arme wie uns zu vergessen.»

«Warum, meinst du, hat er uns geholfen? Er hilft ja nicht allen.»

«Weil wir nichts Böses getan haben.»

John schüttelt unsicher den Kopf. «Aber wir haben doch nie etwas richtig Böses getan. Trotzdem hat er unsere Eltern und Mutter Morgan sterben lassen. Und er hat zugelassen, dass sie uns in dieses schreckliche Wirtshaus steckten.»

«Und jetzt hat er's wieder gutgemacht.» Marian zaust fröhlich sein filziges Haar. «Denk nicht so viel. Du weißt doch: Selig sind die Armen im Geiste.»

«Aber die Mönche lernen lesen und studieren und denken ganz viel. Ich meine . . .»

«Dass sie nicht selig werden?» Marian kichert. «Würde mich auch wundern.»

Er überlegt, ob man so etwas denken darf. Mutter Morgan sagte manchmal solche Dinge. Aber sie sagte auch, man solle nur Gutes denken. Es ist schwierig zu wissen, was man denken darf. Vielleicht ärgert man Gott, wenn man solche Gedanken über die Mönche hat. Es wird besser sein, nicht mehr zu denken.

Er lässt sich ins Gras zurückfallen und schaut in den tiefen, blauen Himmel. Wenn man lange genug schaut, fällt man in das Blau, tiefer und tiefer. Ob man schließlich in den Himmel gelangt, wenn man sich immer weiter fallen lässt?

«Ich glaube, Jungfer Gwen mag uns», sagt er. «Wir werden nie mehr hungern müssen. Und dass sie uns Kleider gegeben hat . . .» Er möchte von all dem Guten reden und reden, um es festzuhalten, zu sichern, es wirklich glauben zu können.

Doch Marian steht auf. «Komm, lass uns noch Ruten holen und dann machst du einen hübschen Korb für sie.»

Schnell haben sie am Bach die nötigen Weidenruten geschnitten und laufen mit ihren Schätzen zurück in die Küche.

«Gute Kinder», lobt Mutter Gwen, und schon ist es ein bisschen wie zu Hause, nicht nur irgendwo, wo man überlebt.

☙❧

Maili schlenderte über den Hof und versuchte den Ort ihres Traums wiederzuerkennen. Wenn sie die Augen schloss, konnte sie genau sehen, wo sich der Eingang zur Küche im Haupthaus befand und wo die Kammer der Kinder im Gesindehaus lag. Doch es sah nun alles ganz anders aus. Vielleicht gab es noch Mauerreste des Gesindehauses im Fundament der früheren Scheune. Der große, staubige oder bei Regenwetter morastige Hof, auf dem die Hühner gescharrt hatten, war nun ein Garten mit Bäumen und Kieswegen. Im Sommer mochten dort Blumen blühen und die Bäume ihren Schatten auf die Wiese werfen.

Der Bach floss noch immer durch die sumpfigen Wiesen und

auch ein paar Weiden standen an seinem Ufer, doch den Wald dahinter gab es nicht mehr. Das Dorf zwischen den Hügeln hatte sich inzwischen auf die Abhänge und entlang des Tals ausgebreitet. Von dem Hof auf der anderen Seite war nichts mehr zu sehen. Vielleicht würde sie im Sommer mehr Ähnlichkeit erkennen als im Novembergrau, das alle Farben ausgelöscht hatte.

Lama-la

«Unsere erste Sitzung mit Lama-la», sagte Sarah heiter. Sie wandte sich Maili zu. «Wir freuen uns sehr, dass wir jetzt eine spirituelle Beraterin haben. Wir sind wahrscheinlich das erste tibetische Zentrum in Europa, das einen weiblichen Resident-Lama vorweisen kann.»

Die Mitglieder der Arbeitsgruppe klatschten eifrig. Es waren neun Frauen und vier Männer, die Gruppe der fünf Koordinatorinnen und die Gruppe der acht Helfer. Die meisten von ihnen waren viel älter als Maili.

Sarah und James hatte Maili in die Mitte genommen. Die anderen hatten ihre Sitzkissen in Hufeisenform angeordnet. Alle saßen auf ihren Sitzpolstern, und Maili wirkte noch kleiner zwischen ihnen, als sie tatsächlich war, denn sie saß, wie sie es gewöhnt war, ohne Kissen auf der Matte. Unauffällig rutschte Sarah von ihrem Polster, um mit Maili auf gleicher Höhe zu sitzen. James folgte ihrem Beispiel. Nach und nach wurden alle Sitzpolster nach hinten geschoben. Rücken krümmten sich. Knie ragten in die Höhe.

Maili beugte sich vor und sagte: «Bitte, setzt euch wieder auf die Polster. Es ist für euch sehr unbequem, so zu sitzen wie ich. Ich kann mich auch auf ein Polster setzen.»

Verneinende Stimmen wurden laut, doch Maili war schon aufgestanden und hatte eines der am hinteren Ende der Schreinhalle aufgereihten Polster geholt. Als sie schließlich als Einzige erhöht thronte, setzten sich alle wieder auf ihre Sitzkissen. Sarah kicherte und ein allgemeines Gelächter brach los. Aus den Augenwinkeln sah Maili, dass James nicht lachte. Er lächelte nicht einmal.

Sie leiteten die Sitzung mit den vertrauten Rezitationen in tibetischer und englischer Sprache ein. Maili unterdrückte ein Lächeln. Das Tibetisch mit dem englischem Zungenschlag klang rührend und komisch zugleich.

Sarah warf Maili einen auffordernden Blick zu.

«Als erstes», begann Maili «möchte ich sagen, dass ich mir meine Aufgabe hier noch gar nicht vorstellen kann. Ich kenne eure Welt nicht. Nicht einmal die Welt in Asien kenne ich. Ich kam als junges Mädchen aus einem Dorf in den Bergen ins Kloster – weil ich unglücklich war und weil ich den Mann, den meine Familie für mich ausgesucht hatte, nicht heiraten wollte.»

Die Mitglieder der Arbeitsgruppe lachten. In Asien hätte niemand gelacht. Alle hätten verständnisvoll die Köpfe gewiegt. Viele Mädchen gingen aus diesem Grund ins Kloster. So war es eben.

«Und vor allem», fuhr Maili fort, «wollte ich lernen, wie man glücklich wird. Denn ich hatte gehört, dass die Lehre des Buddha den Weg zum Glück zeigt. Das ist ja auch so – nur verstand ich damals natürlich noch nicht, was das wirklich bedeutet. Also wurde ich eine Nonne. Man geht ins Kloster, um viel Zeit für Studium und Meditation zu haben und nicht abgelenkt zu werden. Ihr aber seid Yoginis und Yogis, das ist ein anderer Weg. Es heißt, das ist der schwierigere und gefährlichere Weg, aber auch der schnellere.» Maili rutschte ein wenig auf dem unbequemen Polster hin und her. «Zuerst möchte ich euch fragen, warum ihr mich haben wolltet.»

Überraschte Gesichter schwiegen sie an.

«Man hat mir gesagt, ihr wolltet einen weiblichen Lama.»

Eine der Frauen räusperte sich. Über einem kleinen Gesicht mit runden Augen trug sie ihr glattes, dunkles Haar wie eine Mütze, die zu tief in der Stirn sitzt.

«Lama-la, ich möchte etwas dazu sagen. Wir haben das ausführlich diskutiert», sagte sie und räusperte sich noch einmal. «Die Frauen unter uns haben festgestellt, dass wir uns durch männliche Autorität eingeengt fühlen. Überall haben wir immer nur männliche Vorbilder. Männliche Ideale. Männliche Mythen. Männliche

Filme. Männer an den Spitzen der Hierarchien. Und auch der Dharma tritt sehr männlich auf. Männliche Lehrer. Männliche Texte. Erläuterungen nur vom männlichen Standpunkt, nicht vom weiblichen. Männliche hierarchische Strukturen. Wir wünschen uns ein weibliches Gegengewicht.»

Maili wiegte zustimmend den Kopf. «Das kann ich verstehen. Wir Nonnen hatten ähnliche Gefühle. Es gab zum Beispiel die Regel, dass wir Mönche zuerst grüßen und uns vor ihnen tief verneigen mussten. Die Mönche müssen sich nicht vor den Nonnen verneigen. Und Nonnen müssen viel mehr Regeln beachten. Ein . . .» Sie deutete eine wiegende Bewegung mit den Händen an und wandte sich an Sarah.

«Ein Ungleichgewicht», sagte Sarah.

«Ja, das ist es, ein Ungleichgewicht», fuhr Maili fort. «Als junge Nonne hatte ich mit meinen Freundinnen große Diskussionen darüber.» Sie kicherte. «Wir nannten uns die drei Dissidentinnen.»

Ein verhaltenes Lachen der Mitglieder erwärmte den kühlen Raum.

«Wir dachten», fuhr die Frau mit dem Mützenhaar fort, «eine Frau als spirituelle Leiterin könnte uns helfen, eine andere Form der Kommunikation aufzubauen. Wir streiten zu viel. Natürlich wollen wir das alle nicht. Aber wir streiten trotzdem.»

Eine rundliche junge Frau hob die Hand. «Ich denke, wir haben so wenig Möglichkeit, uns als das zu verstehen, was wir als Frauen sind. Es heißt immer, der Geist aller Menschen sei seiner Natur nach gleich. Das mag schon zutreffen, aber äußerlich sind wir nicht gleich. Das kann jeder sehen. Und unsere Denkmuster und Fühlmuster, die sind auch nicht gleich. Und unsere Sexualität ist auch nicht gleich. Man sagt, die Menschen führen Kriege, die Menschen zerstören die Erde und so weiter. Aber es sind Männer, die Kriege führen, männliche Wirtschaftsmagnaten, die sich auf Kosten der Umwelt bereichern. Dann weinen die Frauen über ihre gefallenen Männer und Söhne und über ihre deformierten und kranken Kinder. Wir haben nie gelernt, diesen Unterschied zu respektieren. Die Männer nicht und die Frauen auch nicht.»

Ein älterer Mann beugte sich ein wenig vor, ohne die Hand zu heben. «Ich glaube nicht, dass unsere Schreinhalle der richtige Ort ist für Polemik. Wir sind hier nicht auf einem Feministinnenkongress. Du solltest dich lieber dort profilieren.»

«Ich weiß nicht, ob man sagen kann, dass Männer und Frauen grundsätzlich verschieden sind», mischte sich ein junger Mann ein. «Ich meine, das sind doch Übereinkünfte. Die einen haben diese Rolle, die anderen haben die andere Rolle. Und dann glaubt man daran . . .»

«Vielleicht glaubst du daran», fuhr eine weitere Frau dazwischen. «Wir Frauen glauben das schon lange nicht mehr. Und wenn man die Dinge beim Namen nennt, so ist das keine Polemik.»

Sarah hob beide Hände. «Ich glaube, Lama-las Frage ist damit zur Genüge beantwortet.»

Maili hatte inzwischen das Polster so zurechtgeschoben, dass sie kniend darauf reiten konnte.

«Wenn ich alles richtig verstanden habe, ist Streit das Problem», sagte sie. «Wir können uns in Zukunft mit dem Studium der weiblichen und der männlichen Energie befassen, wenn ihr wollt. Es ist ein wichtiges Thema in den tantrischen Lehren. Sehr inspirierend. Aber das geht nicht ohne die Grundlagen. Zuerst müssen wir die Grundlagen verstehen. Ohne Geisteszähmung und Geistestraining gibt es keinen Tantra-Weg. Kennt ihr den Spruch: Schieb alle Schuld dir selber zu?»

Alle nickten.

«Wenn man diesen Spruch nicht verstanden hat», fuhr Maili fort, «hat man den Dharma nicht verstanden. Genau genommen bedeutet es: Alle Schuld zu mir, ganz einfach und klar. Da gibt es also etwas Negatives wie Streit oder heimlichen Ärger. Zwei sind beteiligt. Vielleicht fühle ich mich als Opfer. Vielleicht denke ich: Die andere Person hat angefangen und ich bin ganz unschuldig. Vielleicht ist das sogar so. Was tun? Ich kann nicht erwarten, dass die andere Person die Verantwortung übernimmt. Die will das meistens nicht. Sie sagt: Du bist schuld. In dieser Richtung geht es nicht weiter. Also übernehme ich selbst die Verantwortung. Jemand muss es tun, sonst gibt es keine Lösung. Also sage ich: Gut, ich übernehme die Schuld.»

«Dann bin ich der Müllkübel von jedermann», wandte der junge Mann ein.

Maili lachte. «Wenn du in eine kostbare, alte chinesische Vase spuckst – ist es dann ein Spucknapf oder eine kostbare Vase?»

«Jedenfalls fühlt sich die Vase als Müllkübel.»

«Aber die kostbare Vase ist noch immer eine kostbare Vase. Selbst wenn hundert oder tausend Leute hineinspucken würden.»

«Wenn die andere Person den Streit beginnt, kann ich doch nicht die Augen davor verschließen, dass es so ist. Das wäre doch Dummheit.»

«Es ist nicht nötig, die Augen zu verschließen. Aber stell dir vor, du bleibst dabei, die andere Person sei schuld. Was dann?»

«Streit», sagte eine Frau.

«Was könnte man stattdessen sagen?», fragte Maili.

Die Frau mit der Mützenfrisur hob die Hand. «Ich könnte sagen: Ich verstehe deinen Standpunkt. Aber bitte, verstehe auch den meinen.»

«Hitlers Standpunkt? Stalins Standpunkt?», warf der junge Mann mit erhobener Stimme ein.

Maili zog die Augenbrauen zusammen. «Ich kenne die Gentlemen nicht.»

«Diktatoren. Sie haben viele Menschen foltern und umbringen lassen.»

«Oh», sagte Maili, «ja, ich verstehe. Wie Mao und die Viererbande und die anderen. Ja. Wir sollten uns irgendwann einmal mit dem Thema der großen Politik befassen. Aber jetzt haben wir das Thema Streit. Wie verhindern wir Streit? Wie verhindern wir es, in uns Ärger und Wut und Groll und Missgunst zu nähren?»

«Das klingt alles wie die Heilsarmee», sagte der junge Mann.

Maili wandte sich Sarah mit fragender Miene zu.

«Das erkläre ich dir später», murmelte Sarah. Zu dem jungen Mann gewandt sagte sie: «Mag schon sein, Bernard. Aber die in der Heilsarmee wissen nicht, wie man den Geist zähmt. Weisheit ohne Methode hilft nicht weiter.»

«Aber ich finde den Spruch sehr unbefriedigend», erklärte Bernard.

«Möchtest du einen besseren Spruch?», fragte Maili.

«Gibt es einen?»

«Es ist der beste.»

Maili rutschte unauffällig von dem unbequemen Sitzpolster herunter. «Ich habe eine Geschichte von einem Zen-Meister gehört. Es gibt so hübsche Geschichten von Zen-Meistern. Wir hatten im Kloster Besuch von einer Nonne aus Amerika, die erzählte ständig Geschichten von Zen-Meistern. Also, ein reicher Mann baute ein Haus, und als es fertig war, bat er einen berühmten Zen-Meister, einen Glück bringenden Spruch an seinen Torpfosten zu schreiben. Der Meister schrieb: ‹Großvater stirbt, Vater stirbt, Sohn stirbt.› Das ist kein schöner Spruch, sagte der reiche Mann. Der Zen-Meister antwortete: Du solltest mit dieser Reihenfolge zufrieden sein. Es ist die beste.»

Bernard rümpfte die Nase. Die anderen lachten.

«Versucht es beim nächsten Streit mit dem Gedanken: Ich übernehme die Verantwortung für die Situation! Jemand sagt: Du bist schuld, du hast es schlecht gemacht, du hast Unrecht – dann: Okay, sei es so! Ah lala, ich bleibe eine kostbare Vase.»

8

Nadine

Durch den Vorhang vor ihrer offenen Tür hörte Maili eilige Schritte im Treppenhaus. Eine Stimme rief: «Schnell, er kommt!»
Allein der Gedanke aufzustehen ließ sie in Schweiß ausbrechen und beschleunigte ihren Herzschlag. Der rote Schlafanzug aus Seide, den Sönam ihr geschenkt hatte, klebte an ihrer Haut. Im Kopf pochte ein steter Schmerz, ein wenig gedämpft durch die Tabletten, die sie auf Sarahs Drängen genommen hatte. Doch die Neugier besiegte die Schwäche. Sie schob Ali Khan von ihrem Bauch, schlüpfte in die Hausschuhe und lief in das große Empfangszimmer, durch dessen Fenster sie den Platz vor dem Eingang überblicken konnte. Mitglieder und Besucher des Zentrums, mehr als hundert Menschen, säumten die breite Einfahrt und drängten sich um die Freitreppe. Ein großes, silbernes Auto mit James am Steuer bog in die Einfahrt ein. Es trug den Namen «Bentley», wie James zu Mailis Verwunderung erklärt hatte, denn es erschien ihr seltsam, einer Maschine einen Namen zu geben wie einem Pferd oder einer Katze. Ein weiteres, von Sarah gelenktes Auto folgte. Maili hielt den Atem an, als James die Hintertür des ersten Autos öffnete. Ein langes Bein in schwarzer Hose mit einem seltsamen Stiefel am Fuß tauchte daraus hervor, gefolgt von schwarzem Haar, zum langen Pferdeschwanz gebunden, und dann richtete sich ein großer Mann auf und winkte den Wartenden zu. Maili stieß unwillkürlich einen lauten Seufzer aus. Der junge Rinpoche! Sie erschauerte wohlig und erschreckt zugleich.
Der Kusung, ein junger Mönch, öffnete eilig die Tür für eine zierliche Frau. Dichte, dunkle Locken umrahmten ein blasses Gesicht mit dunklen Augenschatten. Aus dem zweiten Auto stiegen Sönam und Sarah und folgten dem Rinpoche, der mit lan-

gen Schritten auf den Eingang zuging und im Vorbeigehen Mitarbeiter des Zentrums umarmte. Die zierliche Frau in Schuhen mit hohen Absätzen und im wehenden Mantel hielt gelassen Abstand.

Eilig zog sich Maili in ihr Zimmer zurück und schlüpfte wieder ins Bett. Ihr Körper schmerzte. Sie hätte nicht aufstehen sollen. Wenn irgendetwas ebenso groß ist wie Mailis großes Mundwerk, dann ist es Mailis Neugier, dachte sie. Vielfältige Geräusche erfüllten plötzlich das Haus. Sie kamen näher und endeten auf der gegenüber liegenden Seite des Flurs, wo das Zimmer des Rinpoche lag. Sie hörte Stimmen, das Öffnen von Türen, das Rascheln von Stoffen.

Nicht lang danach wurde ihr Vorhang zur Seite geschoben. Der Rinpoche trat ein und ihm folgten Sönam, Sarah und die zierliche, blasse Frau. Der Kusung blieb an der Tür stehen.

Maili kroch noch tiefer unter die Decke. Der Rinpoche trat an ihr Bett und setzte sich auf die Kante. Unwillkürlich versuchte Maili sich aufzurichten, doch die Hand des Rinpoche drückte sie auf das Kissen zurück.

«Rinpoche-la», flüsterte sie atemlos.

Das Lächeln seines vollkommen geformten Mundes war wie Chamrita. «Kleine Tänzerin. Lama-la.»

Er winkte den Kusung zu sich heran.

«Phurba», sagte er, und der junge Mönch nahm mit großer Sorgfalt einen in Brokat gewickelten Gegenstand aus einer Tasche. Der Rinpoche berührte Mantras murmelnd Mailis Kopf und Brust und die beiden Seiten ihres Halses mit dem machtvollen Ritualdolch. Maili sah das große Gesicht auf sich zukommen, bis es das Zimmer, das Haus, den Himmel ausfüllte. Seine Lippen spitzten sich wie zu einem Kuss und Maili fühlte einen kühlenden Wind auf ihrer Stirn. Augenblicklich wich eine schwere, heiße Wolke aus ihrem Kopf.

Mit einem kleinen Nicken stand er auf und verließ mit schnellen Schritten das Zimmer. Die blasse Frau blieb zurück und beugte sich zu Maili hinunter. Graugrüne Augen mit großen, hauchzarten Lidern in einem kleinen Gesicht. Feine Lippen wie Mohnblätter. Ein Duft wie Sommerwind.

«Ich bin Nadine. Darf ich dich Maili nennen?» Ihre Stimme war sanft und tief und Maili gefiel die kleine Melodie ihres Akzents.

«Bitte, ja», sagte Maili. «An meinen neuen Titel hab ich mich noch nicht gewöhnt. Und Lama Osal klingt wie ein zu großes Haus für eine zu kleine Person. Ich schau mich oft um und frage mich, wer wohl gemeint ist, wenn ich ‹Lama-la› höre.»

Nadine lächelte belustigt. «Sarah hat so viel von dir erzählt. Es ist, als würde ich dich schon lange kennen.» Sie streckte die Hand aus und berührte Mailis Stirn. «Du brauchst Fieberwickel. Ich kümmere mich darum.»

Wenig später kam sie mit Handtüchern und einer Schüssel mit kaltem Wasser und Eiswürfeln zurück, tränkte zwei der Handtücher mit dem Eiswasser und wickelte sie um Mailis Beine.

«Das tut gut», sagte Maili dankbar.

Nadine zog den Stuhl ans Bett heran, schlüpfte aus ihren Samthausschuhen und stützte die dünn bestrumpften Füße auf Mailis Bettkante.

«War es ein langer Flug?» Maili hatte den Alptraum der Reise, die kaum vier Wochen zurücklag, noch in lebhafter Erinnerung.

Nadine nickte. «Wir kommen von Rinpoches Zentrum in New Mexico.»

In Mailis Geist entstanden Bilder der fremden Welt, von der Nadines weiche Stimme berichtete. Es war Rinpoches Rückzugsort und Nadine hatte die letzten vier Wochen seines Retreats dort mit ihm verbracht. Mailis Gedanken begannen zu wandern. Dies war seine Sangyum, seine Gefährtin, seine Hauptfrau, denn er hatte gelegentlich auch andere Gefährtinnen, so hatte Sarah erzählt. Wie mochte es sein, den Mann zu teilen? Sie wollte Sönam nicht teilen. Der Gedanke, er würde eine andere ebenso in die Arme nehmen, ebenso küssen, ebenso berühren... Danach würde er zu ihr zurückkehren, und dann würde wieder sie es sein, die er umarmte, streichelte, der er die Lust gab, von der er die Lust empfing. Würde es dann anders sein? Sie ließ ihre Gedanken wuchern. Wenn sie von nichts wüsste, wäre ihre Freude ungetrübt. Würde er danach jedoch wieder ganz und gar bei Maili sein können? Würde nicht ein Teil von ihm bei der anderen sein? Würde er Maili bei der anderen vergessen? Würde er die andere bei Maili vergessen?

Sie wollte nicht weiter phantasieren. Es war gefährlich, sich darauf einzulassen. Doch nun glichen ihre Gedanken einem schnellen Fluss, der in einem engen Bett voranstürzt. Die Vorstellung trieb unaufhaltsam heran – wie es wäre, wenn sie selbst einen andern umarmte? Einen andcren, begehrenswerten Mann. Einen Mann ... wie den Rinpoche mit seinen großen Lippen und den unirdischen blauen Augen in der Tiefe der Augenschlitze. Das Bild seines nackten Körpers kam auf sie zu, gewaltig der erregte Vajra, von atemberaubender Schönheit.

Hatte Nadine gefragt, ob die Wickel noch kühl waren? Mailis Blick sammelte sich, fand Nadines Gesicht, über sich gebeugt, leise lächelnd.

«Deine Augen waren offen, aber dein Geist war nicht da.» Nadine stand auf, schlug die Decke über Mailis Beinen zurück und erneuerte die kalten Wickel. Was sie sagen würde, wenn sie wüsste, wo mein Geist sich herumgetrieben hat?, dachte Maili. Es war nur ein Gedanke. Doch Gedanken nähren karmische Samen. Sie würde ihn nie mehr zulassen.

«Du solltest jetzt schlafen», sagte Nadine und steckte die Bettdecke um Maili fest. Ob sie Kinder hat?, dachte Maili schläfrig. Ich muss sie danach fragen ... Unversehens glitt sie in einen weichen, schaukelnden Fieberschlaf, in einen grünen Wald wie der Wald jenseits des Baches, in das grüne Leuchten der Arya Tara.

Einige Stunden später driftete Maili halb aus dem Schlaf heraus, und ihre frei fließenden Gedanken nahmen den Faden erneut auf. Wie wäre es, wenn der Rinpoche sie erwählte, ihn zu umarmen? Wie wäre es für Sönam? Wie würde sie danach Sönam begegnen? Zwei verschiedene Erfahrungen, dachte sie, ganz verschieden, nicht zu vergleichen. Würde Sönam das einsehen? Würde sie es im umgekehrten Fall einsehen? Warum der Schmerz? Festhalten, sagen die Lehren, ist der Grund für Schmerz. Oder Wegstoßen. Oder Nichtwissenwollen. Warum empfand ich nichts, als Sönam kam, um mich aus dem Kloster zu holen? Sönam, Mailis Hoffnung und Furcht. Es war Angst vor Verletzung gewesen, eine konditionierte Reaktion. Ich stieß ihn zurück und wusste es nicht. Ich wollte es nicht wissen. Ich konnte es nicht wissen wollen. Anziehen, abstoßen, nicht wissen, immer wieder, immer wieder, überall.

Was war mit James? Warum bewegte er sich so steif? Warum war seine Stimme ein wenig zu laut, ein wenig zu hart? Wogegen baute er seine Mauer auf? Wovor fürchtete er sich? Er wusste es nicht. Er wollte es nicht wissen. Er konnte es nicht wissen wollen. Und was war mit Ann, Sarahs treuester Helferin? Warum band sie ihre strähnigen Haare so achtlos zusammen, trug lieblose Kleidung, als sei sie eines größeren Aufwands nicht wert? Wovor versteckte sie sich? Wovor fürchtete sie sich? Auch sie wusste es nicht. Auch sie wollte es nicht wissen. Sie konnte es nicht wissen wollen.

Ich will aufwachen, dachte Maili. Ich will wissen. Ich will frei sein von mir selbst. Ani Rinpoche, schüttle mich, wenn ich nicht wach bin. Weck mich, rufe, rufe mich mit der Stimme des Zwielichts.

Am Abend, als Sarah und Nadine ihr Suppe brachten, fühlte sie sich weniger krank.

«Wenn es dich nicht zu sehr anstrengt, bleibe ich ein wenig bei dir», sagte Nadine. «Jetlag macht mich immer so wach. Wir könnten die Gelegenheit nützen, einander kennen zu lernen, bevor das Seminar beginnt und solange wir noch freie Zeit haben.»

Maili erzählte von ihrer Zeit im Kloster und ihrer ersten Begegnung mit Rinpoche. Wohl überlegt steuerte sie damit zu der Frage hin, die ihr weder Sönam noch Sarah zufrieden stellend hatten beantworten können: «Wie hast du Rinpoche kennen gelernt, Nadine?»

Nadine lachte. «Ebenfalls tanzend, Maili, wenn auch anders als du. Wir tanzten einen Tanz, den man Tango nennt. Es ist der Lieblingstanz meiner Eltern.

Sieben Jahre ist es her... siebeneinhalb Jahre. Wir waren bei einem Studienfreund meines Vaters, einem Professor der Religionswissenschaft, in Oxford zu einer Party eingeladen. Dieser Professor war Rinpoches Doktorvater. Damals hatte Rinpoche vor, sein Studium mit einer Doktorarbeit abzuschließen, aber es wurde nie etwas daraus, weil sie bei ihren Besprechungen immer so viel Whisky tranken und so viel lachten. Es war eine Riesenparty mit unzähligen Leuten, die ich nicht kannte. Als ich Rinpoche zwischen den Gästen sah, setzte mein Herzschlag aus. Er sah königlich aus, obwohl er nur einen ganz gewöhnlichen Anzug trug. Er hatte diese zauberhafte Ausstrahlung eines exotischen Prinzen – nun, du hast ihn gesehen, er hat sie immer noch. Meine schöne Mutter drückte meine Hand und sagte: ‹Tanze mit diesem Mann, Tochter. Wenn er Tango tanzen kann, ist er vollkommen.›

Ich umkreiste ihn in weiten Bögen und begrüßte hin und wieder jemanden, den ich kannte. Natürlich hätte ich mich an den Freund meines Vaters oder dessen Frau wenden können und mich vorstellen lassen, aber auf diesen Gedanken kam ich nicht. Ich sah ihn und ich wollte ihn – sofort. Mit Mühe hielt ich mich davon ab, ihn anzustarren. Ich wandte den Blick gerade so weit ab, dass ich ihn nur aus den Augenwinkeln sah. Die Leute, die ihn umringten, waren mir unbekannt. Es gab keine Möglichkeit, mich dazwischenzudrängen. Wie zufällig kam ich schließlich hinter ihm zu stehen. Da nahm ich all meinen Mut zusammen, holte tief Luft und stieß ihn leicht an, sodass der Champagner aus meinem Glas schwappte.

‹Oh, Verzeihung›, murmelte ich. Ich war erstarrt, gebannt von dem Blick, den er aus seinen außerirdischen Augen auf mich abschoss.

‹Wie schön, Sie zu sehen›, sagte er, als seien wir alte Freunde. Er neigte sich mir zu und sagte leise: ‹Das wäre nicht nötig gewesen. Ich habe Sie gesehen. Wir werden nachher tanzen. Mein Name ist Shonbo. Wie heißen Sie?› Ich nannte ihm meinen Namen und er nickte und wandte sich wieder seiner Runde zu. Mir blieb nichts anderes übrig, als weiter meine Kreise zu ziehen, Champagner zu trinken und darauf zu warten, dass endlich die Musik begann. Und als es dann so weit war, stand er vor mir und nahm mich in den Arm und wir tanzten Tango. Oder besser gesagt, er tanzte mich. Meine Mutter sagte danach: ‹Kind, er *ist* vollkommen. Lass dir das Herz von ihm brechen.›

Sie wusste nicht, wie nahe sie der Wahrheit kam. Eine von Rinpoches verbalen Kreationen ist ‹Herzgebrochenheit› – das bedeutet offenes Herz, aufgebrochen, berührbar, mitfühlend.

Er sah meinen Armreif, den mir mein alter tibetischer Meister geschenkt hatte – ich war damals schon seit mehreren Jahren seine Schülerin –, und er legte seine Hand darauf und sagte ‹Nyingma›. Es klang nicht wie eine Frage. Es war eine Feststellung. Mein Meister war ein hoher Vertreter der Nyingma-Linie.

Ich ging noch am selben Abend mit ihm in sein bescheidenes Zimmerchen in einem alten, dunklen Haus. Irgendwann in der Nacht erzählte er mir, dass er die zehnte Inkarnation in seiner Wiedergeburtslinie sei. Ich sprang aus dem Bett und vollzog drei Niederwerfungen, und er lachte und sagte, nackt würde ich dabei eine entzückende Figur machen.

Am Morgen bat er mich, mit ihm zusammenzuleben. Es würde ein anstrengendes Leben sein, sagte er, und dass wir keine Kinder haben würden. Ich frage verwirrt: ‹Warum ich?› Er lachte und sagte: ‹Du hast das Karma.›

Rinpoche war einverstanden, dass ich weiterhin mit meinem Vater im Diamantenhandel arbeitete. In sein Kloster nach Katmandu will er mich nie mitnehmen. Er sagt, die Leute würden sich über eine westliche Sangyum aufregen. Gar noch über eine Sangyum, die älter ist als er. Aber das ist alles in Ordnung. Wenn er in Asien ist, kümmere ich mich um mein Geschäft. Ich verdiene viel Geld. Das ist gut. Unsere Zentren brauchen es.»

«Zeigst du mir, wie man Tango tanzt?», fragte Maili. Der eifrige Ton in ihrer Stimme brachte sie selbst zum Lachen. «Tanzen ist so schön. Ich hätte gern deine Eltern tanzen gesehen.»

«Sie tanzen auch heute noch. Meine Eltern sind ewig jung. Ich frage mich, welchem Deva-Himmel sie entsprungen sein mögen. Sie sind wild entschlossen alles amüsant oder zumindest interessant zu finden. Rinpoche bezeichnen sie liebevoll als ‹Nadines schönen Tibeter›. Aber für Buddhismus interessieren sie sich nicht im Geringsten. Sie haben viel Geld, und sie geben es mit großem Vergnügen aus. Und sie verschenken viel – irgendwo, an irgendwen, wie es gerade kommt. Es muss nur Spaß machen. Sie sind unzertrennlich, meine Eltern, zwei Devas, die einander gefunden haben. Sie gaben mir eine schöne Kindheit. Nur traurig durfte ich nicht sein.»

Nadines Blick war gelassen. Maili dachte an die Erzählungen ihres Onkels, des Mönchs Sherab, wenn er mit der Familie in der Küche am Herd saß und große Mengen Momos verzehrte. «Es ist wunderbar im Himmel der Devas», hatte er erklärt, «kein Besitz, kein Streit, Gerechtigkeit ohne Gesetze, nur Glück, alles Unglück findet woanders statt. Sie sind immer jung und schön, ihre Haut duftet süß, es gibt keine Krankheit, keine Furcht vor Alter und Tod. Sie erleben weder Ärger noch Eifersucht noch Neid, keine Unzufriedenheit und keine Trauer. Sie leben in ihrem Paradies, bis die Verdienste, die sie gesammelt haben, aufgebraucht sind. Sie können im Himmel keine neuen Verdienste sammeln, denn sie haben kein Mitgefühl. Es ist im Himmel nicht nötig, etwas für andere zu tun. Sie wissen nicht, was Leiden ist, und deshalb haben sie auch kein Mitgefühl. Aber dann, wenn die Verdienste aufgebraucht sind, welkt ein Deva-Wesen dahin und beginnt schlecht zu riechen und alle anderen wenden sich von ihm ab und nehmen es einfach nicht mehr wahr. Schließlich fällt es aus dem Himmel heraus, und weil es so fürchterlich wütend ist über die unfreundliche Behandlung, fällt es geradewegs in die Hölle zu den Wutdämonen.»

Maili streckte die Hand aus und berührte Nadines Arm. «Aber du warst traurig, nicht wahr? Man ist traurig, wenn man jung ist.»

«Zum Glück hatte ich eine liebe Freundin. Wir konnten wunderbar zusammen traurig sein.»

«Sie werden sterben, deine Eltern. Denken sie nie daran?»

«Natürlich nicht.» Nadine erhob sich und nahm einen Augenblick lang Mailis Hand in ihre beiden Hände. «Ich freue mich, dass du hier bist, Maili. Werde gesund bis morgen. Rinpoche will morgen Abend eine Party feiern. Es wird dir gut tun. Partys mit Rinpoche sind immer sehr lustig.»

Auf einer Welle sanfter Verwunderung wurde Maili in den Schlaf getragen. Partys mit Rinpoche... eine Sangyum, die mit Diamanten handelt... ein Mönch als Ehemann... Guhyapuja mit Champagner... Rinpoche-Tango... Der Mond ist dem Kloster näher als diese Welt der erstaunlichen Erscheinungen.

Shonbo Rinpoche

Noch im Griff der Schwäche schlüpfte Maili in den Rock ihrer Robe und zog einen weichen, dunkelroten Pullover über das gelbe Polohemd. Sie war inzwischen daran gewöhnt, das große Tuch nur noch zu besonderen Anlässen zu tragen. Es befremdete sie zwar noch immer ein wenig, Sönam in schwarzen Jeans und Wetterjacke zu sehen, wenn er mit James in die Stadt fuhr, doch von Tag zu Tag lockerte sich die Diktatur ihrer Vorstellungen.

Im weitläufigen Empfangszimmer saß Rinpoche auf der Couch, neben ihm Nadine, eingehüllt in eine Wolke weich fallender Kleidung in der Farbe der Eierfrüchte, und um ihn herum saßen auf Sesseln und auf dem Teppich Sarah, James, Sönam und die engsten Mitarbeiter des Zentrums. An der Tür stand der junge Kusung und legte grüßend die Hände aneinander, als Maili das Zimmer betrat.

«Komm herein, kleine verheiratete Nonne!», rief der Rinpoche ihr zu. Maili vollzog drei Niederwerfungen und wollte sich dann neben Sönam auf den Teppich setzen, doch der Rinpoche winkte sie zu sich heran.

«Komm her, komm zu mir», sagte er.

Unwillkürlich warf sie Sönam einen Blick zu. Sah sie Beunruhigung in seinem unbewegten Gesicht?

Der Rinpoche streckte die Arme aus und zog sie mit heiterer Unbekümmertheit auf seinen Schoß. Er ergriff sein Champagnerglas und hielt es ihr sorgfältig an den Mund. Sie musste sich gegen ihn lehnen, um zu trinken. Sie trank die Klarheit. Sie trank die Wärme. Sie trank die Macht. Er trank den Rest aus und ließ das Glas wieder füllen. Erneut hielt er es ihr an den Mund.

«Sönam, deine Ehefrau-Ani ist eine Tigerin», sagte er.

Guru Rinpoche verwandelte seine Gefährtin in eine Tigerin und ritt auf ihr nach Tibet, dachte Maili vage. Breiter Kopf mit den starken Zähnen. Muskeln, die zittern vor Kraft. Die wunderbare Spannung vor dem Sprung. Der Sprung in die Freiheit der reinen Leidenschaft. Guru Rinpoche im Flammenkranz, unbesiegbar.

Maili schaute mit weit geöffneten, blanken Augen in das große Gesicht des Rinpoche. Ihr Geist leerte sich. Sie versuchte nicht zu verstehen, was vor sich ging. Es gab nichts zu verstehen. Es gab nichts zu beurteilen, nichts zu hoffen, nichts zu fürchten. Sie versank in der großen Landschaft seiner Züge, in der abgründigen Vertrautheit seiner hellen Augen, in der Wärme seines Körpers. Eingehüllt in diese vollkommene Einfachheit, legte sie ihren Kopf gegen den seinen und schlief ein.

«Jetzt geht sie Guru Rinpoche und Yeshe Tsogyal besuchen», hörte sie den Rinpoche sagen, bevor der Schlaf sie ganz von ihrer Umgebung trennte.

«Nach einer Weile stand er auf und trug dich in dein Zimmer», berichtete Sarah am nächsten Tag. «Er legte dich ins Bett und sagte zu mir, ich solle dich ausziehen. Bevor er ging, berührte er deine Stirn mit der seinen. Das macht er sonst nie.»

«Und dann? Habt ihr gefeiert?»

«Aber sicher. Rinpoche gab uns wieder einmal eine Lektion in der Transformation von Alkohol. Er hat uns beigebracht, wie man mit Aufmerksamkeit und Achtsamkeit die Droge in kreative Energie verwandeln kann. Wie die Schamanen. Ohne die Fähigkeit zu Konzentration und Sammlung macht Alkohol dumpf und dumm. Rinpoche sagt, nur diejenigen sollten Alkohol trinken, die ihren Geist gut gezähmt haben. Dann kann man nicht betrunken werden. Stattdessen wird man sehr lebendig und leicht und hat mehr Zugang zur Einsicht. Es ist wunderbar, mit Rinpoche zu feiern. Er taucht uns alle ein in seine unglaubliche, wache Energie.»

Sarah lächelte mit glänzenden Augen. «Wir lachten viel. Rinpoche erzählte eine Geschichte von einer seiner früheren Inkarnationen – ich denke, es war die siebte – in seinem Kloster in Osttibet. Dieser Rinpoche stand in dem Ruf, ständig zu schlafen. Den ganzen Tag lang lag er auf dem Klosterdach herum und guckte in den Himmel. Damals hatten sie offenbar keinen Bedarf an Lehrern. Niemand kam und wollte Lehren hören. Wie soll man lehren, wenn es keine Zuhörer gibt? Eigentlich ist das ja nicht lustig, sondern eher traurig, aber Rinpoche lachte und wir lachten auch, wirklich, wir bogen uns vor Lachen. Und dann erzählte er, dass eines Tages doch einer kam und belehrt werden wollte. Rinpoches frühere Inkarnation nahm ihn mit auf das Dach, legte sich hin und guckte in den Himmel. Der Schüler saß da und wartete auf die Belehrungen, aber als nichts geschah, legte er sich auch hin und guckte ebenfalls in den Himmel. Er kam jeden Tag, und dann lagen beide, Lehrer und Schüler, auf dem Dach herum und schauten den blauen Himmel an. Die Leute sagten: Jetzt sind es schon zwei, die spinnen.»

Sarah musste sich unterbrechen, um ihrem mit Gewalt aufsteigenden Lachen freien Lauf zu lassen. Es war so unwiderstehlich, dass auch Maili mitlachte, aus purer Freude, das Bild des Rinpoche in ihrem Geist. Ali Khan erhob sich irritiert von seinem Platz auf ihrem Bauch, gähnte, schritt mit Würde zum Fußende des Betts, drehte sich einmal um sich selbst und rollte sich wieder zusammen.

«Währenddessen spulten die Mönche ihre Rituale perfekter ab denn je», fuhr Sarah fort und wischte sich dabei Lachtränen von den Wangen, «weil sie sich für ihren faulen Rinpoche schämten, und der Umdze sang noch lauter und die Trompeter bliesen noch kräftiger. Und nach Jahren auf dem Dach wurde aus dem Schüler ein großer Dzogchen-Meister.» Sie schauten einander an und brachen wieder in Gelächter aus.

«Du wirst bestimmt bald gesund», keuchte Sarah. «Lachen stärkt das Immunsystem. Das ist bewiesen.»

Der Vorhang vor Mailis Tür wurde zurückgeschlagen. «Ich möchte auch mitlachen», sagte Nadine.

«Bitte, lach mit», erwiderte Maili. «Ein Lachen mehr macht mich noch schneller gesund.»

«Ich habe Maili die Geschichte von Rinpoches fauler Inkarnation erzählt», kicherte Sarah und rückte auf Mailis großem Bett zur Seite. Doch Nadine zog den Stuhl heran. Ihr silbergraues Gewand floss an ihr herunter und verlieh ihrer Erscheinung etwas Flüchtiges und Schwebendes. Mailis Blick wurde gefangen von der anmutigen Bewegung, mit der sie in den Sessel glitt. Wie Wasser. Wie eine Naga-Königin mit tanzendem Schlangenleib. Maili wurde sich plötzlich einer quälenden Schwere bewusst, die sie im Bett festhielt. Sie setzte sich auf, zog die Bettdecke bis zum Hals und schob das Kopfkissen hinter ihren Rücken.

«Ich habe auch eine Geschichte für euch», sagte Nadine, «eine Geschichte von Rinpoches jetziger Inkarnation. Rinpoche verfügt über besondere Kräfte, über Siddhis, aber meistens verbirgt er sie. Hin und wieder, wenn man Glück hat, bekommt man sie zu sehen. Also, das ist so eine Siddhi-Geschichte.»

Sarah beugte sich vor. «O ja, bitte, erzähle!»

«Wir waren bei einem berühmten Psychiater eingeladen. Er hatte viele Bücher geschrieben und er trank sehr viel und war ein sehr eigenwilliger Mensch. Rinpoche arbeitete damals in einer psychiatrischen Klinik und dieser berühmte Psychiater hatte davon erfahren und wollte Rinpoche unbedingt kennen lernen.

Der Psychiater hatte eine Reihe von Freunden eingeladen, und alle tranken reichlich Whisky. Der Psychiater begann von Energie-Yoga und Siddhis zu reden, auf eine Weise, die klang, als hätte er zu oft Star-Wars-Filme angeschaut. Und dann fragte er Rinpoche, ob er Siddhis beherrsche. Rinpoche lachte nur und schüttelte den Kopf. Aber der Psychiater trank noch mehr Whisky und biss sich an diesem Thema fest, und schließlich forderte er Rinpoche zu einem Kampf heraus und sagte, jetzt wolle er sehen, wer mehr Siddhis habe. Rinpoche sagte, das sei Quatsch, aber der Psychiater ging in allem Ernst auf ihn los. Er war ein hagerer Mann, etwa ebenso groß wie Rinpoche, und er hatte einen ziemlich irren Blick. Rinpoche wehrte ihn ab und sagte noch einmal, das sei Quatsch. Dann legte er dem Psychiater die Hand auf die Schulter, ganz leicht, und der Mann ging plötzlich in die Knie, als würde eine riesige Kraft ihn niederdrücken. Man konnte sehen, dass Rinpoche die Schulter fast gar nicht berührte.

‹Sie sollten weniger trinken›, sagte Rinpoche freundlich zu dem Psychiater am Boden. ‹Wie haben Sie das gemacht?›, fragte der Psychiater verdutzt. Rinpoche lächelte und sagte: ‹Sie waren nicht bei der Sache, Sir.›

Der Psychiater war begeistert und sagte, er wolle das auch lernen. Rinpoche lud ihn ein, nach Katmandu in sein Kloster zu kommen und fünf Jahre lang dort zu bleiben. Nun ja, der Psychiater lernte kein Energie-Yoga. Fünf Jahre waren ihm zu lang.»

Nachdem Sarah wieder an ihre Arbeit gegangen war, sagte Maili vorsichtig: «Es war ein seltsamer Abend, gestern.»

«Schade, dass du eingeschlafen bist», erwiderte Nadine. «Es war sehr lustig.»

«Ich hoffe, es hat dich nicht gestört, dass ...» Maili suchte nach Worten.

Nadines feine Lippen kräuselten sich erheitert. «Dass Rinpoche dich auf den Schoß nahm? Nein, es hat mich nicht gestört.» Nadines ruhiges Lächeln überzeugte Maili mehr als ihre Worte.

«Rinpoche ist kein gewöhnlicher Mensch», fuhr Nadine fort. «Man kann sein Verhalten nicht mit den üblichen Maßstäben messen.»

Maili strich ihre Bettdecke glatt. Sie hob kurz den Blick und senkte ihn dann wieder. «Darf ich dir eine Frage stellen – eine persönliche Frage?»

Nadine nickte gelassen.

«Hat Rinpoche – hat er noch andere Gefährtinnen? Man spricht darüber ...»

«Manchmal», antwortete Nadine ohne Zögern. «Nicht, wenn ich dabei bin. Er ist sehr rücksichtsvoll – keine tibetische Eigenheit ... Aber manchmal, ja. Es ist kein Thema, über das wir sprechen. Im Allgemeinen werde ich nicht davon berührt.»

«Äußerlich oder innerlich?», fragte Maili leise.

Nadine schwieg nachdenklich. «Sowohl als auch. Ich will dir eine Geschichte erzählen. Heute ist Geschichtentag. Vor zwei Jahren bin ich einer seiner Gefährtinnen begegnet. Es war hier im Haus. Im Winter. Ja, es war im Winter, genau vor zwei Jahren, während des Weihnachtsseminars. Rinpoche war unten in der Schreinhalle und gab Unterweisungen. Ich saß in meinem Zimmer und arbeitete an einem Kurs über buddhistische Psychologie, den ich auf Rinpoches Wunsch halten sollte. Die Tür war offen und durch den Vorhang hörte ich, dass jemand die Flurtür öffnete und sich auf dem Flur bewegte, nicht zielstrebig, eher suchend. Ich ging hinaus und schaute nach.»

Die Geliebte

Nadine erkannte die junge Frau sofort, obwohl sie unauffällig in Jeans und Pullover gekleidet und ungeschminkt war und das lange, blonde Haar zu einem Knoten im Nacken gebunden trug. Unverkennbar war das schmale Gesicht, das sie in einigen Filmen gesehen hatte. Ein schönes, empfindsames Gesicht. Verletzlichkeit wie die eines sehr jungen Mädchens. Anmutige, disziplinierte Bewegungen einer Tänzerin.

Unwillkürlich hielt Nadine den Atem an. Das Wissen stieg in ihr auf wie eine Welle von Übelkeit. Diese junge Frau liebt ihn. Sie ist in seinen Armen gelegen.

«Ich heiße Sharon», sagte die junge Frau. «Ich – kann ich hier auf Rinpoche warten?»

«Er ist unten in der Schreinhalle.» Nadine nahm wahr, dass ihre Stimme flach und tonlos klang.

«Ich weiß», erwiderte Sharon. «Ich bin soeben erst angekommen. Darf ich hier auf ihn warten? Ich muss ihn sprechen. Dringend.»

Einladend öffnete Nadine den Vorhang zum Empfangszimmer. Sharon schlüpfte aus ihren Schuhen, trat ein und ließ sich zögernd auf dem vorderen Rand eines Sessels nieder, die Hände zwischen den Knien gefaltet. Nadine nahm ihren gewohnten Platz in der Ecke des Sofas ein.

«Sie sind Nadine, ja?», fragte Sharon und fingerte unsicher an ihrem Haarknoten.

«Ja.» Nadine nickte leicht.

«Rinpoches . . . Frau?»

«Seine Gefährtin, seine Mitarbeiterin, sein Mädchen für alles.»

Die junge Frau knetete ihre langen, zart gebräunten Hände. «Ich habe Rinpoche in Seattle bei einem Programm kennen gelernt.»

Nadine sah Tränen. Der Druck auf ihrer Brust wuchs. Sie wartete, während Sharon mit den Fingerspitzen die Tränen wegwischte. Weitere flossen nach.

«Verzeihung», sagte sie.

Nadine beugte sich ein wenig vor. «Kann ich Ihnen helfen?»

Sharon begann zu schluchzen. «Ich benehme mich dumm. Ich

hätte nicht hierher kommen sollen. Aber ich hielt es nicht aus.» Mit dem Ärmel ihres Pullovers tupfte sie die Tränen von den Wangen. «Ich kam nicht auf den Gedanken, dass Sie hier sein würden.»

Der Druck auf Nadines Brust schmolz in der Wärme des Mitgefühls.

«Reden Sie. Das wird es leichter machen.»

Sharon senkte den Kopf und rang um Fassung. «Verzeihen Sie. Ich... war in Seattle mit Rinpoche zusammen. Es war der Himmel. Jetzt ist es die Hölle. Aber er war fair. Er warnte mich. Er sagte, bevor ich ihm die Freude mache, solle ich mir im Klaren darüber sein, dass er nach drei Tagen wieder gehen würde. Aber ich konnte nicht über diese drei Tage hinausdenken. Ich konnte überhaupt nicht denken. Ich konnte nur wollen.»

Ihre Stimme war immer leiser geworden. Sie räusperte sich und setzte erneut an: «Es tut mir Leid. Ich wollte nicht, dass Sie es erfahren. Ich möchte niemandem weh tun. Immer mache ich alles falsch. Es war so schwer ohne ihn. Wo immer ich ihn ausfindig machen konnte, rief ich ihn an. Ich war bestimmt eine Plage für ihn. Er war immer freundlich, aber... ich hatte ihn verloren.»

Sie umklammerte ihre Knie und zog hilflos die Schultern hoch. «Jedesmal, wenn ich seine Stimme hörte, wusste ich, dass man ihn weder haben noch verlieren kann. Doch dann war der Schmerz wieder da. Verzeihen Sie, ich bin so verwirrt. Ich verstehe mich nicht. Ich verstehe ihn nicht.» Sie hob den Blick. Ihr Gesicht voller Tränen war unvermindert schön. «Können Sie ihn verstehen?»

Nadine lächelte leicht. «Ich lebe mit ihm. Ich versuche nicht, ihn zu verstehen.»

«Aber es tut Ihnen doch weh, wenn er – mit einer anderen...» Sharon berührte ihren fein gezeichneten Mund mit dem Handrücken, als wolle sie die Worte zurückschieben.

«Ich weiß es nicht», antwortete Nadine. «Vielleicht später, wenn ich darüber nachdenke. Doch vielleicht gibt es gar nichts zum Nachdenken.»

Sharon legte die Hände um ihr Gesicht. «Ich habe versucht, nicht nachzudenken. Ich habe versucht zu meditieren. Ich war so allein. Zum erstenmal in meinem Leben konnte ich mich nicht mehr vor der Einsicht drücken, dass ich einsam bin. Ich kenne viele Leute.

Aber ich habe keine Freunde. Man muss an einem Ort sein, um Freundschaften aufbauen zu können. Ich bin immer unterwegs.»

Nadine ging in die Küche hinunter und holte Tee. Dankbar nahm Sharon die Tasse entgegen und umklammerte sie mit beiden Händen. Ali Khan, der Nadine aus der Küche gefolgt war, hüpfte auf Sharons Schoß und beschnupperte ihr Gesicht mit leidenschaftlicher Intimität. Die junge Frau streichelte ihn und ihr Gesicht entspannte sich für einige Augenblicke.

«Was wollen Sie jetzt tun, Sharon?», fragte Nadine schließlich.

«Wenn ich es nur wüsste», antwortete die junge Frau. «Ich weiß nur, dass ich es nicht mehr aushalten kann.»

Sie hatte kaum zu Ende gesprochen, als der Vorhang beiseite geschoben wurde und der Rinpoche, in sein Lehrgewand gekleidet, das Zimmer betrat, gefolgt von seinem Kusung Sönam. Sharon sprang auf und presste die Hände an ihre Brust. In ihrer Beschämung und Verzweiflung erschien sie so nackt und ausgeliefert, dass Nadine, die sich ebenfalls erhoben hatte, den Blick abwandte. Der Rinpoche ging ohne Zögern auf die junge Frau zu und nahm sie fest in die Arme. Sie klammerte sich an ihn und begann zu schluchzen.

«Nadine, Liebes, gib uns bitte das Kleenex», sagte er ruhig und führte Sharon zum Sofa. Nadine stellte die Schachtel mit Kleenex auf den Couchtisch und ging zur Tür, an der Sönam unschlüssig stehen geblieben war. Sie zog ihn mit sich hinaus und zog die Tür zu.

«Kein Tee, kein Gebäck, kein Telefon», sagte sie nachdrücklich. «Bleib hier draußen.»

Sie ging in ihr Zimmer und setzte sich ans Fenster. Vor ihr erstreckte sich die weite, winterbraune Wiese und darüber die Niemandswelt des grauen Himmels. Sie löste die Anspannung in ihrem Körper mit der Übung des inneren Lächelns. Sie atmete ihre Aufregung und Beunruhigung aus. Immer wieder.

Endlich hörte sie durch den Vorhang Stimmen auf dem Flur. Sie wartete eine Minute, dann ging sie hinaus. Der Rinpoche war auf dem Weg zu seinem Zimmer. Sharon und Sönam waren nicht mehr zu sehen.

«Alles in Ordnung?», fragte sie.

«Aber ja», antwortete er gelassen.

Nadine legte ihre Hand auf seinen Arm. Er blieb stehen und sah ihr ruhig und aufmerksam in die Augen. «Leidest du, Liebes? Bitte nicht.»

«Ich sterbe vor Eifersucht», erwiderte Nadine halb lächelnd und legte die Arme um ihn. Ihr Herz flatterte.

Er hob sie hoch und drehte sich mit ihr im Kreis. «Ah lala!» rief er heiter. «Sterben ist gut!»

Nadine hob die Schultern. «Das ist einer der wenigen Fälle, von denen ich weiß. Sharon verdanken wir übrigens den Anbau, der gerade fertiggestellt wird. Sie hat diesem Zentrum viel Geld gegeben. Der Bentley ist auch von ihr.» Und lächelnd fügte sie hinzu: «Ich versäume keinen Film, in dem sie mitspielt. Sie ist zauberhaft.»

Das Seminar brachte Pflichten, Spannung, Lachen, Lebendigkeit. Sönam war gemeinsam mit Nadine für die Studien verantwortlich. Maili und Sarah leiteten die Meditationen, James organisierte den äußeren Ablauf. Die Form war vorgegeben, und es war nicht schwierig für Maili, ihren Platz zu finden.

Mit einem Bankett wurde der Tag gefeiert, den man «Weihnachten» nannte. Es war der Geburtstag jenes Religionsgründers, den man in einem Alter hinrichtete, als der Buddha gerade zu lehren begann. Was für eine traurige Geschichte, dachte Maili. Eine Religion sollte nicht so traurig beginnen.

«Puer natus est, das Kind ist geboren», erklärte der Rinpoche den zweihundert Seminarteilnehmern. «Ihr wisst vielleicht, dass man das symbolisch so auffassen kann – das Kind als eine ursprüngliche, frische Kraft in uns. Wir könnten dieses Bild also auch so verstehen, dass das Kind unsere Buddha-Natur ist, die beginnt, sich zu manifestieren. Spielen wir damit. Ersetzen wir die Krippe durch die Lotosblüte und die drei Weisen durch die Minister des Königs – so haben wir das Bild der Geburt Guru Rinpoches im Land Uddiyana. Das ist unsere grundlegende Unschuld, frisch, neugierig, ungebunden.»

Maili musste sich zurückhalten, um nicht laut zu lachen vor Freude. Es war so schön, diese Frische und Neugier und Ungebundenheit zu fühlen. Das war die echte Maili, die keine Bezugspunkte brauchte, um Maili zu sein. Sie seufzte glücklich. Sönam, der neben ihr saß, warf ihr einen aufmerksamen Blick zu. Plötzlich lächelte er, neigte sich ihr zu und flüsterte ihr ins Ohr: «Himmelstänzerin, du bist wunderschön.»

9

Powa

«Ich fiel in den Buddhismus», sagte Nadine, «wie man von einer Steilküste ins Meer fällt.»

Sie zog die Beine zu sich heran und bedeckte sie mit ihrem weiten, schwarzen Rock. Ihre Haltung verriet, dass es eine längere Geschichte sein würde.

«Wie ist es, wenn man von einer Steilküste ins Meer fällt?», fragte Maili.

Sarah lachte. «Gefährlich. Das weiche Wasser kann dann sehr hart sein.»

Sie saßen im Empfangszimmer um das leise prasselnde Kaminfeuer, geborgen im Schoß des langen Winterabends. Sarah hatte Tee bereitet und einen Teller mit süßem, indischem Gebäck gebracht. Aus der Esshalle im Erdgeschoss drang Gelächter herauf.

«Ich war eine junge Studentin und voller Sehnsucht nach einem abenteuerlichen Leben», erzählte Nadine. «Und ich war süchtig nach den Büchern von Alexandra David-Neel. Ich nährte meinen privaten Tibet-Mythos mit den Abenteuern dieser mutigen Frau, und ganz im Geheimen träumte ich davon, eine Art spiritueller Heldin zu werden wie sie. Also flog ich nach Katmandu als der nächsten Anlaufstelle zum abenteuerlichen Leben.»

෴

Es schienen Hunderte zu sein, die entschlossen waren, den Bus nach Jiri zu stürmen. Nadine wurde von einer aufgeregt rudernden, schreienden Masse vorwärts geschoben, bis sie sich schließlich in den Bus zwängen konnte und mit wilder Entschlossenheit einen Platz am Fenster erstürmte. Sie arbeitete sich aus den

Trägern des Rucksacks heraus und ließ ihn auf den Platz neben sich fallen.

«Soll ich mich darauf oder darunter setzen?», fragte eine Mädchenstimme in flüssigem Englisch.

Nadine blickte hoch und sah in das runde, freundliche Gesicht einer jungen Nonne, die halb über dem Rucksack hing und eine Reisetasche aus Plastik umklammert hielt.

«Weder noch», antwortete sie und zog den Rucksack, so gut es ging, zu sich herüber. Die Nonne verstaute ihre Tasche vor ihren Füßen und schob sich unter den Rucksack, sodass er auf beider Schoß zu liegen kam.

«Ich hoffe, wir überleben es», sagte Nadine mit entschuldigendem Lächeln.

«Ich habe sogar indische Busfahrten überlebt», erwiderte die Nonne und rückte näher an Nadine heran, um einer Mutter mit Kleinkind ihren halben Sitzplatz zu überlassen. «Und es dauert ja nur bis heute Abend.»

Es gelang Nadine, einen großen Teil der Fahrt zu verschlafen, vom Jetlag aus der Zeit geworfen, benommen vom Ansturm der neuen Eindrücke. In den wachen Phasen dazwischen freundete sie sich mit der Nonne, Ani Lhamo, so weit an, dass sie sich einigten, den Weg von Jiri aus gemeinsam fortzusetzen. Sie übernachteten in einem einfachen Gästehaus und schlossen sich am Morgen einer Gruppe schwedischer Trekker an, die sich auf den Weg zum Basiscamp des Mount Everest machten.

Auf Ani Lhamos Frage, wohin ihre Reise gehe, hatte Nadine geantwortet: «Dorthin, wo es richtig tibetisch ist.» Dem Reiseführer nach musste es in dieser Gegend wilde Berge und malerische Klöster geben. Die Nonne hatte schallend gelacht. «Komm mit mir in mein Kloster», hatte sie gesagt, «dort ist es wild genug», und Nadine hatte die Einladung freudig angenommen. Sie folgte dem Glaubenssatz, dass das Richtige zur richtigen Zeit geschähe, wenn man nur offen sei und es geschehen ließe. Die Begegnung mit Ani Lhamo, dessen war sie sicher, bewies die Wahrheit ihrer Überzeugung.

Die Schweden nahmen die beiden Mädchen ohne Zögern in ihre Gruppe auf und luden sie zu jeder Mahlzeit ein. Ani Lhamo sang abends am Lagerfeuer tibetische Lieder und erzählte haarsträubende Geschichten von Geistern, Dämonen und bösartigen Räuberbanden an der tibetischen Grenze. Des Nachts, zusammengedrängt in Nadines winzigem Zelt, gaben die beiden jungen Frauen einander Einblick in ihr Leben – das Leben der verwöhnten Tochter des Diamantenhändlers aus Brüssel und dasjenige der klugen Tochter einer Tibeterin und eines newarischen Händlers aus Katmandu.

«Mein Vater träumte von einem kleinen, aber feinen Hotel», erzählte Ani Lhamo. «Er besaß eine Kette von Video-Läden und gehörte nicht zu den Armen, aber er wünschte, dass meine Brüder etwas Besseres haben sollten. Im Gegensatz zu meinen Brüdern hatte ich gute Noten in der Schule, und deshalb dachte er, es sei eine gute Idee, in meine Ausbildung zu investieren, anstatt sein gutes Geld einfach nur für eine Mitgift zu verschwenden. Also schickte er mich nach Delhi auf eine Hotelfachschule. Ich lernte sogar ein bisschen Französisch.» Ani Lhamo kicherte. «Mein armer Vater! Nachdem ich die Schule erfolgreich beendet hatte, wusste ich wenigstens genau, was ich nicht wollte. Als ich vor fünf Jahren ins Kloster ging, war er außer sich. Er sagte, ich habe alle seine Träume zerstört. Und nun ist er tot. Deswegen war ich in Katmandu. Siehst du, so geht es. Er hätte seinen Traum so oder so nicht verwirklichen können.»

Nach drei Tagen trennten sich die beiden jungen Frauen von den Trekkern und folgten einem Schotterweg, der sie hinauf in die Berge führte.

«Lass uns Pawo, den Einsiedler, besuchen», schlug Ani Lhamo vor. «Die Chinesen haben ihn neunundfünfzig auf der Flucht gefangen genommen und ihn zehn Jahre lang in einem dieser entsetzlichen Arbeitslager festgehalten. Ein Wunder, dass er es überlebt hat. Dann schlug er sich hierher durch und seitdem lebt er dort oben auf dem Berg. Die Leute unten im Dorf sorgen für ihn. Sie sagen, er beschütze sie. Es hat kein größeres Unheil mehr gegeben, seitdem er da ist.»

Am zweiten Abend ihrer Wanderung erreichten sie das kleine Dorf und durften bei einer Familie im Schlafraum der Frauen übernachten. Eine Großmutter, die Frau des Hauses, deren Schwester und zwei halbwüchsige Töchter rückten zusammen, um der

Nonne und der weißen Langnase auf den Matten Platz zu machen. Alle entledigten sich der obersten Lage ihrer Kleidung und schlüpften zwischen die Felle. Obwohl die Aprilsonne in den Bergen heiß vom Himmel brennen konnte, wurde es nach Sonnenuntergang schnell kalt.

Nadine war müde vom vielen Wandern, doch die Frauen dachten nicht ans Schlafen. Kaum im Bett, begannen sie ein angeregtes Gespräch, das immer wieder von lautem Gelächter unterbrochen wurde. Unvermittelt fragte die Großmutter mit Ani Lhamos Hilfe, ob Nadine einen Mann habe. Nadine erklärte, dass die beiden Versuche, mit einem Mann auszukommen, die sie bisher unternommen habe, gescheitert seien. Diese Antwort löste eine weitere Welle ausgelassenen Lachens aus.

«Die Großmutter sagt, du solltest meinem Beispiel folgen», übersetzte Ani Lhamo kichernd. «Sie sagt, das Herz einer Frau, die an einen Mann gebunden ist, sei wie ein Fisch, der ans Wasser gefesselt ist. Das Herz einer Frau ohne Mann sei wie ein Adler, der überallhin fliegen kann.»

«Woher will sie das wissen?», fragte Nadine.

Ani Lhamo übersetzte die Frage und Großmutters Antwort wurde mit fröhlichem Aufkreischen quittiert.

«Großmutter sagt, sie wisse es leider erst seit vier Jahren – seit dem Tod des Großvaters. Und sie sei nun leider ein alter und ziemlich flügellahmer Adler.»

Nadine konnte die Großmutter in der Dunkelheit nicht sehen, doch stand das Bild des zerknitterten Gesichts mit dem heiteren und zugleich scharfen Vogelblick deutlich vor ihr.

«Sag ihr, dass ich schon gelegentlich daran gedacht habe, lieber ein Adler als ein Fisch zu sein.»

Als Nadine schließlich einschlief, lachten und schwatzen die Frauen immer noch.

Am frühen Morgen wärmten sich alle am salzigen Buttertee, und danach kletterten Nadine und Ani Lhamo eine gute Stunde lang auf einem kaum sichtbaren Trampelpfad steinige Abhänge hinauf. Bald wurde es warm auf dem schattenlosen Weg. Nadine, selig vor Abenteuerlust, keuchte unter der Last ihres Rucksacks.

Die Einsiedelei stand im Schutz einer kleinen Felswand. Es war ein Häuschen aus Natursteinen mit einem Dach aus Balken, Stroh und Lehm. Die Tür stand offen.

«Pawo-la!», brüllte Ani Lhamo beim Näherkommen.

Im Eingang erschien eine kleine Gestalt in einem vielschichtigen, filzigen Gewand, dessen ursprüngliche Farbe sich dem Ton des Häuschens und der Felsen angepasst hatte. Sein schmutzig graues, von weißen Strähnen durchzogenes Haar hatte er auf dem Kopf zu einem dicken Knoten geschlungen. Von der Oberlippe und vom Kinn hingen graue Bartfäden auf seine Brust herab. Unzählige kleine Fältchen durchzogen sein Gesicht, doch die Schwäche des Alters war nicht darin zu entdecken. Die scharfen, schwarzen Augen richteten sich auf Nadine wie Gewehrmündungen.

Ani Lahmo rief ihm wieder etwas zu. Der Alte schaute sie mit schräg geneigtem Kopf fragend an. Plötzlich schlug er die Hände zusammen, schnellte mit einem wunderlichen kleinen Hüpfer hoch, ging dann mit den Händen auf den Knien federnd in die Hocke und quiekte vergnügt: «Ah lala, Ani-la! Khandro-la!»

Mit freudig herausgestreckter Zunge führte Pawo seine Gäste zum Eingang der Hütte. Der winzige Raum enthielt ein Bettgestell mit einer dünnen Matte und einem Gewühl alter Felle, daneben einen roh gezimmerten Kasten, der als Schrein diente. Unter dem kleinen Fenster war die dürftige Küchenausstattung aufgereiht – eine große Thermosflasche, zwei Holzschalen, zwei Plastikbecher, zwei rußgeschwärzte Kochtöpfe, ein Sack mit Tsampa und ein paar Flaschen mit gelblichem Inhalt, ohne Zweifel Chang. Eine Feuerstelle neben der Einsiedelei ersetzte den Herd.

Ani Lhamo wühlte in ihrem Bündel, holte eine Flasche Wodka hervor und überreichte ihr Geschenk mit beiden Händen, eine Kata locker darüber gelegt. Der Alte strahlte noch mehr und streckte seine Zunge noch weiter heraus. Er nahm die Flasche mit einer zarten, achtsamen Geste entgegen, als handle es sich um eine Kostbarkeit von unschätzbarem Wert. Dann warf er der Nonne mit einer lässigen Geste die Kata um den Hals und stellte die Flasche neben den Schrein.

Nadine erinnerte sich zweier Schokoladetafeln, die sie als eiserne Ration ganz unten in ihrem Rucksack aufbewahrte. Um nicht mit leeren Händen dazustehen, kramte sie eine der Tafeln aus der Tiefe hervor und überreichte sie, Ani Lhamos Vorbild folgend, mit beiden Händen und einer kleinen Verbeugung. Der Einsiedler nahm die Schokolade entgegen, drehte sie hin und her, riss das Papier auf und biss herzhaft zu. Dann hielt er sie seinen Besucherinnen vor den Mund, ließ sie abbeißen und legte sie schließlich an den Rand des Schreins.

Mümmelnd und brummelnd schob er die Felle in eine Ecke und wies einladend auf das Bett. Ani Lhamo zog ihre blau-weißen Joggingschuhe aus, Nadine entledigte sich ihrer teuren Wanderschuhe und dann ließen sie sich mit gekreuzten Beinen auf dem Bett nieder.

Pawo öffnete die Wodkaflasche und schenkte großzügig in die beiden Plastikbecher und eine der Holzschalen ein. Ani Lhamo wehrte ab, sie wollte den Wodka nicht annehmen. Der Alte grinste mit seinen schönen, weißen Zähnen und sagte etwas, worauf die Nonne ihren Widerstand aufgab.

«Was hat er gesagt?», fragte Nadine.

Ani Lhamo lächelte mit einem Mundwinkel. «Er hat mich für diese Gelegenheit von meinen Novizengelübden befreit. Das darf er, er hat die Befugnis dazu. Ich muss es nur meinem Rinpoche erzählen. Er sagt, es sei ein Fest, und ich würde nicht für mich trinken, sondern für dich.»

Pawo begann zu singen. Gleichzeitig tauchte er zwei Finger in den Wodka und verteilte ein paar Spritzer in der Luft. Dann hob er die Schale, wartete, bis seine Besucherinnen ihre Becher ergriffen hatten, und leerte sie mit einem Zug. Nadine nippte nur. Doch der Alte berührte den Boden ihres Bechers und hob ihn an.

«Ah lala», sagte er und folgsam trank sie den Becher leer. Pawo goss eine weitere Runde ein.

Ani Lhamo und der Alte vertieften sich in ein Gespräch. Nadines Blick blieb an einem Bild an der Wand hängen, einer gedruckten Kopie eines Rollbildes. Es zeigte eine zornvolle Gottheit, soviel wusste sie, welche die Energie der in Weisheit verwandelten Aggression darstellte. Plötzlich fiel sie in das Bild hinein. Sie spürte den kraftvollen Tanzschritt in ihren Beinen und ihre Arme wollten sich heben zur Geste der Macht. So gewaltig war diese wunderbare, unbezwingliche Energie, dass sie Funken zu sprühen schien. Aus ihrer Kehle fühlte sie eine Grollen aufsteigen, machtvoll, wie das Brüllen des Löwen – doch es war nur ein heftiges Rülpsen, das sie unbarmherzig zurückriss auf das Bett des Einsiedlers.

«Ah lala, Naljorma-la!», schrie Pawo fröhlich und schwenkte die Wodkaflasche. Ani Lhamo versteckte ihren Plastikbecher unter ihrem Tuch. Nadine konnte sich nicht schnell genug entscheiden und augenblicklich war ihr Plastikbecher wieder halb gefüllt. Unter dem auffordernden Blick des Alten trank sie ein wenig. Ihr Blick blieb an seinen ebenmäßigen, strahlenden Zähnen hängen.

«Wieso hat er so schöne Zähne?», fragte sie Ani Lhamo.

Ani Lhamo hielt mitten im Satz inne und kicherte. Sie übersetzte die Frage und Pawo holte mit schnellem Griff ein vollständiges Gebiss aus dem Mund. Er ergriff die obere und die untere Zahnreihe und schlug sie aufeinander, sodass sie laut klapperten. Dabei brabbelte er etwas und Ani Lhamo erklärte: «Die trägt er nur uns zu Ehren. Er hat sie einmal von einem Inchi bekommen, vermutlich einem Zahnarzt.»

Schwungvoll steckte Pawo das Schmuckstück wieder in seinen Mund, grinste und ließ es ein wenig klappern. Dann setzte er sein Gespräch mit Ani Lhamo fort.

Nadines Blick wanderte zu einem anderen Bild mit einer friedlichen Gottheit in strahlendem Rot. Ein zutiefst angenehmes Gefühl der Geborgenheit überkam sie und sie seufzte zufrieden.

«Pawo-la sagt, er möchte dir etwas geben», durchbrach Ani Lhamo ihre Betrachtung. «Eine Meditationspraxis.»

Das war es. Die Erfüllung ihrer Wünsche. Wie in den Büchern von Alexandra David-Neel. Nadine wartete mit runden Augen auf weitere Offenbarungen.

«Er sagt, du sollst diese Praxis hier oben machen, in einer anderen Hütte, ein paar Minuten von hier entfernt.»

«Aha», erwiderte Nadine. Ihre Gedanken schwammen. Sie sollte hier bleiben, bei dem verrückten Alten. Phantastisch, dachte sie, das ist sehr tibetisch. Das ist das Abenteuer.

«Er sagt», fuhr Ani Lhamo fort, «dass diese Meditation dich absichert, wenn du stirbst. Selbst wenn du in deinem Leben nicht viel Zeit für den Dharma-Pfad hattest – ich meine, du könntest frühzeitig sterben –, dann kannst du damit eine unerfreuliche Wiedergeburt verhindern. Man nennt sie Powa.»

Nadine musste lachen. «Powa von Pawo. Das klingt, ups, Glück verheißend.»

Ani Lhamo kicherte. «Das ist, ups, ein wahrer Glücksfall.»

Nadine schüttelte den Kopf und versuchte, klar zu sehen. «Träume ich?»

«Wir träumen so gut wie immer», sagte Ani Lhamo wie aus weiter Ferne. «Kein Problem.»

«Dann ist es ein luzider Traum, das ist gut.» Nadine lehnte sich beruhigt zurück.

«Pawo-la sagt, du sollst alles aufschreiben. Er erklärt dir jetzt, was du zu tun hast.»

Pawo beugte sich vor und klopfte plötzlich mit seinem Knöchel gegen Nadines Stirn. Augenblicklich war sie hellwach. Sie fand Notizblock und Stift in einer Tasche ihres Rucksacks und schrieb auf, was Ani Lhamo ihr diktierte. Pawo hielt die Mantra-Kette, die Nadine in Katmandu gekauft hatte, in den Händen und rollte und rieb sie, während er seine Anweisungen gab.

Die Texte, die sie nach Gehör in Lautschrift und dann in Ani Lhamos Übersetzung niederschrieb, waren Gesänge, die, wie die Nonne erklärte, zur Meditation gehörten. Der alte Mann sang sie mit unvermutet voller, frischer Stimme. Nadine versuchte, sie in Notenschrift niederzuschreiben, doch es waren Modulationen darin, für die sie eigene Zeichen erfinden musste. Sie reihte die richtigen Noten aneinander, dessen war sie sich sicher, doch irgendetwas stimmte mit den Tönen nicht. Sie rutschten kaum merklich weg, und es klang nicht so, wie ihre Gewohnheit es erwartete. Es würde nicht leicht sein, diese Gesänge zu lernen.

Ani Lhamo erklärte die Visualisierung der Gottheiten, beschrieb den zentralen Energiekanal im Körper und die Art und Weise, wie man die befreiende Silbe ausstoßen und dabei die Energie gegen die Schädeldecke jagen musste.

«Und wenn du stirbst», erklärte sie, «ist der Kanal schon vorbereitet und deine Energie kann den Körper durch den Scheitel verlassen. Es ist wichtig, dass er nicht durch eine andere Öffnung tritt.»

Nadine nickte beglückt. Sie verstand nicht, warum das wichtig war, aber es hatte sicher einen großartigen tieferen Sinn. Auf jeden Fall war es die Welt, die sie gesucht hatte, die Welt der Alexandra, der Geheimnisse, der Magie. Ani Lhamos Erklärungen waren einleuchtend. Sie würde es genau so machen, wie sie es aufgeschrieben hatte, und dann würde sie es irgendwann schon verstehen.

«Gib Acht, jetzt bekommst du ein Lung, eine Einweihung, damit du diese Meditation praktizieren darfst.»

Pawo las mit rasender Geschwindigkeit einen Text von schmalen, mit tibetischer Schrift bedruckten Blättern ab. Dann legte er die Blätter zusammen und wickelte sie wieder in ein Tuch.

Nadine starrte die Nonne fragend an.

«Das war's», erklärte Ani Lhamo.

Nadine war enttäuscht. Keine Butterlampen, keine Rauchschwaden, kein geheimnisvoller Klang der Knochentrompete.

«Du machst diese Meditation, bis der höchste Punkt auf dem Kopf weich wird», fügte Ani Lhamo hinzu und zeigte auf ihren Scheitel. «Ein bisschen Blut sickert heraus. Dann hörst du auf.»

«Wie lange dauert es?»

«Tage, Wochen, man weiß es nicht. Du wirst sehen.»

Der Einsiedler streckte seine Hand aus und drückte mit einem Finger fest auf Nadines Schädeldecke. Sie schrie auf. Wie ein Feuerstrahl schoss es durch ihren Körper, vom Scheitel bis in den Bauch. Pawo lachte und schlug mit beiden Händen auf die Schenkel. Blitzschnell ergriff er die Wodkaflasche und füllte Nadines Becher noch einmal zur Hälfte, bevor sie es verhindern konnte.

«Ich werde noch blau mitten am Tag», kicherte sie.

Ani Lhamo bewegte verneinend die Hand. «Keine Sorge, du wirst nicht betrunken. Pawo-la verhindert das.»

«Wie?»

«Er kann das eben.»

Inzwischen war Pawo aufgestanden und hatte das Bild mit der roten Gottheit mitsamt den Nägeln, die es im Lehm hielten, von der Wand genommen und es zusammengerollt. Er steckte es in einen Stoffbeutel, dazu eine Butterlampe und ein Bündel Räucherstäbchen.

Ani Lhamo glitt vom Bett und nahm ein Fell entgegen, das Pawo ihr in die Hände drückte. «Trink aus. Wir gehen jetzt zu deinem Retreat-Haus. Nimm deinen Rucksack mit.»

Nadine kippte den Wodka hinunter. Sie hatte immer noch das Gefühl, sich in einem Traum zu befinden, doch zugleich war sie außerordentlich wach und ihre Sinne schienen die Welt in besonderer, inniger Weise wahrzunehmen.

Sie liefen um den Bergrücken, überquerten auf Steinblöcken einen Wildbach und erreichten nach kurzer Zeit die zweite Einsiedelei. Sie bestand lediglich aus einem ummauerten Felsüberhang. Pawo drückte die klemmende Tür auf. Die Luft in dem kleinen Raum roch modrig. Ein rohes, hölzernes Bettgestell stand unter der leichten Schräge der Rückwand. Davor war kaum ein Meter Platz. Der Boden bestand aus einer festgetretenen Lehmschicht.

Pawo öffnete die Tür bis zum Anschlag und befestigte sie mit einem Felsbrocken. Er stellte die Butterlampe auf einen großen, flachen Stein, den einzigen Einrichtungsgegenstand außer dem Bett, und befestigte das Bild an der Wand, nicht ohne dabei bröseligen Lehm zu verstreuen, der reichlich aus der Natursteinwand fiel. Ani Lhamo brachte eine Handvoll Kiesel, häufte sie neben dem Stein auf und befestigte eines der Räucherstäbchen darin.

«Einmal am Tag wird dir jemand aus dem Dorf etwas zu essen bringen», sagte sie. «Fang im Morgengrauen mit der Meditation an und höre abends auf. Mittags machst du zwei Stunden Pause. Wenn du Schwierigkeiten hast, gehst du zu Pawo-la. Mach dir keine Sorgen wegen der Sprache, er wird dich verstehen. Wenn die Zeichen kommen, zeigst du sie ihm. Dann ist deine Praxis beendet.»

Sie zeichnete einen Plan des Wegs zu ihrem Kloster. «Wenn du früh am Morgen aufbrichst und in diesem Dorf, das ich eingezeichnet habe, nur kurz Rast machst, kannst du vor Sonnenuntergang im Kloster sein.»

Nadine nahm ein Bündel Rupien aus ihrer Geldbörse und hielt sie dem Alten hin. Mit schnellem Griff riss er es ihr aus der Hand. Als er ihren fassungslosen Blick sah, hüpfte er auf einem Bein auf der Stelle, quiekte vor Lachen und warf die Scheine in die Luft. Wie fette, schmutzige Schneeflocken fielen sie um ihn herum auf den Boden. Ani Lhamo sammelte sie lachend ein, doch dann verschwanden sie aus ihrer Hand, ohne dass Nadine erkennen konnte, auf welche Weise.

«Ich sagte ja, er ist ein Siddha.» Ani Lhamo umarmte sie und klopfte ihr ermutigend auf den Rücken. «Viel Glück!»

Ein wenig bedrückt schaute Nadine der Nonne und dem alten Mann nach. Pawo winkte und streckte höflich die Zunge heraus.

Müde vom Alkohol breitete sie Pawos Fell auf dem Bett aus und legte ihren Schlafsack darauf. Alles andere konnte im Rucksack bleiben. Ein zunnehmender Druck in ihrer Blase machte ihr deutlich, dass sie einen Ort für ihre Notdurft suchen musste. In der felsigen, trockenen Umgebung war er schnell gefunden.

Der nahe Wildbach bildete ein wenig weiter unten eine Wanne, wie sie auf dem Weg zu ihrer Einsiedelei gesehen hatte. Die Sonne stand schon hoch und Nadine konnte dieser Einladung zu einem Bad und dem köstlichen Einsatz ihrer duftenden französischen Seife nicht widerstehen. Das Wasser war eiskalt, doch den Fels, auf den sie sich nach dem Bad legte, hatte die Sonne wohlig erwärmt. In tiefem Blau wölbte sich das Weltall über ihr. Es gab kein anderes Geräusch als das Plätschern des Wildbachs. Sie war allein zwischen Erde und Himmel. Das Abenteuer hatte begonnen.

Mittags brachte Pawo eine große Schale mit Reis und Gemüse und eine Thermoskanne mit heißem Buttertee. Aus seiner Stofftasche holte er einen seiner beiden Plastikbecher, einen Löffel, ein Säckchen Tsampa und ein paar in Zeitungspapier gewickelte Streifen Trockenfleich hervor. Tsampa und Pödcha, dachte Nadine beglückt, Alexandras tägliches Brot.

Sie aß ein wenig und begann sogleich, die Lieder zu üben, die zu ihrer Meditation gehörten. So getreu wie möglich versuchte sie, den Gesang des alten Mannes nachzuahmen. Immer mehr entfaltete die Melodie ihren Zauber, und Nadine sang lauthals, in dem köstlichen Wissen, dass niemand sie hörte.

Die ersten Tage hatten die Schärfe der Neuheit. Danach begannen sie immer mehr ineinander zu fließen. Schnell hatte sich Nadine auf den Rhythmus ihrer Meditationen eingestellt. Vor Tagesanbruch wachte sie auf, der inneren Zeitgebung ihrer Absicht gehorchend. Ihr Frühstück bestand aus einem Becher Buttertee vom Vortag, der in der Thermosflasche trotz der Kälte der Nächte nur wenig abkühlte. Selbst der leicht ranzige Geschmack vermochte ihre Begeisterung nicht zu mindern, war er doch genau so, wie Alexandra David-Neel ihn beschrieben hatte. Nur um eine, nicht unbedeutende Abweichung von ihrem Vorbild war sie sehr dankbar: Auf ihren Daunenschlafsack hätte sie nicht verzichten wollen. Tag und Nacht bewohnte sie ihn, nachts liegend, tags sitzend, denn auch tagsüber war es in der Einsiedelei recht kühl.

Pawo kam nach dem ersten Tag nicht mehr. Sie hörte nur hin und wieder den Klang einer Trommel und einer Glocke, manchmal sehr leise, manchmal klarer, je nachdem, wie der Wind stand. Die Schale mit Reis und Gemüse brachte ein Junge aus dem Dorf. Nachdem Nadine ihm eine Handvoll Rupien zugesteckt hatte, brachte er auch ein wenig Honig in ciner Plastiktüte mit. Ein Löffel Tsampa mit Honig vermischt ergab ein erquickliches zweites Frühstück und musste bald die allzu schnell verzehrte Schokolade ersetzen.

Die Einsamkeit hüllte sie ein und die äußerste Einfachheit ihres Alltags war zutiefst beruhigend. Stundenlang saß sie auf ihrem Platz auf dem Bett gegenüber der offenen Tür, durch die sie ein Stück des benachbarten Berghangs und den weiten Himmel darüber sehen konnte. Der wandernde Ausschnitt, den die Sonne auf den Boden zeichnete, wurde zu ihrer bevorzugten Uhr.

Manchmal schmerzten ihre Beine und Knie vom ungewohnten langen Sitzen in der Meditationshaltung so sehr, dass sie vom Bett stieg und leise jammernd von einem Fuß auf den anderen hüpfte. Zu anderen Zeiten war sie völlig zufrieden, vertieft in ihre Meditation wie ein Kind in sein Spiel.

Nach einer Woche begann sie auf das Zeichen des Erfolgs zu warten. Mehrmals am Tag befühlte sie ihren Kopf. Nichts geschah, außer dass sich am höchsten Punkt der Schädeldecke ein wildes Jucken bemerkbar machte. Sie versuchte sich nicht zu kratzen. In der Zen-Meditation erprobte man die Stärke des Willens damit, dass man sich nicht kratzte, so sehr es auch jucken mochte, wie sie irgendwo einmal gelesen hatte. Doch am Tag darauf breitete sich das Jucken über den ganzen Körper aus und ihr Wille unterlag. Sie kratzte sich, bis sie von oben bis unten mit roten Striemen bedeckt war.

Am zehnten Tag begann sie ungeduldig zu werden. Zum erstenmal beschlich sie der Gedanke, dass sie sich auf etwas Verrücktes oder sogar Gefährliches eingelassen haben könnte. Sie versuchte, diesen Gedanken abzuschütteln, doch er drängte sich immer wieder auf. Sie war ganz allein am Ende der Welt, und der einzige Mensch, an den sie sich wenden konnte, verstand ihre Sprache so wenig wie sie die seine.

In der darauf folgenden Nacht begann ihre Regel, zu unerwartetem Zeitpunkt und mit ungewohnter Stärke. Lange vor Tagesanbruch wachte sie mit Bauchschmerzen auf und stellte fest, dass sie in einer Blutlache lag. Fluchend legte sie ein Handtuch in den Schlafsack und packte ein zusammengelegtes T-Shirt zwischen die Beine. In finsterer Stimmung wartete sie auf das Licht des Tages. Sie war wütend auf ihren Körper und wünschte, was selten geschah, als männlicher Mensch geboren worden zu sein.

So düster, wie der Tag begonnen hatte, so war auch sein weiterer Verlauf. Jeder Versuch, die anstrengende Meditation fortzusetzen, verstärkte die Schmerzen in ihrem Leib. Doch sie wollte nicht aufgeben. Zumindest erklärte eine Stimme in ihr, dass dies eine Prüfung sei, die sie durchzustehen habe.

Eine andere Stimme wehrte sich gegen die raue Behandlung und behauptete, Gewaltanwendung gegen sich selbst könne nicht im Sinne des spirituellen Weges sein. Eine dritte Nadine mischte sich ein und vertrat den Standpunkt, dass es sich hier um eine hervorragende Gelegenheit handle, die männliche Vormachtstellung zu untergraben und zu beweisen, dass der Geist, frei von geschlechtlichen Einschränkungen, körperlichen Umständen überlegen sei.

Die gegen sich selbst Krieg führende Nadine hatte die lauteste Stimme. Unfähig, dumm, verwöhnt!, wütete sie. Ein Sack voller schlechten Karmas! Keine Chance, in diesem Leben etwas Sinnvolles zu erreichen! Ich mühe mich ab, alle Knochen schmerzen, mein Bauch explodiert, und ich erreiche nichts. Nichts.

Nadine biss die Zähne zusammen und beschloss, auf keinen Fall aufzugeben. Der alte Pawo hatte zehn Jahre chinesisches Arbeitslager überstanden. Mehr als überstanden. Er war als spiritueller Meister daraus hervorgegangen. Sie würde nicht klein beigeben. Pawo hatte sein Vertrauen in sie gesetzt. Sie würde es nicht enttäuschen.

Immer wieder drängte sie die nagenden, nörgelnden Stimmen zurück und konzentrierte sich auf die Meditation. Ihre Kraft ließ nach. Sie weinte. Dann begannen die Kopfschmerzen. Schraubstöcke pressten ihre Schläfen zusammen, schienen den Schädel einzudrücken. Sie lief zum Wildbach und hielt den Kopf unter einen der kleinen Wasserfälle. Es wurde nicht besser. Zudem hielt die Blutung mit unverminderter Stärke an. Erschöpft kroch sie auf das Bett, zog den Schlafsack über den Kopf und begann lang gezogen zu heulen wie ein Tier.

Tag und Nacht verschmolzen im Feuer der Schmerzen zu einer zähen Zeitlava, die sich träge voranwälzte und jegliche Hoffnung mit sich riss. Das Waschen der blutgetränkten T-Shirts im Wildbach, die Beunruhigung, wenn Wolken aufzogen und die Sonne an ihrem für Nadine lebenswichtigen Geschäft des Wäschetrocknens hinderten, die kostbaren Augenblicke, wenn die Kopfschmerzen nachließen, und die immer wieder aufgenommenen Versuche, die Meditation weiterzuführen, waren die ineinander verfilzten Fäden, die diese Tage zusammenhielten. Manchmal stieg der Gedanke auf, dass sie einfach fortgehen würde, sobald es ihr wieder besser ginge, doch es war kein überzeugender Entschluss, eher vage, wie ein halbherziger Wunschtraum, an dessen Erfüllung man nicht mehr zu glauben wagt.

An einem Morgen – Nadine hatte den Überblick über die Zahl der Tage verloren – stolperte sie zum Haus des Einsiedlers. Die Anstrengung des Gehens verstärkte noch die Schmerzen in ihrem Kopf.

Der Alte saß gegenüber der offenen Tür auf seinem Bett, die weit geöffneten Augen in unendliche Ferne gerichtet. Als er Nadine erblickte, sprang er auf. Seine besorgten Züge spiegelten ihre Not. Sie schämte sich, weil sie seit Tagen nicht daran gedacht hatte, ihr Haar zu bürsten.

In der Pantomime des Schmerzes presste sie stöhnend die Hände an ihren Kopf. Der Alte deutete auf den felsigen Boden und Nadine setzte sich. Er ging vor ihr in die Hocke. Murmelnd bewegte er die Hände über ihr und die Kopfschmerzen verschwanden. Ihr Körper wurde leicht und hell. Sie sah das Strahlen der Sonne, den Zauber des milchigen Morgenhimmels, das heitere Spiel von Licht und

Schatten. Seit Tagen hatte sie nichts mehr gesehen, hatte in einer toten Welt gelebt.

Mein Geist erschafft die Welt, dachte sie mit einem inneren Freudenschrei. Ich weiß es. Ich habe es endlich verstanden. Damit, dass ich sie erkenne, erschaffe ich sie. In jedem Augenblick.

Sie hätte es so gern Pawo mitgeteilt, doch als sie seinem Blick begegnete, hatte sie keinen Zweifel daran, dass er wusste, was in ihr vorging. Er holte etwas aus seiner Hütte, zog sie hoch und führte sie in die Richtung zu ihrer Einsiedelei. Am Wildbach ließ er sich auf die Knie nieder und bedeutete ihr, es ihm gleichzutun. Der Alte verbeugte sich, bröselte etwas ins Wasser, das nichts anderes sein konnte als der Rest der Schokolade, und murmelte ein paar Worte. Dann nahm er einen kantigen Stein, wählte eine glatte Felsplatte aus und begann, etwas darauf einzuritzen. Es entstand der Umriss eines Wesens, das oben einen Kopf und Arme hatte und unten einen Schlangenschwanz. Nadine erinnerte sich an Erzählungen von Erd- und Wassergöttern, den Nagas, die von den Menschen der Himalaya-Länder verehrt wurden. Wollte Pawo ihr mitteilen, dass diese Wesen ihr helfen könnten? Oder dass sie ihr gar schaden würden, wenn sie ihnen nicht genügend Achtung entgegenbrachte? Nadine entschied, dass der alte Pawo Bescheid wissen musste. Er lebte hier. Er kannte die Menschen, die Tiere und die Geister dieser Gegend. Er wusste, was gut war. Und wahrlich, sie konnte jede Hilfe brauchen.

Bei ihrer Einsiedelei angekommen, zog Pawo sie ins Innere des Häuschens und zeigte auf das Bild der roten Gottheit Amitabha mit den beiden flankierenden Gottheiten des Mitgefühls und der Furchtlosigkeit. Er kniete nieder, legte die Hände zusammen und wartete, bis sie seinem Beispiel gefolgt war. Aus seinem Gewand zog er ein Säckchen, streute ein wenig von dem pulverigen Inhalt auf den großen Stein und zündete es an. Ein starker, würziger Rauch stieg auf.

«Lhasang», sagte Pawo, murmelte etwas und wedelte mit seiner Hand, sodass der Rauch sich im Raum verteilte. Dann rezitierte er langsam einen Text, den Nadine wiedererkannte. Es war eine Art Bittgebet, eine Bitte an eine beschützende Gottheit um Hilfe und Unterstützung, die zu Nadines Meditation gehörte. Dabei, so hatte

Ani Lhamo erklärt, seien die nach außen projizierte Gottheit und die innere Gottheit, die eigene Energie der Erleuchtung, nicht getrennt.

Nadines Blick blieb am Profil des alten Mannes hängen. Eine entrückte Zärtlichkeit lag darin, in der Trauer und Seligkeit zu einer unbenennbaren Einheit verschmolzen. Der Alte leuchtete. Nadine kniff die Augen zu und öffnete sie wieder. Er war keine Täuschung. Er leuchtete. Dieses Leuchten berührte ihr Herz so sehr, dass sie weinen musste, doch es war nicht das Weinen des Schmerzes und der Wut, sondern der Befreiung und der Freude, ein sanftes, stilles Weinen, ohne Schluchzen, als seien die Tränen nötig, um versteinerte Inhalte wegzuschwemmen. Es war wie ein Reinigen von Wunden, damit sie heilen können.

Als der Einsiedler sich schließlich zu ihr umwandte, murmelte sie «Pawo-la, Pawo-la», und er nahm ihren Kopf in die Arme und klopfte ihr aufmunternd auf den Rücken. Dann löste er sich von ihr, legte die Hände auf ihre Schultern und lachte wiehernd. Nadine musste ebenfalls lachen. Welches Drama hatte sie inszeniert. Ein bisschen Bauchschmerzen, die allmonatliche Routine der Blutungen, Kopfschmerzen – sie nennen es Samsara, Kreislauf der Wiedergeburten, dachte Nadine ernüchtert, einfach ganz gewöhnliches Samsara, Geburt, Krankheit, Alter, Tod, na und.

Ohne Übergang erhob sich der alte Pawo und verließ die Hütte mit kurzen, schnellen Schritten in heiterer Zielstrebigkeit. Sie folgte ihm vor die Tür und schaute ihm nach. Er blickte nicht zurück.

Nadine hatte noch ein wenig Honig in der Plastiktüte. Ohne über ihr Tun nachzudenken, ging sie zum Wildbach und kletterte an seinem Rand bergauf, bis sie einen Platz fand, der ihr besonders geeignet schien. Sie kratzte den festen Honig von der Tüte und ließ ihn in das sprudelnde Wasser fallen. Dann faltete sie die Hände und sagte: «Hallo, ihr Nagas, mein Gruß, meine Verehrung. Tut mir Leid, ich weiß nicht, wie man euch angemessen anspricht, ich komme aus einem Barbarenland, wo man so etwas nicht lernt. Aber ich weiß, dass ihr machtvoll seid, und ich bitte euch um eure Unterstützung. Entschuldigt, wenn ich euch bis jetzt nicht richtig begrüßt habe. Es geschah aus Unwissenheit. Der alte Pawo, euer Freund, hat mich belehrt.»

Ein Schrei über ihrem Kopf ließ sie aufblicken. Ein großer Greifvogel zog seine Kreise über ihr und schrie in kurzen Abständen. Nadine nahm es als Antwort und lief befriedigt zum Haus zurück. In ihr festigte sich die sichere Gewissheit, dass sie Freunde und Helfer in der unsichtbaren Welt gewonnen hatte.

Später kniete sie vor dem Bild der Gottheiten nieder und versuchte, wieder zu empfinden, was der Anblick des alten Pawo in ihr angeregt hatte. Langsam begann es sich auszubreiten – ein Öffnen, ein tiefes Vertrauen, ein inneres Lächeln. Nein, sie war kein Opfer. Sie selbst bestimmte ihr eigenes Wohl und Wehe. Sie würde lernen, Verantwortung für sich zu übernehmen, ein für allemal.

In den folgenden zwei Tagen veränderte sich ihre Meditation. Sie fiel ihr leicht und ihre Konzentration war so natürlich wie Atmen. Die Blutung hörte unvermittelt auf. Über Nacht kehrte ihre Kraft zurück. Sie dachte nicht mehr so sehr daran, dass sie etwas erreichen wollte. Das Bild des alten Einsiedlers, dessen Hingabe leuchtete, wurde zur Flagge ihrer Expedition in das Land der Freiheit. Sie konnte die Worte, die sie sang, in ihrem Herzen fühlen, und die Visualisierung, die ihr Geist gestaltete, gewann Leben. Noch einmal entstand ein großer Druck unter ihrer Schädeldecke, um sich schließlich in ein Gefühl großer Weite aufzulösen.

Am Abend strich sie sich wie gewohnt über den Kopf, ohne große Erwartungen damit zu verbinden. Doch diesmal spürte sie etwas Feuchtes – an ihrer Hand war eine Spur von Blut. Vorsichtig befühlte sie den obersten Punkt der Schädeldecke. Er war weich wie Gallerte.

Plötzlich bedeutete es nicht mehr viel, das Ziel erreicht zu haben. Viel bedeutungsvoller erschien ihr der Weg, den sie zurückgelegt hatte. Meine Unterwelt, dachte sie, nun kenne ich sie endlich. Die dunkle Nadine, die kämpfende, tobende, hassende Nadine, die mörderische Nadine, an der nichts köstlich, entzückend oder amüsant ist. Sie sah ihre Eltern vor sich, die inhaltslose Geste ihrer schönen Mutter, mit der sie die Hand zu ihrer makellosen Frisur erhob, Schätzchen, Liebes, geh zum Arzt und lass dir ein Medikament geben, du bist sicher krank, da gibt es gewiss etwas dagegen. Und bald bist du wieder unsere fröhliche, kleine

Nadine. Du warst immer ein so fröhliches Kind. Wir hatten nie Probleme mit dir.

Sie schloss ihre Meditation mit einem besonders tief empfundenen Wunsch um die Befreiung ihrer Eltern ab. Dann verbrachte sie die halbe Nacht damit, vor der Einsiedelei in ihren Schlafsack gehüllt den von strahlenden Körpern überquellenden Sternenhimmel anzuschauen. Am Morgen packte sie ihre wenigen Habseligkeiten in den Rucksack, schnallte den Schlafsack darauf fest und begab sich zum alten Pawo. Als sie ihm ihren Kopf zeigte, berührte er ihn leicht und pustete dann darüber hinweg.

«Japoto, japoto!», schrie er vergnügt, streckte die Zunge heraus und gab ihr einen festen, anerkennenden Klaps auf den Rücken.

Jetzt hat mich Pawo zur Powa-Ritterin geschlagen, dachte Nadine belustigt.

Er wies nach Norden und sagte: «Ani Lhamo». Nadine wiegte bejahend den Kopf, wie sie es gelernt hatte. Pawo lief in seine Hütte, kam mit seiner Stofftasche wieder heraus und zog die Tür zu. Ohne einen weiteren Versuch der Kommunikation machte er sich an den Abstieg zum Dorf. Nadine hatte Mühe, ihm zu folgen, und ihre Knie begannen bald zu zittern, nachdem sie zwei Wochen lang oder länger ständig nur gesessen war.

Pawo führte sie zu der Familie, bei der sie mit Ani Lhamo übernachtet hatte. Sie wurden mit heiterem Geplapper empfangen, und die Frauen stürzten sofort in die Küche, um ein Abschiedsessen zu bereiten. Das ältere Mädchen führte den Alten und die Langnase über eine Leiter auf das Dach, wo die Großmutter unter einer Art Baldachin aus fein gewebtem Jakhaar saß. Matten wurden für die Besucher bereitgelegt und das Mädchen brachte Plastikbecher und eine große Flasche Chang. Als sie Nadine bedienen wollte, schob Pawo den Becher weg und wies auf Nadines Kopf. Die Großmutter streckte begeistert die Zunge heraus und schlug mit beiden Händen auf die Knie. Dann hob sie die Arme und bewegte sie wie Flügel auf und ab. Nadine lachte. Adler, meinte die Großmutter. Kein Fisch, sondern ein Adler.

༄༅

«Der Rinpoche des Nonnenklosters, in dem Ani Lhamo noch immer lebt, wurde mein Lehrer», schloss Nadine. «Er kommt hin und wieder in den Westen. Meistens hat er Ani Lhamo als Kusung dabei. Sie versäumt nie, mich an mein Himmelfahrtskommando zu erinnern, wie sie es nennt.»

Sie streckte ihre Beine unter ihrem weiten Rock aus.

«Hast du Pawo jemals wiedergesehen?», fragte Sarah.

«Einmal», anwortete Nadine. «Bald danach starb er. Ich trage sein Foto immer bei mir. Wenn ich manchmal Anfälle von Abwehr gegen das Altern habe, denke ich daran, wie er mit seinem Gebiss geklappert hat. Das hilft immer.»

10

Die Frucht der Sünde

Die kalte Sonne ließ das Filigran weißer Äste vor dem Fenster aufleuchten. Im Haus war es still. Maili vermisste die Lebendigkeit der vergangenen Wochen, das Trappeln der vielen Schuhe, das Lachen im Hof, den Klang der großen Trommel, die zur Meditation rief.

Sönam war mit Sarah und James in die Stadt gefahren. Mit der Erklärung, sie sei dankbar um einen ruhigen Tag, hatte Maili die Einladung, mitzufahren, abgelehnt. Doch die Ruhe, so sehr ersehnt, war nun kaum erträglich. Auf ihrem Bett sitzend stocherte Maili gedankenverloren in ihrer Essschale und haderte mit sich selbst. Sie hatte die Verehrung der vielen Menschen allzu sehr genossen. So schmeichelnd waren die Blicke gewesen – sehnsüchtige Blicke der Frauen, heimlich verlangende Blicke der Männer, denn Lama Osal war stolz und schön. Sie spiegelte sich in ihrer klar beleuchteten Erinnerung und krümmte sich innerlich vor Scham.

Sie versuchte ihre unangenehmen Gedanken beiseite zu schieben und sich auf das Essen zu konzentrieren. Duftender Reis mit Hühnercurry, Chandra kochte gut. Sie kochte ihre Zufriedenheit und Dankbarkeit mit, im Zentrum ein Zuhause gefunden zu haben. Ihre Familie war tot, aufgerieben im Konflikt zwischen Tamilen und Singhalesen. Ein englisches Touristenpaar hatte das verletzte kleine Mädchen gefunden und aufgenommen.

«Lord Buddha ist meine Mutter, Lord Buddha ist mein Vater», hatte Chandra auf Mailis Frage nach ihren Eltern geantwortet. «Die ersten Eltern sind tot.» Der gegen ihren Kopf gerichtete Finger deutete die Art ihres Todes an. «Meine zweiten Eltern leben in Birmingham, aber meine richtige Familie ist hier.»

Seufzend stand Maili auf und trug ihre nur halb geleerte Schale hinunter in die Küche. Chandra unterbrach das Einräumen der Spülmaschine und legte die Hände aneinander.

«Oh, Lama-ji, Sie haben so wenig gegessen.» Sie nahm die Schale aus Mailis Hand und wiegte den Kopf. «Sie sind traurig», sagte sie.

Maili lächelte und wandte sich der Küchentür zu, als Chandra schüchtern sagte: «Lama-ji, wenn Sie ein bisschen Zeit haben... Ich möchte Ihnen etwas sagen.»

Maili hielt inne und setzte sich auf einen Stuhl an den Tisch. Chandra setzte sich ihr gegenüber und verschränkte die Hände im Schoß. «Sie haben viel Arbeit, Lama-ji, darum wollte ich Sie nicht belästigen. Aber vielleicht jetzt, wo es ruhiger ist...»

«Sprich, Chandra», sagte Maili.

«Ich kenne eine Frau im Dorf, Helen Rogers. Wenn man den Weg am Bach entlanggeht, kommt man an ihrem Haus vorbei. Es ist das erste Haus, mit einem grünen Gartenzaun. Sie hat ein Kind, einen Jungen, der nicht spricht. Manchmal hat er Anfälle. Sie hat keinen Mann. Es ist sehr schwierig mit diesem Kind und sie ist so unglücklich. Immer wieder sagt sie, das Kind sei die Strafe Gottes für ihre Sünden. Ich dachte... vielleicht können Sie ihr helfen.»

«Hast du Rinpoche davon erzählt?», fragte Maili.

Chandra schlug beide Hände vor den Mund. «O nein. Ich kann doch nicht...»

«Nun ja, dafür ist es jetzt zu spät. Was meinst du, was ich tun soll?»

Chandras große, feuchte Augen starrten Maili an. Wie sollte sie wissen, was zu tun war? Das war Aufgabe der Lamas.

«Sie ist so verzweifelt», sagte sie.

«Gut», erklärte Maili und stand auf. «Wir gehen zu ihr.»

«Wann?»

«Wenn du fertig bist.»

Chandras Gesicht leuchtete auf. «Ich bin fertig.»

Maili lief die Treppe hinauf, um warme Stiefel und ihren wattierten Anorak zu holen. Endlich würde sie Gelegenheit haben, mit jemandem im Dorf zu sprechen. Es war eine fremde Welt, weit entfernt von der Welt des Zentrums. Einmal war sie mit Sönam bis zum Dorfrand spaziert, als er ihr die Umgebung zeigte. Es gab keinen Grund, ins Dorf zu gehen. Zum Einkaufen fuhren James und Sarah in die zwölf Kilometer entfernte Kleinstadt, und wenn ein großes Seminar bevorstand, bestellten sie bei Bauern aus der Umgebung größere Mengen Kartoffeln, Gemüse, Eier und Fleisch. Nur die Teilnehmer der Seminare gingen manchmal ins Dorf, um Süßigkeiten und Zigaretten zu kaufen.

Die Kälte der vergangenen Tage war gewichen. In der Mittagssonne schmolz der Raureif. An den Ästen der Weiden und den braunen Gräsern hingen funkelnde Tropfen.

«Fang mich, Chandra!», rief Maili und lief auf dem kleinen Pfad über die Wiese zum Bach. Chandra folgte ihr zögernd mit unsicherem Gekicher. Sie wandte sich ein paar Mal zum Zentrum um, doch als offensichtlich war, dass niemand ihnen zuschaute, folgte sie Mailis Beispiel.

Maili lachte laut. Wir sind frei, Chandra, wir dürfen tanzen, wir dürfen unsere Freude in alle Richtungen flammen lassen, denn sieh nur, die Welt ist der Palast der Dakinis, so kostbar und schön.

Absichtlich wurde sie langsamer, und als Chandra sie erreicht hatte, nahm sie die kleine Tamilin in die Arme und schwenkte sie im Kreis. Sie warfen die Arme hoch und stießen vergnügte Schreie aus. Sie hüpften auf einem Bein. Sie bellten, miauten und muhten. Als sie den grünen Gartenzaun erreichten, waren sie außer Atem und eine schwesterliche Stimmung umhüllte sie voller Wärme und Leichtigkeit.

Hinter dem Zaun lag ein von hohen Büschen und leeren Blumenbeeten umgebenes kleines Haus. Eine schmale Frau mit kurzem Haar öffnete auf ihr Klingeln die Haustür.

«Oh, Chandra, wie schön», sagte sie und trat mit einer einladenden Geste in den schmalen Flur zurück.

«Helen, ich habe Lama Osal mitgebracht», erklärte Chandra, während sie beide in ein kleines Wohnzimmer geführt wurden. Helen nickte und reichte Maili die Hand. Offenbar bedurfte es keiner weiteren Erklärung zu Mailis Person und dem Zweck ihres Kommens.

Auf dem Teppich des Wohnzimmers saß ein Junge von etwa acht Jahren und spielte mit einem ferngesteuerten Auto. Auf dem dünnen Körper saß ein großer, schön geformter Kopf. Als hätte man versehentlich die falschen Teile zusammengesetzt, dachte Maili. Er blickte nicht auf, als sie das Zimmer betraten.

«Edward», sagte Helen, «wir haben Besuch.»

Der Junge ließ nicht erkennen, dass er sie gehört hatte. Seine Mutter wiederholte den Satz langsam, Wort für Wort. Edward zog fest an seinen braunen, fast schulterlangen Haaren.

«Er lässt sich die Haare nicht schneiden», erklärte Helen jammernd. «Wir müssen immer warten, bis sie richtig lang sind.»

Chandra ging einen Schritt näher an den Jungen heran. Sofort rückte er zur Seite, ohne auch nur aufzuschauen.

«Sieh mal, Edward, ich hab jemanden mitgebracht», sagte Chandra. «Eine Frau, die von ganz weither kommt.»

«Bitte, Edward», seufzte Helen.

Edward schlug gereizt mit der Hand zweimal auf den Boden, stand mit steifen Bewegungen auf und setzte sich an den Rand der Couch. Beide Hände umklammerten die Fernbedienung. Sein Blick blieb auf das Auto gerichtet. Ruckweise ließ er es weiterfahren.

Helen räumte einen noch halb vollen Teller vom Couchtisch und servierte Tee. Mit verhaltenem Ärger versuchte sie, dem widerstrebenden Kind ein wenig Saft einzuflößen.

«Er trinkt zu wenig», sagte sie mit ihrer jammernden, atemlos wirkenden Stimme. «Wenn er wenigstens trinken würde!»

Edward ließ sich wieder auf dem Teppich nieder und setzte sein Spiel fort. Helen begann ein unverfängliches Gespräch mit ihren Besucherinnen, das sich um den langen Winter in England und das Wetter in Mailis Heimat drehte.

Nach einer Weile ging Maili einen Schritt von dem Kind entfernt in die Hocke und streckte bittend die Hand nach der Fernbedienung aus. «Darf ich?»

Der Junge achtete nicht auf sie. Immer wieder deutete sie auf die Fernbedienung und öffnete dann erwartungsvoll die Hand. Schließlich legte er mit abgewandtem Blick den kleinen Kasten auf den Boden. Maili nahm ihn auf und deutete auf die verschiedenen Hebel.

«Wie macht man das?», fragte sie.

Edward schlug mit der Hand auf den Boden. Sie wiederholte ihre Frage.

Mit einer schnellen Geste bewegte der Junge einen Hebel und wandte augenblicklich das Gesicht wieder ab. Das Auto bewegte sich ein Stück vorwärts. Maili betätigte den Hebel ebenfalls.

«Ah lala, es fährt!», rief sie.

Der Junge schien sich zusammenzuziehen. Es war, als würde er immer dünner, so dünn wie Papier. Maili legte die Fernbedienung vor Edward auf den Boden und rückte nachdrücklich weiter von ihm weg. Seine Anspannung löste sich ein wenig. Unter der Erleichterung lag die Schwere der Einsamkeit.

Maili kramte in der Tasche ihres Rocks und zog ein buntes Schutzband hervor, in das der Rinpoche drei Knoten geknüpft hatte.

«Das ist ein Schutzbändchen», sagte sie wie zu sich selbst. «Es schützt. Eine Kraft liegt darin. Es schützt vor allem, was Angst macht. Ich trage auch eines.»

Sie dehnte den Kragen ihres Pullovers und zog ein Stück des Bandes hervor. Edward warf einen kurzen Blick darauf. Mit einer vorsichtigen Bewegung ließ sie das Bändchen auf sein Knie gleiten, rückte noch ein wenig weiter weg und setzte sich so auf den Boden, dass sie halb von ihm abgewandt war. Aus den Augenwinkeln sah sie, wie er nach einer Weile das Bändchen aufhob, es auf den Boden legte und ein paar Mal glatt strich. Dann wickelte er es um einen Finger und nahm sein Spiel wieder auf.

Maili schloss die Augen. OM TARA TUTTARE TURE SVAHA, erklang das Mantra im geistigen Raum und die Anwesenheit der Gottheit entfaltete sich im grün leuchtenden Schein unerschütterlichen Vertrauens. Das Gespräch der Frauen wurde zu einer kleinen, eintönigen Melodie.

Plötzlich spürte sie eine leise Berührung. Edward hatte sein Auto zu ihrem Knie gesteuert, vorsichtig, ein sanftes Anstoßen, nicht mehr. Maili lächelte. Edwards verlängerter Finger, das ungeheure Wagnis der Berührung.

«Ich glaube, er mag Sie», sagte Helen.

Maili stand auf. «Möchtest du, dass ich dich wieder besuche, Edward?»

Der Junge schlug leicht mit der Hand auf den Boden und ließ dann das Auto ganz langsam zur Tür fahren. Du kannst kommen, ich will, dass du kommst, ich lasse es zu, aber nicht zu nah, nicht zu nah, und nur kurz, sodass es nichts bedeutet, denn es bedeutet so viel.

Der vierte Traum

«Hier, nimm ein paar davon», sagt die Köchin und weist auf den großen Korb voller dicker, rotbackiger Äpfel. «Nimm das Tuch. Muss ja nicht jeder sehen.»

Liebevoll schiebt sie ihn zum Korb und drückt ihm einen Lumpen in die Hand. Schnell sammelt er die Früchte hinein, verknotet das Bündel und versteckt es in einer Ecke, bis er Zeit haben wird, es in die Kammer zu bringen. Mutter Gwen bemerkt sein Hinken.

«Was ist mit deinem Bein, Junge?», fragt sie und zieht besorgt die Augenbrauen zusammen. Er schiebt das Hosenbein hoch. Marian hat eine Salbe und heilende Blätter um sein Schienbein gebunden, doch oben und unten kann man die schwarzblauen Enden der Verletzung sehen.

«Wie ist das geschehen?»

«Es . . . ich . . . ha . . . habe . . .» Er krallt die Nägel seiner rechten Hand in die linke vor Zorn, weil er immer stottern muss, wenn er sich aufregt. Deshalb ist er auch auf den Stallburschen losgegangen, der viel größer ist als er. Weil er kein Wort der Verteidigung herausbrachte.

Jungfer Gwen legt den Arm um seine Schulter und brummt: «Lass dir Zeit, Junge, es eilt nicht. Die Linsen hier verliest du nachher und dann erzählst du mir alles. Nimm dir zuerst einen Becher Milch. Und gib einen großen Löffel Honig hinein.»

Sie steigt auf den Schemel, holt den Honigkrug vom Bord herunter, nimmt den Deckel ab und stellt ihn vor ihm auf den Tisch. Dann wendet sie sich wieder ihrer Arbeit zu. Er fährt mit dem großen Holzlöffel in den Honigkrug und taucht ihn in die Milch. Es bleibt genug zum Ablecken übrig.

Ein paarmal atmet er ganz langsam ein und aus. Das hilft oft. Man muss ihm nur genug Zeit zum Atmen lassen. «Jungfer Gwen, Marian ist doch bestimmt keine Hexe?»

«Wer sagt denn so was?»

«Der Stallbursch, den sie Eber nennen. Ich wollte sagen, dass es nicht wahr ist. Aber ich konnte nicht. Und er hat gelacht und immer wieder gesagt: ‹Hexe Marian, Satansbraut mit dem bösen Blick›. Ich bin auf ihn losgegangen. Da nahm er eine Stange . . .» Er zeigt auf sein Bein.

Jungfer Gwen schnaubt wütend durch die Nase. «So ein Feigling! Schämen soll er sich! Ist viel größer als du.»

Sie tätschelt wohlwollend Johns Kopf mit dem filzigen Haar, das fast die Schultern berührt. «Aber ein bisschen bist du hier schon gewachsen, und so dünn bist du auch nicht mehr. Wenn auch dein Kopf noch immer ein wenig zu groß aussieht.»

Jungfer Gwens Gedanken sind wie Hühner, denkt John. Sie laufen ständig herum und picken mal hier, mal dort. Jungfer Gwen schaut ihn zufrieden an, als sei er das Werk ihrer Hände. Er lässt das Hosenbein fallen.

«Marian ist gut», sagt er beschwörend. «Sie ist der beste Mensch, den ich kenne, neben Euch, Jungfer Gwen. Sie kann heilen. Das ist doch nicht schlecht.»

«Das ist der vermaledeite Mönch», schimpft Jungfer Gwen leise, kaum hörbar. «Er muss immer Unfrieden stiften.»

Er rückt näher zu der Köchin heran. «Jungfer Gwen, ich hab etwas gesehen.»

Sie wirft ihm einen auffordernden Blick zu. Er rückt noch ein wenig näher. «Der Mönch ist im Obstgarten auf Marian losgegangen und hat sie angefasst», flüstert er. «Ich hab ihn vertrieben. Aber er macht mir Angst.»

«Zu Recht, mein Junge, zu Recht», flüstert die Köchin zurück. «Geh ihm aus dem Weg.»

Ein Schatten verdunkelt den offenen Eingang zur Küche. Sie schweigen erschreckt. Doch es ist nur Marian.

«Das Wasser, Jungfer Gwen», keucht sie und stellt zwei Holzkübel mit Wasser in die Mitte der Küche. «John kann nicht gut laufen. Ich hab es geholt.»

«Um Christi willen, Kind, zwei sind doch viel zu schwer für dich», sagt Jungfer Gwen.

Marian wischt sich die Schweißtropfen von der Stirn. «Mein Herz ist schwerer», murmelt sie.

Er läuft auf sie zu und nimmt ihre Hand. Warum sagen sie Böses über seine Schwester? Sie hat niemandem etwas getan. Sie ist die beste Schwester der Welt. Warum dürfen er und Marian nicht einfach glücklich sein in ihrem neuen Zuhause?

«Der junge Herr ist an mir vorbeigeritten», sagt Marian. «Er hat mit der Peitsche nach mir geschlagen und gesagt: ‹Nimm dich in Acht, Hexe!›»

Jungfer Gwen legt das Messer, mit dem sie Zwiebeln geschnitten hat, auf den Tisch und wischt mit wütender Geste die Hände an der Schürze ab. Sie zieht Marian an ihren breiten Busen und klopft sanft auf ihren Rücken.

«Sie können dir nichts anhaben, Kindchen.» Doch ihre Stimme zittert.

Die Magd Margret mit den schiefen Schultern kommt mit einem Korb voller Eier in die Küche. Nun müssen sich alle beeilen und ihren Aufgaben nachgehen, damit das Essen für die Herrschaft rechtzeitig fertig wird. Bald wird die hochnäsige Jungfer Beth durch die Tür kommen, die Küche und Speisehalle verbindet, und dann müssen John und Marian die Schüsseln hineintragen und ans obere Tischende stellen.

«Margret, du hilfst John die Schüsseln hineintragen», ordnet Jungfer Gwen an. «Marian ist zu ungeschickt heute.»

Marian wirft ihr einen dankbaren Blick zu.

Er beschließt, an diesem Abend sein Nachtgebet zu verlängern und Gott zu bitten, Jungfer Gwen zu belohnen. Er soll sie, wenn sie stirbt, gleich in den Himmel aufnehmen, ohne Umweg über das Fegefeuer.

Schon den ganzen Tag lang haben sich Wolken zusammengezogen. Am Nachmittag wird es so dunkel in der Küche, dass Jungfer Gwen Kerzen anzünden muss. Einen Rock hat die Köchin von der Lady bekommen, noch ohne jeden Flicken. Marian näht ihn mit ihren feinen Stichen für sie um und singt leise eine der Balladen, die Mutter Morgan sie gelehrt hat. John versucht sich an einem neuen

Flechtmuster und Jungfer Gwen sitzt auf einem Hocker und reibt unter den Röcken ihre geschwollenen Beine mit Marians Salbe ein.

Wie sehr er solche Nachmittage genießt, an denen die Zeit sich so langsam bewegt. Jungfer Gwen hat Beeren eingekocht und eine Schale Beerenmus steht zum Naschen auf dem Tisch. Er stellt sich vor, dass Jungfer Gwen seine Mutter ist, dass sie in ihrem eigenen Haus leben, dem Haus ihres Vaters, der ein geachteter Mann ist und sie beschützt. Doch es liegt eine Drohung im grauen Wolkenlicht, die seinen Tagtraum zunichte macht.

«He, Jungfer Gwen, könnt Ihr Hilfe gebrauchen?» Der Kutscher Peter steht in der Tür und macht eine übertriebene Verbeugung. Jungfer Gwen lässt keinen der Männer des Gesindes über ihre Schwelle, nur bei Peter macht sie eine Ausnahme. Peter ist ein Gotteskind, sagt sie, denn Peter ist stets hilfsbereit und guter Dinge.

Sie lädt ihn zu einem Glas Milch mit Honig ein und das lässt sich Peter nicht zweimal sagen. Er setzt sich an den Tisch und berichtet, was man sich in der Stadt erzählt. Kutscher kommen herum und hören viel.

«Leute verschwinden in der Stadt und auf dem Land», sagt er düster. «Es wird immer schlimmer. Die Späher sind überall und ständig ist von Ketzern und Hexen die Rede.»

Marian hat die Nadel sinken lassen. So blass ist sie, so leichenblass.

«Du . . . du . . . du . . .», stottert John, will dem Kutscher sagen, er solle nicht so hässliche Dinge erzählen, doch wieder bleiben ihm die Worte im Hals hängen.

«Nu, nu», sagt Jungfer Gwen beschwichtigend. Doch sie hindert Peter nicht am Erzählen. Sie möchte wissen, was die Leute reden in der Stadt.

«Die Wehweiber holen sie», fährt der Kutscher fort, «hinter denen sind sie her. Sie haben schon welche verbrannt. Auch wenn sie Abbitte leisten, werden sie verbrannt. Nur in die Hölle kommen sie dann nicht, sagen die Mönche. Und Bücher verbrennen sie auch, das hab ich selbst gesehen.»

«Herr, erbarme dich unser», sagt Jungfer Gwen und schlägt ein Kreuz.

«Ausländische haben sie ins Land geholt, heißt es. Die sollen

Hexen und Ketzer mit ihren langen Zinken riechen können.» Peter krümmt schnabelartig seinen Zeigefinger neben der Nase. «Sie sagen, die Hexen stinken nach dem Teufel. Und dass sie nachts tanzen und es mit ihm treiben. Die Hexen haben es selber erzählt. Beim Foltern.»

«Schluss mit dem Geschwätz», sagt Jungfer Gwen. «Beim Foltern gibt man alles und jedes zu.»

«Sag ich ja auch», erklärt Peter und will noch einmal den Löffel in den Honigkrug tauchen. Doch Jungfer Gwen zieht den Krug weg, deckt ihn zu und weist Peter an, ihn oben auf das Bord zu stellen.

«Hol ordentlich Holz herein», sagt sie und schiebt ihn zur Tür. «Lieber Herr Jesus, dummes Zeug reden die Burschen», murmelt sie.

Es wird ein langes, langes Gebet werden vor dem Schlafengehen. Und er wird dabei auf einem scharfkantigen Holzscheit knien, sodass es richtig weh tut. Dann wird Gott ihn sicher anhören.

෴

«Was sind Hexen?», fragte Maili. «Und was sind Wehweiber und Ketzer?»

«Oh, du hast wieder geträumt», erwiderte Sarah und zog die Brauen zusammen.

«Die Leute hier auf dem Gut sagten, das Mädchen sei eine Hexe. Es muss damit zu tun haben, dass sie Salben herstellen konnte. Und es ging um irgendeine Verbindung mit jemandem, den sie Teufel nannten. Einer erzählte von Foltern und Verbrennen.»

«Das christliche Abendland hat eine sehr blutige Geschichte», sagte Sarah. «Es gab eine Art Kirchenpolizei, die man die heilige Inquisition nannte, und die diente dazu, alle aufzuspüren, die anderer Meinung waren als die Kirche; Ketzer nannte man sie. Und sie verbreitete die aberwitzige Idee, die innere Kraft der Frauen rühre vom Teufel her. Der Teufel ist der Böse, der Herr der Hölle. Und er wird auch der Herr der Welt genannt.»

«Ich dachte, das ist Gott», wandte Maili ein.

«Ich habe das auch nie verstanden. Aber ich will dir erzählen, was ich gehört habe: Es gab einen Streit zwischen Gott und einem seiner Engel namens Luzifer. Gott warf Luzifer aus seinem Himmel und Luzifers Reich war von da an die Hölle. Seitdem gibt es ein Tauziehen um die Seelen der Menschen zwischen Gott und dem abtrünnigen Engel, den man Teufel nennt. Ist der Mensch böse, holt ihn nach dem Tod der Teufel und schickt ihn auf ewig ins Höllenfeuer. Ist der Mensch gut und befolgt er Gottes Gebote, wird er nach dem Tod auf ewig zu Gott in den Himmel aufgenommen. Die Spielregeln sind so: Der Teufel darf alle Tricks anwenden, um die Menschen zum Bösen zu verleiten. Dafür hat Gott dem Menschen den freien Willen gegeben. Er kann sich also für Gott entscheiden.»

«Aber warum nannten sie dieses Mädchen eine Hexe?»

«Weil sie heilen konnte. Damit rückte sie ganz in die Nähe der Wehweiber, der Hebammen. Im Mittelalter waren vor allem sie die Heilkundigen.»

«Galt Heilen denn als schlecht?»

«Wenn Männer heilen konnten, war es gut. Wenn Frauen heilen konnten, war es gefährlich.»

«Die Männer hatten demnach Angst vor den Frauen?»

«So muss es wohl gewesen sein.»

«Und sie haben diese Frauen tatsächlich verbrannt?»

«Unzählige Frauen. Lebendig verbrannt. Jahrhundertelang.»

Maili schüttelte den Kopf. «Und das Volk?»

«Das Volk hat geglaubt, was die Kirche sagte.»

«Gab es denn nicht auch intelligente Leute?»

Sarah lachte. «Die verschwendeten ihre Intelligenz damit, die Existenz Gottes zu beweisen. Und damit die des Teufels. Das vollkommen Gute und das vollkommen Böse. Auf alle Zeit und Ewigkeit.»

«Wie absurd», sagte Maili. «Erkannte niemand, dass jede Aussage subjektiv und damit relativ ist?»

«Für diese Behauptung wärest du verbrannt worden.»

Maili schaute durch Sarahs Fenster hinaus in den Garten und versuchte sich die frühere Anlage des Gutshofs vorzustellen.

«Als ich mit dem tibetischen Buddhismus in Berührung kam», fuhr Sarah fort, «hat mich sehr beeindruckt, dass wie Hexen und Teufel aussehende Figuren als zornvolle Gottheiten verehrt werden. Dieser Gedanke, dass es kein absolutes Böses gibt, war so befreiend . . .»

«Das absolute Böse», sagte Maili nachdenklich. «Glauben die Menschen hier daran?»

Sarah hob die Schultern. «Es steckt tief im Denken der Kultur. Das Mittelalter ist noch nicht vorbei – jedenfalls in einigen Köpfen nicht. Als ich vor einiger Zeit zum Einkaufen in der Stadt war, steckte mir jemand ein Flugblatt irgendeiner christlichen Gemeinschaft zu, darauf stand: ‹Die Hölle – Unsinn oder Realität?›» Sarah zog einen Ordner aus ihrem Regal. «Ich hab es aufgehoben. Es ist sehr beeindruckend.»

Sie suchte ein Papier heraus und entfaltete es. «Hier steht wörtlich: ‹Für viele ist die Hölle heute nicht mehr zeitgemäß. Doch Gott spricht in der Bibel klar und unmissverständlich über Hölle, Tod und Teufel. Der Teufel ist keine Karikatur oder Witzfigur, er existiert wirklich. Er ist der Feind Gottes und der Feind des Menschen.› Dann folgen Bibelzitate, die diese Behauptung belegen. Und dann schreiben sie, dass alle, die öffentlich des Teufels Existenz leugnen, wie Schriftsteller, Philosophen oder sogar manche Theologen, sich dies von ihm einflüstern lassen und so andere zu leichten Opfern für ihn machen.»

Maili schüttelte den Kopf. «Der menschliche Geist ist sehr einfallsreich.»

Sarah räumte das Papier wieder weg.

«Ich verstehe nicht alles, was ich träume», sagte Maili nachdenklich, «aber ich fühle es sehr deutlich. Johns Gefühle. So maßlose Furcht. So maßlose Hoffnung. Ich habe nie so gefühlt. Er denkt ganz anders als ich.»

«Vielleicht musst du das alles deshalb träumen, damit du verstehst, wie westliche Menschen denken.»

«Denkst du anders als ich, Sarah?»

Sarah lachte. «Ich wurde nicht ausgesprochen christlich erzogen. Meine Eltern hielten das nicht für wichtig. Und ich bin schon so lange Buddhistin, dass mein Denken sich gewiss verändert hat. Meine theistischen Muster sind wahrscheinlich aufgeweicht. Rinpoche betont immer wieder, dass wir auf unsere kollektiven Muster achten sollen. Er sagt, sie sitzen so tief und erscheinen uns als so selbstverständlich, dass wir sie zunächst gar nicht bemerken. Das führt dann dazu, dass wir einen ganz verdrehten Buddhismus in uns züchten, ohne es zu wissen. Er sagt, der wichtigste psychologische Unterschied zwischen Theismus und Nontheismus besteht darin, dass man sich im ersteren immer auf jemand anderen – auf Gott – bezieht, gebunden an Hoffnung und Furcht; im zweiten Fall kann man sich auf sich selbst beziehen und Verantwortung für sich selbst übernehmen.»

«Ich muss noch viel lernen», seufzte Maili. «Ich wünschte mir so sehr, in den wunderbaren Westen zu kommen, wo Yoginis einfach den Dharma lernen können wie vor tausend Jahren in Indien. Aber es ist doch ganz anders.»

«Als ich dieses Prinzip zu begreifen begann, schrieb ich ein Gedicht», sagte Sarah zögernd. «Manchmal fallen mir Gedichte ein.»

Maili klatschte in die Hände. «Wie schön. Ich schreibe auch Gedichte. Bitte, zeig es mir!»

Sarah stand auf, nahm eine dünne Mappe aus ihrer Schreibtischschublade und reichte Maili ein Blatt. Das Gedicht trug den Titel «Buddhadharma ohne Bestätigung».

Auf brüchigem Eis, ohne Rüstung und Waffen,
so stehe ich wie auf verlorenem Posten.
Dennoch werde ich immer wieder
den scheinbar sicheren Boden verlassen.
Hundertachtmal in der Minute
gehe ich in die Irre und gerate in Panik
auf dem Weg zum Königreich ohne Bezugspunkte.
Die Gefahr, dumm zu erscheinen,
zählt gering im Vergleich zu der Gefahr,
auf billige Weise davonkommen zu wollen.
So nackt und unausweichlich ist alles Geschehen,
Tanz der Energie ohne Mittelpunkt.
Wachheit in der Verwirrung ist wie ein Fels im Meer.
Im Sturm überflutet, ist er immer noch da.
Der erste Gedanke kann paradox sein.

Er schont mich nicht.
Verwirrung und Weisheit erscheinen gemeinsam.
Nichts, das zu fürchten wäre,
außer der Angst vor der Angst.
Mein Herz schlägt den wilden Rhythmus
zu Vetalis Gesängen.
Der Schmerz des Sehnens wird gekühlt von Zuversicht.
Ich bin nicht ausgeliefert.
Meine Entscheidung ist frei.
Hey ho!

«So ist es gut», sagte Maili und reichte das Blatt zurück. «Es gefällt mir. Wenn du erlaubst, werde ich es ins Tibetische übersetzen und an Deki schicken.»

Verschlüsselte Botschaften

Der Winter dauerte unendlich lang. Die Routine des Alltags, mit den Zeremonien an Vollmond-, Neumond- und anderen Festtagen, den Meditationsunterweisungen bei den einwöchigen Gruppen-Retreats, der Betreuung der Praktizierenden im Einzel-Retreat und der Arbeit an den Studienkursen mit Sarah und James, knüpfte graue, nasskalte Tage aneinander, bis endlich der erste warme Wind kam und Vogelstimmen die Welt zu beleben begannen.

Fast jeden Montag ging Maili in der Pause nach dem Mittagessen zu Edward und seiner Mutter. Sie dachte, dass es gut für den Jungen sei, wenn sie sich auf bestimmte Tage festlegte und er darauf vertrauen konnte, dass sie kam. Meistens hielten sie sich in seinem kleinen Zimmer auf, in dem die Spielsachen nach einem bestimmten System an der Wand oder im Regal aufgereiht waren. Jedesmal vertiefte sich Maili in eine Tara-Meditation und Edward begann nach ein paar Wochen währenddessen still zu halten und sich mit geschlossenen Augen leicht zu wiegen. Eines Tages nahm er einen grünen Kreidestift und malte mit heftigem Schwung konzentrische grüne Kreise, so dicht, dass schließlich das ganze Bild von Grün ausgefüllt war.

«Wie schön!», sagte Maili. «War es grün in deinem Geist?» Edward schlug mit der Hand ein paar Mal auf das Bild.

Maili versuchte es bei den nächsten Besuchen mit anderen Farben. Sie visualisierte zuerst die entsprechende Gottheit und löste sie dann in farbiges Licht auf. Edward malte Bilder mit roten Kreisen, blauen Kreisen, gelben Kreisen. Eines Tages visualisierte Maili weißes Licht. Edward schloss die Augen und wiegte sich sanft hin und her. Plötzlich nahm er ein leeres Blatt Papier und warf es in die Luft. Und er lachte. Nicht das verzerrte Lachen, grell und gepresst, das er manchmal anstimmte, sondern ein fröhliches Krähen mit munter hüpfendem Zwerchfell.

«Edward hat ganz besondere Fähigkeiten», sagte Maili zu seiner Mutter. «Er ist ein außergewöhnliches Kind.»

In Helens Augen traten Tränen. «Meinen Sie das ernst? Ich fühle mich immer so schuldig. Ich dachte, meine Sünden sind schuld daran, dass er so ist, wie er ist.»

Maili nahm ihr Hände. «Er ist so, weil es zu ihm gehört. Er ist Edward. Es ist sein kostbares Leben. Da gibt es keine Schuld. Auf seine besondere Weise ist er ein wundervolles Kind.»

Helen zögerte, als wollte sie widersprechen. Schließlich sagte sie: «Er ist anders, wenn Sie da sind. Was machen Sie mit ihm?»

«Ich mache nichts. Ich denke Bilder. Wollen Sie es auch versuchen? Soll ich es Ihnen erklären?»

«Ja, bitte.» Helens atemlose Stimme war rau, und sie musste sich räuspern, als sei sie verlegen oder fürchte sich. Maili strich noch einmal über ihre Hände.

«Wollen Sie, dass ich es Ihnen zeige? Sie können das auch.»

Helen nickte zögernd.

«Kommen Sie zum Fenster.» Maili führte Helen zum Fenster, das den Blick zum Garten und zur Wiese dahinter freigab.

«Schauen Sie in den Himmel, dorthin, wo keine Wolke ist. Blaues Licht, sehen Sie? Nicht blaue Farbe – blaues Licht. Endloses blaues Licht.»

Sie blieb mit Helen am Fenster stehen und bat sie, dieses blaue

Himmelslicht genau anzuschauen, sich in die Weite und Tiefe des Himmels zu versenken.

«Und jetzt setzen Sie sich in den Sessel mit der hohen Lehne.»

Folgsam setzte sich Helen in den bezeichneten Sessel. Maili ließ sich ihr gegenüber nieder.

«Lehnen Sie sich zurück. Legen Sie die Hände in den Schoß, ganz locker. Schließen Sie die Augen und atmen Sie ganz tief ein und ganz lange aus.»

Helen atmete angestrengt ein und aus.

«Langsam», sagte Maili, «ohne Anstrengung, so, dass es schön ist.»

Sie wartete, bis Helens Atem ruhiger wurde. Dann fuhr sie fort: «Stellen Sie sich eine flache Wiese und einen wolkenlosen, blauen Himmel vor.»

Nach ein paar Minuten fragte Maili: «Geht es?»

«Ich kann nicht», sagte Helen mit schwacher, trauriger Stimme. «Das Bild löst sich ständig auf.»

«Stellen Sie sich vor, dass Sie wieder ein Kind sind», erklärte Maili eindringlich. «Sie haben nackte Füße und gehen über die Wiese unter dem blauen Himmel.»

Mailis Vorstellung hüllte die traurige Frau in die kühle, glückselige Weite des Himmels ein. Nach einer Weile nickte Helen. «Jetzt geht es.»

«Jetzt legen Sie sich auf die Wiese», fuhr Maili fort, «und schauen in den Himmel. Sie sehen nichts anderes als nur den Himmel. Er ist unendlich weit. Unendlich weites, blaues Licht.»

«Ja», flüsterte Helen. «Ich sehe es.»

«Ganz viel Raum. Gar keine Grenzen. Gar nichts zum Fürchten.»

Auf Helens Gesicht leuchtete ein kleines Lächeln auf.

«Warm und kühl zugleich», sagte Maili. «Verstehen Sie, was ich meine?»

Helen nickte und öffnete die Augen.

Maili stand auf. «Nicht aufhören. Versuchen Sie es noch einmal. Ich hole Edward.»

Sie ging zu Edwards Zimmer und blieb in der Tür stehen.

«Komm mit ins Wohnzimmer», sagte sie sanft. «Wir könnten alle drei zusammen im Wohnzimmer sitzen, so, wie wir beide immer hier sitzen, du und ich.»

Edward schlug spielerisch mit der Hand auf den Boden und legte sein Steckspiel zur Seite. Er hatte blaue Stifte in die Löcher des Steckbretts gesteckt. Ohne Zögern folgte er Maili ins Wohnzimmer und setzte sich auf den Teppich. Maili ließ sich neben ihm nieder und er rückte nicht weg. Helen hatte die Augen wieder geschlossen. Über ihrem Gesicht lag ein zaghaftes Lächeln.

Maili schloss die Augen und tauchte ein in den unendlichen Raum voll blauen Lichts.

Ein wenig später ließ sie das Rascheln von Papier die Augen öffnen. Edward malte mit blauer Wachskreide konzentrische Kreise, immer mehr, bis das Blatt völlig blau war. Dann lehnte er sich mit dem Rücken gegen Mailis Arm.

«So ein schöner, blauer Himmel», sagte Maili.

«Aaa», sagte Edward mit rauer Stimme.

Helen öffnete die Augen. Ihr Blick ruhte ohne den üblichen klagenden, unglücklichen Ausdruck auf ihrem Sohn. Der Junge stand auf und legte das blaue Bild neben seine Mutter. Sein Körper war dabei ein wenig abgewandt und er sah sie nicht an.

«Ist das für mich?», fragte Helen fast flüsternd.

Edward schob das Bild noch ein wenig näher zu ihr hin. Dann ging er mit seinem steifen Gang zurück in sein Zimmer.

Helen ergriff das Bild, drückte es gegen ihre Brust und seufzte tief, als habe sie lange den Atem angehalten. «Er hat mir das Bild geschenkt.» Ihre Stimme zitterte. «Noch nie zuvor hat er mir etwas geschenkt. Er hat mich immer nur abgewiesen.»

«Er hat Angst. Ich denke, das Leben macht ihm einfach sehr viel Angst», sagte Maili. «Achten Sie auf Ihre inneren Bilder, auf das, was Sie sich vorstellen und was Sie fühlen. Er spürt es. Er atmet Ihre Gefühle ein. Sie wissen jetzt, wie Sie ihm helfen können. Und vergessen Sie nicht: Er ist keine Strafe. Er ist eine Kostbarkeit.»

Noch einmal ging Maili ins Kinderzimmer, um sich von Edward zu verabschieden. Er steckte weitere blaue Stifte in das Steckbrett. Plötzlich fiel das Erkennen über sie her. John! So sah John aus, als er sein Spiegelbild im Dorfweiher betrachtete. Der große Kopf. Die schulterlangen, braunen Haare. Der dünne Körper. Die großen, grünbraunen Augen mit den zarten Lidern. John, der stotterte. Angst. Schrecken. Panik. Erstickende Hoffnung. Erstickende Furcht.

Unwillkürlich sprach sie den Namen aus. «John!»

Edward hielt inne und stieß plötzlich mit aller Kraft das Steckbrett weg, warf die bunten Steckstifte durch das Zimmer, ließ sich auf den Boden fallen, riss an seinen Haaren und schlug mit den Fäusten hart gegen seinen Kopf.

Maili stürzte auf ihn zu und versuchte ihn festzuhalten. Er schlug wild um sich, strampelte mit den Beinen und stieß keuchende, gequälte Schreie aus. Sie warf sich auf ihn, drückte ihn mit ihrem Körpergewicht auf den Boden und hielt ihn so fest, dass er sich kaum mehr bewegen konnte. Gleichzeitig gestaltete ihr Geist den Schwarzen Beschützer, die zornvolle Gottheit der Mitgefühls im Flammenkranz und flüsterte sein Mantra mit dem schnellen Rhythmus ihres Atems. Die Flammen schlugen um sie empor und umgaben das Kind und sie selbst mit einem Schutzmantel machtvoller, glühender Klarheit.

Es schien endlos zu dauern, bis Edward aufhörte zu toben und zu schreien. Ein trockenes Schluchzen erschütterte seinen Körper, als versuche er zu weinen. Maili lockerte ihre Umklammerung und hielt ihn sanft an sich gedrückt. Schließlich begann der Krampf aus seinen Gliedern zu weichen. Der zu einem harten Bogen gespannte Rücken lockerte sich. Sein Kopf rollte zur Seite, sodass sein Gesicht das ihre berührte. Ihre Wangen waren feucht. Es waren ihre eigenen Tränen.

Sie löste die Erscheinung des Beschützers in Licht auf und überließ sich der Ruhe und Klarheit des unbegrenzten Lichtraums. Edward lag still in ihrem Arm. Nach einer Weile bemerkte sie, dass ihrer beider Atemrhythmus zu völligem Gleichklang gefunden hatte.

«Guten Morgen, Edward», sagte Maili laut und ließ den Jungen los. «Ah lala, Edward-la. Der Himmel ist grün und das Gras ist rot und vom Himmel fallen gebratene Schneeflocken.»

Edward drehte den Kopf von ihr weg. Tastend berührte er mit seiner Handfläche zweimal ihr Gesicht, ein leichtes Klopfen, fast zärtlich.

Helen stand in der Tür, beide Hände auf die Brust gedrückt. Maili stand auf und glättete ihren roten Rock.

«Alles okay», sagte sie zu Edward. «Bis Montag.»

Edward kroch auf Händen und Knien zu seinem Regal und griff nach der Fernsteuerung. Vorsichtig lenkte er sein Auto zur Türschwelle.

Einen Augenblick lang legte Maili die Arme um Helen. Sie roch nach ungelüfteten Kleidern und Trauer.

«Gott hat Sie geschickt», sagte Helen.

«Tashi delek», erwiderte Maili und lächelte. «Das heißt ‹viel Glück›.»

Der Schatten des Kreuzes

An einem Montag schien die Sonne plötzlich mit unerwarteter Wärme. Dankbar, dass sie einen Grund hatte, das Haus zu verlassen, machte sich Maili auf den Weg zu Edward. Das ganze Wochenende lang hatten sie an den Vorbereitungen für den alljährlichen «offenen Tag» des Zentrums gearbeitet. Eine große Zahl von Gästen wurde erwartet. «Viele kommen nur wegen dir», hatte Sarah gesagt. «Kein anderes Zentrum hat einen weiblichen Lama. Du bist eine Attraktion.» Maili war sich nicht sicher, ob sie ein Attraktion sein wollte.

Die Sonne entzündete eine Freude in ihr, die den leisen Beigeschmack des Heimwehs nach ihrem Kloster trug. Sie hatte sich immer wieder zügeln müssen, um dem Gedanken nicht nachzugeben, wie sehr sie dieses kalten Regenlandes überdrüssig war. An Deki hatte sie geschrieben: «Hier lebt man ein halbes Jahr lang in einem Gefängnis zu stark geheizter Räume. Und während dieser Zeit sieht man die Sonne nur ganz selten. Manchmal fällt wochenlang ein dünner, eisiger Regen. Ohne Kalender wüsste man nicht, wie der Mond steht.»

Doch nun war die funkelnde Sonne da und erschuf eine neue Welt. Die Luft war sanft und klar. An den Weiden zeigten sich winzige Knospen. Der Bach sang das Mantra der Arya Tara. Maili schwenkte ihr Tuch wie eine Fahne und rannte am Bach entlang und rief: «Ah lala ho!» Sie würde einen neuen Brief an Deki schreiben müssen.

In Helens Wohnzimmer saß ein untersetzter, weißhaariger Mann im schwarzen Anzug, den Helen als Vater Bode vorstellte.

«Und dies ist Lama Osal vom buddhistischen Zentrum», erklärte sie dem weißhaarigen Mann. «Sie kümmert sich um Edward.»

Vater Bode nickte und murmelte etwas, das «Sehr erfreut» heißen konnte. Maili vermutete es zumindest, denn sie hatte gelernt, das in solch einem Fall zu sagen.

«Edward ist heute sehr unzugänglich», sagte Helen in ihrem üblichen, etwas atemlosen Ton. «Er will nicht aus seinem Zimmer kommen. Ich versuche immer, ihn mit einzubeziehen, wie sie mir im Heim geraten haben. Aber er will nicht.»

«Verzeihung, was ist ein Heim?», fragte Maili.

«Es ist eine Anstalt für gestörte Kinder», antwortete Vater Bode. «Ein gutes, christliches Heim.»

Helen zog sich zusammen wie ein gescholtenes Kind. «Es ging ihm dort nicht gut, Vater. Er hatte schlimme Anfälle. Ich konnte ihn nicht im Heim lassen.»

Vater Bode presste missbilligend die Lippen zusammen. Unsicher stand Helen im Raum. Maili legte ihr kurz die Hand auf den Arm.

«Ich sehe nach Edward», sagte sie und ging über den Flur in das Kinderzimmer. Edward saß auf seinem Bett und schlug mit dem Hausschuh rhythmisch gegen den hölzernen Bettpfosten. In den Händen hielt er die Fernsteuerung seines Autos, jedoch ohne sie zu bedienen.

«Guten Morgen, Edward», sagte Maili.

Edward ließ nicht erkennen, dass er sie wahrgenommen hatte, und schlug weiter gegen den Pfosten.

Maili setzte sich neben ihn auf das Bett. «Möchtest du heute nicht besucht werden?», fragte sie.

Edward hörte auf, gegen das Bett zu schlagen. Er stand auf und schloss die Tür. Dann reihte er seine Stofftiere eines neben dem anderen davor auf.

«Möchtest du, dass uns niemand stört?», fragte Maili.

Edward ließ sich wieder auf dem Bett nieder und schlug erneut mit dem Fuß dagegen.

Maili unterdrückte ein Seufzen. Edward hatte einen seiner «schwierigen Tage», über die seine Mutter so oft klagte. Sie stand auf und betrachtete seine Spielsachen. Schließlich nahm sie einen Schaufellader aus festem Plastik vom Regal und stellte ihn auf den Boden. «Was macht man damit?»

Edward rutschte von der Bettkante, kniete ihr gegenüber auf den Boden und begann, die Schaufel mit Hebeln zu bewegen.

«Wie gut du das kannst», lobte Maili.

Edward fuhr mit dem Schaufellader hin und her.

Maili neigte sich ihm zu. «Heute ist ein interessanter Tag, Edward, wusstest du das?»

Edward bewegte den Schaufellader zur Türe hin und ließ dabei leise knurrende Töne hören.

«Siehst du, was dieses Ding auf seiner Schaufel hat?»

Der Schaufellader wurde langsamer.

«Glück. Lauter kleine, unsichtbare Glücke. Schau genau hin.»

Verstand Edward, was «Glück» bedeutete?

Der Junge hielt inne, als lausche er nach innen. Plötzlich sprang mit unerwarteter Gelenkigkeit auf und holte seine farbigen Kreiden und ein Blatt Papier. Er setzte sich wieder auf den Boden und malte mit eifrigen Strichen die obere Hälfte des Papiers grün, die untere Hälfte rot.

«Was ist das?», fragte Maili.

Edward schlug mit der Handfläche auf das Bild. Er wartete ein wenig und schlug dann ein paar Mal schnell hintereinander darauf. Maili spürte seine Ungeduld, doch sie wusste nicht, was er von ihr erwartete. Sie drehte das Bild in den Händen, bis Edward es ihr entriss und zur Seite warf. Mit zornigem Eifer betätigte er den Schaufellader, bewegte die Schaufel auf und nieder, auf und nieder, auf und nieder. Plötzlich stand er auf, sammelte die an der Tür aufgereihten Stofftiere wieder ein und stellte sie in einer bestimmten Reihenfolge ins Regal zurück.

«Hast du jetzt vielleicht Lust auf Meditation?», fragte Maili vorsichtig und setzte sich vor den kleinen Schrein, den sie gemeinsam mit Helen auf einem Karton für ihn eingerichtet hatte.

Edward tat, als habe er sie nicht gehört, und ordnete seine Stofftiere nach einem neuen Muster um. Schließlich kniete er neben Maili vor dem Schrein nieder.

«Dunkle Gedanken in deinem Kopf?», fragte Maili.

Edward hielt seine Hand vor die Stirn, als ziehe er etwas aus seinem Kopf heraus, und warf das unsichtbare Etwas in die Richtung des Schreins. Es war ein Ritual, das er selbst erfunden hatte. Manchmal nützte es, wenn Maili ihn daran erinnerte.

Sie reichte ihm ein Feuerzeug und er zündete aufmerksam die Kerze an, nahm dann ein Räucherstäbchen aus dem Packung neben dem Schrein, sehr vorsichtig, damit es nicht abbrach, hielt es in die Kerzenflamme, bis es brannte, und steckte es zwischen Kiesel auf einem kleinen Teller.

Edward bestimmte immer das Ende der Meditation. Manchmal saß er fünfzehn Minuten lang still, manchmal weniger. Dann schlug er mit der Hand auf den Boden und blies die Kerze aus. Danach pflegte er seine Wachskreiden zu holen und mit seinen heftigen, ungelenken Strichen zu malen.

Während der Meditation kam Maili der Gedanke, was Edward mit seinem Bild gemeint haben mochte. Darum sagte sie, als er die Kerze ausblies: «Grüner Himmel, rote Wiese.»

Augenblicklich holte Edward sein Bild herbei, riss es in kleine, gleich große Stücke, legte sie auf die Schaufel seines Spielzeugs und stellte es in das Regal zurück.

«Lauter kleine Glücke», flüsterte Maili und ihr Herz schmerzte.

Aus dem Wohnzimmer waren noch immer Stimmen zu hören. Als Maili zurückkam und sich verabschiedete, stand Vater Bode auf und erklärte, Maili ein Stück des Weges begleiten zu wollen. Ihr Gefühl schwankte zwischen Unbehagen und Neugier.

«Es ist schön, dass Sie sich um den kleinen Edward kümmern», sagte Vater Bode, der seinen Gang ihren kleineren Schritten anpasste. «Sie meditieren mit ihm?»

«Ja», entgegnete Maili, «es gefällt ihm offenbar.»

«Sie sind eine ... Priesterin dieses buddhistischen Zentrums?», fragte Vater Bode zögernd.

«Mein Titel ist Lama», antwortete Maili. «Das bedeutet spirituelle Lehrerin.»

Vater Bode räusperte sich. «Sie sind also Buddhistin. Woran glauben Sie? An Buddha?»

«Verzeihen Sie, ich verstehe die Frage nicht.»

«Ihr Glaube. Ihr . . . Gott oder Ihre Götter.»

«Oh! Ja. Man hat mir erklärt, dass das Wort Glaube soviel bedeutet wie Absolut-für-wahr-Halten. Aber was ist absolut wahr? Es ist doch immer der menschliche Geist, der etwas aussagt.»

«Was Gott sagt, ist absolut wahr. Es steht in der heiligen Schrift.»

«Aber es waren doch Menschen, die das aussagten.»

«Gott hat durch die Menschen gesprochen.»

Maili schwieg eine Weile und sagte dann: «Darf ich Ihnen eine Frage stellen? Ich verstehe nicht viel von Ihrer Religion. Aber ich habe Bilder von einem Mann an einem Kreuz gesehen. Ich würde gern die Bedeutung dieses Bildes kennen.»

«Das ist der Sohn Gottes», antwortete Vater Bode, «der für uns Sünder am Kreuz gestorben ist.»

«Ich habe gehört, dass er von den Besatzern seines Landes hingerichtet wurde. So etwas ist in Tibet auch geschehen.»

«Nein, nein, so ist das nicht zu verstehen», erklärte Vater Bode mit einem Anflug von Ungeduld. «Er hat freiwillig das Kreuz auf sich genommen. Er ist unser Fürsprecher, unser Retter. Gott hat seinen einzigen Sohn geopfert um der Sünder willen, um unseretwillen.»

«Ich fürchte, das verstehe ich nicht», sagte Maili.

«Der Mensch ist sündig», sagte der alte Mann mit Nachdruck. «Wir wären verloren ohne die Gnade Gottes. Der Kreuzestod war der Akt der Versöhnung. Jesus Christus hat durch seinen freiwilligen Tod Gott, unseren Vater, mit uns Sündern versöhnt.»

Maili seufzte. «Es erscheint mir sehr schwierig, das zu verstehen. Was bedeutet das: Wir wären verloren?»

«Verloren heißt, der ewigen Verdammnis preisgegeben.»

«Verdammnis?»

«Die Hölle.»

«Oh, die Hölle», sagte Maili.

Der Weg verengte sich und Maili blieb zurück. Der alte Mann wandte sich um und blickte sie eindringlich an.

«Nur wer sich Christus, unserem Herrn, anvertraut, ist nicht verloren», sagte er. «Sein Tod, den er für uns Sünder gestorben ist, war nicht umsonst. Wie könnten wir sonst die Last unserer Schuld ertragen?»

«Sie meinen die Verdunkelungen – Gier, Hass, Ignoranz?»

Vater Bode räusperte sich ungeduldig. «Die Schuld, die wir auf uns laden, wenn wir Gottes Willen nicht erfüllen.»

Maili schwieg und ging am sumpfigen Wegrand weiter. Es wäre unhöflich gewesen, noch einmal zu wiederholen, dass sie den Zusammenhang nicht verstand.

«Helen Rogers glaubt, ihr Kind sei eine Strafe Gottes für ihre Sünden», sagte sie schließlich. «Ich kann mir nicht vorstellen, dass sie etwas Schlimmes getan hat.»

«Sie hat das Kind in Sünde empfangen», sagte Vater Bode, «ohne das Sakrament der Ehe.»

«Hatte sie ein Gelübde abgelegt?»

«Nein, nein.» Vater Bodes Stimme klang wieder ungeduldig. «Es geht um das Sakrament der Ehe.»

«Verzeihung, das verstehe ich nicht», sagte Maili.

«Sie haben die Möglichkeit, die Frohe Botschaft zu hören, junge Frau. Sie können Ihre Seele retten. Lesen Sie die Heilige Schrift. Kommen Sie in die Kirche. Gott verweigert sich niemandem, der zu Ihm kommt.» Die Lippen des alten Mannes zitterten.

«Vielen Dank», sagte Maili mit einer kleinen Verbeugung. «Ich werde an Ihren Rat denken.»

Vom Weg, der am Bach weiterführte, bog der Trampelpfad zum Zentrum ab. Maili verabschiedete sich höflich und dachte rechtzeitig daran, die Hand auszustrecken. Immer wieder vergaß sie diesen Brauch und legte stattdessen die Hände aneinander.

Es war erstaunlich, wie unterschiedlich die Hände waren, die sie schon gedrückt hatte. Es gab harte und weiche, dicke und dünne, kalte und heiße, feuchte und trockene Hände. Manche drückten fest zu, andere fühlten sich an, als wären keine Knochen darin. Manche lagen sanft, aber fest in der Hand, manche zögerten, als gäben sie sich nur unwillig preis. Vater Bodes Hand verschwamm in der ihren. Sie zog ihre Hand schnell zurück und beeilte sich, ins Zentrum zurückzukommen. Der alte Mann regte sich zu sehr auf.

Als sei es eine Beleidigung oder Bedrohung, dass Maili andere Vorstellungen hatte als er. Glaubte er tatsächlich, sie sei «verloren» und müsse ohne Ende in der Hölle leiden?

Vielleicht war er nicht ganz gesund in seinem Geist. Es war ein beunruhigendes Erlebnis.

«James, haben Sie ein wenig Zeit?»

James blickte erstaunt von seinem Schreibtisch auf. Schnell erhob er sich. «Oh, Lama-la. Ja, natürlich. Bitte, nehmen Sie Platz.»

Sie setzte sich auf den zweiten Bürostuhl und stellte ihn tiefer, während er sich ihr zuwandte. Auf seinem Bildschirm erschienen bunte, ineinander fließende Kreise.

Das Büro erinnerte sie schmerzhaft an Sönam. Hier hatte er mit James über den Umbauplänen gebrütet und am Computer gearbeitet. Sie hatte ihn bewundert. Und manchmal ein wenig beneidet. Der Umgang mit dem komplizierten Gerät bereitete ihm ein Vergnügen, das sie nicht nachempfinden konnte.

«Ich habe Fragen, James, die mir Sarah nicht beantworten konnte. Sie sagte, ich solle damit zu Ihnen gehen.»

James strich über seinen kahlen Kopf. Die seitlichen Haare waren von grauen Strähnen durchzogen. Erwartungsvoll sah er sie an.

«Ich bin einem christlichen Priester begegnet. Er heißt Vater Bode. Kennen Sie ihn?»

James schüttelte den Kopf. «Ich kenne nur die Leute aus der Umgebung, die an unserem Tag der offenen Tür hierher kommen. Da war bis jetzt kein Kleriker dabei.»

«Er fragte mich, woran ich glaube. Und er sagte, der Sohn seines Gottes ist für uns Sünder gestorben, auf ganz schreckliche Weise. Sarah sagt, dieses Folterbild ist das wichtigste Bild dieser Religion. Und eine Frau, die ein Kind hat, das nicht spricht, sagt, dieses Kind sei die Strafe Gottes für ihre Sünden. Aber in Wirklichkeit ist es ein ganz besonderes Kind. Es hat einen sehr empfindsamen Geist. Vater Bode sagt, die Frau sei eine Sünderin, sie habe das Kind in Sünde empfangen. Das ist alles sehr merkwürdig. Ich würde es gern besser verstehen.»

James hustete. Er wollte sprechen, doch der Husten kam wieder, und er goss sich umständlich ein Glas Mineralwasser ein.

«Es ist wirklich schwer zu verstehen», sagte er schließlich. «Ich fürchte, ich hab es selbst nie ganz verstanden.» Er hustete wieder.

«Sind Sie erkältet, James?», fragte Maili.

James schüttelte den Kopf und trank noch einmal. Ein grauer Nachmittag hing vor dem Fenster.

«Die Sonne scheint so selten», sagte sie.

«Ich habe mich schon gefragt, wie das auf Sie wirken mag», erwiderte er nachdenklich.

«Es macht mich traurig», erklärte sie leise. «Ich bekomme Heimweh.»

James nickte teilnahmsvoll. Warum habe ich nicht früher mit ihm gesprochen?, dachte Maili. Man muss ihm die Türe öffnen. Ich hatte darauf gewartet, dass er es tut. Ich hätte nicht warten sollen.

«Ich möchte Ihnen erzählen, wie es mir in meiner Kindheit gegangen ist», sagte er bedächtig. «Meine Eltern waren fromme Leute. Sie nahmen die Religion sehr ernst. Und sie sorgten dafür, dass ich es auch tat. Mein Religionslehrer sagte, man müsse Gott lieben und fürchten. Ich fürchtete Gott, und wie. Aber ich wußte nicht, wie ich ihn lieben sollte. Man sagte mir, er sehe alles. Und ich fühlte mich furchtbar sündig, weil ich ihn nicht lieben konnte. Ich gab mir Mühe, ich versuchte ihn zu lieben, aber es ging nicht. Nur fürchten konnte ich ihn. Ich erinnere mich an eine Zeit, es muss Sommer gewesen sein, in der ich ihn ganz besonders fürchtete. Es gab viele Gewitter, und ich hatte entsetzliche Angst, Gott würde mich mit einem Blitz erschlagen, weil ich ihn nicht liebte. Ich hatte ständig Bauchkrämpfe. Als die Zeit der Gewitter vorbei war, nahm ich an, dass Gott mich krank gemacht hatte und dass ich bald daran sterben würde. Und dann würde ich in die Hölle kommen. Denn die Sünde wider den Heiligen Geist wird nicht vergeben.»

James strich sich wieder über den Schädel. Die Erinnerung vertiefte die Furchen in seinem Gesicht.

«Ich bin fast ein halbes Jahrhundert alt und schon seit langer Zeit Buddhist, aber dieses Gefühl von Schuld und Wertlosigkeit steckt noch immer in mir. Wie eine Pfahlwurzel. Man gräbt ein Stück aus, und wieder ein Stück, und man denkt, jetzt ist alles weg. Aber ein Rest ist immer da und treibt erneut.»

«Denken Sie, der Frau mit dem Kind geht es ebenso?»

«Wahrscheinlich. In dieser Religion muss man sich schuldig fühlen. Wir sind nichts wert. Wir sind Sünder von Geburt an. Das nennt man die Erbsünde. Damit werden wir angeblich geboren. Menschsein heißt sündig sein.»

Auf James Oberlippe standen kleine Schweißperlen. «Meine Eltern waren das, was man gottesfürchtig nennt. Sie gingen sonntags in die Kirche und aßen am Freitag kein Fleisch, und der Vater züchtigte seine Kinder nach Gottes Vorbild. Als meine ältere Schwester, die ich sehr gern hatte, anfing, sich modisch zu kleiden, zerriss mein Vater ihren neuen engen Rock und schleuderte Bibelworte wie Steine auf das arme Mädchen. Ich habe das Zitat nachgelesen und auswendig gelernt: ‹Darum, weil sie stolz sind, die Töchter Zions, und einhergehen mit emporgerecktem Halse und frechen Augen und mit den Fußspangen klirren, so wird der Herr den Scheitel der Töchter Zions kahl machen, er wird wegnehmen die Halsbänder, die Juwelen, die Halsspangen, die Haargewinde, die Fußkettchen, die geschmückten Gürtel, die Ohrringe, die Fingerringe und den Stirnschmuck, die Haarnadeln, die Spiegel, die feinen Hemden› und ich weiß nicht was noch alles. Und dann heißt es weiter: ‹Statt der Wohlgerüche wird es Gestank geben, statt des Gürtels einen Strick, statt des gekräuselten Haars den nackten Schädel und statt des geschmückten Mieders das Trauerkleid.› In dieser Art etwa. Es gibt viel schrecklichere, blutrünstigere Stellen in der Bibel, aber dieser Text, mit dem mein Vater seine Wut rechtfertigte, brachte mich dazu, die Religion meiner Eltern zum ersten Mal in Frage zu stellen. Ich dachte damals: Das soll ein heiliges Buch sein, das so bestialische Gefühle anregt und rechtfertigt? Meine Schwester trug ihr Leben lang hässliche Kleider und sie hielt sich für hässlich und machte sich hässlich.»

James presste einen Augenblick lang die Lippen zusammen.

«Aber vielleicht sollten Sie nicht mich fragen. Ich kann nur eine sehr subjektive Aussage dazu machen. Andererseits . . . schließlich heißt es: ‹An ihren Früchten sollt ihr sie erkennen›. An der blutigen Spur, die diese Religion hinterlassen hat – an den Kreuzzügen, an der Inquisition, an den von der Kirche unterstützten Faschisten . . .»

James seufzte und schüttelte den Kopf.

Maili verfolgte ihre Frage weiter. «Vater Bode sagt, der Gott hat seinen einzigen Sohn für uns Sünder geopfert. Und der Sohn hat sich offenbar freiwillig hinrichten lassen. War der Sohn ein Mahasiddha? War er ein Buddha wie Padmasambhava? Der hat sich ja auch vom chinesischen Kaiser hinrichten lassen. Aber er starb natürlich nicht, sonst hätte er den Kaiser ja nicht überzeugt. Und diese Selbstopferung für die Sünder, wie soll man das verstehen? Ich habe gelesen, dass sich manchmal buddhistische Mönche in Vietnam und Kambodscha anzünden, um gegen Unrecht zu demonstrieren. Ich halte das nicht für weise. Aber sie tun es für andere, das ist ihre Motivation.»

«Nein, Jesus war nicht wie Padmasambhava. Aber erwarten Sie bitte keine schlüssige Antwort von mir. Ich habe noch nie begriffen, warum Gott erst die Menschen erschaffen hat, dann dem Teufel das Terrain überließ, damit dieser die Menschen zum Bösen verführen konnte, und er sich schließlich so sehr über die verführbaren Menschen ärgerte, dass er nur mit dem Blut seines einzigen Sohnes beruhigt werden konnte.»

Es war das erste einer Reihe von Gesprächen, die Maili im Laufe der nächsten Wochen mit James führte. Sie verbrachten lange Abende miteinander. Maili berichtete von ihren seltsamen Träumen. James dozierte, zitierte, diskutierte und gab ihr Bücher moderner Kommentatoren. Sie überredete ihn dazu, sie Maili zu nennen, wenn sie allein waren. Manchmal tranken sie ein wenig Sake. Es entstand eine zarte, kühle Intimität, in der ein verletzlicher, sanfter James zum Vorschein kam.

«Ich glaube, du bist die einzige Frau, vor der ich mich nicht fürchte», sagte James einmal, hob den winzigen Sakebecher und prostete ihr zu. «Darauf!»

«Fürchtest du dich vor Sarah?», fragte Maili und dachte daran, dass er Sarah eine launische, alte Eselin genannt hatte.

James schob die Unterlippe vor. «Ich überspiele es mit Sarkasmus», antwortete er und drehte den Becher in den Fingern. «Ich wollte, ich könnte damit aufhören. So viele Jahre Dharma-Studium und Meditation und doch muss ich ständig wieder von vorn anfangen.»

Maili kicherte. «Ich auch.» Nun hob sie ihren Becher. «Darauf!»

«Das Schlimmste ist, dass ich oft so entsetzlich wütend auf mich bin, weil ich nicht anders sein kann.» James goss Sake nach. Er seufzte. «Ich verlange von mir, tüchtig und zuverlässig und nicht emotional zu sein, so wie meine Eltern es von mir verlangt haben. Und ich spiele meine Rolle und bin tüchtig und zuverlässig und nicht emotional. Hinter der Rolle bin ich wütend und niemand darf es wissen. Denn James ist ein braver Junge. Ein unerträglicher braver Junge.»

Maili neigte sich vor. «Du solltest Mitgefühl für dich selbst haben, James. Das ist ebenso wichtig wie Mitgefühl für andere.»

«Ich vergesse es. Die wichtigsten Lehren vergesse ich.»

«Wach auf, Maili!, sagt meine Lehrerin Ani Rinpoche immer, wenn ich mit mir selbst im Streit liege.»

James schenkte erneut nach. «Okay. Wach auf, James!», sagte er und hob seinen Becher.

«Ah lala!», rief Maili fröhlich. «Auf einen aufgewachten James!»

11

Mona

«Die Vorhölle», seufzte James und tupfte mit der Serviette ausgiebig seinen Mund ab, bevor er sein Glas ergriff und trank. Die Vorhölle bezog sich auf Sarahs Tochter Mona.

«Gottverdammte Scheiße!», brüllte Mona in der Küche und schlug die Tür des Kühlschranks zu. «Wieso gibt es verdammt noch mal keine Vanillemilch? Ich hab die Scheißvanillemilch auf die Scheißliste geschrieben.»

James stand auf und schloss mit Nachdruck die Tür zwischen Küche und dem Esszimmer, in dem die Führungsriege des Zentrums ihr «Arbeitsessen» abhielt. Mona riss die Tür auf und lehnte sich an den Türpfosten. Das schwarz gefärbte Haar stand in dicken Dreadlocks von ihrem Kopf ab und in ihren Nasenflügeln steckten mehrere kleine Ringe. Ihre Jeans waren mit künstlichen Rissen und Löchern verziert.

«Mama, ich brauch Vanillemilch für meine Flakes», sagte sie lauter als nötig.

«Nimm einfache Milch», erwiderte Sarah mit angespannter Miene.

«Oh, dieses Scheißzentrum am Arsch der Welt», knurrte Mona und warf die Tür wieder zu. Alle aßen in lastendem Schweigen.

«Sie steigert sich», erklärte James.

Sarah ließ ihre Gabel sinken. «Es tut mir Leid.»

Maili legte ihre Hand auf Sarahs Arm. «Nicht, Sarah. Das ist nicht deine Sache, sondern unsere Sache. Wir sind nicht getrennt – nicht von dir, nicht von Mona.»

Eine Träne lief über Sarahs Wange. «Sie ist schrecklich», sagte sie.

«Sie ist unser aller Schrecklichkeit», erwiderte Maili.

«Ich hatte einmal einen Hund aus dem Tierheim», sagte Ann,

Sarahs Bürohilfe. «Der war auch ziemlich schrecklich. Sie sagten, das käme von seiner Angst. Er wollte gestreichelt werden, aber dann schnappte er plötzlich zu.»

James schob gereizt seinen Teller zurück. «Mona ist kein Hund.»

«Aber sie hat Angst», erklärte Maili. «Es gibt bei uns ein Sprichwort: Aus Angst macht der Tiger Angst.»

Sarah wandte sich an Ann. «Was geschah mit dem Hund?»

«Er hat sich beruhigt», antwortete Ann. «Er brauchte eine klare Ordnung, eine Art Geländer für sein Leben. Nicht zu viel Zuwendung, nicht zu wenig, und man musste seine Eigenheiten respektieren. Jetzt ist er alt und lebt bei meinen Eltern. Sie kommen alle drei gut miteinander aus.»

«Nicht übertragbar», warf James ein. «Sie will nicht mit uns mitessen. Sie will nicht mitarbeiten. Sie will nichts mitmachen. Wie soll man ihr da ein Geländer geben?»

«Vielleicht sollten wir sie einfach in Ruhe lassen», seufzte Sarah. «Es ist ja nur während der Osterferien. In zwei Wochen ist sie wieder weg.»

Am Nachmittag polterte Mona in ihren Cowboystiefeln die Treppe herunter. Maili, die ihr entgegenkam, blieb stehen und sagte: «Mona, zieh bitte die Schuhe aus im Haus.»

«Okayokay», murmelte Mona und wollte sich an ihr vorbeidrücken.

«Jetzt gleich», sagte Maili und trat ihr in den Weg.

«So eine Scheiße», erwiderte Mona, setzte sich mit mürrischer Miene auf die Treppe und arbeitete ihre Stiefel von den Füßen. Maili setzte sich neben sie.

«Warum bist du so wütend, Mona?», fragte sie.

«Weil alles Scheiße ist», knurrte Mona.

«Kannst du mir das erklären?»

«Nee», sagte Mona laut und stand auf. Sie warf die Stiefel die Treppe hinunter und ging ihnen nach. Maili presste ärgerlich die Lippen zusammen.

«Wir haben eine Schuhordnung, junge Lady», hörte Maili Sönams Stimme vom Fuß der Treppe. Sie beugte sich über das Geländer und beobachtete, wie Sönam Mona in den Weg trat und sagte: «Schuhe unten ausziehen. Hierhin stellen. Hausschuhe anziehen. Okay?»

«Okayokay», erwiderte Mona, während sie ihre Stiefel wieder anzog.

«Ich brauche deine Hilfe», sagte Sönam. «Hast du Zeit?»

Mona hob überrascht den Kopf. «Wieso ich?»

«Du hast Phantasie – sagt deine Mutter. Ich brauche jemanden mit Phantasie.»

Über das Geländer gebeugt, sah Maili, wie Mona sich aufrichtete, eine Hand hob und mit einer unbewusst koketten Geste ihr Haar berührte. Entschlossen schob Sönam sie zur Haustür. «Komm mit.»

Maili beobachtete durch das Fenster im Treppenhaus, wie beide über den Hof zum neuen Anbau gingen. Sönam hatte Monas Hand ergriffen und sie hatte sie ihm nicht entzogen.

In den folgenden Tagen verbrachte Mona den größten Teil ihrer Zeit in James Büro, wo sie Entwürfe für die Gartengestaltung hinter dem Anbau zeichnete. Auf einem Modell arrangierte sie in Farbe getauchte Pflanzenteile und legte mit feinem Sand Wege aus. Sie sei recht schweigsam, berichtete James. Sie fluche weniger und beginne sogar, ihn nach seiner Meinung zu fragen.

Wann immer sie Sönam begegnete – und Mona achtete darauf, ihm oft zu begegnen –, nahm sie seine Hand und nannte ihn «Lama-lala», mit einer Mischung aus Frechheit und Zärtlichkeit, die er mit leicht belustigtem Lächeln akzeptierte.

Maili schob den Vorhang an Sönams Tür ein wenig zur Seite. Er pflegte seine Tür offen zu lassen und schloss sie nur, wenn er befürchtete, sie zu stören.

Sönam saß lesend auf seinem Bett. Der Lichtkegel der Leselampe schnitt scharf durch das Dunkel des Zimmers.

«Wir haben lang kein Fest mehr gefeiert, Lama-lala», sagte sie lächelnd.

Sönam legte sein Buch zur Seite und stand auf. Ohne Hast legten sie die Arme umeinander. Allzu lange hatte sie ihn nicht aufgefordert, ärgerlich über ein paar kritische Worte, die er vor dem Team über sie geäußert hatte. Berechtigte Kritik, wie sie sich eingestehen musste.

Die warme Süße seiner Haut. Wie hatte sie diesen Zauber

vergessen können? Wie hatte sie die Dankbarkeit vergessen können? Wie hatte sie die innerste Wirklichkeit vergessen können? Alles Trennende zog sich zurück und gab der Wahrheit Raum, die sie beide zu einem Wesen machte und das eine Wesen zu allen Wesen.

Sönam holte zwei Gläser mit einfachem Tischwein aus der Küche, während Maili das Brokattuch, das sie für ihr Festmahl verwendeten, auf ihrem Bett ausbreitete.

«Heute müssen wir uns das schöne Mahl vorstellen», sagte er. «Der Kühlschrank ist fast leer. Außer Vanillemilch – davon haben wir reichlich.»

Mit einer großzügigen Handbewegung verteilte Maili die imaginären Speisen auf dem Bett. «Gebratene Entenbrust mit Morcheln», sagte sie inbrünstig, «und Lachsfilet und Steinpilze und Avocadosalat und diese köstlichen, scharfen Würstchen ...»

«Und Erdbeeren und Trauben und Pfirsicheis mit heißer Schokolade darüber», ergänzte Sönam.

«Und zum Abschluss ein Cognac aus James Bar», fügte Maili strahlend hinzu.

Sönam ergriff ihre Hand. «Sollen wir warten? Wir könnten morgen einkaufen gehen.»

Maili lachte. «Aber nein, das alles fehlt mir wirklich nicht. Auch wenn ich wieder im Kloster wäre – darauf könnte ich leicht verzichten. Es ist hübsch, manchmal so gute Sachen zu essen. Aber besonders wichtig ist es nicht.»

Heiter begannen sie mit den Rezitationen.

«Gewahrsein ist der Körper der Meditation», sang Maili. «Was auch immer entsteht, ist frisch.» Dieser Augenblick war frisch. Ihre Liebe war frisch. Es war ein einmaliger Augenblick, einzigartig, wie alle anderen Augenblicke einzigartig gewesen waren und sein würden. Auch wenn sie wieder aus der Wachheit fallen und ihr Geist zurücktauchen würde in den Traum des Gewöhnlichen – und sie wusste, dass sie dies nicht würde verhindern können –, dieses Jetzt war offen, unbegrenzt, vollkommen.

Am nächsten Tag ertappte sie sich dabei, dass sie Mona beobachtete, wann immer sie in ihr Blickfeld trat. Sie belog sich nicht, es waren die scheuen, aber intensiven Blicke des jungen Mädchens, die ihre eigenen Augen für Sönam wieder geöffnet hatten: Samtgoldhaut, langgezogen die Augen mit den dichten, geschwungenen Wimpern, warme Dunkelheit des Blicks, fein gezeichnete Lippen, zarte Höhlungen unter den Backenknochen, lange, schmale Glieder, die Würde der Haltung, Sönam, der mönchische Yogi, Mailis Freude, Mailis Hoffnung und Furcht.

Mona liebte ihn. Leidenschaft ließ ihre Augen blühen. Sie kaufte dunkelroten Stoff in der Stadt und nähte einen schmalen, knöchellangen Rock mit seitlichen Schlitzen. Sie strich ihre Dreadlocks aus dem Gesicht und band sie am Hinterkopf zusammen. Bald schmückte eine Mala ihr Handgelenk. Nur die Nasenringe und ein aufgeklebter blauer Punkt auf der Stirn kündeten noch von einer Mona, die der Welt zeigen wollte, dass sie dagegen war. Die neue Frisur zeigte ein weiches, ausgewogenes Profil und eine schön geschwungene Linie vom Kinn zum Schlüsselbein. Die Liebe deckt ihre Schönheit auf, dachte Maili.

«Mona hat gute Ideen zur Gartengestaltung», sagte Sönam beim Abendessen mit dem Team. Mona, die niemanden im Zweifel ließ, dass sie den Platz neben ihm beanspruchte, errötete beglückt und sagte sanft abwehrend: «Ach Quatsch. Echt?»

Maili beobachtete Sönam. James beobachtete Maili. Monas Blick war ausgefüllt von Sönam. Sie wich Maili aus und sie sprach selten mit ihrer Mutter. James gegenüber war sie kokett. Ihre Naivität machte sie zum Star der Alltage.

In der zweiten Woche ihrer Ferien im Zentrum beschloss Mona, bei der Wochenendmeditation mitzumachen, die Sönam leitete. Maili empfand Rührung. Sie kannte die Träume des jungen Mädchens. Liebe ihn, dachte sie, das öffnet dein Herz.

Sarah war die Letzte, die es bemerkte. «Mona hat sich verändert», sagte sie leise, obwohl die Bürotür geschlossen war.

«Das Krokodil wurde zum Gecko», erwiderte Maili heiter.

«Kann es sein», tastete Sarah sich vor, «dass sie sich in Sönam verliebt hat?»

Maili lachte. «Sarah, Liebe, jeder weiß es. Sie hat ihre Augen verloren.»

«Man sagt: ‹das Herz verloren›. Die Augen verdreht man», korrigierte Sarah belustigt.

«Okayokay», zitierte Maili. «Herz verdreht, Augen verloren. Alles kopfüber. So ist das, wenn man verliebt ist. Ich muss das wissen.»

Sarah legte nachdenklich die Hände in den Schoß und schaute zum Fenster hinaus über die blühende Wiese vor dem Haus. «Es entlastet mich, dass sie so – erwachsen wirkt. Ich fühle mich weniger in der Mutterdaumenschraube. Wie habe ich mich gefürchtet, als ihr Vater sagte, er würde sie hierher schicken. So sehr, dass ich es nicht einmal dir gestehen konnte.» Sie seufzte. «Ich bin froh, dass es Sönam ist», fügte sie übergangslos hinzu.

«Keine Gefahr von Sönam?» Maili krauste die Nase. «Er ist ein Mann.»

Sarahs Augen wurden rund. «Aber er würde nicht . . .»

«Also gut, keine Gefahr von Sönam. Wie war Sönam, als ich noch nicht hier war? Keine Herzen in seinen Taschen?»

«Einmal war ein Mädchen hinter ihm her.» Ein kleines Lächeln überfiel Sarah angesichts der Erinnerung. «Sie saß immer in der ersten Reihe, trug die engsten Pullis und nannte ihn Rinpoche. Er verhielt sich sehr kühl, fast streng. Alle waren sehr beeindruckt von seiner Tugendhaftigkeit. Später fand ich heraus, dass er angenommen hatte, sie würde sich über ihn lustig machen. Ich meine – er war noch sehr unsicher in seiner Lama-Rolle. Er war völlig überrascht, als ich ihn aufklärte. Er weiß gar nicht, wie sehr er verehrt wird. Irgendwie scheint er so zu sein, wie die Leute sich einen Lama vorstellen. So eine Art Erzengel.»

«Was ist ein Erzengel?»

«Interessante Frage.» Sarah dachte nach. «Ich würde sagen, es sind Ehrfurcht gebietende geistige Wesen. Die Assistenten Gottes.»

«Ah lala, ein Erzengel ist gut für Mona», entgegnete Maili und drückte Sarahs Hand.

Yeshe

«Post für dich», sagte Sarah. Ihre Finger glitten eilig über die Tastatur des Computers.

Mit einem kleinen Aufschrei entdeckte Maili den Luftpostbrief auf Sarahs Schreibtisch. «Von Yeshe Ani!», rief sie. «Aus Amerika.»

«Die Nonne aus deinem Kloster?», fragte Sarah.

Maili nickte bejahend und öffnete mit erzwungener Sorgfalt das Kuvert. «Meine Yeshe. Meine Schwester für ein Jahr. Ah lala!»

Beglückt tauchte sie ein in den schwungvollen Fluss tibetischer Schrift, der hin und wieder von englischen Wörtern unterbrochen wurde.

«Sie schreibt, dass sie zwei Jahre bei den Huichol-Indios verbracht hat», berichtete sie während des Lesens, «und dann hat sie mit einem mongolischen Naljorpa in New York zusammengelebt. Und sie ist natürlich längst keine Nonne mehr.» Maili ließ den Brief sinken. «Aber ich muss sagen, sie war eine gute Nonne. Viel disziplinierter als ich. Und wie sie unsere Dakini-Pujas liebte!»

«Die vermisse ich auch», sagte Sarah wie zu sich selbst.

Maili las weiter. «Denk nur, sie hat unseren Rinpoche in New Mexico kennengelernt. ‹Endlich bin ich ihm in diesem Leben wieder begegnet›, schreibt sie. Und sie kommt hierher, zu Rinpoches Seminar an Pfingsten. Oh, Sarah, das ist wundervoll. Yeshe-la kommt hierher.»

«Das klingt, als würde sie die große, weite Welt in unser kleines Zentrum bringen.» In Sarahs Stimme schwang kaum erkennbar ein Missklang mit.

Maili schaute auf. «Möchtest du das nicht?»

Sarah hielt ihren Blick auf den Bildschirm gerichtet und schrieb weiter. «Ich weiß nicht», erwiderte sie beiläufig. «Es bringt Unruhe.»

Maili hielt in ihren Gedanken inne und lauschte dem Klang der Worte nach. Sie spürte Kälte darin.

«Oh, Sarah, bitte. Bitte nicht!», flüsterte sie.

Sarah lehnte sich zurück und ließ die Hände sinken. «Entschuldige, ich habe schlechte Laune.»

«Ist es nur das?»

«Was sonst?»

«Weißt du, warum du schlechte Laune hast?»

«Möglich.» Sarah nahm einen Stift und drehte ihn zwischen den Fingern. «Seitdem Mona hier war, fühle ich mich ... irgendwie einsam. Sie war schwierig, aber sie gehörte zu mir. Du hast Sönam und nun kommt auch noch deine Yeshe. Ich fühle mich wie in der Wüste. Ich weiß, das ist dumm, aber es ist so. Es nützt nichts, wenn ich mir sage, dass wir letztlich immer allein sind.»

Maili rollte ihren Stuhl zu Sarah heran und legte ihren Arm um sie. «Wir lachen nicht mehr so viel wie früher», sagte sie sanft. «Zu viel Alltag. Vielleicht ist Yeshe ein Geschenk, damit wir das Lachen wieder lernen. Yeshe lacht so gern.»

Sarah rang sich ein gequältes Lächeln ab. «Du magst Recht haben. Zumindest ich sollte es wieder lernen. Ich habe die fatale Neigung, ein fleißiges, depressives Mädchen zu sein. Meine Eltern und Lehrer fanden das sehr gut.»

Tatsächlich brachte Yeshe das Lachen mit. In schwarzer Lederjacke mit silbernen Nieten, langem, buntem Rock, das dunkle Haar zur Pagenfrisur geschnitten, schien sie in jede und keine Welt zu gehören. Die helle Haut des Vaters in Verbindung mit den schwarzen, mandelförmigen Augen der Mutter verliehen ihr einen ungewöhnlichen Zauber.

«Hier ist es ja fast wie im Kloster», sagte sie lachend nach einen Tag im Zentrum. Sie hatten ein großes Tablett mit gut gefüllten Essschalen in Mailis Zimmer heraufgebracht und dort mit Maili und Sarah zu Abend gegessen.

Im Haupthaus war es in diesem Tagen ruhig, wie immer zwischen den großen Seminaren. Die Praktizierenden im Retreat mussten betreut werden, Sönam leitete eine einwöchige Meditationsgruppe, die ihre Mahlzeiten in der Schreinhalle einnahm, und die übliche Büroarbeit hielt Sarah tagsüber im Büro fest. James hatte sich mit seinen eigenen Arbeiten für eine Werbefirma in seinem Büro vergraben und war selten zu sehen.

«Mein Glück, dass man sich ein bisschen wie im Kloster fühlen kann», erwiderte Maili. «Sonst hätte ich sofort wieder kehrtgemacht. Aber so ruhig ist es nicht immer. Du wirst schon sehen, während der Seminare kommt man kaum zum Atmen. Und Sarah hat den härtesten Job. Sie muss ständig verfügbar sein.»

«Wunderbar!», rief Yeshe. «Glückliche Sarah! Rinpoche sprach viel von Verfügbarkeit. Kein Privatisieren mehr. Kein Mauseloch. Kein kleines Rückzugseckchen. Es hat mich sehr beeindruckt. Ich hatte plötzlich das Gefühl, mich mein ganzes Leben lang in Mauselöchern herumgedrückt zu haben.»

Maili zog die Augenbrauen hoch. «Meinst du, das Kloster ist auch ein Mauseloch?»

Yeshe lachte. «Sagen wir: Man kann es dazu machen.»

«Und wo lebst du jetzt – innerhalb oder außerhalb des Mauselochs?», fragte Sarah, während sie eine Flasche mit Sake öffnete.

Yeshe schnippte mit den Fingern. «Die Frage der Fragen.» Dann fuhr sie nachdenklich fort: «Ich begegnete einer jungen tibetischen Nonne, die im berüchtigten Foltergefängnis von Lhasa fast gestorben wäre. Ihr wisst, was sie den Nonnen dort antun. Jetzt reist sie um die Welt und hält Vorträge über die Lage Tibets. Mir wurde plötzlich klar, dass ich fast vergessen hatte, woher die Tradition kam, der ich folge. In Amerika habe ich Tibet vergessen. Selbst als ich mit Maili im Kloster in Nepal lebte, dachte ich selten daran. Ich bin noch nie in Tibet gewesen. Katmandu ist nur eine Flugstunde von Lhasa entfernt, aber ich war nie dort. Im meinem Herzen hatte ich Tibet vergessen, so wie die Welt Tibet vergisst. Ich sagte natürlich wie alle: Ja, ja, Tibet sollte seine Souveränität wiederbekommen, es ist furchtbar schlimm, was in Tibet geschieht. Aber das war abstrakt. Ich dachte nicht wirklich an Tibet, versteht ihr? Diese Nonne, Pema-Tso, die sich in Lhasa mit ihrem Plakat ‹Freiheit für Tibet› vor den Jokhang stellte und wusste, dass sie dafür von den Chinesen gefoltert würde – sie hat mir die Augen geöffnet. Ich habe mich mit Tibet-Aktivisten zusammengetan. Wir beteiligen uns demnächst in London an einer großen Demonstration für Menschenrechte.»

Maili nagte an ihrer Unterlippe. «Ich weiß nicht, ob Demonstrationen ein geeignetes Mittel sind . . . In Vietnam verbrannten sich Mönche . . .»

Yeshe lachte und schüttelte ihr glänzendes Haar. «Wir wollen uns nicht anzünden. Aber auch nicht verkriechen. Friedliche Demonstrationen sind ein mittlerer Weg. Der Buddhismus verlangt keine apolitische Einstellung. Manche Leute meinen das. Aber es ist nicht so. Sonst dürfte doch der Dalai Lama nicht politisch aktiv sein. Und er ist sogar ein Mönch.»

Sie tranken auf den Dalai Lama und Yeshe erzählte von ihren Londoner Aktivisten-Freunden, von Protestbriefen an Regierungen, von Treffen mit Politikern und all dem, was sie «Öffentlichkeitsarbeit» nannte. Während Yeshe und Sarah über das Für und Wider solcher Aktivitäten diskutierten, dachte Maili nach. War es nicht tatsächlich so, dass sie in diesem Zentrum eine Art Klosterleben weitergeführt hatte, fern der Welt, auf einer vorgezeichneten Bahn, die ihr kaum eigenen Spielraum ließ? Vielleicht war es nötig, dass sie sich einmal hinauswagte, den schützenden Rahmen verließ, sich der Welt aussetzte.

Du bist nicht mehr im Kloster, Maili. Du gehst nicht mehr den Weg des Vermeidens. Du hast dich auf den Weg durch die Welt eingelassen, den man den Königsweg nennt, weil er das tapfere Herz eines Königs verlangt.

«Könnte ich deine Londoner Freunde kennen lernen?», fragte sie unvermittelt.

Yeshe schlug ihr erfreut auf die Schulter. «Jawohl, Maili Ani. Komm am Wochenende mit nach London.»

Sie erhob ihren Becher. «Lasst uns auf ein freies Tibet trinken, in dem die Frauen nicht zu Abtreibung und Sterilisierung gezwungen werden, in dem niemand gefoltert wird, in dem Nonnen und Mönche in den Klöstern ungehindert studieren und meditieren dürfen und in dem alle Kinder in der Schule Tibetisch lernen.»

«Und auf ein neues Tibet, das aus alten Fehlern neue Klarheit gewinnt», fügte Sarah hinzu.

Viele Menschen drängten sich um Yeshe und ihre Freunde. Maili war dankbar um ihre eigene kleine Gestalt, die zwischen den anderen fast verschwand.

«Seid still! Lama Osal wird jetzt zu euch sprechen.» Yeshes Stimme schnitt scharf in das aufgeregte Summen. Sie zog Maili mit sich ein paar Treppenstufen vor einem Haus hinauf.

«Los!», sagte sie. «Und sprich laut!»

Mit Entsetzen sah Maili, wie sich erwartungsvolle Gesichter ihr zuwandten. Sie wusste nicht, was sie sagen sollte. Warum war sie hier? Was wollten diese Menschen von ihr? Sie empfand grelle Panik. Was sollte sie sagen? Weit klaffte der Abgrund der Erwartung vor ihr auf.

Träume nicht, Maili!, rief Ani Rinpoche ohne Worte in ihrem Geist.

OM TARA TUTTARE TURE SVAHA. Das Mantra der Arya Tara füllte beruhigend den Raum.

«Ich war noch nie bei einer Demonstration dabei!», sagte Maili schließlich, so laut sie konnte. «Das Einzige, was mir einfällt, ist Arya Tara, die Gottheit des Mitgefühls. Ihr habt diese Demonstration geplant, weil ihr Mitgefühl für andere habt. Das ist sehr gut. Für mich ist so eine Demonstration neu, aber ich denke, es ist einfach eine aktive Meditation des Mitgefühls.»

Wieder riss der wortlose Raum auf, doch diesmal war Maili nicht beunruhigt. Der Raum war Arya Tara und der Klang ihres Mantras nährte sich vom Schweigen.

Plötzlich begannen alle Leute begeistert zu klatschen.

«Genial», sagte Yeshe auf Tibetisch neben ihrem Ohr. «Du hast das Wunder vollbracht, dass sich alle einig sind.»

Maili sah sie erstaunt an. «Was meinst du damit?»

«Die Gruppe ist zerstritten», antwortete Yeshe. «Die einen wollen Gewaltlosigkeit zu ihrem Aufhänger machen. Die anderen, die wilde Fraktion, wollen aufregende Aktionen.»

«Ich glaube, ich fürchte mich.» Maili flüsterte, obwohl niemand sie hören konnte. «Ich hab einmal in Katmandu eine Demonstration erlebt. Die Leute schrien und wurden von der Polizei gejagt. Es war entsetzlich.»

Yeshe legte beruhigend den Arm um sie. «Ich sagte dir doch, es ist eine friedliche Demonstration für Menschenrechte. So erreichen wir das Fernsehen und die Zeitungen. Nur darum geht es.»

Maili seufzte. Es war ein entmutigend grauer Tag. Sie war sich nicht sicher, am richtigen Platz zu sein.

Noch niemals hatte sie so viele Menschen auf einmal gesehen. Neben der Gruppe, die Plakate mit der Aufschrift «Menschenrechte für Tibet» und die tibetische Flagge hochhielt, sah sie weitere Gruppen, die Freiheit und Frieden für Menschen diverser anderer Länder forderten, von denen Maili noch nie gehört hatte. Sie würde Yeshe danach fragen müssen. Doch Yeshe sang. Alle Gruppen zusammen sangen ein Lied, in dem es darum ging, dass sie letztendlich die Sieger sein würden. Es klang schön und ein wenig traurig. Dann schob sich die ganze Masse singend durch eine Straße und sammelte sich auf einem großen Platz. Ein Mann hielt eine Rede, von der Maili wenig verstand. Ihre Füße taten weh. Schließlich drängte sie sich zum Rand der Menge und ließ sich auf dem Sims eines Schaufensters nieder. Wenig später setzte sich ein hagerer alter Mann neben sie.

«Kommen Sie aus Tibet, junge Frau?», fragte der alte Mann.

«Aus dem Exil», antwortete Maili, «aber jetzt lebe ich hier. Und Sie?»

Der alte Mann verzog sein Gesicht. Es mochte als Lächeln gemeint sein. «Ich war früher in der Hölle, wenn man so will. Und lebe auch im Exil.»

Maili schwieg. Meinte er damit, dass er seine vorherige Inkarnation in einer der Höllen verbracht hatte? Sie hätte ihn gern gefragt, doch sie befürchtete, unhöflich zu erscheinen.

«Ich war als Junge in einem deutschen Konzentrationslager», unterbrach der alte Mann das Schweigen.

«Lager? Arbeitslager? So wie die chinesischen Lager in Tibet?», fragte Maili.

Der alte Mann nickte. «So ähnlich. Meine Eltern und Geschwister wurden dort ermordet. Mit vielen anderen. Es waren Millionen.»

Maili schwieg. Das hatte sie nicht gewusst. Wo war dieses schreckliche Land, von dem der alte Mann sprach? Es gab noch so viel zu lernen.

«Ich habe mich oft gefragt, ob ich froh sein sollte, zu den Überlebenden zu gehören», sagte der alte Mann.

«Das Leben ist kostbar», erwiderte Maili. «Und es ist doch lange her, nicht wahr?»

«Es gibt Dinge, die sind nie lange genug her.» In dem gefurchten Gesicht des alten Mannes war das Lachen vor langer Zeit gestorben.

«Sie sind immer noch traurig?»

«Noch immer oder immer wieder. Traurig. Wütend. Die Welt hat nichts gelernt. Doch manchmal habe ich ein bisschen Hoffnung. Wie heute. Wenn ich sehe, wie viele junge Leute für die Menschenrechte auf die Straße gehen.»

«Meinen Sie, es hilft?»

Der alte Mann verschränkte seine Hände. «Vielleicht. Ich bin immer dabei, wenn für Menschenrechte und Gewaltlosigkeit demonstriert wird. Irgendetwas muss man doch tun.»

«Muss man es außen tun?»

Nachdenklich brummte der alte Mann vor sich hin. Dann sagte er: «Wollen Sie damit sagen: Zuerst muss man sein und dann erst tun?»

«Das haben Sie sehr schön gesagt», erwiderte Maili lächelnd.

«In Amerika gibt es einen Zen-Meister», erklärte der alte Mann nach einer Weile, «der ist ein Jude wie ich. Er gefällt mir. Er tut etwas. Er geht mit seinen Leuten auf die Straße und lebt mit den Obdachlosen. Straßen-Zen nennt er das.»

Maili schlug fröhlich die Hände zusammen. «Das ist aktive Meditation. Und wenn wir hier demonstrieren und allen Menschen, die unterdrückt werden, Freiheit wünschen, und allen Unterdrückern das geistige Aufwachen wünschen, dann ist auch das aktive Meditation.»

Wieder schwiegen sie und es war ein nachdenkliches, verbindendes Schweigen.

«Gute Wünsche sind so mächtig.» Maili hatte es wie eine Abrundung ihrer Gedanken geäußert, mit der Selbstverständlichkeit, die keines Nachdrucks bedarf. Der alte Mann machte eine tastende Geste und Maili kam ihm mit ihrer Hand entgegen. Über die hängende Wange des alten Mannes lief eine Träne. Doch irgendwo zwischen den traurigen Zügen lag ein Lächeln.

«Der Buddha hat gelehrt, dass wir einen wunderbaren, freien Geist haben, jenseits von Hoffnung und Furcht», sagte Maili.

«Keine Hoffnung?»

«Nein, keine Hoffnung. Heitere Hoffnungslosigkeit.»

Als habe der Himmel auf diesen Augenblick gewartet, riss die Wolkendecke auf und ein paar Sonnenstrahlen streiften über die Stadt.

«Heitere Hoffnungslosigkeit», wiederholte der alte Mann. «Das klingt schön.»

Als sie aufstand, küsste er ihre Hand. «Leben Sie wohl, schöne Tibeterin», sagte er leise.

«Tashi delek», antwortete Maili zärtlich. «Ganz viel Glück.»

Yeshes stürmische Anwesenheit machte mit dem Gleichmaß der Tage im Zentrum ein Ende. Sie räumte einen vergessenen Schuppen aus und gestaltete ihn zu einem Atelier um, in dem sie eigenwillige Bilder aus natürlichen Materialien und dicker Wandfarbe schuf. Sie diskutierte mit James und Sönam über die zukünftige Einrichtung des fast fertig gestellten Anbaus und überzeugte Sarah und Maili von der Notwendigkeit einer kleinen Zeitung, die sich der Umsetzung der buddhistischen Lehren im persönlichen und öffentlichen Leben widmen sollte. Sie übernahm das Organisieren des Pfingstseminars. Mehr Helfer als sonst kamen an und stürzten sich auf die verschiedenen Arbeiten der Vorbereitung. Und Yeshe schwang das Banner des Lachens.

«Es ist schön, dass Yeshe gekommen ist», sagte Sarah, «sie tut uns gut.» Die «Vorseminarhektik», wie Sarah es nannte, verwandelte sich zu einem Fest. Bis Shonbo Rinpoche kam.

Der Tiger in der Vordertür

Der Rinpoche sprach nicht. Er saß in seiner schlichten Robe mit gekreuzten Beinen auf dem Sofa, locker aufgerichtet, mit natürlicher Würde. In der Ecke des Sofas ruhte Nadine, wie hingegossen in katzenhafter Anmut, umhüllt von etwas Fließendem in Schwarz und Ocker, das sehr kostbar aussah. Auf den Sesseln saßen Sarah, James, Yeshe und Ben, einer der amerikanischen Senior-Schüler des Rinpoche, während Maili und Sönam sich auf dem Boden niedergelassen hatten. Der Kusung stand mit einer großen Thermosflasche bereit, um Tee nachzugießen. Niemand lehnte sich zurück. Alle beschränkten sich in ihren Berichten auf das Nötigste.

Maili bemühte sich, besonders aufrecht zu sitzen. Ging es den anderen wie ihr selbst? Fühlten sie sich ebenso nackt, entlarvt, ausgeliefert, wie mit äußerster Schärfe gespiegelt? Katzengold. Falschspiel. Sie konnte sich nicht belügen. «Ich gebe mir Mühe» war eine solch kleinliche Ausrede.

Alle schienen die Gefahr zu spüren. Welche Gefahr? Was könnte uns geschehen? Wir könnten aus den Steigbügeln unserer Wachheit fallen und uns das Genick brechen. Gefahr. Sie ist immer da, doch wir sehen sie nicht. Er zeigt sie uns. Er sitzt da und tut gar nichts. Ein Tiger, bereit zum Sprung. Eine Blume, bereit zum Erblühen.

Die Wellen ihrer Furcht glätteten sich langsam. Das Unbehagen blieb.

James sprach über Fragen der Organisation während des Seminars und über Schwierigkeiten in der Vergangenheit. «Es war manchmal so chaotisch», sagte er. «Wir brauchen mehr Regeln.»

«Mehr Regeln, mehr Probleme», sagte der Rinpoche trocken. Es klang so einfach und selbstverständlich, als habe er gesagt: mehr Regenwolken, mehr Wasser.

James verzog das Gesicht. «Wenn wir keine Regeln haben, weiß ich nicht, worauf ich mich berufen soll. Dann stehe ich dumm da.»

«Standest du dumm da?»

«Ja», antwortete James. Um seine Mundwinkel lagen kleine, ärgerliche Falten.

«Dumm?»

«Ja.»

«Und alle sahen es?»

«Rinpoche, ich weiß nicht, was das . . .» James hatte begonnen, am Kragen seines Sommerjacketts zu zupfen.

«Alle sahen es?», wiederholte der Rinpoche.

James schwieg verwirrt.

«Deine Leiden sind öffentlich – das ist gutes Karma», sagte der Rinpoche zärtlich.

Niemand konnte sich entscheiden, ob das zum Lachen war oder nicht. Nur Yeshe grinste vergnügt. Nadine war keine Hilfe. Ihr Gesicht war so unbewegt wie das des Rinpoche.

«Wie war es bei der Demonstration, Maili-la?», fragte er plötzlich. Maili erschauerte unter der Klarheit seines Blicks.

«Ein alter Mann war da», sagte sie zögernd, «ein Jude. Er war sehr traurig. Aber sein Herz war ein bisschen offen. Er konnte heraus und ich konnte hinein.»

Der Rinpoche war wie eine Kerzenflamme in einem stillen Raum. Sein Blick lag auf ihr, aufmerksam und mit kühler Sanftheit.

«Ich denke», fuhr Maili fort, «es ist gut für ihn, bei solchen Demonstrationen dabei zu sein. Es macht ihn wacher für seine Buddha-Natur.»

Die Andeutung eines Lächelns legte sich über das große Gesicht des Rinpoche.

«Der alte Mann erzählte von einem amerikanischen Zen-Meister, der den Dharma auf die Straße bringt. Ich habe darüber nachgedacht, ob es nicht gut wäre, auch so etwas Ähnliches zu tun. Ich meine, wir leben hier fast wie im Kloster . . .»

«Was möchtest du tun?»

Maili senkte den Kopf. «Verzeihung. Ich war voreilig. Ich weiß nicht, was wir tun könnten, ich hab noch nicht darüber nachgedacht.» Ihre Stimme wurde dünn. «Es war nur eine Idee.»

«Eine gute Idee», sagte der Rinpoche. Seine Worte blieben im Raum hängen wie Raureif.

Sarah hob leicht die Hand. «Ich denke an den Spruch, dass ein Gefangener, der andere Gefangene befreien will, zuerst sich selbst befreit haben muss. Ich wüsste nicht, was wir beim jetzigen Stand der Dinge tun könnten. Das Zentrum macht so viel Arbeit.»

«Du sollst es ja auch nicht tun», wandte Yeshe ein. «Aber wir könnten Ideen entwickeln.»

«Gut. Denkt darüber nach», sagte der Rinpoche und entließ sie mit einer kleinen Geste. Nur Maili hielt er zurück. «Maili-la», sagte er sanft, «bleib!»

Nadine entfernte sich auf ihre leise Art. Maili hatte keinen Blick, kein Signal zwischen dem Rinpoche und ihr gesehen. Dennoch schien Nadine stets zu wissen, wo ihr Platz war und was sie zu tun hatte. Maili fragte sich, ob sie selbst jemals zu solcher Feinfühligkeit fähig sein würde. Maili mit dem großen Mundwerk ist ein Trampel aus den Bergen, dachte sie mit dem Gefühl gelassener Selbsteinschätzung. Gut für Wirbelstürme und Vulkanausbrüche, nicht für die leise Weise.

Der Rinpoche winkte sie zu sich und sie ließ sich auf dem Teppich vor ihm nieder. Er klopfte einladend mit der Hand neben sich. Mit zitterndem Herzen setzte sich Maili ans Ende des Sofas und faltete die Beine unter dem Rock ihrer Robe. Sie war froh, dass sie ihre neue Seidenbluse und die hübsche, kupferfarbene Weste angezogen hatte. Seit Tagen war ihr der Gedanke zur Qual geworden, dass sie Rechenschaft würde ablegen müssen über ihre Arbeit im Zentrum. Sie war ungeduldig, aber gleichzeitig forderte sie nicht genügend Disziplin. Sie war neugierig auf das Leben der Menschen, die sie unterstützen sollte, und hielt sich, gemessen an den Regeln, die im Handbuch für Retreat-Begleitung standen, zu wenig zurück. Sie hatte alle ihre Untugenden, für die sie im Kloster berüchtigt gewesen war, mitgebracht. Sie fürchtete sich, und zugleich schimpfte eine aufmüpfige Stimme in ihr, dass alle diese Regeln hinderlich und verdummend seien.

«Es ist ein Stufenweg», sagte der Rinpoche plötzlich. «Jede Stufe ist anders.»

Maili riss die Augen auf und vergaß zu atmen.

«Lerne unterscheiden», sagte er. «Du musst lernen, genau zu wissen, welche Regeln du brauchst und welche nicht.»

«Ich weiß», erwiderte Maili beschämt. «Ich vergesse so oft, was ich weiß.» Leise fügte sie hinzu: «Ich mache so viel falsch, Rinpoche-la.»

«Interessanter Gedanke», sagte der Rinpoche. «Hilft er dir?»

Mailis Blick wanderte unstet. Der späte Nachmittag hinterließ kleine Reste frühsommerlichen Goldes auf dem Fensterbrett. Als wer saß sie hier? Wen spielte sie? Warum Maili die Kleine und nicht Lama Osal die Große? Wie viel Wahl hatte sie? Sie richtete sich auf. «Fehler über Fehler, bis zur Erleuchtung», antwortete sie. «Vom Standpunkt eines Zen-Meisters.»

Mit der Andeutung eines Lächelns griff der Rinpoche nach seiner Tasse. Maili sah, dass sie leer war, sprang auf und goss aus der Thermoskanne nach, die der Kusung neben dem Tisch hatte stehen lassen.

«Wie gefällt dir dein Leben hier?», fragte der Rinpoche.

Maili stellte die Kanne ab und setzte sich wieder. Sie suchte nach den wichtigsten Bezugspunkten ihres Lebens im Zentrum. Womit sollte sie beginnen? Sie hatte sich alle möglichen Antworten zurechtgelegt, doch keine einzige auf diese Frage.

«Im Kloster sagten wir, meine Freundinnen und ich: Der Tiger kommt durch die Hintertür, wenn man die Vordertür verschließt. Ich meine – der Tiger steht für die . . . Welt. Hier kommt er durch die Vordertür. Das ist ganz anders, irgendwie . . . mehr Realität. Ich dachte, ich hätte alles gelernt, was ich brauche – im Studium und im Retreat. Aber jetzt bin ich verwirrt. Ich bin überhaupt nicht vorbereitet auf diese Realität. Und ich bin nicht vorbereitet auf Shonbo Rinpoche.»

«Gut», erwiderte der Rinpoche. «Sehr gut. Weiter.»

«Die Frauen hier wollten einen weiblichen Lama und ich dachte, ich verstehe das.» Maili ertappte sich dabei, dass sie den Zipfel ihres Tuchs um einen Finger wickelte. Eilig ließ sie ihn los und strich das Tuch wieder glatt. «Aber je länger ich hier bin, desto unsicherer werde ich. Sie sagen, die Schriften vertreten immer nur den Standpunkt der Männer und man ruft immer nur die Vorväter der Linien an und nie ist die Rede von Vormüttern. Und es heißt in den Texten immer ‹die Söhne des Buddha›, wenn von Meditierenden die Rede ist. Sie meinen, die tantrische Symbolik sei deshalb oft so blutrünstig, weil sie aus dem männlichen Geist komme, und dass es keine Symbolik gibt, die den Frauen entspricht. Yeshe sagt, das sei alles Unsinn, diese Bilder kommen aus ferner Vergangenheit, aus dem Schamanismus. Jedenfalls haben diese Frauen mir beschrieben, wie sie aufgewachsen sind, welche Muster sie gelernt haben in ihrer Kultur und dass sie sich nach inspirierenden weiblichen Vorbildern sehnen. Ich weiß nicht – vielleicht würde es mir auch so gehen, wenn ich Ani Rinpoche nicht hätte.

Ja, und sie behaupten auch, dass Frauen im Tantrayana zu Objekten gemacht werden, und sie erzählen hässliche Geschichten von Rinpoches, die im Westen lehren und mit ihren Schülerinnen schlafen und . . . manche sagen auch, dass Shonbo Rinpoche – Verzeihung, Rinpoche-la – dass Sie das auch tun.»

Der Rinpoche lachte. Als Maili zögerte, sagte er: «Und?»

Maili stürzte sich in das Thema wie in einen reißenden Fluss. «Ich habe ihnen zugehört und immer weniger gesagt. Ich weiß nicht, was ich ihnen antworten soll. Manchmal befürchte ich, dass ich schon anfange, so zu denken wie sie. Ich hab mich gefragt, ob es überhaupt sinnvoll ist, wenn ich mit Ihnen darüber spreche, weil Sie ein Mann sind, Rinpoche-la. Bitte verzeihen Sie, ich bin so dumm.»

«Du bist nicht dumm. Denke das nicht und sage das nicht.»

Maili schluckte. «Ich möchte völlig aufrichtig sein, aber irgendwie geht es nicht. Ich falle ständig in Rollen. Genau so, wie wenn ich mit den Frauen rede. Ich denke, sie haben Recht und sie haben nicht Recht. Ich falle in die Rolle der Maili, die ihnen Recht gibt, und in die Rolle der anderen Maili, die ihnen nicht Recht gibt. Es ist so schwierig, in der Lücke dazwischen zu bleiben. Ich bitte die Dakini um Hilfe und bitte und bitte ... Manchmal denke ich, ich muss einfach Geduld haben, mit mir selbst und mit den Frauen, und dann werden sie es schon richtig begreifen lernen. Aber es sind Frauen dabei, die schon viele Jahre auf dem Dharma-Weg sind und früher zu einem anderen Zentrum gehörten, dessen Lehrer gestorben ist, und sie sagen, dass sie damals, bevor sie rebellisch wurden, ganz schrecklich brav und gläubig waren und alles einfach ohne zu fragen akzeptiert und sogar wild verteidigt haben. Sie neigen sehr zu Extremen. Aber ich bin nicht sicher, ob sie nun Recht oder Unrecht haben. Es ist relativ. Doch wie kann ich ihnen helfen?»

Maili warf dem Rinpoche einen fragenden Blick zu und hob beide Hände. «Was soll ich tun, Rinpoche-la?»

«Keine Angst haben, dich zum Narren zu machen. Du machst das schon recht gut.»

Ein plötzliches, befreites Lachen sprudelte in Maili auf. Es brachte einen berstenden Strauß von überwältigenden Gefühlen mit sich – für den gelassenen Weisen, den zärtlichen Geliebten, den übermütigen Knaben, den begehrenswerten Mann, den unberechenbaren Siddha, den schützenden Vater, die unbestechliche Autorität, den leidenschaftlichen Lehrer, den geduldigen Freund, die alle in der Gestalt des Rinpoche ihr gegenüber saßen.

Der Rinpoche hüllte sie in den weiten Raum seines Lächeln ein und sie versank darin für eine glückliche, unbestimmbare Zeit.

Warum hatte sie sich so viele verwirrte Gedanken gemacht? Mit Gedanken würde sie keine Probleme lösen. Man konnte Probleme nicht lösen – man konnte nur über sie hinaus wachsen. Bis in den Himmel, wo die Stimme der Dakinis zu hören war, die Stimme des Zwielichts zwischen Traum und Erwachen.

Irgendwann spürte sie, dass sie entlassen war. Schnell glitt sie vom Sofa und verabschiedete sich mit den traditionellen drei Niederwerfungen. Als sie gehen wollte, winkte der Rinpoche sie näher heran. Er streckte seine Hand aus, zog ihren Kopf zu sich her und küsste sie auf den Mund.

Den ganzen Tag lang fühlte Maili den Abdruck der großen, warmen Lippen auf den ihren, wie eine Melodie, die sich fortsetzt in der Erinnerung und immer wieder erklingt.

Der alte Meister

Gegen Ende des Seminars geriet das Haus in großen Aufruhr. Shonbo Rinpoche hatte den Lehrer seiner Jugendjahre, einen betagten Rinpoche, in das Zentrum eingeladen. Er sollte besondere Einweihungen geben, und es galt als sehr Glück bringend, einen solch hohen Meister zu beherbergen.

Weil der alte Rinpoche nach Jahrzehnten im Retreat kaum mehr laufen konnte, wurden die Büros im Erdgeschoss ausgeräumt und als Räume für ihn und die beiden ihn begleitenden Mönche eingerichtet. Shonbo Rinpoche beaufsichtigte jeden Handgriff, wählte die Einrichtung, ließ seinen Fernsehapparat und den Videorekorder herunterbringen und baute eigenhändig den Schrein auf. James musste leuchtend gelben Vorhangstoff in der Stadt besorgen, und jeder, der über tibetische Einrichtungsgegenstände verfügte, bot seine besten Stücke an. Ein dicker Läufer wurde auf dem Flur ausgelegt und ein schwerer Vorhang angebracht, der den Bereich des alten Rinpoche vom vorderen Flur abtrennte.

Am Tag der Ankunft fuhr Shonbo Rinpoche zum Flughafen, um

seinen Lehrer abzuholen. Nadine, Maili, Sönam, Sarah, James, Yeshe und Ben begleiteten ihn in ihren besten Kleidern und bildeten, jeder mit einer Kata in den Händen, eine Reihe in der VIP-Lounge. Als der alte Mann, gestützt von seinen Mönchen, den Raum betrat, begrüßte ihn Shonbo Rinpoche mit drei sorgfältigen Niederwerfungen.

«Nein, aber nein», sagte der alte Rinpoche und streckte die Hände aus. Er zog seinen erlauchten Schüler an sich, berührte dessen Stirn mit der eigenen und zwitscherte mit seiner hohen, zarten Stimme ein ums andere Mal: «Mein Sohn, meine Herzenssohn.» In Shonbo Rinpoches Augen standen Tränen.

Der junge Rinpoche umgab den alten Mann mit seiner Fürsorge wie ein Liebender die Geliebte und führte ein ungewohnt strenges Kommando über die Leiter und Helfer des Zentrums. Sogar in der Küche erschien er, um eigenhändig den tibetischen Tee für seinen Lehrer zu bereiten.

Am Tag nach der Ankunft des alten Rinpoche wurde die leitende Gruppe eingeladen, gemeinsam mit den beiden Rinpoches eine Videokopie des neuesten Star-Wars-Films anzuschauen. Die kleine Gestalt des Alten verschwand fast in dem gefütterten Gewand, das ihn trotz des warmen Wetters umgab.

«Sehr nett, sehr nett», sagte er, als der Film zu Ende war. Mit einer kleinen Handbewegung entließ er den Film in die Vergangenheit und wandte sich James und Ben zu, die nebeneinander saßen.

«Wie läuft das Seminar? Sind die Leute zufrieden mit dem Essen. Haben sie gute Unterkünfte?», übersetzte Tenzin die Fragen und James antwortete: «Ich denke schon.»

«Es gibt einige Probleme», erklärte Sarah. «Aber damit kommen die Leute zu Yeshe, weil sie die Leitung des Seminars hat, und zu mir, weil ich das Zentrum leite.»

Der alte Rinpoche lauschte der Übersetzung und richtete dann seinen Blick erstaunt auf Yeshe und Sarah.

«Dieses Zentrum ist in Frauenhand», erklärte Shonbo Rinpoche lächelnd und Ben spitzte unwillkürlich den Mund.

Sarah fuhr fort: «Es sind viel mehr Vegetarier da, als wir erwartet haben. Früher waren es nur ein paar. Jetzt sind es mehr als die

Hälfte. Die Köche, die wir engagiert haben, sind nicht sehr bewandert in vegetarischer Küche. Die Vegetarier beklagen sich, weil sie ihr Essen zu langweilig finden.»

Der alte Rinpoche kicherte, als er die Übersetzung hörte.

«Man hat mir erzählt, dass westliche Leute solche Dinge sehr ernst nehmen. Wie Autos. Sie nehmen offenbar auch Autos sehr ernst. Ah, und Kleider. In dem fliegenden Fahrzeug schüttete eine der Dienerinnen einem Mann ein bisschen Tomatensaft auf die Jacke. Er regte sich maßlos auf. Er war geradezu verzweifelt. Als würde er sterben müssen. Es war ein großes Ereignis.»

Maili war nicht sicher, ob es angebracht war zu lachen. Sarah, Yeshe und James teilten diese Vorsicht nicht. Was ist nur mit mir geschehen?, dachte Maili. Ich gehöre nirgends mehr hin. Im Kloster konnte ich die Maili mit dem großen Mundwerk sein, die Dissidentin, die alle alten Formen in Frage stellte und das Schwert der Neuerungen schwang. Wie mutig und klug ich mich fühlte. Jetzt bin ich verwirrt, sehne mich nach dem Schutz der Tradition und verkrieche mich feige in den Schlupfwinkel der Anpassung.

Der Blick des alten Rinpoche hielt den ihren fest. Wach auf, sagte der Blick, suche keine Sicherheit, lass dich nicht einfangen von Hoffnung und Furcht.

«Ein weiteres Problem ist der Regen», erklärte Sarah. «Wir haben eine Menge Leute im unfertigen Anbau untergebracht, aber viele müssen dennoch in Zelten leben. Dieser Mai ist besonders kalt und feucht.»

Mit einem Schmunzeln beugte sich der alte Mann vor. «Wenn man Schwierigkeiten auf sich nehmen muss, um den Dharma zu empfangen, vergrößert dies die Verdienste. Aber vielleicht verstehen das die Menschen hier nicht so gut.»

«Die Menschen des Westens haben eine große Leidenschaft – Bequemlichkeit», sagte Shonbo Rinpoche. «Es genügt nicht, dass man einen Regenschirm aufspannen kann – er muss sich auf Knopfdruck von selbst aufspannen. Autofenster öffnet man nicht durch Drehen der Kurbel – man drückt auf den Knopf. Es ist sehr beeindruckend, wie viel Geisteskraft eingesetzt wird, um die Leidenschaft für Bequemlichkeit zu befriedigen.»

«Wir sollten das übernehmen», erwiderte der alte Mann schmunzelnd. «Wir könnten Zeit und Kraft sparen für Studium und Meditation.»

«Wunderbar», erklärte Shonbo Rinpoche in ernstem Ton, «ein Torma-Automat wäre gut – Mehl, Butter und Zucker oben rein, Tormas unten raus.»

«Und ein Blattumwender für die Puja-Texte», sagte Sönam.

«Ein Hometrainer für Niederwerfungen», warf Yeshe ein, «mit variablen Einstellungen zur Bearbeitung von speziellen Muskelgruppen.»

«Ein Roboter zum Rechen der Zen-Sandgärten», fügte Sarah hinzu.

«Eine Aufrollautomatik für Katas.»

«Elektronische Rückmelder in den Schuhen vor der Schreinhalle, damit man nicht immer seine Schuhe unter zweihundert Paar Schuhen suchen muss.»

Die Vorschläge purzelten durcheinander, sodass Tenzin um Wiederholung bitten musste, um sie übersetzen zu können. Sönam wurde gebeten, Papiertaschentücher zu holen, mit denen der alte Rinpoche seine Lachtränen trocknete.

«An der Harvard-Universität hat man durch ausführliche Forschungen festgestellt», sagte Shonbo Rinpoche und übersetzte sich gleich selbst, «dass Lachen die Körperabwehrkräfte stärkt.»

«Oh, wie gut, dass sie das herausgefunden haben», gluckste der alte Meister. «Ich habe gehört, die Menschen in diesem Land seien eher griesgrämig. Vielleicht sollte man Plakate aufhängen: Lachen macht gesund.»

Am nächsten Tag hingen in der Esshalle, im Flur, am Eingang der Schreinhalle und in den Waschräumen kalligraphisch gestaltete Plakate mit der Aufschrift: «Lachen macht gesund».

Maili bot sich an, dem alten Rinpoche die Beine zu massieren. Sie verwendete eine ihrer selbstgefertigten Salben und rieb jeden Morgen und Abend die dünnen Beine des alten Mannes damit ein. Dabei pflegte er Maili aus faltigen Augenschlitzen mit dem Blick einer schläfrigen Katze zu beobachten. Maili hatte keinen Zweifel daran, dass dieser Blick sie durchleuchtete, als läge ihr Geist offen zutage. Dass es nichts gab, was sie vor ihm hätte verbergen können, war entspannend. In seiner Gegenwart vergaß sie, jemand zu sein.

Der alte Meister schien aus Raum zu bestehen, und es war unendlich wohltuend, in diesem Raum einzutauchen.

Bald wünschte der alte Rinpoche, dass Maili seine Füße und Beine auch untertags massierte. Ihr Tagesplan war sehr voll, und so konnte es geschehen, dass sie ihn massierte, wenn er Teilnehmer des Seminars zu einem persönlichen Gespräch empfing.

Ein junger Mann, der nicht am Seminar teilnahm, hatte mehrmals angerufen, um einen Gesprächstermin mit dem berühmten Meister zu bekommen. Als er abgewiesen wurde, weil sich schon viele Seminarteilnehmer angemeldet hatten, erklärte er mit Nachdruck, es sei von äußerster Wichtigkeit. Sarah erinnerte sich, in einer Zeitung über den jungen Mann, ein ehemaliges Fotomodell, und seine «Erleuchtungsseminare» gelesen zu haben. Sie berichtete dem alten Rinpoche davon.

Neugierig geworden, ließ er den hartnäckigen Bittsteller zu sich kommen. Der junge Mann sah sich nach einem Stuhl um. Doch es gab keinen Stuhl im Zimmer des alten Rinpoche, nur dicke Sitzmatten.

Der junge Mann setzte sich ungelenk auf eine Matte und fragte ohne Vorrede, woran man feststellen könne, ob man erleuchtet sei oder nicht.

Der Rinpoche sagte ein paarmal «Hm hm», dann antwortete er: «Nun ja, daran.»

«Rinpoche sagt: daran», übersetzte Tenzin.

«Woran?», fragte der Besucher irritiert.

«Daran, dass man diese Frage stellt», lautete die Antwort des Rinpoche. «Dann kann man sicher sein, dass man's nicht ist.»

Der junge Mann presste einen Augenblick lang die Lippen zusammen. «Aber ich hatte eine eindeutige Erleuchtungserfahrung.»

Als der alte Rinpoche die Übersetzung hörte, brummte er noch einmal vor sich hin. «Das kommt vor», sagte er dann belustigt. «Nicht so schlimm. Es hält ja nicht vor. Man erholt sich ziemlich schnell davon.»

Der junge Mann war überzeugt, dass Tenzin den alten Rinpoche nicht genau verstanden habe, doch Maili bestätigte die Richtigkeit der Übersetzung.

«Hier muss ein Missverständnis vorliegen», sagte der junge Mann.

«Ich habe die Mühe eines langen Weges auf mich genommen, um Rinpoche zu treffen. Ich verlasse mein Zentrum sehr selten. Es war mir wichtig, mit jemandem auf meiner Stufe sprechen zu können. Sagen Sie dem Rinpoche, dass viele Schüler meine Führung suchen.»

Maili übersetzte. Der alte Rinpoche faltete die Hände und schloss halb die Augen.

Der junge Mann wurde unruhig. «Ich habe besondere Kräfte», sagte er, «aber ich setze sie nur aus Liebe ein.» Seine Mundwinkel krümmten sich mit erstaunlicher Plötzlichkeit nach oben.

«Kalte Güsse», murmelte der alte Rinpoche.

«Wie bitte, Rinpoche-la?», fragte Tenzin.

«Glühbirne», nuschelte der alte Rinpoche noch schwerer verständlich.

«Kalte Güsse, hat Rinpoche-la gesagt», half Maili aus, wobei sie sich bemühte, ihre Gesichtszüge unbewegt zu halten. «In Asien duscht man, indem man Wasser mit einem Krug über sich schüttet. Und Glühbirne hat er gesagt.»

«Oh, ich verstehe», sagte der junge Mann und zwang sich zu einem wissenden Lächeln.

«Mu», brummte der Rinpoche. Seine Augen hatten sich inzwischen geschlossen.

«Meint er das chinesische Mu?», fragte der Besucher.

«Wahrscheinlich», antwortete Maili. Sie verstand kein Chinesisch.

Als der junge Mann das Zimmer verlassen hatte, öffnete der alte Rinpoche die Augen.

«O-oh», sagte er klar und deutlich. Dann schloss er die Augen wieder.

Tenzin ging zur Tür und bat den nächsten Besucher herein.

Ein anderes Mal, als Maili die Beine des alten Rinpoche gerade mit einer von ihr selbst frisch zubereiteten, duftenden Salbe einrieb, kam ein junges Paar herein. Der Rinpoche brummte in verschiedenen Tonlagen und kratzte sich wohlig. Sein schläfriger Blick hüllte Maili ein. Sie hatten keinen Besuch erwartet. Das junge Paar war ohne Anmeldung zu den Räumen des Rinpoche geschlichen und von seinen Mönchen nebenan offenbar nicht bemerkt worden. Die beiden vollzogen ihre drei Niederwerfungen mit einer Geschwindigkeit, die auf ein geschäftiges Leben schließen ließ, in dem keine unnötigen Dinge Platz hatten. Die junge Frau kam sofort zur Sache.

«Vor zwei Jahren fragten wir Shonbo Rinpoche, ob wir heiraten sollten», sagte sie in vorwurfsvollem Ton, «und er riet uns dazu. Es war kein guter Rat. Jetzt stehen wir vor der Scheidung.»

Der alte Rinpoche kratzte mit sanftem Eifer die Unterseite seines Kinns, wobei er die Unterlippe hochschob und den Hals streckte wie ein Katze, die sich kraulen lässt. Die Frau und der Mann warfen einander unsichere Blicke zu. Maili versuchte, beruhigend zu lächeln. Als er sich schließlich genügend gekratzt hatte, brummte der alte Mann etwas und Maili übersetzte: «Aber er hat doch nicht gesagt, dass ihr streiten sollt.»

Das Paar schwieg.

«Na also», sagte er mit zufriedenem Gesichtsausdruck.

«Rinpoche-la hat ‹na also› gesagt», übersetzte Maili. «Habt ihr noch Fragen?»

«Sollen wir uns lieber nicht scheiden lassen?», fragte der junge Mann. Die junge Frau zog ärgerlich die Augenbrauen zusammen. Maili übersetzte.

Der alte Rinpoche kicherte und begann einen Ellenbogen zu kratzen.

Das Paar wartete.

Der alte Meister murmelte das Mani-Mantra. Maili massierte ein zartes Knie, klein und weich wie das Knie eines Kindes.

«Ich denke, Rinpoche-la hat alles gesagt, was er sagen wollte», sagte sie.

Die beiden Besucher legten verwirrt die Hände aneinander und verabschiedeten sich. Der Rinpoche rief sie zurück, zog ein Schutzbändchen unter seiner Robe hervor und band damit das rechte Handgelenk des Mannes an das linke Handgelenk der Frau. Dabei lachte er so sehr, dass sein kleiner, hervorstehender Bauch unter dem Gewand hüpfte und seine Eingeweide sich hörbar befreiten.

Der alte Mann wuchs und wuchs auf seinem erhöhten Thron vor dem Schrein, während er mit starker, tragender Stimme die Gesänge intonierte. Die Schreinhalle passte sich ihm an, dehnte sich aus, formte goldene Wände aus seinem Leuchten.

Viele Gäste waren zu der großen Einweihung gekommen, und Shonbo Rinpoche hatte Maili die Aufgabe zugewiesen, danach Bedeutung und Praxis der zornvollen, dynamischen Weisheit Guru Rinpoches, die der alte Meister verkörperte, zu erklären. Ihr war, als höre sie die Texte zum ersten Mal, fühle zum ersten Mal ihre wilde Kraft, ihre vollkommen klare, unbeirrbare Unmittelbarkeit.

Alle Härchen an ihrem Körper stellten sich auf, als sie die Anwesenheit zu fühlen begann – der Buddha der verrückten Weisheit im Flammenkranz, getragen von seiner Gefährtin, der Tigerin. Sei Reiter und Tiger, Maili, mache das Unmögliche möglich, schüre dein Chaos, damit du innehalten und aufwachen kannst!

Der alte Meister saß hoch aufgerichtet in seiner ungeheuren Größe auf dem Brokatthron und sein Blick enthielt die Unendlichkeit des Geistes.

«Er ist Raum», sagte Yeshe später mit beglückter Verwunderung. «Er ist einfach nur Raum. Dass es das gibt!»

Maili wiegte bejahend den Kopf – immer wieder vergaß sie, dass man im Westen nickte. Und er ist Guru Rinpoche, wollte sie sagen, und er ist Ani Rinpoche und Shonbo Rinpoche und all die anderen, er ist diese wunderbare, klare Essenz des Geistes. Doch es war nicht nötig, dies auszusprechen, denn Yeshes Freude, das fühlte Maili deutlich, hatte denselben Inhalt.

12

Abschied

«Maili, Rinpoche hat eine Überraschung für uns.» Sönam war in ihr Zimmer gekommen, obwohl sie schon zu Bett gegangen war.

«Wann ist Rinpoche nicht voller Überraschungen?», erwiderte sie.

«Verzeih, ich sah Licht in deinem Zimmer.» Er kniete vor ihrem Bett nieder und nahm behutsam ihren Kopf in die Arme. Eine kaum merkliche Spur des Rasierwassers, zu dem Nadine ihn überredet hatte, haftete noch an seinem Kragen. Maili seufzte leise. Schmerzhaftes Glück. Glücklicher Schmerz.

«Er möchte mich in sein Zentrum nach Polen schicken», sagte Sönam. «Das ist irgendwo im Osten Europas. Und ich soll zwei Monate lang dort bleiben. Er will, dass ich mit den neuen Leuten dort arbeite.»

In Maili stieg ein Kraftausdruck ihrer Heimatsprache auf, für den man die Kinder stets heftig an den Ohren zu ziehen pflegte. Er bedeutete so viel wie «Die Unterdämonen sollen darauf pinkeln». Doch sie fragte nur: «Wann?»

«In ein paar Tagen, wenn das Seminar zu Ende ist. Er sagte, er habe niemand anderen für diese Aufgabe als mich. Und ich soll kurz vor dem Sommerseminar zurückkommen.»

«Du hast Ja gesagt?»

«Ich . . . habe nicht Nein gesagt. Er ist mein Lama.»

Maili ließ sich wieder fallen und hielt den Kraftausdruck zurück. Sie versuchte sich vorzustellen, dass Ani Rinpoche sie irgendwohin schicken würde, dass Ani Rinpoche sagen würde: Maili, dort wirst du gebraucht.

«Wir haben eine Aufgabe», sagte sie. «Ah lala, Helden in den Kampf!»

«Zwei Monate ohne dich», murmelte Sönam und küsste sanft ihr Gesicht. «Anhaftung, Festhalten, Fixierung.»

«Zuwendung, Herzenswärme, Mitgefühl», erwiderte Maili. Sie legte fest die Arme um ihn.

Sie konnte dem Wunsch nicht widerstehen, zärtlich mit der Zungenspitze über seine Lippen zu streichen. Sie hatten die Wonnen, die in der Zungenspitze verborgen lagen, erst nach und nach entdeckt. In jeder ihrer gemeinsamen Nächte hatten sie sich auf ihrer Expedition in das Land der Sinne ein wenig weiter vorgewagt, und es schien, als lägen noch unendliche Weiten unerforschten Gebietes vor ihnen. Eines Tages hatte Sarah nach einem Besuch in ihrem Elternhaus bei London eine mit alten indischen Malereien illustrierte englische Ausgabe des Kamasutra mitgebracht. Unter viel Gelächter hatte Maili es mit Sönam studiert und einen großen Teil der Variationen als ungeeignet verabschiedet. Doch es vermochte einige Inspiration zu vermitteln, und es war überaus köstlich, manche der Anregungen in die Tat umzusetzen.

«Lass uns heute das Fest feiern», flüsterte Maili. «Es ist noch nicht spät.»

Sie ließen sich in Räume der Erfahrung tragen, in denen die Sinne sich selbst erlösten, in einer vielfarbigen Implosion des Herzens, bis sie in sanft erschöpfter Umarmung einschliefen, Geborgenheit empfangend und Geborgenheit gebend.

«Zwei sind zwei, aber nicht getrennt», murmelte Maili lächelnd im Einschlafen, «in allen drei Zeiten und in Polen oder sonstwo.»

Die Tür zu James Büro war nur angelehnt. Maili stieß leicht dagegen. Sie hatten eine vorsichtige Freundschaft genährt seit ihren ersten Gesprächen im Frühjahr, und Maili hatte darauf geachtet, sie nicht zu vernachlässigen. Hin und wieder plauderten sie in seinem Büro, eine freundliche, kleine Gewohnheit, zu James offensichtlicher Freude.

«Du bringst Sonne in meinen grauen Tag, Maili-la», sagte James heiter.

Er sprang auf und rollte den zweiten Bürostuhl zu seinem Schreibtisch heran. «Ich hatte gehofft, dass du kommen würdest.»

Maili setzte sich.

«Es ist . . . ja, nun, es ist etwas geschehen», sagte er zögernd. «Ich wollte mit dir darüber reden».

Unter Mailis erwartungsvollem Blick setzte er sich auf die Stuhlkante, beugte sich vor und verschränkte die Hände.

«Ich . . . habe mich verliebt. In eine Teilnehmerin des Seminars.»
«Wie schön!» Maili lächelte erfreut. «Verlieben ist sehr gut.»

Über James sonst eher unbewegtes Gesicht huschten Schatten der Verlegenheit. «Ich dachte . . . ich habe so viel falsch gemacht in meinem Leben, in meinen Beziehungen. Ich möchte es diesmal besser machen. Ich möchte dich bitten . . . vielleicht könntest du mir helfen.»

Er richtete sich auf und holte tief Atem, als habe er eine große Anstrengung vollbracht.

«Es gibt Regeln für Yogis und Yoginis», erwiderte Maili, «äußere und innere. Möchtest du sie hören?»

James nickte.

«Das Wichtigste», erklärte Maili, «ist natürlich, dass ihr beide eine reine Wahrnehmung bewahrt, also stets die Achtung und Wertschätzung für den anderen aufrechterhaltet. Du weißt – die heilige Sicht der Dinge. Du siehst in ihr die wertvolle Yogini, sie sieht in dir den wertvollen Yogi. Manchmal vergisst man es und sieht den anderen als gewöhnlichen Menschen mit allen möglichen Fehlern. Dann muss man um Verzeihung bitten und daraus lernen.

Die äußeren Regeln helfen uns, die reine Sicht zu bewahren. Es gibt die verbotenen Tage und natürlich Nächte, das sind all die religiösen Festtage, ich werde sie dir auf dem Kalender zeigen. Die roten Tage der Frau gehören auch dazu. Man tritt einander immer in würdevoller Weise gegenüber, so, wie man einer Person von hohem Rang gegenübertritt. Man schläft nicht in einem gemeinsamen Bett. Es soll keine Gewohnheit werden. Man soll das Bett nur zum Fest der Vereinigung teilen. Die Aufforderung zum Fest geht von der Frau aus. Der Mann muss warten, bis er eingeladen wird. Es ist ein Zeichen von Mangel an Respekt, wenn er sie auffordert. Diese äußeren Regeln sind eine wichtige Unterstützung, ein Schutz der Beziehung. Natürlich ist es ganz besonders wichtig, dass das Fest der Vereinigung nur um seiner selbst willen gefeiert wird, niemals aus einem anderen Grund.»

«Was für einem anderen Grund?», fragte James.

Maili verzog das Gesicht. «Sarah sagt, hier streiten die Paare oft und versöhnen sich dann im Bett. Und dass Frauen häufig mitmachen, obwohl sie es gar nicht wollen, nur damit es keinen Ärger gibt. Das ist nicht gut. Damit wird die Magie der Vereinigung zerstört.»

James hatte schnell mitgeschrieben. «Das klingt alles so vernünftig und selbstverständlich», sagte er. «Aber wenn ich an meine frühere Ehe denke ... Ich wünsche mir so sehr, dass es diesmal ganz anders ist.»

Die Geste, mit der er über die kahle Stelle seines Schädels strich, war Maili vertraut geworden und brachte sie zum Lächeln. Fürchte dich nicht davor, verliebt zu sein, wollte sie ihm sagen, fürchte dich nicht vor dieser wundervollen Kraft. Gib ihr Raum, so dass sie sich ausbreiten kann, bis du in Flammen stehst. Glühe, bis du ganz klar wirst. Lass dich von Hingabe überwältigen, bis du dich loslassen kannst. Doch sie sagte nur: «Was für eine Freude, James.»

Ohne Appetit pickte Maili mit den Stäbchen in ihrer Schale herum. Erst sechs Tage ohne Sönam. Allgegenwärtige Erinnerung. Die Wärme seines Atems in ihrem Nacken. Die Art, wie er ihr Gesicht in beide Hände nahm und ihre Nasenspitze küsste. Seine langen, anmutigen Finger, die ihren Körper zum Klingen brachten. Die Süße seiner Haut, glänzend, Funken sprühend im Licht der Butterlampen in den Nächten der heiligen Vereinigung.

Sie seufzte. Noch viele, viele weitere Tage und Nächte ohne Sönam.

Der fünfte Traum

Er möchte nicht aus dem Schlaf auftauchen. Er möchte nicht wissen, was ihm gleich einfallen wird. Noch ist es nicht da, wirft nur seinen finsteren Schatten voraus. Doch es lässt sich nicht aufhalten, es dringt in ihn ein, das Schreckliche ist wieder da, die grauenhafte

Drohung, die Angst. Warum kann man die Hände nicht über den Geist legen, damit er nicht denkt, wie man ihn über die Augen legt, damit sie nicht sehen, oder über die Ohren, damit sie nicht hören? Marian wirft sich neben ihm stöhnend hin und her, das hat ihn geweckt. Es ist dunkel.

Der schreckliche Mönch hat mit dem Finger auf sie gezeigt, und laut gesagt: «Bekenne, Sünderin, tu Buße, krieche zu Kreuze! Wir werden dem Bösen deine Seele entreißen. Bekenne! Bekenne dein gotteslästerliches Tun!»

«Ich hab nichts getan, Gott weiß es», hat Marian geflüstert, starr vor Angst.

«Sie hat nichts getan, sie ist gut», hat John flehend zu den Umstehenden gesagt. «Sie hilft. Sie heilt.» Er hat nicht gestottert. Er hat sich selbst vollkommen vergessen.

Knechte und Stallburschen und Mägde standen herum. Alle schauten auf ihre Füße. Niemand kam ihr zu Hilfe. Dann hat der schreckliche Mönch sich abgewandt und alle sind vor Marian zurückgewichen wie vor einem üblen Geruch. John hat sie am Ärmel gepackt und sie vom Hof weggezogen. Sie werden ein Versteck für Marians Kräuter und Salben suchen müssen, sagt Jungfer Gwen. Es ist gefährlich, sie in der Kammer zu behalten.

Marians Strohsack knistert laut. Er hört das Rascheln von Kleidern, dann das Huschen nackter Füße auf dem Boden. Die Kammertür knarrt. Er springt auf, greift nach seiner Jacke und läuft in den Flur hinaus, gerade rechtzeitig, um Marian durch die Tür zum Hof verschwinden zu sehen. Tiefe Nacht liegt über dem Gut. Ein starker, kalter Wind treibt Wolkenfetzen über den vollen Mond. Marian läuft zwischen dem Gesindehaus und den Ställen zum Obstgarten, durch das fast zugewachsene kleine Tor in der Mauer zur Wiese und hinunter zum Bach.

Er wartet am Rand des Obstgartens, bis sie den Bach erreicht hat, dann rennt er los. Sie überquert den Bach, läuft auf den Waldrand zu. In der Dunkelheit des Waldes kommt sie nur langsam voran. Er hört sie; so kann er ihr folgen.

Auf dem Hügel öffnet sich der Wald zu einer Lichtung, dort haben sie im Sommer Beeren gepflückt. Er bleibt im tintenschwarzen Schatten der Bäume stehen. Marian stellt sich mitten auf die Lichtung und wirft die Arme hoch. Sie beginnt stampfend zu tanzen. Unmenschliche, heulende Töne stößt sie aus, dass ihm heiß und kalt zugleich wird. «Komm! Komm!», keucht sie und hebt den Rock samt Unterrock hoch, so hoch, dass man ihre hellen Schenkel sieht.

Er läuft auf sie zu, ruft: «Marian, Schwester!», und hält sie fest, doch sie stößt ihn weg und heult, heult wie ein Tier. In seinem dünnen Körper ist nicht viel Kraft, doch er kann seine Arme von hinten um ihre Mitte klammern und sie festhalten. Sie windet sich, doch er lässt nicht los, bis sie ins trockene, von den Herbststürmen geglättete Gras fallen.

«Komm heim, Marian!», fleht er und plötzlich wehrt sie sich nicht mehr. Sie folgt ihm taumelnd, als er sie am Rock hinter sich herzieht. Ihre Augen sind weit aufgerissen und starr wie Eulenaugen. Er gibt gut Acht, dass niemand sie sieht, nützt den Schatten der Bäume und des Gesindehauses. Doch wer würde schon auf sein um diese Stunde.

Marian fällt ins Bett, ohne das Wams und den Rock auszuziehen.

«Marian, zieh den Rock aus», flüstert er, doch sie regt sich nicht.

Er streicht ihre Kleider glatt, so gut es geht, und zieht die Decke über sie. Dann legt auch er sich wieder hin, mit schmerzhaft klopfendem Herzen. Er versucht wach zu bleiben, doch dann fallen plötzlich scharfe Lichtstrahlen durch die Läden. Die Sonne ist aufgegangen.

Jungfer Gwen hat noch nicht an die Tür gepocht. Es ist sehr früh. Marian liegt auf dem Rücken wie eine Tote. Er rüttelt sie wach. «Marian, wach auf! Was wolltest du heut Nacht im Wald?»

Sie schaut ihn mit schlaftrüben Augen an. «Was ist mit heut Nacht?»

«Warum warst du im Wald?»

Marian schüttelt den Kopf. «Was redest du? Ich hatte einen dummen Traum . . .»

«Dass du im Wald warst?»

Marian richtet sich plötzlich auf. «Unsinn.» Sie steht auf und will ihren Rock anziehen. Erst jetzt bemerkt sie, dass sie darin geschlafen hat.

«Jungfer Gwen hat noch nicht geklopft», sagt er.

Marian bindet ihre Haube um, ohne den zerzausten Zopf neu zu flechten. Wortlos geht sie aus der Kammer. Den ganzen Tag lang spricht sie nicht. Als es gegen Abend dunkel genug ist, hilft er ihr, die Salben und Kräutersäckchen an einem trockenen Platz im Hühnerstall zu verstecken. Der Wind hat Regen gebracht. Niemand treibt sich im Regen draußen herum. Unbeobachtet können sie Marians Kostbarkeiten unterbringen.

Jungfer Gwen hat ihnen aufgetragen, an diesem Abend alle Kochtöpfe mit Sand zu scheuern. Es ist eine Arbeit, die er nicht mag, doch an diesem Tag ist sie ihm recht. Die Gedanken sind nicht so aufgeregt, wenn man hart arbeitet.

Sie haben einen Bottich mit warmem Wasser in die Mitte der Küche gestellt und scheuern einen Topf nach dem anderen. Er wartet, bis Jungfer Gwen hinausgegangen ist und fragt schließlich: «Marian, bist du böse mit mir?»

Verwundert hebt Marian den Kopf und schaut ihn an. «Warum sollte ich böse mit dir sein?»

«Du redest nicht mit mir.»

Sie fährt langsam mit der Hand über die Stirn. «Nein, nein. Ich weiß nicht. Ich habe nur schlechte Träume. Es ist nichts.»

Er wagt nicht mehr, nach der vergangenen Nacht zu fragen.

Die Morgendämmerung hatte gerade eingesetzt, als Maili aufwachte. Der Traum hinterließ eine schmerzhafte Unruhe, die sie hinaustrieb in den kühlen, grauen Morgen. Die Arme fest um sich geschlungen, lief Maili hinaus auf die Wiese hinter der Schreinhalle. Viele Wochen lang hatten die Träume sie in Ruhe gelassen, doch sie wusste stets, dass sie lauerten, bereit, die Geschichte bis zum schrecklichen Ende zu erzählen.

Jenseits des Bachs erhob sich der große, kahle Hügel, den einmal dichter Wald überzogen hatte. Die Bilder des Traums wollten sich über die Tageswirklichkeit legen. Es bedurfte nur eines kleinen Nachgebens und sie würde die Mauer und das Gartentor sehen und im Gesindehaus dahinter die Geräusche des beginnenden Tages hören.

Nicht nur die scharfe Frische des Morgens ließ Maili erschauern. Die Vergangenheit war nicht tot, sie lag noch in der Erde, wie wartend. Worauf?

Der Himmel ist grün

Mit einiger Regelmäßigkeit hatte Maili ihre Besuche bei Edward eingehalten. Oft spielten sie das Murmelspiel, das Lieblingsspiel der Klosterkinder, und Edward entwickelte großen Eifer, Maili seine Fortschritte im Lesen mit einem Leselernspiel zu zeigen.

«Bald wird er einen Computer haben», sagte Helen. Durch ihr übliches gequältes Lächeln schimmerte eine zaghafte Freude hindurch. «Man hat mir ein Heim empfohlen. Sie haben dort Computer für die Kinder, das gefällt ihnen. Und nachdem es Edward jetzt viel besser geht . . .»

In Mailis Umarmung musste sie ein wenig weinen. «So lange Zeit konnte ich ihn nicht richtig lieben», sagte sie in ihr Taschentuch. «Jetzt kann ich es.»

«Edward wollte dich zur Mutter, als er empfangen wurde», erklärte Maili. «Die Wesen haben kein Geschlecht, bevor sie wiedergeboren werden, doch wenn sie sich in die Mutter verlieben, werden sie männlich, und wenn sie sich vom Vater angezogen fühlen, werden sie weiblich. Darum hast du einen Sohn bekommen.»

Helen wich zurück und schlug die Hand vor den Mund. «So etwas darfst du nicht sagen.»

Maili hielt erschreckt den Atem an. Hatte sie wieder einmal gegen eines der Tabus dieser westlichen Welt verstoßen? Doch dann atmete sie alle Vorbehalte aus und strich sanft über Helens Haar.

«Helen, liebe Helen», flüsterte sie, «ist es nicht ein schöner Gedanke, dass er sich von dir angezogen fühlte, dass er mit dir zusammen sein wollte?»

«Und ich habe ihn abgewiesen», brach es aus Helen hervor. «Ich war so herzlos.»

«Hör auf», sagte Maili nachdrücklich.

Helen riss die Augen auf und hielt ihr Schluchzen in der Kehle fest.

«Jetzt ist jetzt», sagte Maili. «Jetzt liebst du ihn. Jetzt hilfst du ihm. Nur darum geht es.»

Sie spürte ein Ziehen an ihrem Rock. Noch nie zuvor war Edward ohne Aufforderung aus seinem Zimmer gekommen. Maili streckte vorsichtig die Hand aus. Edwards Gesicht war abgewandt, doch er ergriff mit zwei Fingern ihre Hand.

«Gib deiner Mama auch die Hand», sagte Maili, «dann gehen wir hinaus und schauen den Wolken zu. Eine Wolke hat Geburtstag. Sie feiern ein Fest.»

Auch Helen streckte ihre Hand aus. Mit spitzen Fingern berührte Edward ihren Daumen. Steif ging er zwischen den beiden Frauen vor die Gartentür auf die Wiese.

Maili deutete zum Himmel. «Schau, die Wolken! Siehst du, wie sie feiern?»

Edward hob den Kopf und starrte die Wolken an. Sein Atem ging schnell. Er geht nicht gern hinaus, hatte Helen gesagt. Am liebsten ist er in seinem Zimmer.

Helen beugte sich zu Edward hinab. «Möchtest du fliegen wie die Wolken? Wir könnten dich an den Händen nehmen und dir das Fliegen zeigen.»

«Ein anderes Mal», sagte Maili, als Edward die Hände an sich zog und sie vor der Brust ineinander verkrampfte. Sie begann sich lachend zu drehen, ergriff dann Helens Hände und zog sie mit hinein in ihr fröhliches Kreisen. Als sie innehielten, sahen sie, dass Edward begonnen hatte, sich um sich selbst zu drehen.

«Breite die Arme aus, Edward», sagte Helen, «dann geht es besser.» Sie hob ihre Arme, bemüht und hölzern. Einen Augenblick lang ruhte Edwards ausdrucksloser Blick auf seiner Mutter. Dann breitete er plötzlich die Arme aus und drehte sich schnell im Kreis. In kleinen, spitzen Tönen begann er zu lachen. Schließlich blieb er wankend stehen.

Helen ging in die Hocke und stützte ihn von hinten und er zog sich nicht vor ihr zurück. Behutsam berührte sie seinen Hinterkopf mit ihrer Stirn.

Edward schaute in den Himmel. «Grün», sagte er und in seinem schiefen Lächeln lag die Belustigung eines alten, weisen Mannes.

Wenig später kam Edward in das Heim, in dem sich die Kinder während der Woche aufhielten. Seitdem er das erste Wort gesprochen hatte, kamen weitere Wörter nach, langsam, aber stetig. An den Wochenenden holte Helen ihn nach Hause. Edward habe nur noch ganz selten seine Zustände, berichtete sie, und er hole am

Sonntagnachmittag selbst seine Schuhe, wenn es Zeit war, wieder zum Heim zu fahren.

Das ruhige Gleichmaß der Tage ließ Maili Zeit, viel zu lesen. Sarah hatte ihr einen Arm voll philosophischer Literatur hinterlassen, bevor sie zu ihrer Mutter gefahren war. «Drei Wochen mit der Mutter am Meer» lautete die töchterliche Verpflichtung, der Sarah in jedem Sommer nachkam, nicht unwillig, denn ihre Mutter sei ebenso freundlich wie langweilig, wie sie sagte, und ließe ihr genügend Zeit für sich selbst.

Manchmal gab es zu Mailis Freude richtige, heiße Sommertage, doch auch diese hatten keinen spürbaren Mittag. Es war, als ginge der Vormittag einfach in den Nachmittag über, und man wartete vergebens auf den gleißenden Höhepunkt. Häufiger waren die grauen Tage, an denen sich eine blasse Wolkendecke von einem Horizont zum anderen über den Himmel erstreckte und gelegentlich dünner Regen fiel.

Längst hatte sich Maili daran gewöhnt, die Meditationskurse zu leiten, und hätte sie nicht Sönam vermisst, wäre dieser Sommer nahezu vollkommen gewesen. Selbst die Träume hatten sich zurückgezogen, gönnten ihr einen ungestörten Frieden. Vielleicht, dachte sie, war es gerade der zartbittere Hauch von Schmerz über Sönams Abwesenheit, der dieser Zeit ihren Zauber verlieh.

Doch als Sönam kurz vor dem großen Sommerseminar zurückkam, erschienen ihr die vergangenen zwei Monate wie ferne Vergangenheit, an die zurückzudenken sich nicht lohnte.

Viel Glück, viel Verantwortung

«Sie wagten kaum, mit mir zu sprechen», sagte Sönam. «Und sie gaben sich so viel Mühe, alles richtig zu machen. Zu viel Mühe. Ihre Verehrung war wie ein Gefängnis.»

Maili lächelte und ließ ihre Schale mit dem Frühstücksreis

sinken. Die Freude machte das Essen unnötig. Ihre Sinne verlangten nach Sönam, wollten ihn ständig sehen, hören, riechen, schmecken, fühlen. Sanft leuchtete die braune Haut seines Gesichts im kräftigen Licht der morgendlichen Frühlingssonne. Auf seinem glatten, lange nicht mehr geschnittenen Haar lag ein metallischer Glanz. Schön, schön, schön!, sang ihr Geist. Der Abstand, zu dem ihre Disziplin sie überredete, machte seine Nähe noch köstlicher.

«Es wurde ein bisschen besser, als ich die Robe nur noch im Lhakang trug», fuhr Sönam fort. «In der Alltagskleidung konnten sie mich eher als normales, menschlichen Wesen sehen. Aber sie blieben scheu. Es war ganz anders als hier. Hier hatten sie mich vorher als Rinpoches kleinen Kusung gekannt. Dort sahen sie in mir den großen Lama.»

Maili kicherte. Sönam verzog das Gesicht in übertriebener Hilflosigkeit. «Es war wirklich schwierig.»

Maili beugte sich vor und streichelte seine Hand. «Aber ich habe gehört, dass sie sehr begeistert waren von ihrem würdevollen Lama.»

«Offenbar haben sie nicht bemerkt, wie unsicher ihr würdevoller Lama war», erwiderte Sönam. «Obwohl ich es ihnen sagte. Aber es gelang mir nicht, sie davon abzuhalten, eine Ikone anstatt einen Menschen in mir zu sehen. Ich . . . ich hatte so große Sehnsucht nach dir. Und Heimweh. Ich hätte nie gedacht, dass ich mich einmal nach diesem Ort hier sehnen würde.»

«Es ist unser Zuhause, wir haben kein anderes», sagte Maili ein wenig abwesend. Ihr Ohr war eher bei seiner Stimme als bei dem, was er sagte, einer Stimme so frisch und kühl wie das helle Grün im Garten. «Manchmal denke ich, es sei hundert Jahre her, seitdem ich im Kloster war. Wenn Deki mir schreibt, ist es, als bekäme ich Post vom Mond.»

Sönam stellte seine leere Schale auf das Tablett zwischen ihnen auf dem Bett und ordnete nachdenklich die Essstäbchen daneben.

«Ich frage mich, wie es mit unseren asiatischen Mustern ist. Die persönlichen Muster kann man ändern. Aber die kollektiven Muster sind viel stärker. Ich wurde in Nubri geboren. Ich lernte auf Tibetisch zu denken und mich tibetisch zu verhalten. Das ändert sich nicht, wenn ich hier bin, so wie meine Hautfarbe und meine Nase sich nicht ändern.»

«Glücklicherweise», sagte Maili heiter. «Ich möchte nicht, dass sich deine Nase verändert. Es ist eine wunderschöne Nase. Und Anderssein ist kein Makel.»

«Weise Maili», entgegnete Sönam und küsste ihre Handfläche. Er räumte das Tablett vom Bett und sie nahmen einander in die Arme und saßen lange schweigend, ineinander verschlungen wie Pflanzen im ruhigen Nachklang der Nacht.

Als Sönam mit dem Tablett gegangen war, schaute Maili lange zum Fenster hinaus. Vereinzelte, schleierartige Wolken trieben über den Himmel. Sönam war wieder da und alles war ganz neu. Das Leben floss schnell. Freude beleuchtete jeden Augenblick.

Plötzlich stand sie auf, nahm ein Blatt Papier und setzte sich an den kleinen Tisch am Fenster. Die Worte strömten aus ihr heraus, unbehindert, wie Regen.

Ich lese dein Gesicht
In einem selbstvergessnen Augenblick
Ich lese
Deine Sanftheit und deine Härte
Deine Nähe und deine Abwesenheit
Deine Hingabe und deine Verteidigung
Deinen Mut und deine Furcht
Deine Weisheit und deine Verwirrung

Ich lese deinen Körper
Ich lese deine Bewegungen
Ich lese deine Begrifflichkeiten
Symbol reiht sich an Symbol
Die Sprache der Wirklichkeit
Ich umarme die Erscheinungen
Jenseits von wahr und nicht wahr

Mein Herz pocht machtvoll
Und erschüttert den Kosmos
Ich bette meinen Kopf an des Tigers Flanke
Ich küsse den weißen Löwen
Den furchtlosen Drachen geb ich mich hin

Und reite auf dem verrückten Garuda
Im Aufwind reiner Leidenschaft
Ich lese unsere Umarmung
Eine Geschichte der wildesten Zartheit
Symbol des Symbols
Sprache des Zwielichts
Des Tages Sein
Und das Nichtsein der Nacht
Verschmelzen im Gesang der Dakinis
Ich lese
Die Keimsilben der Existenz
In einem Augenblick
Ohne Hoffnung und Furcht
So leicht ist es
Zu sterben
So leicht ist es
Zu leben

Sie faltete das Papier, ging in Sönams Zimmer und legte es auf sein Bett. Einen Augenblick lang blieb sie stehen und sah sich um. Lange war sie nicht mehr in seinem Zimmer gewesen. Selbst als er noch da war, hatte sie es selten betreten. Es war aufgeräumt und von kühler Strenge. Maili lächelte. Ein männliches Zimmer. Diese kühle Gradlinigkeit tat ihr gut, glich ihr leidenschaftliches Feuer aus.

Dankbarkeit hüllte sie ein. Gutes Karma verpflichtet, sagte sie zu sich selbst. Viel Glück, viel Verantwortung.

Der Sonntag war der erste klare Tag nach mehr als einer Woche Regen. Maili löschte die Flammen der Butterlampen auf ihrem Schrein, öffnete eines der Fenster und dehnte sich in der Welle sanfter, morgenfrischer Luft, die ins Zimmer strömte. Der Windhauch ließ Edwards Brief vom Tisch flattern. Er hatte ihn Helen diktiert, und in ihrer steilen Schrift hatte diese geschrieben:

An Lama-Mama!
Der Himmel ist grün. Die Wiese ist rot.
Edward trinkt Glück-Tee mit den Wolken.

Dazu hatte er mit seinen Kreiden zwei Kreise gemalt, einen grünen und darunter einen roten.

Am Tag zuvor, zu Beginn des letzten Meditationswochenendes vor dem großen Sommerseminar, war Helen gekommen und hatte scheu nach Maili gefragt. «Er spricht schon so gut», hatte sie mit feuchten Augen berichtet. «Als ich ihn abholte, sagte er: ‹Mama ist da!›. Er hat neben sich geklopft und gesagt: ‹Mama ist da›». In Helens Gesicht zuckte es und ihre Stimme wurde dünn und atemlos. «Und er hat dieses schmatzende Geräusch gemacht, Sie wissen ja, das er immer macht, wenn er sich freut.»

Helen betupfte Augen und Nase. Maili streichelte ihren Rücken.

«Bevor wir wieder ins Heim fuhren», erzählte Helen weiter, «wollte er, dass wir diesen Brief für Sie schreiben. Und im Bus sang er Lama-Mama, Lama-Mama.» Sie ahmte nach, wie Edward auf zwei Tönen Lama-Mama gesungen hatte.

Maili hatte sie eingeladen, sich ein wenig in die Schreinhalle zu den Meditierenden zu setzen. Helen zögerte.

«Gott hat bestimmt nichts dagegen», sagte Maili sanft.

Helen zog ihre Jacke vor der Brust zusammen. «Kann ich dabei diese Übung machen, die Sie mir gezeigt haben?»

Das sei eine gute Idee, bestätigte Maili und Helen setzte sich auf einen der Stühle an der Rückwand der Schreinhalle, nahe der Tür.

«Es ist schön still und friedlich da drinnen», hatte sie danach gesagt. «Vielleicht würde das Edward auch gefallen.»

Lächelnd hob Maili den Brief auf und legte ihn wieder auf den Tisch. Heute würde sie ihn Sönam zeigen, und sie würden beide hinausgehen und über die Hügel wandern und plaudern und es noch einmal genießen, ohne den eisernen Tagesplan des Seminars zu leben, dem sie sich in wenigen Tagen würde unterwerfen müssen. Maili war fest entschlossen, dem kleinen Rest der ruhigen Zeit noch so viel Erde, Himmel, Sonne und Mond abzugewinnen wie möglich.

13

Mailis Wut

Das Aufwachen geschah langsam, wie Maili es jahrelang geübt hatte. Wachsein ohne Inhalt. Nur das Wissen um das Wachsein. Wissende und Wissen nicht getrennt.

Der Inhalt nähert sich wie ein Schatten, nicht benennbar. Zuerst ist da etwas. Noch ist es nicht Maili, die denkt: Da ist etwas. Es ist lediglich da. Und es gibt Widerstand. Wie am ausgestreckten Arm hängt das Etwas, noch entfernt, noch nichts Gewisses, doch dann strömt es unaufhaltsam in Mailis Geist und breitet sich aus, bis es jeden Winkel besetzt hat. Es war ein großes, lautes «So nicht!», und es verband sich mit Sönam. Wut! Wut auf Sönam!

Wie lange hatte sie sich schon in ihr angesammelt? Zuerst zweifelnd zurückgewiesen, zur Seite gelegt, im Trubel des Seminars immer wieder übergangen. Sönams Verhalten hatte sich verändert seit seiner Rückkehr, langsam, kaum merklich. Sönam, der mit einem leeren Lächeln, Maske seines Schutzes, an ihr vorbeigeht. Ein Kuss hie und da, der sie streift wie der beiläufige Luftzug, wenn eine Tür ins Schloss fällt. Sönam, der entschuldigend sagt: «Ich habe so viel zu tun.»

Warum sah sie es erst jetzt? Sie hatte es nicht wissen wollen.

Die Morgenmeditation war eine leblose Pflicht, die den Schmerz vertiefte. Sönam würde mit James in die Stadt fahren. Sie musste mit ihm sprechen. Warum hatte sie nichts wissen wollen? War er wirklich nur erschöpft? War er ihrer überdrüssig? Was sonst? Er ging ihr aus dem Weg. Er war nicht aufrichtig. Verrat! Sie war wütend. Wütend, wütend, wütend! Sie ballte die Fäuste und grub die Nägel fest in die Handflächen, um nicht aufzuspringen und in Sönams Zimmer zu stürmen.

Der innere Druck trieb sie in Sarahs Büro hinunter. Trotz der frühen Stunde saß Sarah bereits an ihrem Schreibtisch, sortierte Unterlagen und bereitete die Arbeit an der Buchhaltung vor, die Ann an diesem Tag übernehmen würde.

«Kann ich dir helfen?», fragte Maili unschlüssig und ließ sich auf dem zweiten Bürostuhl nieder. «Das lenkt ab.»

«Wovon?»

«Von Wut. Ich bin wütend. Ehrlich gestanden – ich kam nicht, um dir zu helfen . . . Darf ich mein Herz ausleeren – sagt man so?»

«Ausschütten sagt man», berichtigte Sarah. «Aber ausleeren gefällt mir besser.»

Maili lehnte sich seufzend zurück. «Ich sehne mich nach Leerherzigkeit.»

Sarah legte erwartungsvoll die Hände in den Schoß. «Sprich!»

«Sönam», sagte Maili düster. «Ich bin wütend auf ihn. Er sieht mich nicht mehr. Er spricht nicht mehr mit mir – nicht so wie früher. Er war so lange weg. Und zuerst war er glücklich, dass wir wieder zusammen waren. Ich verstehe das nicht. Jetzt ist es wie in diesem Film: Der Mann kommt zur Haustür herein, stellt seine Aktentasche ab, gibt seiner Frau einen Papierkuss und geht dann an seinen Schreibtisch und hat wichtige Dinge zu tun.»

«Sei nicht ungerecht», warf Sarah ein. «Er zähmt James. Ohne Sönam wäre James ein Dauergewitter oder wenigstens ein ständiges Grollen am Horizont.»

«Aber er spricht nicht aufrichtig mit mir.»

Sarah schüttelte sanft den Kopf. «Ist es für ihn nicht eher ‹Gedanken zähmen›, wenn er nicht spricht? Er war schließlich ein Mönch.»

«War ich nicht eine Nonne? Man gibt die Gelübde nur auf der äußeren Ebene zurück. Das Innere der Gelübde, die Essenz – die gibt man nie zurück. Ich bin immer noch eine Nonne, verstehst du? Aber kein . . . Stein, Fels, Beton.»

«Für dich ist es leichter. Du bist eine Frau.»

«Ich wollte, *er* wüsste das», knurrte Maili. «Ich bin so fürchterlich wütend. Wütend und enttäuscht.» Sie hielt inne und biss auf ihrer Unterlippe herum.

«Sprich aus, was du denkst», forderte Sarah sie auf. «Ich sag es nicht weiter.»

Maili nickte entschlossen. «Plötzlich kommen so viele Erinnerungen. Alte Erinnerungen. Wie er vor Jahren sagte: Wir können uns nicht mehr sehen, Maili. Es tut mir weh, Maili. Es verwirrt mich, Maili. Es ist besser, wenn wir uns nicht mehr begegnen, Maili. So war es nicht nur ein Mal. Immer zurückweichen, immer weglaufen. Jetzt kann er nicht weglaufen, also versteckt er sich hinter Schweigen. Und sagt nicht, warum. Er ist da, aber doch nicht da. Habe ich etwas Falsches gesagt? Habe ich etwas Falsches getan? Ich frage: Was ist mit dir? Er sagt: So viel Arbeit. Aber ich arbeite auch viel, na und? Sag mir, Sarah, soll ich mit ihm streiten, wie viel Arbeit es wirklich ist? So viel, dass er mich nicht mehr wahrnimmt? Aber mit James am Computer sitzen den ganzen Tag, das gefällt ihm. Was denkt er wohl? So großartig ist er nun auch wieder nicht. Ich habe ihn genommen, weil Ani Rinpoche es wollte. Er ist kein wunderbarer, großer Lama. Er ist langweilig. Jawohl, er ist langweilig und feige und ignorant und . . .»

Sarah schaute zur Tür und hob die Augenbrauen. Maili wandte sich um und stieß einen kleinen Schreckensruf aus. Die Tür war nur angelehnt gewesen. Sie hatten Sönam nicht wahrgenommen. Sein Blick machte deutlich, dass er genug gehört hatte.

Es war unerträglich. Maili wollte weglaufen, sich auflösen, sich unsichtbar machen. Sie sprang auf und suchte hinter dem langen, dichten Vorhang Schutz. Dort kauerte sie sich nieder, lehnte die Stirn an die Wand und schlug die Zähne so fest in ihren Handrücken, dass der Schmerz für einen Augenblick den Tumult der Beschämung in ihrem Geist übertönte.

«Maili!», hört sie Sönam sagen.

Sie rührte sich nicht.

«Bitte, Maili!»

«Lass ihr Zeit.» Sarahs Stimme klang belustigt.

Maili kauerte sich noch tiefer in den Vorhang. Sie spürte Sönams Anwesenheit. Es war ihr unmöglich hervorzukommen. Sie wollte ihn nicht sehen. Sie wollte ihre eigene Spiegelung in seinen Augen nicht sehen.

«Sönam, wo bleibst du?», hörte sie James rufen.

«Ich komme», antwortete Sönam. Er trat einen Schritt näher zum

Vorhang hin und sagte auf Tibetisch: «Ich muss gehen. Ich werde dir alles erklären.»

Sie hörte, wie die Tür geschlossen wurde.

«Niemand mehr da», verkündete Sarah.

Maili kroch mit einem vorsichtigen Blick zur Tür hinter dem Vorhang hervor und blieb mit dem Rücken zu Sarah am Fenster stehen. «Ich hätte das nicht über ihn sagen dürfen. Es ist unglaublich hässlich, so etwas zu sagen.»

Sarah schwieg.

«Es heißt», fuhr Maili bedrückt fort, «dass ein einziger Augenblick der Wut die Verdienste von Millionen Jahren guter Taten auslöscht. Das ist gerade geschehen.»

«Ist das nicht ein bisschen extrem?», wandte Sarah ein.

Maili wischte vorsichtig eine Träne ab und setzte sich wieder auf den Bürostuhl. «Aber es stimmt. Man macht so viel kaputt, wenn man der Wut nachgibt. Sönam ist nie so wütend.»

«Aber wenn ich mich recht erinnere, ist er manchmal ein bisschen feige», wandte Sarah mit einem kleinen Lächeln ein.

Maili knetete die Hände, als habe sie es nicht gehört. «Was bin ich doch für eine Zierde der Lamaschaft», sagte sie unglücklich. «Wie kann ich spirituelle Unterweisungen geben, wenn mein eigener Geist so ungezähmt ist?»

Sarah schüttelte den Kopf. «Ich zitiere: Wer keine Fehler macht, kann nicht lernen. Wer nicht lernen kann, kann nicht lehren. Die Worte der weisen Lama Osal.»

«Lama Osal muss sich schämen.»

«Lama Osal denkt, alle dürfen Fehler machen, nur sie selbst muss vollkommen sein.»

Maili seufzte. «Du hast Recht. Zu alledem bin ich auch noch sehr ... wie sagt man?» Sie dachte nach. «Arrogant. Ich bin sehr arrogant.»

Sarah rollte mit ihrem Stuhl zu Maili heran und legte ihren Arm um die Schultern der Freundin. «Fehler über Fehler. Wie liebe ich meine arrogante, zornige, dramatische, wahrhaftige, wunderbare Maili.»

Maili lehnte ihren Kopf an Sarahs Arm. «Den ganzen Morgen lang habe ich nur an mich gedacht. Bis zu diesem Augenblick. Ich,

ich, ich. *Ich* bin wütend. *Ich* darf keine Fehler machen. *Ich* bin arrogant. *Ich* habe meine Verdienste zerstört. Ich bin der Mittelpunkt der Welt. Keine Leerherzigkeit. Ein Herz voll Ich.»
«Ende der Selbstbeschimpfung», murmelte Sarah.
Maili seufzte. «Fehler über Fehler.»
«Liebe ist ein schönes Geschenk», sagte Sarah, während sie mit ihrem Stuhl zurück zu ihrem Schreibtisch rollte, «aber man muss dafür arbeiten.»
Maili stand auf. «O ja. Ich beginne es zu verstehen. Liebe ist harte Arbeit.»

Erst beim Abendessen sah sie Sönam wieder. Sie aßen gemeinsam mit der großen Arbeitsgruppe, die das Seminar betreute. Den ganzen Tag lang hatte sie sich davor gefürchtet, Sönam unter die Augen zu treten. Es spielte keine Rolle mehr, dass sein Verhalten ihr Grund zu Irritation gegeben hatte. Der Verrat, den sie begangen hatte, wog viel schwerer.

Sie kam möglichst spät zum Essen, um ihm ausweichen zu können. Doch es gab kein Ausweichen. Sie begegnete ihm auf dem Flur und sie musste stehen bleiben und seinen bekümmerten Blick ertragen.

«Verzeih mir, es tut mir Leid», sagte sie leise.
«Dasselbe wollte ich sagen», erwiderte er. «Lass uns nach der Sitzung darüber reden. Ich bin dir eine Erklärung schuldig.»

Die Sitzung dauerte lang. James und Ann redeten auf Sönam ein. Als Maili schließlich aufstand, warf Sönam ihr einen beredten Blick zu, den sie auffing wie ein Geschenk. «Wir sind bald fertig», sagte er. Maili wartete und ging schließlich schlafen. Er kam nicht.

Sie erwachte, als er sich auf ihre Bettkante setzte. «Darf ich dich noch stören?», flüsterte er.

Maili schlug die Bettdecke zurück. «Komm.» Schläfrig streckte sie die Hand nach ihm aus. «Verzeihst du mir mein schlechtes Benehmen heute Morgen?»

Er legte sich zu ihr, schob seinen Arm unter ihren Kopf und zog sie an sich. «Vielleicht bin ich wirklich langweilig, feige und ignorant», murmelte er in ihr Haar.

«Bitte, nicht daran erinnern!» Maili spürte, wie ihr Nachthemd feucht wurde von Schweiß. «Ich wollte das nicht sagen... Oder doch, in diesem Augenblick wollte ich es und das tut mir so Leid.»

«Es war mein Fehler», erwiderte Sönam. «Ich hätte mit dir reden sollen. Aber ich habe das noch nicht gelernt, obwohl ich schon so lange hier lebe. Ich bin nicht wie die westlichen Leute, die so viel reden. Ich kann es nicht. Und ich kann es nicht wollen. Ich dachte immer, sie reden und reden und erschaffen ihre Wirklichkeiten und dann glauben sie daran. Wir haben gelernt, uns darauf nicht einzulassen.»

Maili schwieg. Hatte sie sich durch ihre Gespräche mit Sarah und den anderen schon allzu sehr an die westliche Art gewöhnt und ihre Erziehung vergessen? Die Lehren sagen, alle Probleme beginnen bei uns selbst. Dort sollen wir sie suchen, dort sollen wir mit ihnen arbeiten. Aber sollte sie deshalb aufhören, Situationen durch Gespräche klären zu wollen?

«Wir haben auch gelernt, dass Extreme keine Lösung sind», sagte sie. «Gar nicht reden ist auch nicht gut.»

Sönam lehnte seinen Kopf an den ihren. «Ich wollte es dir erklären, aber ich konnte nicht.»

«Was wolltest du mir erklären?»

Er zögerte. «Meine... Schwierigkeit.»

Maili schwieg mit angehaltenem Atem.

«Ich kann meine Energie nicht mehr kontrollieren», sagte er schließlich mit sichtlicher Überwindung. Sein kurzer Atem verriet, wie schwer es ihm fiel, sich ihr anzuvertrauen.

«Meinst du das Zurückhalten? Das kannst du doch sehr gut.»

«Nein, das meine ich nicht. Es ist... mein Geist hat sich verengt. Ich verstehe es nicht. Zuerst dachte ich, es läge an all diesen Einschränkungen. Die verbotenen Tage. Die langen Abende mit den Arbeitsgruppen. Wir konnten unser Fest so selten feiern. Solange ich nicht hier war, gab es kein Problem – außer, dass ich ungeduldig wurde und endlich wieder bei dir sein wollte. Doch hier... Ich hatte... Phantasien, körperliche Phantasien, und ich durfte nicht zu dir kommen, weil es ein verbotener Tag war oder weil wir keine Zeit für unser Fest hatten. Es wurde immer schlimmer. Ein ständiger Kampf. Selbst unsere Feste verloren ihr Licht. Ich dachte, es würde besser, wenn ich mich zurückziehe.»

«Wurde es besser?»
«Nein. Ich hoffte ... Ich wollte nicht so sein. Ich gab mir Mühe. Aber ich war wie besessen.»
Maili küsste seinen Hals. «Ich habe gelesen, dass auch erfahrenere Yogis mit solchen Schwierigkeiten kämpfen mussten. Und wenn sie es dann geschafft hatten, sie zu überwinden, waren sie mächtig stolz.»
«Ich weiß nicht ... es ist extrem. Ich denke manchmal, ich bin besessen. Es ist... als wäre da ein Dämon... Ich weiß, ich sollte die Energieübungen machen. Aber man braucht so viel Zeit dafür. Ich habe keine Zeit. Seit Jahren habe ich zu wenig Zeit. Es kommt mir vor, als hätte ich kaum mehr Zeit um zu leben, um zu atmen.»
Sönam, der nie klagte, der immer ruhig und besonnen erschien. Ein Bild, wie aus Papier geschnitten. Sie hatte ihn als langweilig bezeichnet. Kannte sie ihn? Hatte sie sich je bemüht, ihn zu kennen?
«Hast du mit Rinpoche gesprochen?»
«Das konnte ich nicht ... Nein, das konnte ich nicht. Ich habe ihn nur gebeten, nach dem Seminar ins Retreat zu dürfen.»
«Und mit mir konntest du auch nicht sprechen.»
Sönam wandte unwillkürlich den Kopf ab. «Nein. Bitte, versuche es zu verstehen. Es war... Scham... Wie ein Hund auf der Straße. Die Hunde in den Straßen von Katmandu – du weißt, sie hängen aneinander fest und sie können sich nicht lösen. Es ist so ... entwürdigend. Ich glaube, eine Frau fühlt nicht so. Nicht so ... tierisch. Und du bist so stark. Ich wollte nicht immer als der Schwächere dastehen.»
«Ich bin nicht stark.» Das Gefühl peinlichen Schuldbewusstseins ließ Maili flüstern. «Du hast mich heute Morgen erlebt... Bitte sag, dass du mir verzeihst.»
«Und du mir», erwiderte Sönam. Maili fragte sich, ob sie seine Stimme jemals so sehr hatte zittern hören unter dem Druck mächtigen Gefühls. Von nun an würde sie sich Mühe geben, sich in ihn hineinzufühlen, ihn zu verstehen, nicht zu urteilen. Die gute Absicht wirkte so beruhigend, dass sie, eingehüllt in seine Nähe, in den Schlaf zurückglitt und nicht bemerkte, wie er sich vorsichtig erhob und in sein Zimmer ging.

Sie fühlten sich beide beruhigt, nachdem nichts Unausgesprochenes mehr zwischen ihnen stand. Dennoch lag ein Schleier von Fremdheit über ihnen und das darauf folgende Fest der Vereinigung litt unter dieser Trübung. Sönams Körper verweigerte sich. Sie beschlossen, für einige Zeit auf die Feste zu verzichten. Maili fühlte sich manchmal versucht, Sönam einzuladen, doch sie erkannte, dass es nicht ihrem Wunsch nach Vereinigung in Körper und Geist, sondern dem Wunsch nach Trost entsprang. Sie beschränkte sich darauf, gelegentlich abends zu ihm zu gehen und ihn in die Arme zu nehmen. In diesen Augenblicken war er ein Kind für sie, ein Sohn, den sie trösten und beschützen wollte. So tröstete sie sich selbst, indem sie seine Mutter war.

Das große Seminar war zu Ende. Eine fast bestürzende Stille durchdrang das Haus. Sie hatte in den Ecken und Wänden gewartet, bis ihre Zeit kam, und jetzt ergriff sie wieder Besitz vom Zentrum, als sei sie ihr rechtmäßiger Eigentümer. Alles war aufgeräumt, geputzt, beseitigt, zur Ruhe gelegt bis zum nächsten Ansturm.
Der Rinpoche reiste nach Polen ab, und mit ihm Ben, Nadine und Yeshe. Das Gerücht war herumgereicht worden, der Rinpoche habe Yeshe zur Gefährtin erkoren. Mit klebriger Neugier hingen die Blicke an ihr. Doch Maili konnte keinen Hinweis entdecken. Niemand sah sie jemals das Zimmer des Rinpoche betreten.
Erst am Tag vor der Abreise wagte sie die Freundin zu fragen: «Entschuldige, wenn ich ... aber bist du Rinpoches ...?»
Yeshe lachte. «Gefährtin? Leider nicht. So viel ich weiß, hat er nie eine andere Gefährtin, wenn Nadine dabei ist. Und sonst wohl auch eher selten. Ich denke, er findet mich amüsant. Es ist wild, in seiner Nähe zu sein. Ich hoffe, ein bisschen verrückte Weisheit färbt auf mich ab.»
Sie drehte eine Pirouette und nahm dann Maili in die Arme. «Ich bin ein Glückskind», sang sie, «und ich will alle mit Freude füttern, Emaho.»
Ich möchte auch mitkommen, dachte Maili. Findet er mich nicht amüsant? Er hat mich auf den Mund geküsst. Danach schien er mich nicht mehr zu sehen. Sieben Wochen lang war ich Lama Osal und tat meine Pflicht. Vielleicht bin ich nicht amüsant. Das Kind

aus den Bergen. Die kleine Nonne. Das gezähmte Mundwerk. Wer ist Maili?

«Ich freu mich für dich und ich beneide dich», sagte sie und rieb Yeshes Nase mit der ihren.

«Huh», rief Yeshe, «er kommt bald wieder. Mich lässt er in Polen zurück. Eine wilde Yeshe für hundert fromme Polen, und Nadine rufen die Diamanten. Der Boss kommt ohne uns zurück. Dann wirst du ihn nur mit Sarah und James teilen müssen.»

«Wen? Oh, du meinst Rinpoche-la?»

Yeshe lachte laut. «Mach nicht solch ein Nonnengesicht, Maili. Auf transzendente Weise teilen wir unseren transzendenten Schatz.»

Der sechste Traum

Er hat so viele Holzscheite in den Korb gepackt, dass er ihn kaum tragen kann. Doch das muss sein. Er hat einen Vertrag mit Gott abgeschlossen. Von früh bis spät wird er fleißig arbeiten, noch fleißiger als sonst, und dafür soll Gott ihn und Marian beschützen. Er glaubt ganz fest daran, dass Gott ihm zugehört und sich auf den Vertrag eingelassen hat. Von Zeit zu Zeit presst er die Augenlider fest zusammen und denkt: Ich glaube daran! Ich glaube daran! Denn es ist wichtig, dass er mit aller Kraft daran glaubt.

Eilig stapelt er das Holz in der Küche neben dem Herd.

Peter, der Kutscher, plaudert mit Jungfer Gwen, doch er erzählt keine schlimmen Geschichten mehr aus der Stadt von verurteilten Ketzern und Hexen. Vielleicht hat die Köchin es ihm verboten. Peter tut so, als wäre alles in Ordnung. Doch nichts ist in Ordnung.

Wenn er nur verstehen könnte, was mit Marian geschieht. Manchmal verändert sich plötzlich ihre Haltung, ihr Gang, ja sogar ihr Gesicht, vor allem dann, wenn Knechte und Stallburschen in der Nähe sind. Sie biegt ihren Rücken straff durch, schwenkt die Hüften, wirft schnelle, scharfe Blicke um sich. Es kommt plötzlich und dauert nicht lang, aber es genügt, um Aufmerksamkeit zu erregen. Danach ist sie wieder seine gute, sanfte Marian. Es macht ihm Angst. Er wagt nicht zu fragen. Vielleicht spricht sie dann nicht mehr mit ihm wie nach der Nacht im Wald. Sie ist seitdem nicht mehr in den Wald gegangen. Er hätte es bemerkt, denn er bleibt wach, so lange er kann, und wenn er schläft, dann nur ganz leicht. Schnaubt auch nur ein Pferd nachts laut, ist er sofort hellwach.

An diesem Abend, als sie in ihre Kammer gehen, nimmt er allen Mut zusammen. Er atmet ein paarmal tief, aber dennoch gerät er ins Stottern und es braucht ein paar vergebliche Versuche, bis er fragen kann: «Marian, warum bist du so?»

Marian schüttelt ruhig die Strohsäcke auf. «Wie bin ich?»

Er weiß nicht, wie er es beschreiben soll. Er regt sich zu sehr auf, und dann findet er gar keine Worte mehr.

Marian legt ihr Wolltuch ab und zieht das dicke Wams aus. Plötzlich hüpft sie auf das Bett, packt ihre Röcke, beugt sich mit funkelnden Augen vor und zeigt die Zähne wie eine fauchende Katze. «Wie bin ich? Du meinst, wie eine Hexe?» Ihre Stimme ist so messerscharf. «Vielleicht bin ich eine Hexe. Ha! Vielleicht bin ich eine Hexe.»

Wieder biegt sie den Rücken durch, wirft den Kopf nach hinten und schwenkt ihre Röcke. Mit einer schnellen Bewegung dreht sie sich um, weg von ihm, beugt sich vor und wirft ihre Röcke hoch, sodass ihr entblößtes Hinterteil im flackernden Schein des Kerzenstummels aufleuchtet wie ein weißer, zweigeteilter Mond.

Panik lähmt ihn. Er kann nicht wegschauen. Hellbraunes Haar lodert zwischen ihren Beinen hervor. Das ist nicht meine Marian. Meine Marian ist nicht so. Etwas Böses ist in sie gefahren.

Schrill auflachend lässt sie die Röcke wieder fallen. Er kann nicht anders, er muss weinen, qualvoll würgend, nicht einmal ihren Namen kann er sagen, so sehr würgt es ihn. Und sein Kinn zittert so sehr wie bei einem alten Mann oder einem kleinen Kind. Er schämt sich.

«Was ist, John? Tut dir etwas weh?»

Es ist die richtige Marian, seine liebe Marian, die ihn in die Arme nimmt und ihm zärtlich auf die Schulter klopft. Es war ein Spuk, ein Traum, eine höllische Täuschung. Aber er weiß genau, dass es keine Täuschung war. Der Böse treibt sich herum, schlüpft in seine Marian, macht sie besessen.

Nicht denken! Nicht denken! Nicht denken!, befielt er sich. Aber er muss weiter würgen und schluchzen und Marian wiegt ihn und murmelt: «Alles ist gut, kleiner John, alles ist gut.»

Doch nichts ist gut, er weiß es. Ach, müsste er doch nicht denken. Und der Mönch wird alles erfahren, sie werden es ihm erzählen, und er wird es den Spähern sagen . . .

«Marian, tu das nicht wieder!», presst er schließlich hervor.

«Was denn, mein kleiner John?» So lämmchensanft ist ihre Stimme, die Stimme seiner lieben Marian. Nicht die scharfe Stimme der anderen Marian. Wie kann es zwei Marians geben? Sie hat den Bösen eingeladen im Wald. Und nun schlüpft er in sie hinein, wie es ihm gefällt. Man weiß nicht, wann. Man kann sich nicht schützen. Gott lässt es geschehen.

John entzieht sich ihren Armen und wirft sich heulend auf sein Bett.

«Wo tut es weh?» fragt die zärtliche Stimme seiner Marian. «Komm, sag mir, wo es weh tut, wir finden ein Kräutchen dafür.»

Er legt die Hand auf seine Brust. Sein Herz ist so schwer, als wäre es voller riesiger Steine. «Hier», schluchzt er.

«Ach, Dummchen», sagt Marian und gibt ihm einen leichten Klaps auf den Kopf.

Er rollt sich zusammen, so fest er kann. Bitte, Gott, bitte, Gott, bitte, Gott, hilf mir, hilf mir! Ich hab nichts Böses getan. Oder doch?

༄༅

Mit greller Schärfe färbte der Traum den Tag, drängte sich in Mailis Meditation und in die Rezitationen. Kopfschmerzen und Übelkeit bannten sie in ihr Bett. Sarah war den ganzen Tag über in der Stadt. Besorgt kam Sönam jede Stunde, um nach ihr zu sehen.

«Ich bin nicht wirklich krank», sagte Maili. «Es ist bald vorbei.»

Warum hatte sie nicht mit dem Rinpoche gesprochen, ihm einfach alles erzählt von den Träumen und von Sönams und ihren eigenen Schwierigkeiten, so wie sie sich Ani Rinpoche anvertraut hätte? Wollte sie noch immer eine andere sein für ihn, nicht darauf vertrauend, dass die Maili, die sie war, genüge?

Stunde um Stunde lag sie eingehüllt in Johns Schmerz wie hinter einer gläsernen Wand. Sie wusste, dass sie weiter träumen würde, sobald sie dem Schlaf nachgab. Es war nicht klar, ob sie sich fürchtete oder das grauenvolle Erleben zu einem Ende bringen wollte. Doch es gab keine Wahl.

Der siebte Traum

Er hat den Wasserkübel am Rand der Scheune abgestellt. Es ist früh am Morgen, alle schlafen noch. Niemand ist da, um ihn zu schelten, weil er sich hier herumtreibt. Leise drückt er die Tür zur Scheune auf. Im mageren, grauen Licht des beginnenden Morgens tastet er sich voran.

«Vogel, hier bin ich», flüstert er. Ein wenig Licht dringt zwischen den grob behauenen Stämmen der Scheune herein. Dort sitzt der kleine Vogel mit dem lahmen Flügel in einem alten Deckelkorb. Marian hat den winzigen gebrochenen Knochen geschickt mit einem kleinen Holzstückchen festgebunden. Da kauert es auf seiner Streu aus Heu, das kleine Ding, und schaut mit seinen glänzenden Knopfaugen zu ihm auf. In den ersten Tagen hat der Vogel Angst gehabt und sich an die Korbwand gedrückt. Jetzt bleibt er vertrauensvoll sitzen.

John holt eine Handvoll Körner aus der Tasche, schiebt ein wenig Heu zur Seite und streut sie dem Vogel hin. Auch Wasser gießt er nach. Die Schale ist groß genug, dass der Vogel ein Bad nehmen kann. John weiß, dass Vögel gern baden.

«Bald kannst du wieder fliegen, Kleiner.»

Der Vogel pickt eifrig die Körner auf und stört sich nicht an Johns Hand. Es tut einem gut, so ein vertrauensvolles kleines Geschöpf. Viel gibt es nicht, das gut tut in dieser schlimmen Zeit. Behutsam nimmt er den Vogel in die Hand und hält ihn an seine

Wange. Unter den Federn spürt er den zarten Körper, rhythmisch erschüttert vom schnellen Herzschlag.

«Alles wird wieder gut, Kleiner, alles wird gut, du wirst sehen», murmelt John und setzt ihn ab. Es ist wichtig, dass der Vogel gesund wird, so wichtig, dass es John weh tut in der Brust.

Draußen nimmt er seinen Wasserkübel auf und versucht, dem Morast im Hof auszuweichen. Aus einem Fenster am Ende des Haupthauses hört er Laute wie Schläge und unterdrücktes Stöhnen. Er steigt auf einen Stein, um durch die Lücken der geschlossenen Läden zu schauen. Vor einem großen Kreuz kniet der Mönch mit dem schrecklichen Gesicht im Kerzenschein und schlägt mit einer Geißel auf seinen blutigen Rücken ein.

«Erlöse mich, o Herr!», wimmert er. «Vergib mir!» Das Blut zeichnet rote Linien und tropft herab. «Ein Sünder bin ich, ein Sünder, ein Sünder!»

John möchte weglaufen, doch es hält ihn am Fenster. Er möchte sehen. Er möchte hören. Grauen und Neugier zugleich nageln ihn fest. Doch da, jetzt hebt der Mönch den Kopf, wendet ihn zum Fenster, die bösen Augen suchen, suchen . . . Er springt von dem Stein herunter und nimmt den Kübel auf. Sein Arm und seine Hand können kaum gehorchen vor Angst. «Bitte, Gott, bitte, Gott!», murmelt er vor sich hin. Doch Gott hilft ihm nicht. Auch John ist ein Sünder. Er hat Eier gestohlen und sie ausgetrunken. Er hat Honig genascht. Es ist verboten, aber niemand war in der Küche und er war so gierig nach Honig.

In der Küche ist die Magd Margret dabei, den Ofen zu schüren. Bald wird es warm sein in der Küche. Doch auch das ist nur ein geringer Trost. Selbst in einer warmen Küche mit einer freundlichen Köchin kann man nicht glücklich sein, wenn Marian so oft nicht mehr seine liebe Marian ist wie früher. Und die Knechte und Mägde reden über sie. Selbst Jungfer Gwen murmelt besorgt: «Was ist nur mit dem Kind», wenn Marian den Kopf hochwirft und den Rücken durchbiegt. Doch alle schweigen, wenn er in der Nähe ist. Jungfer Gwen legt manchmal den Arm um seine Schultern und seufzt: «Ach, kleiner John, ach, kleiner John.»

Margret schneidet eine dicke Scheibe Brot für ihn ab und schiebt ihm den Buttertopf und den Käse hin. Sie sind alle freundlich zu ihm, aber sie schweigen. Niemand erzählt ihm etwas. Auch Peter, der Kutscher, spricht nur noch vom Wetter. Wie glücklich wäre er noch im Sommer über so viel Butter und Käse gewesen. Doch es will ihm nicht mehr schmecken. Es ist warm in der Küche. Er wartet auf Marian. Vielleicht ist sie heute wieder in Ordnung. Das hofft er jeden Tag.

«Du hast ja schon Wasser geholt, John.» Wenn Jungfer Gwen die Küche betritt, wird es stets noch ein bisschen wärmer. «So ein fleißiger Junge», murmelt sie anerkennend. John hat ein schlechtes Gewissen, des Honigs wegen. Doch der Honigkrug ist so groß. Er reicht noch für viele Honigkuchen für den Hausherrn und die Hausherrin und den jungen Herrn und die Großmutter und die Gäste und... den schrecklichen Mönch. Nicht an ihn denken, nicht denken, nur an die Wärme in der Küche denken und an das gute Brot und die frische Butter und den fetten Käse. Aber es schmeckt ihm nicht.

«Wo bleibt Marian? Heute muss Kraut eingelegt werden», sagt Jungfer Gwen. John springt auf und läuft aus der Küche. Jetzt erst bemerkt er, wie beunruhigt er ist. Marian hört es immer, wenn Jungfer Gwen an die Tür pocht. Er läuft über den Hof ins Gesindehaus und stößt die Tür auf, die er beim Weggehen entriegelt hat. Am Balken schwingt etwas, schwingt mit Röcken, er hat es nicht gesehen, er hat es nicht gesehen. Er stößt einen Schrei aus und dann noch einen und noch einen. Er läuft hinaus und kauert sich an die Wand des Gesindehauses. Seine Gedanken zerstieben wie Funken und verlöschen.

Leute strömen zusammen auf dem Hof, man kann nicht wissen, warum. Sie tragen etwas aus dem Gesindehaus, aber man kann nicht wissen, was es ist, man kann es nicht wissen. Da ist Jungfer Gwen, das ist seine zweite Mutter, aber vielleicht auch nicht, man kann ja nichts wissen. Mitten im Hof steht der böse Geist; er wird das «Schreckliche Gesicht» genannt. Man muss sich sehr klein machen, wenn das Schreckliche Gesicht in der Nähe ist. Und man darf nichts wissen.

John macht sich so klein, dass es ihn nicht mehr gibt. Ganz, ganz winzig klein. Zu klein, um zu wissen.

Der Dämon

In den Traum wand sich die Erinnerung an Sönams Worte: «Ich denke manchmal, ich bin besessen. Es ist, als wäre da ein Dämon.» Besessen, hatte John gesagt. Und das Schreckliche Gesicht hatte die Geißel geschwungen gegen die Röcke des Mädchens.

Plötzlich setzte sie sich auf. Das Schreckliche Gesicht. Der Mönch aus meinem Traum. Sönams «Besessenheit».

Sie sprang aus dem Bett und lief, obwohl es noch dunkel war, in Sönams Zimmer. Die Butterlampen auf seinem Schrein brannten, und er saß, in eine Decke gehüllt, auf dem Bett.

«Jetzt weiß ich es», sagte sie atemlos, «es ist der Mönch. Er ist noch da. Das ist es. Er muss noch da sein.»

Sönam stand auf und hüllte sie schnell in die Decke. Als er ihre Stirn befühlte, fuhr sie drängend fort: «Ich habe kein Fieber, Sönam. Der Traum hat mir alles deutlich gemacht. Du weißt doch – wo eine Schwäche ist, können die Dämonen eindringen. Der Mönch aus meinem Traum, er ist noch da und er hat dich entdeckt und sich eingeschlichen. Jetzt ist klar, was wir zu tun haben.»

«Du meinst – Chöd?»

«Kennst du eine bessere Methode gegen Dämonen?»

«Morgen ist Guru-Rinpoche-Tag», sagte er.

«Gut», sagte sie, «morgen Nacht.» Erschöpft und erleichtert lehnte sie den Kopf gegen seine Schulter. Sie würde nicht mehr träumen müssen.

Eine Stunde vor Mitternacht begann Maili, gefolgt von Sönam, auf dem Gelände des Zentrums den richtigen Platz für das Ritual zu suchen. Es zog sie zur Seite den Haupthauses unter die ausladende Krone eines starken Baums.

«Hörst du etwas?», fragte sie Sönam und winkte ihn unter den Baum.

Sönam schüttelte den Kopf. «Nur den Wind. Was sonst?»

Maili schüttelte den Kopf. Sie entzündeten zwei Fackeln, breiteten eine Matte aus und ordneten auf einem kleinen Kasten vor sich die Instrumente des Rituals – Vajra, Glocke, die große Handtrommel und die Knochentrompete. Eine Wolkendecke verdunkelte den Mond, ein unsteter, kalter Wind fegte um die Mauern. Der flackernde Schein der Fackeln tanzte über die Hauswand.

«Ich nehme Zuflucht zum Buddha, zur Lehre, zur Gemeinschaft ... Zum Wohl aller Wesen will ich den Pfad vollenden.»

Maili spürte Wesen in den Schatten, ohne sie zu sehen. Sie spürte Gier und Wut, Anmaßung und Verzweiflung, Aufruhr, Not.

«Ihr Götter und Dämonen dieses Ortes
und ihr Götter und Dämonen des Universums,
die ihr eure Magie vor mir entfaltet,
ihr alle, versammelt euch wie Wolken am Himmel,
fallt wie Regen durch den leeren Raum,
stürmt daher wie ein Sandsturm über die Ebene.
Nehmt diesen Körper, nehmt diese Sinne,
nehmt diese Kanäle der Geistenergie ...»

Die Wesen rückten heran, wuchsen, neigten sich drohend über sie. Sei wach, Maili! Kämpfe nicht gegen deine Furcht, du würdest sie damit nur nähren. Lass sie, wie sie ist. Erinnere dich an Milarepas Worte:

«Behindernde Geister -
magische Kreationen des Geistes,
deine eigenen Projektionen, leer.
Erkennst du, Yogini, dies nicht
und hältst die Geister für wirklich,
bist du der Täuschung verfallen.
Täuschung ist im Geist verwurzelt.
Erkennst du die Essenz des Geistes,
siehst du das Klare Licht, so frei
von Werden und Vergehen.»

Vor und zurück schwankten die Wesen, im einen Augenblick kompakt und mächtig, im nächsten verschwommen und substanzlos.

Immer wieder stimmten Maili und Sönam die Gesänge an,

schlugen die großen Handtrommeln, stießen den schaurigen Ton der Knochentrompeten in die Dunkelheit.

«Möge ich befreit werden
von der Fixierung auf diesen Körper...
Kommt, ihr Erfahrungen von widrigen Umständen,
von Hindernissen, Krankheiten, Verwirrung und Not...»

Die herzzerreißende Trauer über den Mord an ihren Eltern, über den Tod ihres kleinen Bruders, die von Grauen durchtränkte Verzweiflung des kleinen John, die Enttäuschung über Sönam, die Angst, ihrer Aufgabe nicht gerecht zu werden, all dies zog sich zusammen zu Fratzen und rollenden Augen, gefletschten Zähnen und gekrümmten Krallen, unentrinnbar, eingewoben in Vergangenheit, Gegenwart und Zukunft.

«Möge ich erkennen, dass das, was ich
als Erscheinungen und Existenz auffasse,
ein magisches Spiel des Geistes ist...»

Sei wach, Maili! Kämpfe nicht! Erkenne das magische Spiel! Mögest du dich offenbaren, Yum Chenmo, Mutter aller Buddhas, vollkommene Zuflucht, Schutz, der frei ist von Schutz, Freiheit, die frei ist von Freiheit. Kein Festhalten und kein Nichtfesthalten, kein Wissen und keine Unwissenheit, keine Erleuchtung und kein Weg zur Erleuchtung. Keine Maili und keine Nicht-Maili.
Ihre Furcht löste sich auf. Ihre Hoffnung löste sich auf. Sie versank in Dunkelheit und tat nichts, um es zu verhindern. Sie wurde zu Dunkelheit in der Dunkelheit, und dann gab es nichts Trennendes mehr, nur noch vollkommene, selige Klarheit.
Zeit verging, sofern es Zeit gab.
Die Wolken hatten den Mond freigegeben, der Wind war eingeschlafen. Die nächtliche Welt war durchscheinend und von äußerster Zartheit. Ungewisse Gestalten mit feinen Lichträndern bewegten sich über den Hof, Wesen anderer Bereiche, dankbar um die Opfergaben aus menschlichen Herzen.
Sie sah Sönam neben sich sitzen, schön wie eine Statue, von sanf-

tem Schein umgeben. Wie viele seiner oder ihrer Dämonen würden sie noch gemeinsam bewältigen müssen?

Es roch nach Herbst, obwohl die Tage noch warm waren. Eine außergewöhnlich lange Reihe von Sonnentagen hatte ein stilles Leuchten über die Landschaft gelegt und Maili ließ ihre Bücher liegen und streifte, wann immer sie Zeit hatte, über die umgebenden Hügel und durch die zahmen, ordentlichen Wälder. Auf eine gewisse Weise war sie glücklich. Auf eine gewisse Weise war sie unglücklich. Sie fragte sich, wie Erleuchtung sein mochte – befreit sein dazu, keine Urteile mehr zu fällen, den Dingen keine Namen mehr zu geben . . .

Ihre Gedanken wanderten zu Sönam. Es war sein vierter Tag drüben im Retreat-Haus und in ihrer Morgenmeditation hatte sie ihm wie immer die Fülle ihrer liebevollen Wünsche geschickt.

«In der letzten Zeit bekam ich plötzlich eine wunderliche Angst vor dem Retreat», hatte Sönam gesagt, bevor sich die Tür des Retreat-Hauses für drei Monate hinter ihm schloss. «Ich musste mir eingestehen, dass ich fürchtete, dich zu verlieren, und dass mir dieser Schmerz des Verlusts wie die Hölle erschien. Das war der Grund, weshalb ich mich immer wieder zurückzog, aber das wusste ich nicht. Erst jetzt, in diesem Augenblick, habe ich wirklich verstanden, was der Spruch bedeutet: ‹Abhängig sein ist Unfreiheit, nicht abhängig sein ist ebenfalls Unfreiheit.› Ich bewegte mich ständig zwischen diesen beiden Punkten hin und her und fand den Ausgang in der Mitte nicht.»

«Und jetzt hast du diese Angst nicht mehr?»

Sönam lachte verhalten. «Nein, jetzt nicht mehr. Ich freue mich auf das Retreat. Nichts gewinnen, nichts verlieren.»

14

Der gläserne Heinrich

Vom ersten Tag an beunruhigte sie der grauhaarige Mann, den sie während eines kurzen Retreats betreuen musste.

«Heinrich ist ein Psychotherapeut», sagte James, «die sind alle ein bisschen seltsam.»

Doch Heinrich war mehr als seltsam. Maili fragte sich, was ihn so dunkel machte. Das Schillern seiner Eitelkeit vermochte die Dunkelheit nicht zu verdecken.

Mit seinem harten, deutschen Akzent erklärte er, dass er vor seiner Begegnung mit Shonbo Rinpoche schon viele Jahre Zen geübt habe. Es klang herausfordernd. Sein gläsernes Lächeln verbreitete Kälte.

Er versucht mich klein zu machen, dachte Maili. Er will Macht.

An der Wand seines Retreat-Zimmers hatte er eine riesige Reproduktion eines Rollbildes befestigt, das Padmasambhava in königlicher Haltung zeigte. Maili schrak vor der lebensgroßen Figur zurück.

«Warum so groß?», fragte sie.

Heinrich strich über seinen kurzen, mit Grau durchsetzten Bart. «Warum nicht?», gab er zurück. Die entblößten Reihen seiner Zähne schützten ein Lächeln vor. «Sie tragen den Titel eines Lama?» Die Frage wollte beißen. Natürlich wusste er, dass sie diesen Titel trug.

Maili schwieg. Sie zog sich in sich selbst zurück, bis sie den Mann wie durch ein Fenster sehen konnte, außerhalb der Reichweite ihres Urteils.

«Sie sind noch sehr jung», sagte Heinrich. «Wie alt sind Sie?»

«Viele Leben», antwortete Maili mit einem ärgerlichen kleinen Lächeln. Es war schwierig, hinter dem Fenster zu bleiben.

«Sie haben im Kloster gelebt? Sie sind viel zu schön für ein Kloster.»

Heinrich stand in der Mitte des Zimmers, die Hände in den Hosentaschen. Er zeigte keine Neigung, sich zu setzen, noch lud er Maili ein, es zu tun. Er wies darauf hin, dass sein Essen streng vegetarisch zu sein habe und dass man ihm täglich einen speziellen Tee zubereiten solle, den er mitgebracht habe. Und die Schaumgummimatratze müsse durch eine ‹richtige› Matratze ersetzt werden.

«Andere Matratzen haben wir nicht», sagte Maili. «Wir schlafen alle auf solchen Matratzen. Sie sind schön fest und haben eine Baumwollauflage.»

Heinrich schüttelte gereizt den Kopf. «Das ist ungesund.» Der tiefe, gepresste Klang seiner Stimme ließ keinen Zweifel daran, dass er sich im Recht fühlte und Mailis Einwand für beleidigend hielt.

Irritiert ging Maili die Details der vorbereitenden Übungen mit ihm durch. Er nickte ungeduldig.

«Es ist sehr wichtig, genau zu sein», erklärte sie. «Am Anfang ist man von außen genau, später ist man von innen genau. Aber man muss außen anfangen.»

Er stieß ein ärgerliches kleines Schnauben durch die Nase aus.

«Im Dharma ist es wichtig, dass man genau weiß, was man tut», fuhr Maili fort. «Es ist meine Aufgabe, die Praxis genau zu erklären.»

«Das ist mir alles bekannt.» Mit einer Bewegung seines Kopfes wies er auf einen großen Stapel Bücher neben seinem halb ausgeräumten Koffer. Eine unwiderstehliche Kraft zog Maili durch ihr Fenster des Abstands hinaus, dorthin, wo Schwäche, Zorn und Angst über sie herfielen und sie meinte, an einem Abgrund zu stehen. Übelkeit stieg in ihr auf und sie hätte sich gern gesetzt.

«Wir nehmen keine Bücher mit ins Retreat», sagte sie mit angespannter, flacher Stimme, «höchstens einen oder zwei Texte, die das Retreat unterstützen.»

«Wie Sie meinen, Lama Osal», entgegnete Heinrich mit eisigem Lächeln.

Maili wiederholte eilig den Tagesplan und wandte sich dann zur Tür. «Meditieren Sie mit dem Herzen anstatt mit dem Kopf», sagte sie, bevor sie das Zimmer verließ.

Während des ganzen Tages drängte sich ihr das Bild des verdunkelten Mannes immer wieder auf. Sarah wusste nichts über ihn und Maili versuchte, von James mehr zu erfahren. Doch dieser konnte nur berichten, dass Heinrich das vergangene Winterseminar mitgemacht und sich dabei durch die Forderung nach mehr Disziplin hervorgetan hatte.

«Ich mache mir Sorgen», sagte sie zu Sarah. «Etwas stimmt nicht mit ihm. Wenn er lächelt, friere ich. Und seine Fingernägel glänzen ganz unnatürlich.»

«Wir Westler sind schwierige Menschen», wiegelte Sarah ab. «Als Seelendoktor sollte er wohl wissen, was mit ihm selbst los ist. Obwohl . . . vielleicht auch nicht.»

«Ich habe nicht den Eindruck, dass er viel über sich selbst weiß. Er spielt sich mit so tiefem Ernst.»

«Tun das nicht die meisten?»

«Ich will sagen, er fühlt sich nicht. Er spielt eine Idee von sich und glaubt daran.»

«Vielleicht hat er die Idee, dass er die Idee von sich nicht glaubt, und nimmt diese zweite Idee sehr ernst. Oder vielleicht gibt es da noch eine dritte Idee – die Idee der Ideelosigkeit. Das wäre ein interessantes Zen-Missverständnis. Vielleicht glaubt er daran. Westler können unglaublich kompliziert sein. Aber immer gläubig.»

Maili rieb unschlüssig die Hände. «So wenig Verbindung zwischen Körper und Geist! Er verwirrt mich. Menschen wie ihn kenne ich nicht. Ich verstehe ihn nicht und ich benehme mich falsch.»

Sarah lachte. «Ach, Maili, ich vermute, er ist ein ganz normaler Verrückter, wie fast alle. Nicht du benimmst dich falsch. Er ist verwirrt.»

«So einfach ist es nicht», murmelte Maili. «Ich wollte, Rinpoche wäre da.»

Maili bat die beiden Helferinnen im Retreat-Haus, besonders gut auf Heinrich zu achten. Jeden Tag besuchte sie ihn zu einem Meditationsgespräch. Auf ihre Fragen, wie seine Meditationspraxis verlaufe, setzte er sein gläsernes Lächeln auf und sagte: «Sehr gut, sehr gut.» Er beklagte sich, dass man den Lärm der ankommenden und abfahrenden Autos höre. Im Übrigen sagte er wenig. Er mochte Sprüche wie: «Der Wissende redet nicht, der Redende weiß nicht.»

Eine Woche später fand Mailis Beunruhigung ein scharfkantiges Ende.

Mit leisem Heulen umtanzte ein Herbststurm das Haus und die Zweige des Baums vor Mailis Fenster schabten am Mauerwerk. Die Flammen der Butterlampen gaben dem ungeheizten Zimmer nur scheinbare Wärme. Maili war dabei, ihre Abendmeditation zu beenden, als Sarah ohne anzuklopfen die Tür aufriss.

«Du hast Recht gehabt, Maili. Mit Heinrich.» Sie legte die Hand auf die Brust und schloss einen Augenblick lang die Augen. «Er hat versucht, sich das Leben zu nehmen. Mit Tabletten.»

Maili sprang auf. «Aber er ist nicht . . .?»

«Nein, er lebt. Eines der Mädchen hat ihn rechtzeitig gefunden. Der Notarzt ist unterwegs. Bleib sitzen. Du kannst nichts tun.»

«Sein Lächeln», stammelte Maili, «sein böses, gläsernes Lächeln.»

Sarah setzte sich auf das Bett, zog ihr offenes Haar nach vorn und flocht es mit nervösen Gesten zu einem seitlichen Zopf. «Warum habe ich nicht auf dich gehört?», sagte sie. Ihre Stimme zitterte.

«Es war meine Verantwortung», erwiderte Maili, «nicht deine. Wie konnte das geschehen?»

Hastig berichtete Sarah, dass eine der Helferin noch Licht in Heinrichs Zimmer gesehen habe und ihm ein Heizkissen bringen wollte, weil er über kalte Füße geklagt hatte. Sie fand ihn in seinem japanischen Gewand neben dem Sitzkissen liegend. Auf ein Blatt Papier hatte er geschrieben: «Ich gehe ins Licht.»

«Ich rufe Rinpoche an», sagte Sarah und stand auf.

«Kann ich irgendetwas tun?»

«Nein. Jedenfalls nichts Äußeres. Und mach dir keine Vorwürfe.»

Nachdem Sarah gegangen war, saß Maili erstarrt auf ihrem Bett. Langsam senkte sich eine große, finstere Last auf sie herab. Sie hatte versagt. Man hatte ihr die Meditierenden im Retreat anvertraut und sie hatte versagt.

«Mein Verantwortung», flüsterte sie.

Die Last wurde schwer wie ein Berg. Sie hätte aufmerksamer sein müssen. Aus dem Mann war Wut herausgeflossen, leise und stetig. Und immer mehr war nachgekommen, hatte sich durch die klaffende Lücke zwischen seinem Körper und seinem Geist hervorgedrängt. Wie hätte sie sich verhalten sollen?

«Sie müssen es wollen», hatte die weise Frau im Nachbardorf in den heimatlichen Bergen gesagt. «Wenn sie es nicht wollen, kann man ihnen nicht helfen.» Die weise Frau konnte den Menschen ihre gestohlene Seele wiederbringen und sie hatte es Maili gelehrt. «Schau her, Maili, entzünde den heiligen Rauch, sprich die heiligen Worte, rieche die Diebe, binde sie an dich, entreiße ihnen ihr Diebesgut. Aber du kannst niemandem helfen, der sich nicht helfen lassen möchte. Man muss es wollen, sonst geht es nicht, nur man selbst hat den Schlüssel.»

Ich hätte ihm sagen müssen, dass er den Schlüssel hat, dachte Maili, doch hätte er mir zugehört? Warum habe ich es nicht versucht? Ich dachte nicht daran. Was ist mit mir geschehen?

Sie sehnte sich nach der klaren, einfachen Welt des Klosters. Dort hatte sie fast immer gewusst, was sie zu tun hatte, was geeignet war, was nicht geeignet war. Sie wagte nicht zu denken, dass die Yogini und der junge Rinpoche eine falsche Entscheidung getroffen hatten. Doch der Zweifel an ihrer Fähigkeit, ihren Platz auszufüllen, erdrückte sie.

Heinrich kam nicht mehr ins Zentrum zurück. Er ließ sich seine Sachen ins Krankenhaus bringen und flog von dort nach Hause. Weder rief er an, noch schrieb er einen Brief, kein Wort, nur Flucht.

Maili vollzog regelmäßig die Meditation des Mitgefühls für ihn, doch es war, als sei nur ein Teil von ihr anwesend, wie ein halb zugefrorener See.

Die Stunde des Löwen

Als der Rinpoche, nur von seinem Kusung begleitet, von seiner Reise durch europäische Städte zurückkehrte, hatte sich der Aufruhr im Zentrum gelegt. Alle folgten wieder ihren gewohnten Angelegenheiten. Selbst die Diskussionen, wie man potentielle Selbstmörder erkennen und dem Retreat fernhalten sollte, waren eingeschlafen und bis zur Rückkehr des Rinpoche vertagt worden.

Die Fenster zeigten nur die Leere nebliger Tage. Möglicherweise kam manchmal die Sonne hervor, doch Maili hatte den Nebel im Herzen und sah die Sonne nicht. Sie schaute sich zu, wie sie ihre Tibetisch-Schüler durch das Gestrüpp der tibetischen Schrift führte, und gegenüber Sarah und James entschuldigte sie ihre Unlust zu sprechen mit dem Bedürfnis nach meditativer Zurückgezogenheit. Doch oft saß sie nur auf ihrem Bett und schaute in das Nichts des Nebels.

Sie erklärte sich selbst, dass sie auf die Rückkehr des Rinpoche warte. Doch als Sarah, James und die Helfer nach London fuhren, um ihn abzuholen, hatte sie nicht den Wunsch, dabei zu sein. Sie wünschte nichts. Es war leer in ihr und um sie herum. Sie fand ihr Herz nicht mehr.

«Lama-la, Rinpoche möchte dich sprechen», sagte Tenzin durch den Vorhang an ihrer Tür. Maili schrak auf. Anstatt zu lesen hatte sie den Blick auf den fast nackten Ästen des Baums vor ihrem Fenster ruhen lassen, unfähig zu klaren Gedanken, wie in unendlich großer Müdigkeit. Auf Strümpfen lief sie in den Flur hinaus und wandte sich dem Empfangszimmer zu.

Tenzin hielt sie auf. «Nicht hier. In Rinpoches Zimmer!» Er klopfte an die Tür des Rinpoche und öffnete sie vorsichtig.

«Lama Osal ist da», verkündete er mit höflich leiser Stimme und schlug den Vorhang zurück.

Der Rinpoche saß auf einer niedrigen Couch am Fenster. Maili blieb an der Tür stehen und begann mit den Niederwerfungen. «Einmal genügt», sagte er. «Komm her.»

Gehorsam ließ sie sich vor ihm auf dem Teppich nieder. Sie hatte ihn bei seiner Ankunft am Abend zuvor ehrerbietig begrüßt, wie es von ihr erwartet wurde. Sie fühlte nichts. Vielleicht würde sie nie wieder etwas fühlen.

«Erzähle von Heinrich.» Die Stimme des Rinpoche klang gelassen. Eine ferne Tragödie, lange her, Tage und Tage und Tage.

Maili strich den Rock über ihren Knien glatt. «Er hatte eine Neigung, sich zu beklagen», berichtete sie ruhig. «Und er hatte ein kaltes, gläsernes Lächeln. Ich verstand ihn nicht. Er beunruhigte mich. Aber ich war nicht aufmerksam genug. Ich dachte, westliche Männer sind eben oft so.»

Der Rinpoche sah sie schweigend an.

«Es tut mir Leid, Rinpoche-la. Ich wusste nicht, wie ich mich verhalten sollte.»

Maili senkte die Lider vor dem durchdringenden Blick.

«Ich weiß, ich habe versagt», fuhr sie unsicher fort. «Vielleicht ist das hier nicht der richtige Platz für mich.»

«Maili-la!», sagte der Rinpoche laut.

«Ja, Rinpoche-la», flüsterte sie.

Der Rinpoche schüttelte den Kopf. Maili öffnete den Mund und schloss ihn wieder. Es gab nichts zu sagen.

«Wach auf!», sagte der Rinpoche noch lauter. Seine Stimme klang vorwurfsvoll.

«Ich kann nicht», flüsterte Maili.

«Brauchst du das? Brauchst du Selbstbestrafung? Brauchst du Selbstmitleid?»

«Ich will das ja nicht!», fuhr Maili auf. «Ich habe mich so sehr bemüht . . .»

Der Rinpoche schaute belustigt auf ihre Hände, die sie zornig zu Fäusten geballt hatte. «Klopft dein Herz schnell? Schwitzt du?»

Maili schluckte. «Ja, Rinpoche-la.»

«Du bist wütend? Gut.»

Der Rinpoche beugte sich vor, fuhr mit der Hand an ihrem Rücken abwärts bis zur Höhe des Herzens und drückte sehr fest auf einen Punkt an der Wirbelsäule. Sie schrie auf. Der Schmerz war so grell, als blickte sie in die Sonne. Etwas hatte sich geöffnet und gewaltige Massen von Schmerz stürzten hervor. Es war ein reißender, tosender Schmerz, wie das Wildwasser nach dem Monsun zu Hause in den Bergen. Er trug sie mit sich, zog sie in seine Wirbel, nahm ihr den Atem. Sie presste die Hände auf die Brust und stöhnte. Das große Gesicht des Rinpoche war sehr nah.

Ein würgendes Schluchzen brach aus ihr heraus, verwandelte sich plötzlich in ein wildes Lachen und endete mit einem ruhigen, sanften Fließen der Tränen.

«Erster Gedanke», sagte der Rinpoche.

Maili sah ihn verirrt an. «Jetzt? Jetzt gleich?»

«Jetzt gleich.»

«Der Palast der Dakinis», antwortete Maili. «Die Dakinis tanzen im Zwielicht. Sie singen, aber ich verstehe sie nicht. Es macht mich so traurig, dass ich sie nicht verstehe.»

Der Rinpoche nahm ihren Kopf in beide Hände, berührte ihre Stirn mit der seinen und schickte sie hinaus. «Du darfst dich drei Tage lang zum Retreat in dein Zimmer zurückziehen», sagte er, «danach bist du wieder in Ordnung.»

Ihr Körper schmerzte wie nach einer übergroßen Anstrengung. Sie war entsetzlich müde, doch sie konnte nicht schlafen und immer wieder musste sie weinen. Ihre Gedanken waren wie glühender Brei. Immer zu früh oder zu spät, klagten die Gedanken, so selten im Jetzt, sodass wir ruhen könnten. Alles umsonst, sagten sie, all die Jahre des Übens.

Drei Tage lang brachten Sarah oder Tenzin schweigend die Mahlzeiten. Manchmal hörte Maili gedämpfte Stimmen auf dem Flur. Vor dem Fenster trieben Blätter wie gelbe Schneeflocken vorbei. Wie ein Baum bin ich, in dem sich die Säfte zurückziehen, dachte sie, und sie erlaubte sich, von Ani Rinpoche und der Einfachheit des Klosters zu träumen.

Fast widerwillig verließ sie am vierten Morgen ihr Zimmer, um in der Küche ihren Tee zu holen.

«Oh, Maili, gut, dass du kommst, ich brauche dich», sagte Sarah hastig, als Maili in der Küchentür erschien. Sarah war dabei, ein japanisches Lacktablett mit Teekanne und Tasse bereitzustellen.

«Tenzin ist mit James in die Stadt gefahren, um für Rinpoche Besorgungen zu machen», erklärte sie. «Chandra liegt mit Fieber im Bett und ich muss ins Büro. Bring bitte Rinpoche seinen Tee.»

Sie drückte Maili das Tablett in die Hand. «Sie haben die halbe Nacht lang Marx-Brothers-Filme angeschaut. Klopf leise. Vielleicht schläft er noch.»

Eifrig trug Maili das Tablett die Treppe hinauf. Selten hatte sie Gelegenheit, den Rinpoche zu bedienen. Üblicherweise war dies Tenzins Aufgabe oder die der Schülerinnen und Schüler, die von Sönam als Kusungs des Rinpoche ausgebildet wurden. Lama Osal hatte andere Pflichten.

Vorsichtig klopfte sie.

«Herein», erklang die Stimme des Rinpoche.

Sie erschrak ein wenig, als er sich mit nacktem Oberkörper im Bett aufrichtete. Sein langes, schwarzes Haar lag wie ein Tuch um seine Schultern.

«Guten Morgen, Rinpoche-la», sagte Maili. Ihr Herz klopfte schnell.

«Sieh da, das Licht erscheint», erwiderte er und lächelte. Osal, klares Licht, war ihr Name. Das klare Licht der Befreiung. Sie konnte in seiner Stimme keine Färbung von Belustigung, von Ironie entdecken, nur das warme Leuchten der Zärtlichkeit.

Maili kniete zitternd vor Aufregung neben dem Bett nieder und goss mit gesammelter Aufmerksamkeit Tee in die Tasse. Sie hätte gern etwas Kluges gesagt, doch es fiel ihr nichts ein. Mit gezwungener Ruhe reichte sie ihm die Tasse und stellte die Kanne auf das Tischchen neben dem Bett.

«Komm zu mir. Willst du?», fragte der Rinpoche und stellte die Tasse ab.

Maili erstarrte. Konnte sie noch die Augen davor verschließen, dass sie dies heimlich erhofft hatte, ohne zu wagen, es in Gedanken zu fassen?

«Willst du?», wiederholte er. «Dann zieh dich aus.»

Ihre Gedanken zerfielen. Sie fühlte sich von einer wilden, warmen Strömung mitgerissen, hinein in ein heiteres Chaos undenkbarer Möglichkeiten. Sie zog ihre Jacke aus und das gelbe Baumwollhemd, den mit einem Strick gebundenen Rock, den Unterrock und das mit Spitze besetzte Höschen, Sarahs Geschenk. Es ist, wie es ist, es ist, wie es ist, pochte ihr Herz.

Einladend schlug der Rinpoche die Bettdecke zurück. Unsicher schloss sie die Augen, als er sie in die Arme nahm. Es war, als fügten sich ihre Körper wie nahtlos passende Teile eines Ganzen aneinander. Seine Erregung war offensichtlich, doch er hielt völlig still.

Ich liege im Arm des Löwen, flüsterten Mailis Herzschläge, im Arm des schönen, mächtigen, gefährlichen Löwen.

Ihr Mund war trocken. Unwillkürlich bewegte sie sich.

«Entspanne dich, Maili», sagte die wache, klare Stimme des Rinpoche.

Maili entspannte sich und unwillkürlich drückte sie ihr Gesicht gegen seinen Hals. Er riecht wie die Sonne, dachte sie, wie die Sonne auf dem trockenen Gras der Wiese vor dem Lhakang.

Langsam verschmolz ihre Haut mit der Haut des Rinpoche und verwandelte sich. Was Haut gewesen war, wurde zu Licht, es gab nur noch strahlende, kühl glühende Formen aus Licht, glückselig ineinander gleitend, wie Wasser in Wasser, Raum in Raum, Zeit in Zeit... Und ich liege seit anfangsloser Zeit im Arm des Löwen, im Arm der Wirklichkeit, die nur jetzt ist, immer nur jetzt.

«Rinpoche-la», flüsterte Maili verwirrt, «was für ein Tag ist heute?»

Der Rinpoche lachte leise. «Emaho! Was für ein Tag!»

Sollte sie schweigen? Hatte man zu schweigen im Arm des Löwen, im weiten Raum? «Die Zeit hat mich verloren.»

Was war? Was war nicht? Es ist nichts geschehen. Ein machtvolles, ekstatisches, unendliches Nichts ist geschehen.

«Der Körper der Freude braucht keine Zeit, meine Himmelstänzerin», sagte der Rinpoche und senkte seine großen, klar gezeichneten Lippen auf die ihren. Maili ließ sich wieder fallen, tief hinein in eine unendliche Süße.

Irgendwann fing sein Blick sie ein. Er hatte seinen Kopf auf die Hand gestützt und sah sie an.

«Tochter des Zwielichts», sagte er sanft, «vergiss nicht, deine Erfahrungen gehen zu lassen. Sonst zerstörst du sie.»

Mit einer schnellen Bewegung schlug er die Decke zurück und legte einen Augenblick lang seine Hand auf die Mitte ihrer Brust. Dann erhob er sich unvermittelt und ging ins Badezimmer.

Maili begann sich anzuziehen. Sie schwankte. Eilig schlüpfte sie in ihre Kleider und huschte in ihr Zimmer. Niemandem begegnen müssen. Mit niemandem sprechen müssen. Niemand sein müssen. Sie setzte sich auf ihr Bett und schloss die Augen. Nur ein einziges Mal wollte sie das Erlebnis betrachten, dann würde sie es davonfliegen lassen. Doch es begann bereits seine Farbe zu verlieren. Morgen schon würde es flach sein, mit groben Umrissen, und es würde seine Magie verloren haben.

«Ja, Rinpoche-la», flüsterte sie, «natürlich hast du Recht.» Und sie ließ die Erinnerung davongleiten, bis nur noch ein Hauch davon da war, wie der Duft des wilden Jasmins, der manchmal vom Dschungel in das Kloster wehte.

Die Wirklichkeit hat ein Löwenhaupt
und den Blick der Sonne,
der das Gold aus dem Herzen schmilzt,
daraus die Krone zu schmieden.
Die Wirklichkeit hat ein Löwenhaupt
und eine Mähne aus Feuer.
O wundervolle, diamantene Krallen,
so sicher, so scharf.
O wundervolle Feuermähne,
so gleißend hell.
Doch das Lächeln des Löwen ist zart
wie die Blüte des weißen Lotos.

In diesem Augenblick bin ich erwacht,
die Krallen des Löwen im Fleisch,
wissend dass diese Umarmung für immer ist.
So frisch, so grell, so süß dieser Schmerz,
die Beute des Löwen zu sein.

Die Wirklichkeit hat ein Löwenhaupt
und das Auge des Adlers,
dem nichts entgeht.
Kein Versteck, keine Flucht,
kein Bann, kein Spruch
gegen den schrecklichen Frieden,

die Berührung des Jetzt.
Doch das Lächeln des Löwen ist zart
wie die Blüte des weißen Lotos.

Maili faltete das Blatt, auf das sie mit ihrer schönsten Schrift das Gedicht geschrieben hatte, klein zusammen und legte es unter die Statue auf ihrem Schrein.

Tagelang schwieg sie, glückselig eingehüllt in den nachhallenden Duft der befreiten Erinnerung.

Der Rinpoche verhielt sich wie immer. Maili versuchte manchmal, einen besonderen Blick, eine vertrauliche Geste zu entdecken. Hin und wieder küsste er sie auf den Mund, wie er es auch bei anderen tat, und es spielte keine Rolle, ob sie dabei allein waren oder nicht. Seine innere Verfügbarkeit überschritt jegliche Intimität.

Er hat seine Erfahrung freigegeben, dachte Maili, aber ich wünschte doch, er hätte sie ein ganz kleines bisschen festgehalten.

Sie bat ihn, nach dem Ende von Sönams Retreat in ihr Kloster heimkehren zu dürfen, um sich unter der Aufsicht Ani Rinpoches ebenfalls zur Meditation zurückzuziehen.

«Aber nicht im Kloster bleiben», sagte der Rinpoche lächelnd. «Wir brauchen dich hier. Du bist das Herz dieses Zentrums, sagt Sarah. Du bist der Grund, dass es so stetig wächst.»

Mailis Wangen wurden heiß. «Aber ich mache doch so viele Fehler, Rinpoche-la.»

Das belustigte Lächeln, das sie liebte und fürchtete, erschien auf seinem großen Gesicht, sodass die Augen aus schmalen Schlitzen funkelten. «Vielleicht deshalb, Maili-la.»

Teil III

15

Zufluchten

Steine schlugen laut gegen den Boden des Jeeps. Das Fenster an Mailis Seite ließ sich nicht völlig schließen und kalte Luft suchte ihren Weg ins Innere ihres Anoraks. Sie schob ihre Hände tief in die Ärmel.

«Vor ein paar Tagen hat es sogar geschneit!», rief Puntsok über den Lärm des Motors hinweg. Seine jungen Hände ragten braun und kräftig aus den zerschlissenen Bündchen seiner wattierten roten Jacke.

Maili ließ den Kopf gegen die Rückenlehne sinken. Die Erinnerung stieg auf, unaufhaltsam und mit peinvollem Druck in der Kehle. Der junge Mönch neben ihr im Jeep. Mitleidlose Sonne, Kopfschmerzen, feuchte Hitze in der warmen Kleidung der Berge, das Bohren der Ungewissheit, wie sie in der fremden Welt eines Klosters zurechtkommen sollte. Sönam. Die funkensprühende Berührung ihrer Hände über ihrem armseligen Bündel. Die geheimen Träume eines jungen Mädchens von einer Liebe im unendlichen Raum.

Sie spürte die Haut ihres Handgelenks, weiche Haut, lockende Haut, als wäre es nicht die ihre. Maili, hör auf! Denke nicht weiter, es führt zu Schmerz! Denke nicht weiter! Doch sie konnte nicht verhindern, dass die Erinnerung ihre Krallen in den letzten Kuss des Rinpoche schlug. Eine flüchtige Berührung, ein schneller Abschied. Ihr Gesicht in seinen Händen. «Bye bye, schöne Ani-la!» Es hatte ihn belustigt, dass sie nicht auf das kurze Haar und die Robe verzichten mochte.

In Sarahs Zimmer hatte sie vor dem Spiegel einen schwarzen Schal um ihren Kopf gelegt und sich vorgestellt, wie sie aussehen würde mit langem Haar. Sarah hatte ihre Lippen mit einem Lippenstift zum Blühen gebracht. «Wie schön du bist, Maili», hatte sie gesagt.

Wollte sie schön sein? Wie schön war das «Schön» des Rinpoche? Wie schön war das «Schön» Sarahs? Wie schön war das «Schön» im Spiegelbild?

Schau nicht zu lang in den Spiegel, Maili, sonst bleibt dein Gesicht darin, und du weißt nicht, was du stattdessen bekommst.

Das letzte Fest mit Sönam: Eine Lüge, eine liebevolle Lüge. War es richtig zu lügen um des Mitgefühls willen? Wohl hatte sie das Fest mit Sönam gefeiert, doch es war der Rinpoche gewesen, den ihr Geist in den Armen hielt. War er es wirklich? Wer war es? Der Daka, der Pawo, die Spiegelung Guru Rinpoches, und letztlich war alle Begrenzung überschritten. Also doch keine Lüge?

Edwards Rücken mischte sich in die vorbeiziehenden Gefühlsbilder, Edwards Rücken gegen ihre Brust gedrückt vor Helens buntem Weihnachtsbaum. «Lama-Mama», hatte er gesagt und gelächelt, und der Druck seines Rückens sandte Wellen von Zärtlichkeit durch ihren Körper. Er hatte auf Helens Schreibmaschine ein Gedicht für sie geschrieben:

Viele kleine weiße Glücke
fallen auf Lama-Mamas Kopf
und in Lama-Mamas Hände.

Der Jeep machte einen Sprung und Maili stieß mit dem Kopf an das Dach.

«Verzeihung», sagte Puntsok und lachte. «Die Straße ist scheußlich. Der Monsun war lang in diesem Jahr.»

Die Wolke, die den Berg einhüllte, riss auf und gab den Blick frei auf den abgebrochenen Rand der Straße und die Tiefe darunter. Ein Drahtnetz hing in der Luft, es hatte früher den Straßenrand befestigt, doch der Monsunregen war wie heimlicher Groll, beharrlich zerstörend.

Vom Flughafen aus hatte Maili im Norden die riesigen Berge des ewigen Schnees gesehen, die sich über den Vorbergen erhoben. Dort irgendwo in der Ferne lag ihr Heimatdorf wie eine Erinnerung aus einem früheren Leben, und dahinter Tibet, das traurige, gefolterte, sterbende Tibet Guru Rinpoches und Yeshe Tsogyals.

Die Kälte würde noch eine Weile dauern. Eine trockene, klare Kälte, die in die Nase biss und die Finger rötete, aber frisch war wie früher Morgen. In ein paar Wochen, an Neujahr, würde sie vielleicht schon mit den anderen Nonnen abends draußen tanzen und singen und spielen können und dabei nur ein klein wenig frieren. Nicht mehr lange und die Sonne war wieder die Herrscherin der Berge.

Die Klosterleiterin führte Maili in eines der Gästezimmer. Eine junge Nonne, die Maili nicht kannte, trug ihren Koffer. In der Mitte des Zimmers blieb Ani Tsültrim stehen.

«Wir haben Sie vermisst, Lama-la», sagte sie mit einem leichten Lächeln. Es schien nicht Ani Tsültrims Stimme zu sein, so weich war ihr Ton.

Sie freut sich wirklich, dachte Maili gerührt und ergriff die langen, harten Hände der Nonne. «Ani-la, bitte, nennen Sie mich weiterhin Maili.»

Ani Tsültrims Lächeln vertiefte sich. «Die Leiterin muss ein Vorbild sein, Maili. Ich werde dich öffentlich Lama-la nennen. Es ist dein Titel.»

Mit einer kleinen Drehung zur Tür hin deutete sie an, dass sie wenig Zeit hatte. «Ich würde mich freuen, gelegentlich etwas über das Zentrum in England zu hören», sagte sie. «Übrigens – Ani Rinpoche ist oben in der Höhle im Retreat. Doch sie wird dich empfangen. Geh heute noch hinauf.»

Allein in ihrem neuen Zimmer, setzte sich Maili an den Bettrand und schaute zum Fenster hinaus. Unter dem weiten, blassen Himmel lag das Tal in feinem Dunst. Die Raben saßen, in laute Unterhaltung vertieft, auf ihrem Lieblingsbaum.

Wieder daheim! In England hatte sie nie an den Ort ihrer Kindheit in den Bergen als ihr Zuhause, ihre Heimat gedacht. Diese Kindheit und Jugend, die verblasst waren im Schatten des gewaltsamen Todes ihrer Eltern, schienen unendlich lang zurückzuliegen, geschrumpft, abgenützt von Trauer. Sie erinnerte sich kaum je daran.

Langsam packte sie ihren Koffer aus – die Geschenke für ihre Klosterfamilie, die Roben und die Wäsche zum Wechseln, die Texte und Materialien für die Meditation, die wenigen Bücher.

Dann schaute sie sich unschlüssig in dem kalten, unbeheizbaren Zimmer um. Außer dem Bett mit einem Sitzteppich darauf, einem Kasten und einem dünnen, gewebten Teppich auf dem Steinboden enthielt es nichts. Ein Zimmer ohne Gesicht, wie ein Gewand, das niemandem gehört. Es war schwieriger heimzukehren, als sie gedacht hatte.

Die Wolke hatte sich fast aufgelöst und eine dünne Sonne tauchte den Berg in weißes Licht. Maili machte sich an den Aufstieg zur Höhle. Scharf erhob sich der Tigerfelsen über dem benachbarten Hang. Nachdem der Tiger jahrelang nicht mehr erschienen war, hatten die Nonnen Reihen von Glücksfähnchen über die umliegenden Bäume gespannt. Doch es fiel Maili nicht schwer, sich den dunklen Umriss des Tigers vorzustellen, wie er dort oben lag und gelassen auf das Kloster herunterschaute. So stark war die Erinnerung, dass sie die Arme ausbreitete und rief: «Ah lala, Tiger! Meine guten Wünsche für dich!»

An den Büschen hafteten die nächtlichen Markierungen der Leoparden. Ihr durchdringender Geruch war so vertraut wie die Schreie der Affen im Bergdschungel und das flügelrauschende Kreisen der Greifvögel über dem Lhakang.

Die Freude trieb Maili mit schnellen Sprüngen den Steilhang hinauf, doch bald donnerte ihr Herz vor Anstrengung. Das junge Mädchen aus den Bergen hatte keine Mühe gehabt zu klettern. Lama Osal hingegen war ungelenk geworden in einer Welt der Wände und Türen.

In den Ritzen der grob gemauerten Treppe, die zur Höhle hinaufführte, wuchs Gras. Teile waren herausgebrochen. Doch die Tür in der Mauer war erneuert worden, und anstelle des alten Drahts hing ein dickes Hanfseil an der Glocke, mit der Besucher sich ankündigen konnten.

Als die Yogini sie in die Arme nahm, verschlossen glückliche Tränen Mailis Kehle. «Rinpoche-la», war alles, was sie sagen konnte.

Die Yogini führte sie an der Hand in ihren ummauerten Raum unter dem überhängenden Felsen. Dasselbe Bett mit dem Bärenfell stand darin, wie schon ein Jahrzehnt zuvor, und auch alle anderen Gegenstände befanden sich an ihrem üblichen Platz. Dennoch schien Maili einen anderen Raum zu betreten. Eine andere Maili ist zurückgekommen, dachte sie. Eine neue Höhle für eine neue Maili.

Sie vollzog die drei Niederwerfungen mit leidenschaftlicher Hingabe und setzte sich dann vor das Bett, auf dem sich ihre Lehrerin niedergelassen hatte. Tränen suchten ihren Weg an ihrer Nase entlang und über die Wangen.

«Rinpoche-la, ich war hundert Jahre lang weg», schniefte Maili in das Stück Toilettenpapier, das Ani Rinpoche ihr reichte. «Ich bin viel älter und viel jünger geworden.»

Die Yogini lächelte schweigend und goss Tee aus einer großen Thermoskanne in zwei Tassen.

«Und es ist so viel geschehen», fügte Maili hinzu.

Sanft strich Ani Rinpoches Hand über Mailis kurzen Haarpelz. Maili ergriff die dünne, vogelknochige Hand mit beiden Händen. Einen Augenblick lang sah sie feine, vielfarbige Strahlen von der Yogini ausgehen, und jede der pulsierenden Strahlen enthielt ein Universum möglicher Formen und Eindrücke. Maili wusste, dass sie sichtbar würden, könnte sie nur ihren Geist ein wenig stiller halten. Doch das war ihr nicht möglich, zu trotzig drängten sich die wartenden Worte dazwischen, dringend wie Fragezeichen.

«Rinpoche-la», wiederholte sie und suchte vergebens nach einem höflichen und würdevollen Beginn.

Die Yogini spitzte belustigt die Lippen. «Wie stehen die Aktien von Rolls-Royce?»

Lachen und Schluchzen stellten einander ein Bein. «Ich habe immer noch Mühe, Pfund in Rupien umzurechnen», presste Maili schließlich hervor. Dann begannen die Worte aus ihr herauszustürzen, nackt und verschämt in ihrer Ungelenkigkeit.

«Ich bin so verwirrt, Rinpoche-la. Alles war anders, als ich es mir vorgestellt hatte. Alles wird so schnell kompliziert. Ich weiß gar nicht mehr ... Ich habe mir Mühe gegeben, aber ich fürchte, ich habe meine Aufgabe nicht sehr gut bewältigt.»

«Alle waren zufrieden», bemerkte die Yogini beiläufig.

Maili krauste unwillkürlich die Nase und ließ die zarten Hände los. «Aber das ist nicht der wichtigste Grund, weshalb ich nach Hause gekommen bin.»

Plötzlich wurde ihr sehr heiß und sie musste sich sagen: Du bist nicht mehr die kleine, dumme Maili, die Ani Rinpoches Blick wie das Donnern des Gewitterhimmels fürchtete. Du bist erwachsen, Maili, und du brauchst deine Fehler, dein kostbares Gut.

«Der Grund ist Shonbo Rinpoche», flüsterte sie.

Die Yogini beugte sich ein wenig vor. Ihr Lächeln suchte Mailis flatternden Geist einzufangen.

«Ich schäme mich, Rinpoche-la. Ich – ich denke ständig an ihn. Ich kann an nichts anderes denken. Er hat gesagt, ich solle das nicht tun, aber ich kann nicht aufhören . . . Ich vergesse Sönam . . . Ich quäle mich . . . Rinpoche-la, ich mache alles falsch. Es kommt mir vor, als sei ich viel weiser gewesen, als ich noch im Kloster war. Jetzt ist alles so schwierig. Ich bin so schwierig. Ich werde immer schwieriger.»

«Sehr gut», sagte die Yogini und wiegte ein wenig ihren Kopf. «Ein gutes Zeichen. Deine Klarheit wächst.»

«Aber . . .»

Ani Rinpoche legte den Finger auf den Mund. «Meinst du, ich sei erleuchtet, Maili?»

«Ja, gewiss», antwortete Maili ohne Zögern.

Die Yogini hob die Augenbrauen. «Und meinst du, dass ich keine Fehler mache?»

«Ich . . . ich weiß nicht, wahrscheinlich nicht», stammelte Maili.

«Ich mache Fehler», erklärte Ani Rinpoche fröhlich. «Bin ich also erleuchtet oder nicht?»

«Rinpoche-la», antwortete Maili hilflos. «Sie sind Arya Tara und die Dakini und Yum Chenmo . . .»

«Gut. Und wer bist du?»

«Eine schlechte Schülerin», sagte Maili leise.

«Mach mir Ehre, Maili. Wer bist du?»

Die Yogini hielt die Hände in einigem Abstand auseinander. «Bist du Maili von hier bis dort? Bin ich Ani Rinpoche von hier bis dort?»

Maili senkte den Blick. «Ich weiß, Rinpoche-la, wir sind nicht getrennt. Es ist mein Fehler, wenn ich es nicht erkenne. Kaum habe ich die Meditation beendet, vergesse ich es wieder.»

«Vergisst du in der Meditation, dass wir zwei sind?»

«Manchmal», flüsterte Maili und dachte an die herzzerreißende

Mühe – nein, den herzzerreißenden Wunsch –, die Grenze zu überschreiten, an die gelegentliche Öffnung der unendlichen Weite der Einheit, dann, wenn ihr Geist sich entspannte über alles Wünschen hinaus.

«Nicht nötig, es zu vergessen.» Der Blick der Yogini war durchdringend. «Wir sind zwei, aber nicht getrennt. Ist es nicht so? Du und Shonbo Rinpoche – zwei, aber nicht getrennt. Du und Sönam – zwei, aber nicht getrennt. Du und Ani Tsültrim – zwei, aber nicht getrennt.»

Mailis Geist folgte den Worten ihrer Meisterin, stürzte in die Wirklichkeit, wusste, ohne denken zu müssen. Es war so einfach.

Sanft strich die Yogini über Mailis Wange. «Ist es nicht schön, wie es ist? Eine Maili-von-hier-bis-dort und eine Ani-Rinpoche-von-hier-bis-dort.»

Und Shonbo-Rinpoche-von-hier-bis-dort, dachte Maili und vergaß, sich zu schämen.

«Ich bin zurückgekommen, um meinen Geist zu zähmen, Rinpoche-la», sagte sie. «Ich habe so viel gelernt, aber ich vergesse es immer wieder, wenn ich es anwenden soll. Ich bin sehr verwirrt. Vor allem wegen Shonbo Rinpoche.»

Leise seufzend lehnte sich die Yogini zurück. Maili erkannte mit Schrecken, dass das kleine Gesicht der alten Frau von Schwäche gezeichnet war.

«Denke an ihn, denk an Rinpoche.» Der hallende Klang des Befehls ließ Maili zusammenzucken. Wie hatte sie Schwäche in Ani Rinpoches Zügen sehen können? Es waren die Züge einer Königin, das Gesicht der klaren, reinen Macht des Geistes.

Maili legte die Hände aneinander.

«Denk an ihn in jeder wachen Minute. Träume von ihm. Denk an ihn in der Gestalt Guru Rinpoches. Keine Geschichten. Aber denk ständig an ihn. Sehe ihn vor dir, in der königlichen Haltung Guru Rinpoches, im Brokatgewand. Verfeinere deine Hingabe. Es ist ein wunderbares Geschenk. Keine andere Meditation. Nur diese. Überall Rinpoche-la, Guru Rinpoche. Tausendfach. Die Gestalt deines Geistes. Die allumfassende Weisheit deines Geistes. Die allumfassende Liebe deines Geistes.»

Die Wiese neben dem Lhakang, die sie vom Fenster ihres Zimmers aus überblicken konnte, lag leer unter der schrägen, kühlen Sonne. Die Nonnen saßen im Lhakang beim Nachmittagsunterricht. Aus dem Küchenhaus erklangen Stimmen und das Klappern von Töpfen. Zwei kleine Mädchen trugen schwere Teekannen zum Tempeleingang. Die Hunde versammelten sich hoffnungsvoll unterhalb des Küchenhauses.

Solange alle beschäftigt waren, wollte sie die alten Wege in der Klosteranlage neu entdecken. Die Kuh und das inzwischen groß gewordene Stierkalb schauten ihr mit Augen nach, in denen sich die Zeit nicht bewegte. Für die Kuh und ihren Sohn mochte sie nicht weg gewesen sein. Die Krone eines der größeren Bäume war einem Sturm zum Opfer gefallen. Ein Haus am Hang hatte einen Aufbau erhalten. Das untere, langsam zerfallende Stück der Treppe am Berghang war ausgebessert worden. An den Fenstern des Langnasenhauses – Maili lächelte, als ihr das Kinderwort einfiel – hingen neue Vorhänge. Über dem ganzen Hang lag der Duft des Holzfeuers, und je länger Maili ihn einatmete, desto mehr schien sie wieder Maili Ani zu werden. Das junge Mädchen, das in Plastikschlappen fröhlich durch den Regen rannte. Die kleine, vorlaute Nonne, die zu Urgyen Ani, der schönen Disziplinarin, zitiert wurde und zwischen Trotz und Einsicht schwankte. Maili Ani, die nirgendwohin gehörte und dennoch ihre Wurzeln so tief in den Geruch des Holzfeuers geschlagen hatte.

Am Abend öffnete Maili ihre Tür auf ein leises Klopfen. Der Anblick der Disziplinarin ihrer ersten Jahre im Kloster nahm ihr den Atem.

Urgyen Anis vollkommene Züge entfalteten sich zu einem Lächeln von zeitloser Schönheit. Zarte Fältchen belebten die Umgebung der Augen und um die Mundwinkel zeigten sich feine Linien.

Maili verbeugte sich mit einem höflichen Gruß, öffnete die Tür bis zum Anschlag und drückte die Moskitotür aus engmaschigem Drahtnetz nach außen. «Bitte, Ani-la, komm herein.»

«Willkommen zu Hause, Lama-la», sagte Urgyen Ani mit einer kleinen Verbeugung und schlüpfte aus ihren Schuhen.

«Nenn mich wie früher, Ani-la», bat Maili und rückte einladend den Daunenschlafsack zur Seite, den Sarah ihr mitgegeben hatte. «Lama-la klingt so ungemütlich.»

Urgyen Ani ließ sich mit der ihr eigenen Anmut auf dem Bett nieder und zog die Ärmel ihrer Jacke über die Hände. Alter Gewohnheit folgend warf Maili einen Blick auf ihre eigene Robe, um mögliche Flecken zu entdecken. Noch immer löste Urgyen Anis Gegenwart das Gefühl in ihr aus, in ihrer äußeren Erscheinung sehr unvollkommen zu sein, so untadelig glatt und makellos war die Kleidung der früheren Disziplinarin.

Maili füllte einen Becher neben ihrem Bett mit tibetischem Tee und bot ihn ihrer Besucherin an. Dann kramte sie eine große Flasche duftender Körperlotion aus ihrem Koffer. Höflich mit beiden Händen und einer kleinen Verbeugung überreichte sie ihr Geschenk.

«Ich hätte gern eine schöne verchromte, westliche Dusche dazugetan», sagte sie. «Aber wo sollte man sie anschließen?»

Urgyen Ani lachte. «Bald ist die Sonne warm genug. Und im nächsten Jahr bekommen wir ein großes Badehaus mit Solarzellen.» Sie öffnete die Flasche und schnüffelte mit offensichtlichem Entzücken an ihrem Inhalt.

«Wie gefällt dir das Leben in der Welt, die so süß duften kann?», fragte sie mit freundlicher Leichtigkeit, die viel Raum für die Wahl der Antwort ließ.

«So gut, dass ich die erste Gelegenheit wahrnahm, zurück in mein Kloster zu fliehen», erwiderte Maili mit halbem Lächeln. «Wenn auch nur für einige Zeit.»

Urgyen Ani zog leicht die Augenbrauen hoch. Maili schüttelte den Kopf. «Ani-la, diese Maili ist immer noch ein dummes Kind. Acht Jahre sind vergangen, doch ich sehe in dir immer noch die Disziplinarin und meine, ich hätte etwas falsch gemacht und müsse mich rechtfertigen. Warum kann ich nicht aufhören, immer nur ein Bild von mir selbst zu sein? Ich möchte so gern aufwachen...»

«Das möchten wir hier alle», sagte Urgyen Ani sanft. «Dazu sind wir ja hier. Erzähle mir von der fernen Welt.»

«Zuerst dachte ich, das größte Problem des Westens seien die Toiletten – diese Riesennachttöpfe, in die man hineinfallen kann.»

Maili kicherte. «Doch dann musste ich erkennen, dass die Schwierigkeit darin lag, die westliche Art des Denkens zu verstehen.»

«Wie denken sie?»

Maili senkte ihren Blick nachdenklich auf ihre Hände. Die vielen Frauen und Männer, die sie im englischen Zentrum kennen gelernt hatte, zogen an ihrem inneren Auge vorüber.

«Vor allem glauben sie so sehr an das, was sie denken. Und an das, was sie denken, dass sie fühlen. Sie glauben, es ist wahr, weil sie es denken. Deshalb gibt es natürlich immer all die vielen anderen, die Unrecht haben, weil die an andere Gedanken glauben. Und dann – sie denken so viel und so schnell. Ich habe den Eindruck, sie denken viel mehr als wir. Und weil sie so viel denken, können sie nicht gut zuhören. Aber wenn ich etwas wiederhole, weil ich bemerke, dass sie es nicht wirklich gehört haben, werden sie ungeduldig. Ich habe mir viel Mühe geben müssen, eine Wiederholung so klingen zu lassen, als sei es keine Wiederholung.»

Maili rieb leicht ihre Hände aneinander und legte dann nachdenklich die Fingerspitzen an ihr Kinn. «Sie neigen dazu, entweder sehr aufgedreht oder sehr bedrückt zu sein. Als gäbe es dazwischen keinen Zustand, nur dieses Entweder-oder – nur Tag und Nacht und keine Dämmerung dazwischen. Sie fragen auch oft, ob etwas, das die Lehren sagen, ‹wirklich so ist›. Und wenn ich erkläre, dass es ein ‹absolut› nur auf der relativen Ebene geben kann, lachen sie und sagen: ‹Das ist ein guter Spruch›. Aber ich spüre, dass es nicht in ihren Geist eingedrungen ist. Sie können so gut denken, aber es ist oft ein wasserdichtes Denken, auf dem die Lehren herumkullern wie Wassertropfen auf einer Fettschicht. Manchmal benützen sie die Lehren sogar als Waffen gegeneinander anstatt als Inspiration für sich selbst. Andererseits – viele sind auch sehr eifrig, sehr wissbegierig, wie ausgehungert. Aber es ist schwer, ihnen klarzumachen, dass der Dharma-Weg nicht dazu da ist, um sich besser zu fühlen und alles ganz wunderbar zu machen, sondern dass es darum geht, die Trennung zwischen sich selbst und anderen aufzulösen. Manche kommen zu mir und meinen, wenn ich ihnen sage, wie sie ihr Leben leben sollen, dann geht es ihnen gut. Aber das kann ich ihnen doch nicht sagen. Das kann man niemandem sagen.»

Urgyen Ani wiegte zustimmend den Kopf.

«Noch etwas ist auffallend», fuhr Maili fort. «Viel mehr Frauen als Männer kommen in das Zentrum. Mutige Frauen. Sie gehen natürlich nicht ins Kloster, um den Dharma zu lernen. Es gibt keine Dharma-Klöster. Und die Frauen leben fast wie die Männer. Im Westen müsste Ani Pema in ihrem Büro keine Robe tragen zu ihrem Schutz.»

«Trägst du dort die Robe?»

Maili spürte, wie sich ihre Mundwinkel anspannten. «Ja», antwortete sie und hielt die Worte der Rechtfertigung zurück, die in ihr aufstiegen.

«Warum hast du dich nach dem Kloster gesehnt?» Urgyen Anis Stimme war sanft und ausdruckslos wie zuvor.

«Das Leben in der Welt ist so verwirrend», antwortete Maili, «und ich habe viele Fehler gemacht. Und – vor allem eine verheiratete Yogini zu sein, ist sehr verwirrend.»

Urgyen Ani lächelte. Sie respektierte Mailis Zögern und lenkte das Gespräch in die Windstille des Klosteralltags, in dem sie selbst eine fast unsichtbare Rolle spielte. Sie zöge sich immer dann in die Höhle zum Retreat zurück, erzählte sie, sobald Ani Rinpoche ihre Pflicht als Klostervorstand erfüllen musste. Sie liebe das Einsiedlerleben.

«Ich fragte so neugierig nach deinen Eindrücken», erklärte sie schließlich, «weil meine Mutter und Shonbo Rinpoche mich drängen, nach Australien zu gehen und in Rinpoches Zentrum in Perth zu arbeiten. Aber ich schiebe es immer wieder hinaus und verstecke mich in der Höhle.»

«Oh, Ani-la», rief Maili, «du wärest sicher viel geeigneter als ich dummes Mädchen.»

In Urgyen Anis Lächeln mischte sich ein kleiner, bitterer Hauch. «Ein junger Fisch schwimmt in jedem Gewässer. Aber ich bin kein junger Fisch. Um aufrichtig zu sein: Ich fürchte mich. Ich bin viel älter als du und meine Fehler wiegen schwerer.»

«Du machst keine Fehler, Ani-la», protestierte Maili und biss sich sogleich auf die Unterlippe. Hatte nicht Ani Rinpoche gesagt, sogar sie mache Fehler?

«Hast du tatsächlich diesen Eindruck?», erwiderte Urgyen Ani. «Vielleicht sind die heimlichen Fehler weit gefährlicher als diejenigen, die jeder sehen kann.»

«Ein wirklich schlimmer Fehler wäre, den Dharma zu verdrehen – und das tust du gewiss nicht», verkündete Maili mit Nachdruck.

Urgyen Ani lachte. «Und du – tust du es?»

«Natürlich nicht.» Maili begann ebenfalls zu lachen. «Jedenfalls hoffe ich das.»

Sie nahmen einander bei den Händen und Urgyen Ani beugte sich vor und berührte Mailis Stirn mit der ihren. Maili wog nun ihre Worte nicht mehr ab, sondern breitete sie unbekümmert aus, so wie die Stäbchen fallen beim Orakelspiel. Als Urgyen Ani sich verabschiedete, war das Lachen in die Wände und in alle Winkel gedrungen. Die Gewissheit, in Urgyen Ani eine Freundin gefunden zu haben, schien Maili endgültig in die Welt der Erwachsenen zu heben. Sie spürte eine neue Kraft in sich, als sie das kahle Zimmer verließ und in der Küche warmes Wasser zum Waschen holte. Ihre aufgerichtete Haltung schien Erde und Himmel mehr als zuvor miteinander zu verbinden. Maili von hier bis dort, dachte sie heiter, Maili, die auf dem Himmel steht und die Erde trägt.

Das Gelübde der Kriegerin

Die Nonnen begegneten ihr mit respektvoller Zurückhaltung. Nie zuvor hatte eine Nonne des Klosters den Lama-Titel getragen und war in die Welt hinausgegangen, um zu lehren. Ich bin doch eure Maili-Ani, wollte Maili zu ihnen sagen, aber es war ihr klar, dass weder die anderen noch sie selbst die Veränderung leugnen konnten. Selbst Deki bewegte sich im Schatten kindlicher Befangenheit. Doch an manchen Tagen schien alles so zu sein wie früher. Maili ließ sich bereitwillig mittragen vom gleichmäßigen Ablauf des Klosterlebens mit den Pujas und den gemeinsamen Mahlzeiten auf der Wiese oder im Küchenhaus, vom Spiel des Himmels mit dem Nebel, der kühlen Sonne und gelegentlichen Wintergewittern. Die Berührung der Erde und des Himmels ließ sie aufatmen. Mochte es auch kalt sein im Kloster – sie lebte wieder mit dem Mond, den Sternen und den Wolken. Maili tauchte ein in die strahlende Einheit von Shonbo Rinpoche und Padmasambhava. Ihre Meditation öffnete reine Welten. Sie trug ihre Sehnsucht wie ein Gewand aus kostbarem Brokat; sie gab ihr Würde und Gelassenheit. Täglich arbeitete sie ein paar Stunden an einer Übersetzung, die Shonbo Rinpoche ihr aufgetragen hatte. Am Abend des Dakini-Festes schrieb sie:

Ich suchte dich
Und fand dich in mir

Kein Entkommen
Fliehe ich vor mir
In die Illusion des Ich-Bin
Verliere ich dich
Selbst die Umarmung
Könnte mich nicht schützen
Täglich muss ich dich von Neuem finden
Denn täglich verliere ich mich

Wie gern würde ich im Halbschlaf verweilen
Die Erinnerung an deine Haut
Über mir wie ein schützendes Tuch
Sanfter Ignoranz hingegeben
Einem Säugling gleich
An der Mutter Brust

Doch das Gelübde dieser Kriegerin
Ist Wachsein

Kein Entkommen
Auf der scharfen Schneide der Wirklichkeit
Sind Träume tödlich
Niedergeschlagenheit versetzt mich in Panik
Panik bringt mich zum Tanzen
Beim Tanz auf dem Schneegipfel

Sind Hitze und Kälte eins
Dort finde ich mich
In meiner Einsamkeit

Diese klare Leidenschaft
Blüht jenseits aller Gefühle
Diese bittersüße Hingabe
Braucht keine Bestätigung

Ich sterbe vor Sehnsucht
Und zuversichtliche Ungewissheit
Ist der Schoß meiner Wiedergeburt

Und wieder suche ich dich
Und finde dich wieder in mir
Herzschlag von Verwirrung und Weisheit

War nicht die Vergangenheit stets wie eine Aneinanderreihung von Träumen? Ungerufen stiegen sie auf und Maili fragte sich, was von alledem, das geschehen war, tatsächlich auf ihren Entscheidung beruhte. Hatte sie sich nicht stets um Wachheit bemüht? Und doch geschah fast alles in der unaufhaltsamen Weise, in der sich das Wasser seinen Weg sucht, Täler auswäscht, Ebenen überflutet, über Felskanten stürzt, sich ausbreitet in einem weiten Bett. Das beißende Unbehagen des Versagens, das sie zurück ins Kloster getrieben hatte, war einem ruhigeren Gefühl gewichen. Zwar wollte sie noch immer herausfinden, was sie falsch und was sie richtig gemacht hatte, doch es gab so viele Blickwinkel, so viele Urteile, dass sie das Grübeln aufgab.

«Wir werden dich vermissen», hatte James zum Abschied gesagt. «Viele werden unsere Lady-Lama vermissen. Deine Anwesenheit hat hier vieles verändert. Komm bald wieder!»

Maili sah James leicht zitternden Schnurrbart vor sich. Als striche der Wind über Sommergräser, ein Zeichen der Berührtheit in dem wenig bewegten Gesicht. Wage zu lachen! Wage zu weinen!, hätte sie ihm so oft sagen wollen. Und verurteile nicht, wo auch immer Lachen und Weinen Schneisen in Menschenherzen schlagen. Doch man klopfte an James Tür nicht mit gezücktem Gefühl.

Die Erinnerung trieb wolkenhaft Szenen vorbei, in denen eine Maili ihre Rollen spielte, die Rollen des Festhaltens, des Ablehnens und der Unwissenheit, Muster alten Karmas, so tief wie das Meer. Manchmal war die Rollen-Maili nur durch eine hauchfeine Lücke von der echten, wachen Maili getrennt. Doch selbst die hauchfeine Lücke zu sehen war schmerzhaft.

Der Entschluss, sich ins Dunkel-Retreat zu wagen, stieg plötzlich in Maili auf. Ani Rinpoche war einverstanden, befragte das Orakel nach dem günstigsten Tag des Beginns und begann mit den nötigen Unterweisungen. Maili musste alle Übungen der Sechs Yogas, die sie je gelernt hatte, gründlich wiederholen. Neue kamen hinzu.

Sie wartete auf ihren Traum. Jeden Abend nach der Abendmeditation verband sie sich mit dem Wunsch, dass in der Traumwelt ein Omen sichtbar werden möge. Danach legte sie sich nieder und öffnete den roten Raum des Kehl-Chakras, das Tor zum Traum. In der dritten Nacht kam eine Antwort.

Das Kind ist winzig, nackt wie ein Neugeborenes. Dennoch sitzt es und winkt einigen Personen zu, die es umringen, Männer und Frauen, manche in Roben, andere in westlicher Kleidung. Es sitzt auf einem hohen Podest mit brokatbezogenen Polstern, dem traditionelle Thron einer hohen Wiedergeburt.

Eine Menschenschlange beginnt an dem Thron vorbeizuziehen, und das Kind beugt sich vor und berührt mit seiner winzigen Hand den Kopf eines jeden. Es leuchtet, und ein wenig von diesem Leuchten bleibt an den Menschen hängen, die es berührt.

Früh am nächsten Morgen kletterte Maili zur Höhle hinauf. Der Traum glühte noch in ihr, glühte über sie hinaus in die kalte, helle Welt. Er machte sie glücklich und sie hatte nicht das Bedürfnis, darüber nachzudenken.

«Ein Glück verheißender Traum», sagte die Yogini ernst. «Es wird ein gutes Retreat sein. Du bist bereit.»

Dann forderte sie Maili auf niederzuschreiben, was sie ihr diktierte:

«Denke nicht daran, deinen Geist nicht zu bewegen.
Denke nicht daran, deinen Geist zu bewegen.
Visionen können schön sein und schrecklich.
Es sind Bewegungen deines Geistes.
Sei wach und klar, mein Kind.
Sei wach im Traum.
Sei wach im Schlaf.
Meine nicht, Visionen seien Errungenschaft.
Meine nicht, Seligkeit sei Errungenschaft.
Meine nicht, Leersein sei Errungenschaft.
Lass kommen und gehen, gehen und kommen.
Schläfst du, kommen Träume der Nacht.
Wachst du, kommen Träume des Tages.
Unterscheide nicht Tag oder Nacht.
Manchmal wachst du, ohne aus der Wirklichkeit zu fallen.
Manchmal schläfst du, ohne aus der Wirklichkeit zu fallen.
Sei gewahr, mein Kind.»

16

In der Welt des Dunkels

Urgyen Ani begleitete Maili in den Dunkelraum. Das kleine Zimmer enthielt lediglich eine Schlafmatte und einen Teppich. Eine Tür führte zu der ebenfalls dunklen Toilette. Der Lichtschalter für beide Räume lag außerhalb des Dunkelraums.

Maili legte ein paar Kleidungsstücke und Wäsche neben die Matte. Urgyen Ani wies auf die Klappe unten an der Tür und sagte: «Man wird dir dreimal täglich eine Schale mit Essen hier durchschieben. Ich werde jeden zweiten oder dritten Tag kommen und deine Praxis mit dir klären. Wenn du mich brauchst, schiebst du den kleinen, runden Stein, der hier neben der Tür liegt, durch die Klappe. Wenn du krank bist und Hilfe brauchst, schiebst du den anderen, großen Stein durch.»

Sie lächelte zum Abschied. «Vielleicht wirst du dich am Anfang fürchten oder verwirrt sein. Aber mach dir keine Sorgen. Du hast alle Fähigkeiten, die man zur Befreiung braucht – Vertrauen, Ausdauer, Achtsamkeit, Gewahrsein und weise Intelligenz. Denk an die großen Yoginis wie A-Yu Khandro, die viele Jahre im Dunkel-Retreat verbracht haben. Es ist eine wunderbare Gelegenheit.»

Maili legte die Hände aneinander und verbeugte sich. Urgyen Ani berührte Mailis Stirn mit der ihren und nahm sie kurz in die Arme. Dann schloss sie die Tür und schaltete das Licht aus. Maili tastete sich zur Schlafmatte und ließ sich darauf nieder. Neunundvierzig Tage lang würde sie kein äußeres Licht mehr sehen, nicht einmal das zarte Licht der Butterlampen.

Da es Abend war, vollzog sie ihre Abendmeditation und legte sich schlafen. Als sie aufwachte, fühlte sie sich sehr lebendig und munter. Wahrscheinlich war es ihre gewohnte Zeit des Aufstehens, fünf Uhr. Es irritierte sie, dass es keinen Unterschied machte, ob sie die Augen offen oder geschlossen hielt. Noch nie hatte sie vollkommene Dunkelheit erlebt. Selbst wenn nachts der Mond und die Sterne von Wolken verdeckt waren und Nebel die beleuchtete Stadt verbarg, brannten stets zwei starke Lampen im Klostergelände, um wilde Tiere und Einbrecher abzuschrecken.

Maili lebte sich tastend in das Dunkel hinein. Es gab nichts zu tun außer zu meditieren. Immer wieder fiel sie in Schlaf. Nur die Mahlzeiten – Reis, Gemüse, Tsampa und Tee – gaben Hinweise auf die Zeit. Dennoch verfloss ihr Zeitgefühl, wurde zu einem See, in dem das Jetzt richtungslos dahintrieb. Nach und nach wurden die Schlafphasen seltener und ausgeglichener.

Irgendwann klopfte es an der Tür.

«Wie geht es dir, Maili?», hörte sie Urgyen Anis Stimme. Die Türangeln machten ein scharrendes Geräusch. In ihrer Vorstellung sah Maili, wie Urgyen Ani die Tür einen Spalt breit öffnete.

«Es ist anstrengend», sagte Maili. «Jetzt erst bemerke ich, mit wie viel Ablenkung ich sonst beschäftigt bin.»

Urgyen Ani kicherte leise. «So ging es mir auch. In den ersten Tagen, oder was ich für die ersten Tage hielt, schlief ich ständig ein.»

Schamhaft verschwieg Maili, dass sie ein quälendes Bedürfnis nach Süßigkeiten hatte.

Sie hörte ein Rascheln im Türspalt. «Ich habe dir eine Tafel Schokolade hingelegt», sagte Urgyen Ani. «Geh sparsam damit um.»

Maili lachte. «Danke, Ani-la. Du kannst Gedanken lesen.»

Die Abstände der Besuche wurde größer. Maili vermisste sie nicht. Äußeres und inneres Leben verschmolzen miteinander und immer häufiger war sie im Traum gewahr, dass sie träumte.

Als sie John an der Wand des Gesindehauses sitzen sah, konnte sie ihren inneren Abstand halten. Sie war John und sie war auch Maili, mit ihm verbunden durch die alles durchstrahlende Wärme des Mitgefühls. John, sagte die Stimme ihres Wissens, wach auf! Nimm den Schmerz an, anstatt deinen Geist zu verraten. Marian hat dich allein gelassen, lass nun nicht du dich selbst auch allein.

John hob den Kopf. Ich kann nicht! Ich kann nicht! Ich kann nicht!, schrien seine hoffnungslosen Augen.

Denk nicht an Marian, erwiderte Maili beschwörend, denk nicht an das Schreckliche Gesicht. Denk an John und sein kostbares Leben. John hat einen wunderbaren, starken, leuchtenden Geist. Leg nicht den Schatten der Verzweiflung und Wut darüber. Wach auf, kleiner John! Wach auf!

In das spitze Gesicht schlich Entspannung, rang mit Weinen und endete in einem langen, langen Seufzer, der aus allen Poren drang. Maili wandte sich um. Die beiden Männer, die das tote Mädchen trugen, schritten voran und blieben dennoch auf der Stelle. Am anderen Ende des Hofs stand der Mönch, das Schreckliche Gesicht. Sein Geist raste durch ein Labyrinth des Schreckens, der Wut, der Rechtfertigung. Hexe! Sie ist nur eine Hexe, nur eine Hexe, doch nun verloren. Ich hätte das Verfahren vorantreiben sollen, so dass sie hätte bekennen können und Buße tun. Das reinigende Feuer hätte sie der Hölle entrissen. Denn so ist es, so ist es die Wahrheit. Warum dieses Grauen, ich bin nicht schuld, ich bin nicht schuld, sie war nur eine schamlose Hexe, verderblich, böse, meine entsetzliche Gefahr.

Maili versuchte, durch diesen Aufruhr hindurchzudringen. Wach auf, Mönch! Wach auf! Doch er konnte sie nicht hören im Geschrei seiner furchtbaren Gedanken. Seine Augen traten aus dem Höhlen und Speichel sprühte von seinen Lippen, als er die Fäuste hob und keuchte: «Der Zorn des Herrn ... Reinheit, der Herr fordert Reinheit!» Losgelöst strömten die Gedanken voran, nein, nicht seine Gedanken, nicht seine Gedanken. Er wusste, es waren die Gedanken Gottes, die sich unaufhaltsam in ihn ergossen, denn er war auserwählt, ungeheuerliche Prüfungen zu bestehen, Prüfungen, wie sie nur Auserwählten zugemutet werden, viele sind berufen, doch ICH bin auserwählt.

Immer größer wurde seine Gewissheit, die Prüfung bestanden zu haben, denn er war nicht wankend geworden im Erkennen des Bösen und im gerechten Urteil über Unreinheit und Schamlosigkeit. Er sprach mit atemloser, in die Bäuche der Umstehenden dringender Stimme vom Grauen der ewigen Verdammnis, während der kleine John an der Hauswand kauerte und sich mit fest zugekniffenen Augen und den Händen auf den Ohren hin und her wiegte. Die Knechte und Mägde bekreuzigten sich ein ums andere Mal, klein geknüppelt von der hetzenden Macht der Rede. Doch als der Mönch nach Atem ringend schwieg und die Hochstimmung zu

Boden fiel, schoss eine Flamme des Zweifels in ihm hoch und beleuchtete für einen Augenblick die Wirklichkeit. Waren es wirklich Gottes Gedanken? Waren es wirklich Gottes Zorn und Gerechtigkeit? Nicht Geilheit und Stolz und die Schwäche eines anmaßenden Menschenwurms?

«Mein ist die Rache, spricht der Herr!», schrie er auf und wusste nicht mehr, wem die Rache galt.

Wach auf, Mönch! Wach auf! Maili stürmte in die Bresche im Wahn, von einem Staunen empfangen, das so klar war wie das unbeschriebene Gesicht eines kleinen Kindes. Doch augenblicklich wucherten die Gedanken des Auserwählten erneut empor, verstopften die Öffnung und setzten zu einem weiteren Höhenflug an, getrieben vom berauschenden Atem seines Gottes.

Gleichzeitig – denn es gab keine Aufteilung der Zeit in diesem Geschehen – war Maili mit dem Geist des Mädchens verbunden, der verwirrt im Labyrinth des toten Körpers nach einem Ausgang suchte. Ein einziger Augenblick des Wünschens ließ die Gottheit des unendlichen Lichts über Marians Kopf sichtbar werden. Maili zog den Geist des Mädchens, eine kleine, strahlende Sphäre, nach oben und zum Scheitel hinaus aus der nutzlos gewordenen Hülle.

Marian wird es gut haben, ließ sie John wissen. Du weißt, sie war eine liebevolle Schwester und hatte Mitgefühl mit allen Wesen.

John nickte. Er wusste es.

Und du wirst deinen Geist und deinen Körper nutzen und vielen Menschen helfen, fuhr Maili fort, sodass sie keinem Schrecklichen Gesicht mehr Glauben schenken. Du wirst klug und stark sein, kleiner John.

Wieder nickte der Junge. Mit beiden Händen fuhr er über seine Augen und ging zur Küchentür, wo Jungfer Gwen ihn in die Arme nahm und an sich drückte.

Maili verbrachte lange Zeit mit der Meditation des Mitgefühls für John, Marian und den Mönch. Sie konnte das Geschehen nicht ändern, doch sie konnte es mit der Kraft ihrer Meditation entschärfen und Dunkles in Licht verwandeln.

Der Schatten der Klostermauer fiel auf sie, als sie aufwachte. Augenblicklich wusste sie, dass sie sich im Kloster ihrer Kindheit befand, zu dem sie oft an hohen Feiertagen mit ihren Eltern gewandert war. Ihre Mutter saß vor ihr, eine hübsche, zu früh gealterte Frau Anfang dreißig, die Haare zum lockeren Zopf gebunden, weiche Haare, die sich aus den Zopf stahlen und ihr Gesicht umspielten, als sei sie ständig in Eile. Maili schaute auf den Hals ihrer Mutter, gewärtig, die Spur des Krummschwerts zu sehen, das den Kopf beim mörderischen Überfall in den Bergen abgetrennt hatte. Doch die samtbraune Haut war glatt und unversehrt.

Die Mutter beugte sich vor und zog Mailis Blick zu sich. «Du bist eine gute Tochter, deine Fürbitten und Meditationen haben mir sehr geholfen», sagte sie. «Zuerst war ich entsetzlich verwirrt im Zwischenzustand, doch deine Führung hat mich in eine gute Wiedergeburt geleitet. Schau!»

Sie wies auf eine junge Frau, die an die Mauer gelehnt saß und einen Säugling an der Brust hielt. «Sie ist meine Mutter. Mein Vater ist ein Händler, der das Kloster beliefert. Sie sind gute Menschen und folgen dem Weg des Buddha.»

Ein kleiner Junge lief an der Mauer entlang und setzte sich dicht neben die Frau mit dem Säugling.

«Dieser Junge ist mein älterer Bruder», erklärte Mailis Mutter. «Er war mein Sohn, dein kleiner Bruder, der nach dem Mord an seinen Eltern vor Trauer gestorben ist.»

Maili presste die Hände aneinander. «Ich werde nicht aufhören, dich mit meiner Meditation zu unterstützen, Ama-la», flüsterte sie.

Die Mutter neigte den Kopf. «Ich bin sehr dankbar, dass ich dich aufziehen durfte. Sicher war ich ungeschickt und erkannte nicht, dass sich dein Geist nach Meditation sehnte. Immer trieb ich dich an, etwas zu tun.»

«Nicht, Ama-la, nein, du warst gut zu mir», wehrte Maili ab und dachte daran, wie wütend sie oft über ihre Mutter gewesen war, die es nicht ertragen konnte, ihre Tochter müßig zu sehen.

Die Mutter lächelte. «Meine Wiedergeburt wird reichlich Gelegenheit haben, es besser zu machen. Diese junge Frau wird verunglücken und ich werde mich früh um diesen Bruder kümmern müssen. Ich werde lernen.»

Die Gestalt verging wie schmelzender Schnee und die Szene verschwamm und löste sich auf.

«Ama-la!», rief Maili ihr nach, doch das verblassende Bild antwortete nicht mehr.

Einmal wachte sie unter einem Apfelbaum mit vielen reifen Früchten auf. Die Sonne schien durch die Zweige und ließ die Blätter grüngolden aufleuchten. Als Maili die Augen öffnete, blickte sie in die Augen ihres Vaters.

«Willkommen im Nördlichen Kontinent», sagte er heiter. Wie selten hatte sie ihren Vater fröhlich gesehen. Still und in sich gekehrt war er gewesen, fast unsichtbar, ganz anders als sein kluger Bruder, der so vieles über Kräuter, Geister, Krankheiten und Gesundheiten zu sagen wusste.

«Paa-la», sagte Maili zärtlich, «geht es dir gut?»

«Warum sollte es mir nicht gut gehen?», erwiderte der Vater. «Im Nördlichen Kontinent gibt es niemanden, dem es nicht gut geht. Schau, dort ist meine Wiedergeburt!»

Maili sah ein kleines Mädchen, das noch kaum laufen konnte, in ein hübsches, weiches Gewand gekleidet, umringt von Frauen, die mit ihm spielten und es streichelten. Das Kind lachte und ließ sich in einen Schoß nach dem anderen fallen.

«Es ist so schön hier», sagte der Vater träumerisch. «Kein Kummer, keine Tränen. Niemand hat Sorgen. Man kann sich nichts Besseres wünschen.»

«Doch», flüsterte Maili, «die Befreiung.»

Der Vater lächelte. «Bist ja auch eine Nonne geworden, Töchterchen. Aber weißt du, ich bin's zufrieden, wie es ist. Hab immer darum gebeten, keine Sorgen mehr zu haben. Die Buddhas und Bodhisattvas haben mir meinen Wunsch erfüllt.»

«Ach, Paa-la», seufzte Maili. «Hauptsache, es geht dir gut.»

«Ja, es ist wunderbar, mein Kind. Hier ist Friede und alle sind freundlich und glücklich.»

«Es wird enden, Paa-la. Es gibt keine Befreiung, und du wirst aus dem paradiesischen Kontinent herausfallen, wenn deine Verdienste aufgebraucht sind.»

Der Vater erhob seine Hand zu einer wegwerfenden Geste. Das kleine Mädchen jauchzte im Kreis seiner Mütter.

«Ruh dich aus auf dem Nördlichen Kontinent, Paa-la», sagte

Maili liebevoll, während er und die anderen Gestalten vergingen. «Und denk an mich, wenn das Ende kommt, damit ich dir helfen kann.»

Die Begegnung mit ihren Eltern öffnete ihr Verständnis für ein bestimmendes Muster ihres Lebens. Sie sah, wie ihr Gefühl sich immer dann, wenn Trennung drohte, tot stellte, so wie es dem jungen Mädchen im Bergdorf am Ende der Welt nach dem Mord an den Eltern ergangen war. In derselben Weise hatte sie sich tot gestellt, als sie sich von Sönam verlassen fühlte. Und ebenso gelähmt war sie gewesen, als ihre heimlichen Erwartungen an Shonbo Rinpoche abglitten, als sei er tagtäglich ein anderer. Wie eine Pfahlwurzel schien dieses Muster in viele alte Leben zurückzureichen, immer und immer wiederholt. Es war Zeit, damit aufzuhören.

Diese Einsicht spornte Maili zu noch hingebungsvollerem Eifer in ihrer Meditationspraxis an. Bald begann sie, die Bahnen der Lebensenergie in ihrem Körper zu sehen und schließlich die strahlenden Zentren und Kanäle der geistigen Energie. Die Zeit verwandelte sich und wurde zu einem Teil des leuchtenden Raums, in dem sie sich nun oft aufhielt. Manchmal war sie so glücklich, dass sie dachte, sie würde das Retreat-Zimmer nie mehr verlassen wollen.

Es folgte eine Zeit, in der Maili sich auf Übungen der Sechs Yogas konzentrierte. Sie versuchte, sich in ihren eigenen unsichtbaren Körper zu versetzen, doch das erwies sich als sehr schwierig. Die Bewegungen des Energiekörpers waren ruckartig und steif. Mühsam setzte sie einen Fuß vor den anderen. Dachte sie «Wand», so hatte sie die Wand ihres Retreat-Zimmers vor sich. Sie konnte sich jede beliebige Umgebung vorstellen, doch nun ging es darum, sich auf keinerlei Vorstellung einzulassen, nicht einmal auf die Vorstellung der Realität ihres dunklen Zimmers. Das lange Konzentrationstraining, das zu ihrer meditativen Ausbildung gehört hatte, bewährte sich. Bald bewegte sie sich leichter. Ihre inneren Augen begannen das Zimmer zu sehen. Alles sah aus wie in Mondlicht getaucht und die Wände flimmerten und schienen nicht wirklich dicht zu sein. Ihre inneren Ohren hörten das Klingen der Bewegung in allen Dingen. Sie erkannte, dass diese Welt an eine noch subtilere Welt stieß, in der sie Anwesenheiten ahnen konnte, und darüber hinaus, so fühlte sie vage, gab es noch weitere Abstufungen feinster geistiger Existenz.

Längst dachte sie nicht mehr daran, die Tage zu zählen. Selbst die Zahl, die Urgyen Ani bei ihrem letzten Besuch genannt hatte, verschwand schnell wieder aus ihrem Gedächtnis.

Dann begann das Fieber. Wohl hatte die Yogini gesagt, dass Maili sich bemerkbar machen müsse, solle sie krank werden. Doch genoss sie die Fieberwelt trotz der Schmerzen in den Gliedern, denn so überaus dünn wurden nun die Grenzen zwischen Tag- und Nachtbewusstsein. Die Bilder in ihrem Geist verschwammen immer häufiger, zerstreut von der Übermacht des Gefühls. Nun, so ahnte sie, war sie im Mutterbauch. Da war ein Pochen, ein Schaukeln, ein Treiben und Drehen, so stark und durchdringend, dass es keine Trennung gab zwischen ihr und diesem Pochen und Schaukeln und Treiben und Drehen. Dann wiederum war es sehr ruhig und nur das beruhigende Pochen erfüllte das All und sie selbst.

Eine gewaltige Erschütterung durchdrang alles und plötzlich steckte sie fest. Das Treiben und Drehen war schon zuvor zunehmendem Widerstand gewichen, doch nun steckte sie fest. Immer noch pochte und schaukelte es beruhigend, doch die Enge brachte einen Hauch von Besorgnis mit sich, die ungute Ahnung von Veränderung. Dann die eiserne Faust. Es war nicht das erste Mal. Tief in den Falten der Erinnerung lag das Wissen von vielen Malen, immer wieder, ebenso wie das andere, der Tod, das Zurückziehen in Dunkelheit und Licht, oft geschehen, immer wieder.

Ich hab dich gewählt, Mutter und Vater, weil ihr einander wolltet und mich wolltet. Ich habe euch gewählt, weil ihr mich freigeben würdet durch euren gewaltsamen Tod. Ich vergaß es, als ich in die Kälte gestoßen wurde und die Not des Körpers kennen lernte, schreiend und nach Luft ringend, natürlich vergaß ich es. Doch nun weiß ich es wieder und sehe es, das Werden und Vergehen und wieder Werden.

Dann kam die Schwere, die ungeheure Schwere des Sterbens, die Bedrohung des Versinkens in der Erde, die Ankündigung des Zurückziehens, und wieder verschwammen die Bilder, lösten sich auf in einem Zittern und Flimmern, in dem sich nichts mehr zu halten

vermochte. Trockenheit folgte, bittere, schmerzende Trockenheit, und Nebel verschlang alle Worte, in Rauch gingen alle Gedanken auf. Funken sprühten aus dem Rauch, der Atem wurde zu Feuer, doch es gab keinen Atem mehr und dann brachen alle Erscheinungen auseinander und die glühende Lava der Erfahrung zerstob im Raum.
Weißes Mondlicht senkte sich herab und rot ging die Sonne auf. Dann die leidenschaftliche Klarheit, so weise hingegeben, so selig leer in die Dunkelheit sinkend, Dunkelheit in Dunkelheit werdend, bis das klare Licht die Dunkelheit krönte. Nichts konnte der unendlichen Zärtlichkeit der goldenen, leuchtenden Flutwelle widerstehen, die sie zurück ins Sein trugen, den Liebenden zu, dem Werden zu, meine Mutter, mein Vater, die ihr einen Augenblick lang Götter wart. Ich glaubte euch.

Sie sah ihren Körper regungslos auf dem Bett liegen, während sie langsam auf die Wand zuging. Obwohl ihr diese Wand eher wie fließendes Wasser oder im Sonnenlicht tanzender Staub erschien, hatte sie stets feste Substanz gespürt, wenn sie die Hand ausstreckte. Dann war sie unaufhaltsam in ihren materiellen Körper zurückgefallen. Diesmal würde sie die Hand nicht ausstrecken. Sie würde ihren Glauben an die Wand endgültig aufgeben.
Sie ging weiter. Es gab keine Wand. Sie stand hinter dem Retreat-Haus, die Umgebung kämpfte im hellen Mondlicht um ihre Konturen. Doch Maili sah keinen Mond am Himmel und auch keine Sterne. Vor dem Lhakang standen die roten Schemen einiger Nonnen. Ihre Stimmen waren unklar, wie der Klang eines Echos.
Erschreckt machte Maili kehrt und versuchte, in ihr Zimmer zurückzukehren. Sie durchquerte die Wand, doch sie gelangte in die Küche, in der die Retreat-Helferinnen kochten. Maili wusste, dass man sie nicht sehen konnte, dennoch zog sie sich schnell zurück. Verwirrt suchte sie einen neuen Einstieg durch die Wand, doch da war nichts als ein Fließen und Wirbeln, und es war ihr unmöglich festzustellen, wo ihr Zimmer lag. Unwillkürlich stellte sie sich das Zimmer vor, wie sie es vor Beginn des Retreats im Licht der nackten Gühbirne gesehen hatte, und augenblicklich stand sie darin. Ihr

Körper lag reglos auf dem Bett. Es war einfach, in ihn zurückzukehren. Sie brauchte nur an den Atem zu denken.

Noch immer atmete ihr Körper, sehr langsam und flach. Maili holte tief Luft und stieß sie ruckartig aus, wie sie es gelernt hatte. Die Erschütterung des Zwerchfells brachte sie zum Lachen.

«Wer lacht, ist nicht tot», sagte sie laut.

Es war stockfinster und ihr Hemd war nass von Schweiß. Wie lange war sie unterwegs gewesen? Sie konnte sich nicht erinnern.

Ein heftiges Klopfen weckte sie. «Lama-la, ist alles in Ordnung?», hörte sie die Helferin fragen.

«Ja, natürlich», antwortete Maili schlaftrunken.

«Hier ist das Frühstück. Sie haben Ihre Schale gestern Abend nicht herausgeschoben.»

Maili stand auf, tastete nach der Schale und schob sie durch die Klappe.

«Sie haben ja nichts gegessen, Lama-la. Sind Sie krank?» Die Stimme der Helferin klang besorgt.

«Nein, nein, mir geht es gut, wirklich.»

Sie musste seit dem vorhergehenden Nachmittag geschlafen haben, doch sie hatte keinen Hunger. Die Helferin schob die Schale mit dem Frühstück durch die Klappe, danach verklangen ihre Schritte. Maili warf einen Teil des Gerstenmehls in die Toilette. Niemand sollte sich beunruhigen.

Es bedurfte mehrerer Versuche, bis es ihr wieder gelang, in ihren unsichtbaren Körper zu wechseln. Als sie das Retreat-Haus verließ, fand sie diesmal ein völlig stilles Kloster vor. Es musste Nacht sein. In der Welt des Unsichtbaren gab es keinen sichtbaren Unterschied zwischen Tag und Nacht. Die inneren Sinne nahmen Sonne oder Mond nicht wahr.

Maili dachte an Ani Tsültrim, und so schnell, wie ein einziges Blinken der Augenlider dauert, war sie im Zimmer der Klosterleiterin. Ani Tsültrim saß vor einem Stapel Rechnungen und tippte Zahlen in ihren Taschenrechner. Schnell dachte sich Maili in ihr Zimmer zurück. Es war nicht richtig, jemanden so zu überfallen. Dennoch war die Verführung zu groß, als dass sie mit diesem Spiel hätte aufhören wollen.

Ob sie die Yogini in der Höhle aufsuchen durfte? Unwillkürlich stellte sie sich die Einsiedelei vor, den kleinen, ummauerten Vorplatz, das mit Fliegengitter geschützte Fenster, die grob gezimmerte Tür. Ani Rinpoche saß mit geschlossenen Augen auf ihrem Bett, gestützt von ihrem schräg um den Leib gelegten Meditationsgürtel. Urgyen Ani hatte einmal erzählt, dass die Yogini schlafe, ohne zu schlafen, und dass sie sich nur selten dazu hinlege. Maili kniete nieder und betrachtete neugierig ihre Lehrerin.

«Lass den Unfug, Maili», sagte Ani Rinpoche, ohne die Augen zu öffnen oder die Lippen zu bewegen. «Verschwende deine Verdienste nicht mit Albernheiten.»

Doch Maili spürte, dass ihre Lehrerin nicht wirklich ärgerlich war. War da nicht sogar ein wenig Stolz auf die gelehrige Schülerin? Dann empfing sie keinerlei Botschaft mehr. Der Geist der Yogini hatte sich zurückgezogen. Eilig dachte sich Maili in ihr Zimmer zurück.

Danach gelang es ihr nicht mehr, ihren Körper zu verlassen. Immer wieder versuchte sie es, und der Wunsch, sich zu Shonbo Rinpoche zu versetzen, stachelte sie an. Würde er sie bemerken? Wie gern hätte sie dem Rinpoche ihre Fähigkeit bewiesen. Es war eine außergewöhnliche Fähigkeit. Wenige konnten es. Durfte sie nicht ein bisschen stolz darauf sein und Anerkennung erwarten?

Maili schämte sich ihrer kindlichen Gedanken. Wann werde ich endlich erwachsen sein, fragte sie sich und begann sich wieder auf die Meditation der Weisheits-Buddhas zu konzentrieren. Und wenn sie die Formel «Zum Wohl aller Wesen» rezitierte, war der Wunsch nach der Befreiung ihres Geistes, um unzähligen Wesen helfen zu können, aufrichtig und hingebungsvoll.

Irgendwann schwebte plötzlich Ani Rinpoche im Raum. Sie war so groß, dass sie das Weltall ausfüllte, und sie saß unbekleidet auf einem Löwenthron, nur mit einem Tigerfell gegürtet. Ihre Haut leuchtete wie eine rote, reife Frucht, und ihren Kopf, von dem das Haar in wilder Fülle herabhing, schmückte eine Krone aus weißen, funkensprühenden Totenschädeln.

Es war die Yogini, doch gleichzeitig war es auch Shonbo Rinpoche mit seinem großen Gesicht und dem mächtigen Haar. Und in all dem durchdringenden Rot verloren sich die Unterschiede und waren nicht mehr als der zarte Hauch einer Erinnerung.

Maili warf sich glühend vor Freude vor der Gestalt nieder. Die Worte, die sie hörte, waren rot und leuchtend und hatten den zartbitteren Klang des Wissens.

«Meine nicht, Visionen seien Errungenschaft.
Meine nicht, weltliche Siddhis seien Errungenschaft.
Meine nicht, Seligkeit sei Errungenschaft.
Meine nicht, Leersein sei Errungenschaft.»

«Verzeih deiner dummen Schülerin, Rinpoche-la», murmelte Maili.

Es war Ani Rinpoche, die zu lachen begann, dass ihre prallen Brüste hüpften. Es war das helle Lachen der Messingbecken mit dem Unterton der großen Trommeln, dem Herzschlag der Welt. Und es war der zärtliche Blick des Rinpoche, der Maili einhüllte in ihr eigenes Erkennen, dessen klarer Ton den unendlichen Raum erfüllte.

Es war ein tiefes, befriedigendes Lernen, das nun folgte, ein ekstatisches Stürzen in Einsichten jenseits aller Worte. Guru Rinpoche, Yeshe Tsogyal, Arya Tara und noch andere erschienen, wenngleich nicht immer als Form, oder sie erschienen in der Art, wie einem im Traum etwas erscheinen kann, ohne ganz Form zu sein, nur die Ahnung von Form, aber dennoch da. Maili bemühte sich, ihren Atem still zu halten, sodass die Visionen nicht vom Wind der Gedanken davongeweht wurden.

Das alles mochte Jahre gedauert haben, Tage oder Sekunden. Bis unerwartet ein Klopfen ertönte. «Der letzte Tag deines Retreats beginnt», sagte Urgyen Ani durch den Türspalt. «Heute Abend kommst du wieder ans Licht.»

Als Maili den Dunkelraum verließ, wurde ihr schnell klar, warum man für das Ende des Retreats den Abend gewählt hatte. Selbst ein mit der Hand abgedunkelter Kerzenschein irritierte ihre Augen. Urgyen Ani führte sie zum Gästezimmer und stellte ein gefaltetes

Stück Karton vor die Butterlampe auf dem kleinen Schrein. Maili war dankbar, dass sie schwieg. Wusste sie, wie schwer ihr Worte jetzt fallen würden? Sie wollte nicht sprechen.

Nach zwei Tagen kletterte Maili zur Höhle hinauf. Es bedurfte keiner Worte, um Ani Rinpoche die Auswirkung der neunundvierzig Tage im Dunkeln zu erklären. Sie saßen einander gegenüber und Geist floss in Geist, unbehindert, in ekstatischer Ruhe.

In den folgenden Tagen trank Maili begierig die Schönheit des blauen Himmels und der herrischen Sonne. Jedes Ding offenbarte ein strahlendes Sein und alles Geschehen blühte in seiner Einzigartigkeit auf, sichtbar, hörbar, riechbar, spürbar, das Echo der Dakinis, so magisch, so wunderbar, als sei es ein wacher Traum.

Wochenlang schwieg sie glücklich. Ihr Geist bewegte sich sehr langsam und hielt sich voller Heiterkeit bei einfachen Angelegenheiten auf wie essen oder über das Tal schauen, Wäsche waschen oder einen losen Saum hochnähen. Als sie wieder anfing zu sprechen, sagten alle, wie sehr sie sich verwandelt habe.

«Vielleicht bin ich nun wirklich erwachsen geworden», sagte sie zu Urgyen Ani und stellte mit Befriedigung fest, dass die kleine Maili, die insgeheim ihren Rock nach Flecken untersuchte und sich fragte, was sie falsch gemacht haben mochte, endgültig verschwunden war. Urgyen Ani war die Freundin, die Schwester, die Nichtandere, und sie beide austauschbar im Bei-sich-Sein.

Um seliges Glück zu finden

«Maili-la, du siehst ganz durchsichtig aus», rief Yeshe und riss die Freundin stürmisch in ihre Arme. «Lass dich festhalten – oh, du bist ja doch noch aus Fleisch und Blut.»

Sie ließ ihre prall gefüllte Schultertasche zu Boden gleiten. Ihre Haare klebten nach dem Aufstieg zum Kloster feucht am Kopf, funkelnde Schweißperlen standen auf ihrer Stirn und das weiße T-Shirt hatte nasse Flecken unter der Brust. «Ich hatte vergessen, wie heiß es im April sein kann», sagte sie und ließ sich neben Maili im Schatten eines kleinen Baums nieder.

«Eine neue Nonne fing mich ab und sagte, Lama Osal dürfe nicht gestört werden. Vielleicht hielt sie mich für eine Touristin. Nun ja, wie ein Nonne sehe ich ja auch wahrhaftig nicht mehr aus. Obwohl – ich denke manchmal, es wäre vielleicht besser gewesen, ich wäre im Kloster geblieben. Aber dann wüsste ich jetzt nicht, dass es vielleicht besser gewesen wäre.»

Maili lächelte.

«Ani Tsültrim hat mich drüben im Inchi-Haus einquartiert», fuhr Yeshe fort. «Da war wohl schon lange niemand mehr drin. Ich muss das Zimmer mit einer Spinnenfamilie und einer Horde Tausendfüßler teilen.»

Maili nickte mitfühlend.

«Uuuuh», seufzte Yeshe und wischte den Schweiß mit einem großen, zerknäulten Taschentuch ab. «Sag was, sonst kann ich nicht aufhören zu reden. Ich glaube, ich weiß, was du denkst. Du denkst, Yeshe ist nicht nur äußerlich außer Atem, sondern auch Yeshes Geist ist außer Atem. Und so ist es tatsächlich. Ich fühle mich seit Monaten wie ein randvolles Glas Wasser, das in der Hand des rasenden Karmas ständig überschwappt. Mir reicht's.»

Maili beugte sich vor und strich mit der Hand über Yeshes erhitzte Wange. «Komm erst mal an.»

Yeshe kicherte nervös. «Ah lala, wie lange treibe ich mich schon in der Welt herum, um anzukommen. Aber ich komme nie an.»

Maili griff nach ihrer großen Thermosflasche, schraubte den becherartigen Deckel ab und füllte ihn mit tibetischem Tee. Yeshe nahm den Becher dankbar entgegen und nippte daran, während sie den Blick in der Weite über dem Tal ruhen ließ.

«Wie war es in Polen?», fragte Maili nach einer langen Pause.

Mit Schwung erhob Yeshe den Becher, nickte nachdrücklich und sagte mit falscher Munterkeit: «Jawohl, Polen! Ein Hoch auf Polen und die polnischen Männer!»

«Was ist geschehen?»

«Nichts Besonderes. Ich habe mich wieder mal in den falschen Mann verliebt.»

«Gibt es den richtigen Mann?»

«Frag die Yoginis der Vergangenheit ... Aber du hast natürlich Recht: Das Auge, das nicht sonnenhaft ist, kann die Sonne nicht erblicken.»

Maili zog die Augenbrauen hoch.

«Sagte ein westlicher Dichter», ergänzte Yeshe.

«Ein weiser Dichter», erwiderte Maili.

Mit einer plötzlichen Bewegung zog Yeshe ihren Beutel zu sich heran, begleitet von einem «Ach, bin ich dumm!» und einem ärgerlichen Verdrehen der Augen. «Fast hätte ich vergessen ...» Sie wühlte einen Brief hervor und reichte ihn Maili. «Von Sönam», sagte sie.

Maili steckte den Brief in die Tasche ihres Rocks.

«Willst du ihn nicht lesen?»

Maili lächelte. «Später.»

«Irgendwie ... bist du nicht mehr die Maili, die ich kenne», erklärte Yeshe stirnrunzelnd.

«Meinst du, dass du noch die Yeshe bist, die ich kannte?»

Mit ritueller Langsamkeit zog Yeshe eine Flasche Sherry aus der Umhängetasche und stellte sie vor Maili. «Jetzt frag mich das noch mal.»

Leise kichernd legte Maili den Arm um die Schultern der Freundin. Yeshe öffnete die Flasche und sie reichten sie ein paar Mal hin und her.

Schließlich ließ sich Yeshe rückwärts in das kurze, trockene Gras fallen. «Ich rannte sechs Jahre wie verrückt durch die Welt, nur um festzustellen, dass ich ständig in Sackgassen landete. Ich war Yeshe, die Wilde. Was für ein Betrug!»

Sie zog ein gefaltetes Stück Papier aus der Hosentasche und öffnete es behutsam. Die Ränder waren geknickt und an den Falzstellen zeigte es Zeichen der Abnützung. «Diesen Text schrieb der große Meister Thinley Norbu. Seitdem ich ihn entdeckt habe, trag ich ihn immer bei mir. Er hat mir die Augen geöffnet. Hör zu:

‹Leute, die in großer Armut leben, die Hände zum Betteln erhoben mit flehenden Augen, kämpfen um seliges Glück.

Leute, die in großem Reichtum leben mit hängenden Bäuchen und gierigen Augen, hoffen auf seliges Glück.

Manche Paare kommen zusammen und heiraten, um seliges Glück zu finden.
Manche Paare trennen sich und lassen sich scheiden, um seliges Glück zu finden.

Manche Leute begehen Selbstmord, kürzen ihr Leben ab, um seliges Glück zu finden.
Manche Leute werden Gesundheitsfanatiker, wünschen ein langes Leben, um seliges Glück zu finden.

Manche Leute pflegen geistige Enge, um seliges Glück zu finden.
Manche Leute pflegen einen offenen Geist, um seliges Glück zu finden.

Manche Regierungen sind faschistisch, um seliges Glück zu finden.
Manche Regierungen sind demokratisch, um seliges Glück zu finden.

Manche Leute, einschließlich Mönche, tragen kurzes Haar, um seliges Glück zu finden.
Manche Leute, einschließlich Yogis, lassen ihr Haar lang wachsen, um seliges Glück zu finden.

Manche Ritualisten lassen die Glocke innen erklingen und schlagen die Trommel außen und produzieren Lärm, um seliges Glück zu finden.
Manche Meditierende sitzen allein da, betrachten ihren Geist innen und ihre Nase außen und produzieren Stille, um seliges Glück zu finden.

Eremiten gehen in luftige Einsiedeleien und scheißen warme Häufchen in kühle, angenehme Wiesen, um seliges Glück zu finden.
Sozialfreaks gehen in stickige Dharma-Zentren um das zu tun, was cool ist, und treffen warme Lovers, um seliges Glück zu finden.

Nicht-religiöse Leute hassen religiöse Leute, um seliges Glück zu finden.
Religiöse Leute hassen nicht-religiöse Leute, um seliges Glück zu finden.

Hinayana-Anhänger versuchen, Begierde loszuwerden, um das selige Glück zu finden.
Anhänger des inneren Vajrayana versuchen, die Begierde zu benützen, um seliges Glück zu finden.

Bodhisattvas beten und manifestieren Aktivitäten, manchmal in masochistischen Stil, manchmal in sadistischem Stil, sodass alle Wesen seliges Glück finden mögen.

Der Buddha lehrte in unzähligen verschiedenen Arten, sodass alle Wesen mit ihren unzähligen verschiedenen Befähigungen seliges Glück finden mögen.»

Sie faltete das Blatt wieder zusammen und steckte es ein. «Ich dachte, ich könne ebensogut ins Kloster zurückgehen – wie du.»
«Ich bleibe nicht mehr lang», sagte Maili. «Mein Flug nach England ist schon gebucht.»
Yeshes Gesicht wurde klein. «Ich hoffte . . .»
«Ich muss zurück», sagte Maili ruhig. «Manche gehen ins Kloster, um seliges Glück zu finden, und manche gehen nach England. Ani Rinpoche hat mir eine Aufgabe gegeben. Ich möchte sie erfüllen. Für das Wie gibt es viele Möglichkeiten. Die Dakini reitet auf einem Tiger, und der trägt sie, wohin sie will.»
So schnell war Maili aufgesprungen, dass Yeshe zurückzuckte und die Augen aufriss. Ohne Übergang fiel Maili in den Tanzschritt der Dakini, tanzte das Schwingen des Messers und der Schädelschale, tanzte den Ritt auf dem Tiger und den zuckenden Flammenkranz und das trockene Klingen des Knochenschmucks.
«Hoh, das Feuer der Mitte», sang sie. «Hoh, die Stätte der Verbrennung!»
Yeshe nahm noch einen Schluck aus der Sherry-Flasche und begann sich einzustimmen in den Rhythmus, schlug ihn in der Art der

Tabla-Spieler mit Fingerkuppen und Daumenballen auf den harten Deckel eines Buchs, das sie aus der Umhängetasche gezogen hatte. Die schwarze Kuh, die zwischen den Häusern an vertrockneten Gräsern rupfte, hielt inne und hob verwundert den Kopf. Eine Schar Raben flog heran und ließ sich auf dem kleinen Baum nieder. Der Bergadler, der über dem Lhakang seine Kreise zog, schrie helle, heitere Schreie in den strahlenden Nachmittag hinaus.

«Hoh, Vetali, hoh!», sang Maili und der Berg warf ihre Stimme hinaus in die Weite des Himmels.

Glossar

Ani: «Schwester», Bezeichnung für Nonnen
Ani-la: die Silbe «la», an einen Namen oder Titel angehängt, ist ein Ausdruck der Höflichkeit
Amchi (Amtschi): Bezeichnung eines tibetischen Arztes
Amrita: entspricht etwa Nektar oder Ambrosia
Arya Tara: bedeutende Meditationsgottheit, Personifizierung des vollkommenen Mitgefühls
Bardo-Wesen: die nicht-körperliche «Person» nach dem Tod im «Zwischenzustand» (Bardo) zwischen Tod und Wiedergeburt
Chang (Tschang): tibetisches «Bier», säuerliches Gebräu aus Gerste oder Weizen
Chöd (Tschöd): wörtlich «abschneiden», tantrische Meditationspraxis, in der man alle Dämonen (negative Energien) einlädt und sich ihnen als Mahl anbietet – symbolisch für das Loslassen des Ego und die Transformation negativer Impulse in Weisheit und Mitgefühl
Chödpa: eine Person, die *Chöd* praktiziert
Chuba (Tschuba): ärmelloses tibetisches Klied, unter dem eine langärmelige Bluse getragen wird
Daka: tibetisch: *Pawo*; verkörpertes Prinzip männlicher Weisheitsenergie
Dakini: tibetisch *Khandro*; verkörpertes Prinzip dynamischer weiblicher Weisheitsenergie und spiritueller Inspiration
Deva: Bewohner des Götterbereichs
Dharma: die buddhistischen Lehren
Gelugpa: Bezeichnung für die Anhänger der Gelug-Traditionslinie («reformierte Linie», der die Dalai Lamas entstammen), die geschichtlich letzte der vier führenden spirituellen Traditionslinien Tibets (neben *Nyingma*, Kagyü und Sakya)
Geshe (Gésché): hoher akademischer Grad der *Gelugpa*-Tradition
Guhyapuja: das rituelle Fest (einschließlich Festmahl) mit der heiligen Vereinigung (Maithuna)
Guru Rinpoche: Titel des Begründers des tibetischen Buddhismus, *Padmasambhava* (8. Jahrhundert)

Inchi (Intschi): nepalische und tibetische Bezeichnung für Weiße
Kadampa-Lehren: die Lehren des «Geistestrainings» *(Lojong)* der im 11. Jahrhundert gegründeten Traditionslinie Kadam
Kangling: Kurztrompete aus Knochen oder Metall im tibetischen Sakralorchester
Khandro: «Himmelstänzerin»; siehe Dakini
Kundalini: subtile Energie, die bei ihrer plötzlichen Entfaltung unerwartete körperliche und geistige Phänomene auslösen kann
Kusung: Adjudant eines Rinpoche
Lama: Titel eines spirituellen Lehrers
Lama chenno: Lama, denk an mich!
Lhakang: Tibetisch-buddhistische Schreinhalle (Tempel)
Lojong (Lodschong): siehe *Kadampa-Lehren*
Losar: tibetisches Neujahrsfest im Februar
Mahakala: der «schwarze Beschützer», zornvolle Erscheinungsform des vollkommenen Mitgefühls (in friedlicher Form Avalokiteshvara)
Mahasiddha: vollkommen verwirklichte Meister(in) der «verrückten Weisheit»; Mahasiddhas lehren in ungenormter, manchmal schockierender Weise und verfügen über paranormale Kräfte (Siddhis)
Mala: tibetische Mantra-Kette, eine Art Rosenkranz
Mantra: symbolische «heilige Worte», mittels derer man mit der Energie einer «Gottheit» kommunizieren kann
Momo: tibetisches Nationalgericht, Riesenravioli mit Fleisch- oder Gemüsefüllung
Newar: buddhistische Ureinwohner Nepals
Ngagpa (Nagpa): Yogi, Praktizierender ohne monastische Gelübde
Nyingma: älteste Traditionslinie Tibets, gegründet von *Padmasambhava*
Om Mani Padme Hum: Mantra des Mitgefühls
Padmasambhava: Begründer des tibetischen Buddhismus im 8. Jahrhundert
Pawo: Krieger; siehe *Daka*
Phurba: dreischneidiger Ritualdolch, der Negativität aller Art durchschneidet
Pö-cha: gesalzener Tee, in den man *Tsampa* rührt

Puja (Pudscha): wörtlich «Opferhandlung», umfasst Rituale, Anrufungen und Meditation
Retreat: Rückzug in soziale Isolation zur Praxis der Meditation
Rinpoche: «Der/die Kostbare» oder «Kostbarer»; Titel hoher Lehrer und Wiedergeburten
Samadhi: tiefer meditativer Versenkungszustand
Schwarzer Beschützer: siehe *Mahakala*
Shantideva: berühmter indischer Lehrer des Dharma aus dem 8. Jahrhundert
Shonbo: «jung»; Shonbo Rinpoche = junger Rinpoche
Siddha: Meister/Meisterin mit übersinnlichen Fähigkeiten (Siddhis); Siddhas fallen durch die Manifestation der «verrückten Weisheit» – das Lehren des *Dharma* durch ungenormtes Verhalten – auf
Stupa: sakrale Form – als Statue, Malerei oder Bauwerk –, die den Aufbau der subtilen Energien im Kosmos und im menschlichen Körper symbolisiert. Die Stupa in Katmandus Stadtteil Boudhanath ist ein 1500 Jahre altes berühmtes Pilgerziel der buddhistischen Welt
Svaha: Ausruf der Bestätigung, wie etwa «So sei es!»
Taktsang: eine Höhle in Bhutan, wo Padmasambhava auf seiner Reise nach Tibet als Dorje Trollö, eine Manifestation der verrückten Buddha-Weisheit, erschien
Tashi delek (Tashi dele): «Glückliches Gedeihen», tibetischer Gruß
Torma: Opferkuchen aus süßem Teig
Tsampa: Mehl aus gerösteter Gerste
Tukpa: tibetische Nudelsuppe
Vajra: Diamantzepter, wichtigstes Symbol des tibetischen Buddhismus; steht für die Unzerstörbarkeit des reinen Geistes
Varanasi: Benares in Nordindien
Vetali: Dakini-Aspekt des Schutzes und der Bejahung des Lebens; zornvolle Erscheinungsform
Vinaya: Sammlung der klösterlichen Regeln, einer der drei Teile des frühesten buddhistischen Kanons
Yeshe Tsogyal: die Gefährtin *Padmasambhavas*, eine *Dakini* in menschlicher Erscheinungsform
Yogini: weibliche Praktizierende des tantrischen Buddhismus, die keine klösterlichen Gelübde abgelegt oder sie zurückgegeben hat

und jede Lebensweise wählen kann, die sie will. Männliche Form: Yogi

Yum Chenmo: «Große Mutter» oder «Mutter aller Buddhas», die Weisheit, die um die nicht-dualistische – «leere» – Natur allen Seins weiß; die transzendente Weisheit

Zwischenzustand: siehe *Bardo-Wesen*

Zuflucht: Zuflucht zum Buddha, dem Lehrer; zum *Dharma*, der Lehre, und zum Sangha, der Gemeinschaft derer, die den *Dharma* praktizieren. «Zuflucht nehmen» ist das Ritual des Eintritts in den Buddhismus

Der Verein TASHI DELEK e.V.
Gesellschaft zur Förderung der tibetischen Kultur im Exil
unterstützt Nonnen und Mönche in tibetischen Exilklöstern in Katmandu.

Tashi Delek e.V. ★ Rushaimerstr. 75
D-80689 München ★ Tel./Fax: 0 89 56 01 77 17
e-mail: tashidelek@gmx.de